El callejón de Cervantes

Jaime Manrique

El callejón de Cervantes

Traducción de Juan Fernando Merino

ALFAGUARA

© 2011, Jaime Manrique
© De la traducción: Juan Fernando Merino
© De esta edición:
  2011, Distribuidora y Editora Aguilar, Altea, Taurus, Alfaguara, S. A.
  Carrera 11A Nº 98-50, oficina 501
  Teléfono (571) 7 05 77 77
  Bogotá - Colombia

• Aguilar, Altea, Taurus, Alfaguara, S. A.
Av. Leandro N. Alem 720 (1001), Buenos Aires
• Santillana Ediciones Generales, S. A. de C. V.
Avda. Universidad, 767, Col. del Valle,
México, D.F. C. P. 03100
• Santillana Ediciones Generales, S. L.
Torrelaguna, 60. 28043 Madrid

ISBN: 978-958-758-317-5
Impreso en Colombia - *Printed in Colombia*
Primera edición en Colombia, noviembre de 2011

Diseño:
Proyecto de Enric Satué

© Imágenes de cubierta: *Miguel de Cervantes Saavedra*, Anónimo, Biblioteca Nacional, Madrid
                         Relieve que representa a don Quijote, The Hispanic Society of
                         America, Nueva York
© Mapa de guardas: *Carta geográfica de los viajes de don Quijote y sitios de sus aventuras*,
                   delineado por D. Antonio Rodríguez, Biblioteca Nacional, Madrid
© Retrato del autor en la solapa: Stephanie Rose, óleo sobre lienzo, 2011

Diseño de cubierta: Ana Carulla

In memoriam.
Bill Sullivan, pintor,
compañero durante treinta y tres años,
a quien este libro le debe tanto,
con amor por siempre.

No quiero ser quien soy. La avara suerte
me ha deparado el siglo diecisiete,
el polvo y la rutina de Castilla,
las cosas repetidas, la mañana
que, prometiendo el hoy, nos da la víspera.

«Ni siquiera soy polvo», JORGE LUIS BORGES

La gloria es una incomprensión y quizá la peor.

«Pierre Menard, autor del Quijote», JORGE LUIS BORGES

Nota al lector

El callejón de Cervantes es una novela sobre la vida de Miguel de Cervantes Saavedra y sobre la apropiación que Alonso Fernández de Avellaneda hizo de la parte primera del Quijote. Siguiendo con ese espíritu, mi novela se apropia de cuatro pasajes de *Don Quijote*, dos escenas de la pieza *Los baños de Argel*, una del entremés «El juez de los divorcios» y parafrasea el prólogo de *Novelas ejemplares*. Los lectores de *Don Quijote de la Mancha* y las otras obras podrán identificar los pasajes sin ninguna dificultad. Mis «préstamos» se eligieron para enfatizar varios aspectos autobiográficos de *El Quijote* de Cervantes. También se incluyen referencias a los grandes poetas del Siglo de Oro español y un homenaje a Shakespeare.

Contenido

Libro I

Libro II

Libro 1

Capítulo 1
El fugitivo
1569

Amparado por un cielo sin luna y con las estrellas como única guía, cabalgaba por un sendero de La Mancha. Mientras galopaba por la oscura planicie la angustia se agitaba en mi pecho como una vela de barco que ondea en medio de la tormenta. Clavé las espuelas en el caballo y con el látigo fustigué sus ancas. Mi montura resoplaba; el martilleo de los cascos sobre el suelo guijarroso perforaba la quietud del campo manchego haciendo eco en mi cabeza con dolorosa intensidad. Con gritos de «*ale, ale*» incitaba a mi semental a que galopara más veloz, con la esperanza de distanciarme del alguacil y sus hombres.

La noche anterior había estado jugando una partida de cartas en la taberna El Andaluz. Antonio de Sigura, un ingeniero que había llegado a Madrid a construir caminos para la Corte, perdió rápidamente una gruesa suma de dinero. Yo estaba sintiendo los efectos del exceso de vino y la falta de comida y decidí dejar de jugar mientras aún estaba ganando. El ingeniero insistió en que siguiera jugando. Cuando me rehusé, dijo:

—¿Por qué será que no me sorprendo, Miguel Cervantes? No se puede esperar una conducta honorable de aquellos que provienen de una estirpe deshonrosa.

Los hombres que estaban cerca rieron por lo bajo. Me levanté de la silla, la arrojé al suelo, le di un puntapié a una pata de la mesa y exigí una explicación.

Antonio de Sigura gritó:

—Lo que quiero decir es que su padre es un apestoso judío y un exconvicto, y su hermana es una puta.

Agarré una garrafa, la estrellé contra la cabeza de De Sigura y volteé la mesa. Cuando vi el rostro del ingeniero lavado en vino y sangre sentí que iba a evacuar mis intestinos por entre los pantalones. Me quedé de pie frente a él, temblando, aguardando el próximo movimiento de De Sigura. Con un pañuelo se limpió el líquido de los ojos y en seguida sacó su pistola. Dado que yo era un plebeyo no se me permitía llevar espada. Mi amigo Luis Lara sacó la suya en un abrir y cerrar de ojos y me la ofreció. Mientras De Sigura me apuntaba me abalancé sobre él y hundí la punta de la espada de Luis en el hombro derecho del ingeniero. Cayó de rodillas con la punta de la espada aún saliendo por detrás del hombro y goteando un rojo escarlata. Abrió su boca en forma de una enorme O. Cuando empezaba a caer de bruces, extraje la espada y la arrojé al suelo. La rapidez con que se había desencadenado la violencia me dejó aturdido. Lo siguiente que escuché fue la conmoción que se produjo en el recinto mientras muchos de los clientes huían despavoridos de la taberna gritando:

—¡Corran, corran antes de que llegue el alguacil!

En medio de la confusión, con el vino circulando a toda velocidad por mi cerebro, escapé de la taberna y me lancé a correr por las oscuras calles de Madrid como si una jauría de sabuesos hambrientos me siguiera el rastro. Alcanzaba a comprender que ese acto precipitado había cambiado mi vida para siempre: mi sueño de convertirme en un poeta de la Corte pasaba a ser una quimera.

La mañana siguiente, a la casa de los amigos en la que me escondía me llegaron noticias de la sentencia promulgada por las autoridades: perdería la mano derecha y sería desterrado del Reino por diez años. Ambos castigos eran inaceptables para mí. Pero si me quedaba en Madrid sería sólo cuestión de tiempo antes de que fuese denunciado, arrestado y terminase lisiado para siempre. Le envié razón a mi mejor amigo, Luis Lara, acerca del apuro en el que estaba y le pedí un préstamo para poder escapar de España. Esa misma tarde su sirviente personal vino a traerme una voluminosa bolsa de cuero.

—Mi amo dice que esto es un regalo, don Miguel —me dijo mientras yo contaba los sesenta escudos de oro—. Dice que usted tiene que salir de España y no regresar en mucho tiempo.

Esa misma noche me escabullí de Madrid por calles oscuras y poco transitadas. Escapar de Madrid después de haber caído en desgracia era el peor de los castigos pues, no volvería a ver a mi amada Mercedes por mucho tiempo. No podía imaginar que alguna vez me recuperaría de esta cruel separación de mi primer amor. Estaba seguro de que el amor nunca volvería a ser tan puro y que lamentaría la pérdida de Mercedes el resto de mi vida. Tuve la certeza de que sin importar qué tan lejos de casa terminara o cuántos años viviera, no encontraría a otra mujer como Mercedes, que reunía la belleza, la modestia y la inteligencia en una sola persona. La siguiente vez que la viera, si es que había una siguiente vez, estaba seguro de que ya sería una mujer casada.

Mi plan era unirme a la compañía de actores y prestidigitadores de Maese Pedro en las afueras de Tembleque, en La Mancha, y seguir con ellos hacia el sur, hasta llegar a Sevilla, donde me escondería hasta que pudiera abordar un navío con rumbo a tierras extranjeras. Una vez fuera del país apelaría la sentencia y esperaría a salvo de las autoridades hasta ser perdonado o hasta que el incidente fuese olvidado. Había conocido a Maese Pedro cuando tenía siete años y vivía en Córdoba. Cada año a finales de la primavera la compañía llegaba a la ciudad y montaba su campamento en el exterior de las murallas.

Desde que era niño había anhelado viajar al extranjero, pero esta precipitada fuga no era precisamente como había imaginado el inicio de mis recorridos. No obstante, la sola idea de perder bajo el filo de la inclemente ley la misma mano que empleaba para componer mis versos, la mano con la que empuñaba la espada y acariciaba el rostro de Mercedes, resultaba insoportable. Manco, forzado a pedir limosna, me vi a mí mismo agonizando en suelo extranjero, igual que los viejos y famélicos esclavos que vagaban por los caminos de España, aquellos a quienes les era concedida la libertad cuando ya no podían llevar a cabo trabajos duros. Estos pensamientos agregaban ímpetu a mi desesperación por abandonar suelo español. *Prefiero degollarme antes que vivir como un inútil*, me decía mientras huía de Madrid.

Yo había estado en el camino prácticamente toda mi vida. La mala cabeza para los negocios de mi padre había forzado a nuestra familia a estar siempre de aquí para allá, arrastrando nuestras patéticas posesiones, escapando de los acreedores y de la inminente amenaza de prisión. Muy temprano en la vida aprendí que era sólo cuestión de tiempo el día en que tendría que despedirme de los profesores preferidos, de los amigos que había hecho en cada sitio, de las calles y plazas que frecuentaba, de las casas a las que llamaba hogar, por el momento. Nuestro verdadero hogar era una carretilla tirada por una mula en la cual viajábamos de ciudad en pueblo en ciudad. Habíamos vivido en tantos lugares que a duras penas podía recordar sus nombres: Alcalá de Henares, mi ciudad natal; Valladolid, de la cual nos marchamos cuando yo tenía seis años; los siguientes diez años en Córdoba; unos cuantos y gloriosos años en Sevilla, que mi familia debió abandonar tras haber caído en desgracia y regresar a Castilla y a Madrid.

Aquella primera noche como fugitivo recordé a mi madre refunfuñando en los momentos en los que ya no era capaz de contener la frustración que le causaba nuestra vida ambulante:

—No somos mejores que esas bandas de gitanos que viajan por los caminos de España —decía—. Mis hijos se están educando como ladrones y mis hijas como libertinas. Tu padre sólo dejará de perseguir el arco iris cuando ya sus huesos sean polvo sobre la tierra.

Me consolaba pensando que ser un poeta en España a menudo equivalía a ser un prófugo. Me había convertido en lo que fueron muchos de nuestros poetas: un exiliado, como mi idolatrado Garcilaso de la Vega. Quizás mi destino se parecería al de Gutiérrez de Cetina, quien había muerto de forma violenta en México; o tal vez terminaría como fray Luis de León, quien languideció por muchos años en una cárcel en Valladolid. O seguiría los pasos de Francisco de Aldana, muerto en África combatiendo con el ejército del rey portugués don Sebastián. Quizás en otro país, menos injusto, en un lugar en el cual un joven pobre pero talentoso tuviese una oportunidad real de avanzar en la vida, las cosas podrían ser diferentes para mí. Lejos de la rígida sociedad española y de sus convencionalismos huecos, pomposos e hipócritas, tal vez podría llegar a ser alguien. Estaba convencido de que había grandeza en mí. Y a esta convicción nadie le podría dar muerte, ni siquiera el todopoderoso rey de España.

Si quería convertirme en el dueño de mi propio destino y elegir un camino hacia el futuro, mis dos únicas opciones eran la fama como poeta o la gloria como soldado. Convertirme en el más famoso poeta y guerrero de mis tiempos: ¡Ésa sí que era una meta loable! Otro sueño largamente acariciado era convertirme en un dramaturgo celebrado como Lope de Rueda. Antes que nada, sin embargo, debía asegurarme de que no me atraparan y salir de España con la mano derecha todavía pegada al brazo, de tal forma que pudiera regresar cubierto de riquezas y honores. Porque un destino glorioso me aguardaba, de eso estaba seguro.

Arribé a Tembleque al amanecer; la compañía de Maese Pedro, reunida en la plaza principal, se alistaba para emprender viaje al sur.

—Me arrojo a sus pies y pongo mi vida en sus manos, Maese Pedro —dije en el momento de ser llevado a su presencia. Luego le expliqué a mi viejo amigo por qué me encontraba en peligro de perder mi mano derecha a menos que huyese de España.

—No hay nada más que decir, Miguel —respondió Maese Pedro—. Eres casi de la familia. Pero —y se detuvo para mirarme de arriba abajo— debemos encontrarte un disfraz.

Fue así como vestido de mujer y con la cabeza cubierta por una peluca viajé en la misma carreta que mi amigo histrión y su esposa, doña Matilde, fingiendo ser su hija Nicolasa.

Ese primer día en el camino constantemente miraba hacia atrás para asegurarme de que el alguacil y sus hombres no estuvieran en persecución de mi asustado trasero. Pero a medida que las horas pasaban, y comenzaba a pensar que sí sería posible evadir la ley, empecé a recordar la primera vez que vi la compañía de Maese Pedro, en la Plaza del Potro. Yo volvía a casa desde el Colegio de Córdoba, la escuela de los jesuitas en la que aprendí el poco latín que entiendo. Los actores estaban representando un conmovedor retablo de títeres sobre la historia de una pareja de desventurados amantes que llegaban a la muerte bailando y cantando e igual de hermosos que antes. Cuando terminó la función, los comediantes con sus trajes coloridos, aparentando ser personajes del gran mundo o de los bajos fondos (algunos de aquellos hombres vestían de mujer), aparecieron desde atrás del escenario improvisado y se mezclaron con la audiencia para anunciar la producción teatral que iban a presentar aquella noche. Quedé fascinado. ¿Quiénes eran estas gentes? ¿Cómo lograban esta especie de metamorfosis mágica?

Corrí hasta llegar a casa, entré a la cocina donde mi madre y mi hermana Andreíta estaban preparando un cocido, y grité:

—Mamá, mamá, ¿puedo ir a ver la obra que van a presentar los actores esta noche?

Mi madre me dirigió una mirada de reproche.

—¿De modo que es allí donde has estado después de la escuela, en lugar de volver a casa a estudiar?

—Ay, madre —continué diciendo, con el aliento entrecortado—. Es una obra de teatro sobre una princesa mora que se convierte al cristianismo y se fuga con su amante cristiano para casarse. Tengo que verla.

—Ya basta, Miguel. ¿De dónde voy a sacar un maravedí para que tú estés yendo por allí a ver actores? Más bien ve a abrir los libros —y siguió picando verduras.

—¡Madre! —le supliqué.

—No más, Miguel —dijo, acuchillando una verde cabeza de repollo destinada a la sopa—. Vete a tu cuarto a estudiar.

En el cubículo sin ventanas en el que dormíamos Rodrigo y yo me acurruqué junto a las paredes húmedas en el rincón más oscuro. Andrea me encontró allí temblando de la ira, mordiéndome las uñas. Mi hermana se sentó a mi vera y me dijo:

—He ahorrado un par de reales con mis tejidos y bordados y a mí también me encantaría ver la obra. Iremos juntos esta noche. Ahora, Miguelucho, haz feliz a madre y ve a hacer tus deberes.

Mi abatimiento se tornó al punto en alegría.

—Gracias, Andreíta, gracias hermana —le dije, besándole el rostro y las manos.

Esa noche, cuando vi sobre el escenario a los actores con sus disfraces estrafalarios, las caras pintadas con colores intensos, hablando en un castellano tan elocuente y persuasivo y cargado de dobles sentidos como yo no había escuchado hasta entonces, y transformándose en personas que no eran ellos, me pareció sentir, por primera vez, que respiraba el aire de la libertad. Hubiese querido estar siempre alrededor de estos actores. Tal vez si pasaba tiempo con ellos, me dije, aprendería su arte y algún día también yo podría actuar en obras y decir aquellos hermosos parlamentos y encarnar a príncipes y princesas, reyes y reinas, cristianos y moros, ladrones y caballeros, eruditos y necios.

De regreso a la escuela la mañana siguiente el maestro y los condiscípulos me parecían aburridos, incoloros, hechos de materiales burdos. Aquella primavera, todos los días después de clases iba a visitar a los actores. A cambio de ayudarles a limpiar el estiércol de los caballos, darles de comer, y traer agua de la fuente que se encontraba dentro de las murallas de la ciudad, me toleraban de buen talante y me permitían asistir a las obras sin pagar.

Hice amistad con Candela, una muchacha con el doble de mi edad que ayudaba en la cocina y cuidaba de sus hermanos menores. Los ojos de Candela eran tan verdes como las hojas nuevas de los naranjales al comienzo de la primavera; su cabello era el más negro que jamás había visto, y no era vergonzosa como las otras muchachas que yo conocía. Mientras hacía los quehaceres cantaba romances y bailaba descalza. Los hombres le dirigían miradas plenas de deseo. Candela jamás había pisado una escuela y sus vestidos se veían sucios y harapientos. Cuando se lo conté a Andreíta le envió conmigo un fardo de las ropas que ya les quedaban muy pequeñas a mis hermanas. Mis momentos más felices los pasaba en compañía de Candela, quien me trataba con la ternura que las hermanas mayores brindan a sus hermanos menores.

—Mirad a los palomitos —se mofaban los actores, haciéndome ruborizar—. ¡Es una lástima, porque podría ser su madre!

O:

—Candela, has hechizado a este niño. ¿Por qué más bien no haces el amor con un hombre de verdad?

Y:

—Mirad el humo que le sale a Miguelín por las orejas. Es mejor que te lo lleves al río, Candela, y le metas la cabeza en el agua antes de que se le cocine el cerebro.

Candela se echaba a reír y me besaba en las mejillas; luego les decía a los hombres que se fueran a sacar las pulgas que criaban en el trasero. Fue ella la primera muchacha que besé, sin contar a mis hermanas.

Mi madre estaba tan abrumada tratando de asegurar que tuviésemos suficiente comida y ropa limpia que no reparó en que yo había caído bajo el hechizo del mundo del teatro hasta el día que una vecina le preguntó en el mercado si yo me estaba preparando para ser actor, ya que estaba siempre de visita donde el grupo de Maese Pedro. Esa noche antes de que me fuera a la cama mi madre me llevó a la cocina, donde quedamos a solas, y me sentó en sus rodillas.

—Por favor, Miguel —me rogó con su voz y con sus ojos agobiados por la decepción—. No te mezcles con aquellos actores de mala fama que viven vidas tan miserables. Por favor, no te conviertas en un soñador inútil como tu padre. Con un soñador en la familia ya es suficiente. Dios te concedió un buen cerebro, así que úsalo para aprender un oficio de provecho.

Apreté los brazos alrededor de su cintura y le prometí:

—Voy a estudiar mucho, madrecita, y voy a ingresar a una profesión honorable. Ya deja de preocuparte. —Me abstuve de prometer que no volvería a visitar a mis amigos.

Cuando la compañía se preparaba para marcharse de Córdoba a principios de junio pensé escapar de casa para irme con ellos. Le hablé a Candela de mi idea.

—Mi padre no lo permitiría —me respondió—. Las autoridades ya sospechan que robamos niños. Nuestras vidas son duras, Miguelín. La gente viene a ver nuestras obras y les encanta que los entretengamos, pero a sus ojos todos nosotros somos deshonestos, paganos y tan malvados como los gitanos —tomó mi cara entre sus manos. Las puntas de nuestras narices casi se rozaban; yo podía aspirar su aliento a limón. Mis ojos se reflejaban en los espejos verdes y líquidos de los suyos—. Tan sólo espera unos cuantos años. Cuando crezcas, entonces podrías unirte a nosotros si quieres.

Sacudí la cabeza para soltarme de sus manos.

—Pasarán muchos años antes de que crezca —le dije.

—Anda, anda a darles de comer a los caballos —me ordenó y se alejó mientras llamaba a sus hermanos—. Martita, Julio. Venid aquí ahora mismo.

Cada año, desde junio hasta abril, yo soñaba con el regreso de los actores. Cada año, mientras el grupo empezaba a liar los bártulos para marcharse, Maese Pedro me decía:

—El año que viene, Miguel, si tus padres te dan permiso podrás venir con nosotros.

Cuando cumplí los doce años ya Candela estaba casada con un actor de la compañía y era madre. Aunque amable conmigo, me trataba como si nuestra antigua intimidad jamás hubiese existido.

Más tarde aquel mismo día, cuando nuestra caravana había dejado atrás La Mancha, ocurrió lo que había estado temiendo: el alguacil y sus hombres nos dieron alcance y nos pararon para llevar a cabo un registro. A medida que los soldados de caballería se acercaban a la carreta en la cual me encontraba, comencé a temblar. Me atragantaba del miedo, como si me hubiera tragado un hueso de marrano. Se nos dio la orden de descender. *Será mejor que me quite la peluca y me entregue a las autoridades antes de que descubran mi engaño*, pensaba. En el instante en que me disponía a rendirme e implorar clemencia, Maese Pedro me asió del codo, me dio una palmada tan fuerte en el rostro que sentí el sabor de la sangre y vociferó:

—¿Pero qué haces, zorra desvergonzada? Deja de hacerles ojitos a los hombres. ¿Por qué me castigó Dios con una hija tan puta?

Los ayudantes del alguacil se echaron a reír mientras me devoraban con los ojos. Un hilillo de orina bajó serpenteando por entre mis piernas.

Doña Matilde empezó a gritar:

—Pedro, que Dios te perdone. Eres demasiado cruel con la pobre muchacha. Si acaso es una mala mujer, se debe a que tú eres un hombre malo. Ven aquí, hija mía —me envolvió entre sus brazos y sumergió mi nariz entre sus gelatinosos y sudorosos senos—. Con un padre tan cruel es un milagro que la muchacha no se haya ido lejos —dijo, acariciándome la peluca—. Calma, calma, Nicolasita.

Con sus risitas socarronas, los hombres procedieron a registrar la carreta detrás de la nuestra. Sólo cuando nos dieron la señal de que siguiéramos camino me atreví a albergar esperanzas de llegar a Sevilla sin ser descubierto.

Al día siguiente, ya de camino, pasaba de sentirme eufórico en un instante dado para caer abruptamente en una melancolía insondable al siguiente, descendía al Averno y ascendía al Olimpo. Pero a medida que el viaje nos alejaba del otoño y entrábamos a los exuberantes y densos jardines y bosques de Andalucía, tan rebosantes de verde como me imaginaba que debían ser las selvas del Nuevo Mundo, sentía renacer mi esperanza y mi vitalidad.

Mi corazón latía más de prisa mientras más nos adentrábamos en aquel mundo lleno de verdor, aquella zona de pueblos y ciudades plenos de palmeras, arbustos de encendidas granadas y naranjales que no se cansan de ofrecer sus frutos; aquella tierra de bosques y praderas que vibraba con la música de la incontable variedad de aves cantoras de esa región de la alegría y el sol radiante. De niño me encantaban los primeros días de marzo en esa tierra andaluza, cuando las brisas cálidas que soplan desde el Sahara y se entibian al barrer la superficie del Mediterráneo hacen su arribo en España e infunden vida a los durmientes arbustos y las secas hierbas, despertando las semillas y los bulbos bajo la tierra, estimulando el crecimiento de los capullos en los huertos frutales y pintando las colinas y altozanos de un vívido color aceituna con las primeras hojas de los árboles. Al crepúsculo, el canto de los ruiseñores que regresaban con su serenata dedicada a la noche que se acercaba prometía un tesoro de placeres sensuales que traerían las horas de oscuridad. Al ponerse el sol, su luz de seda envolvía primero los picos de las montañas, luego los valles, y en su caída liberaba el olor

de la madreselva, embriagando los sentidos con sus lujuriosas promesas entre aquella oscuridad azul lavanda. Toda
Andalucía era una tentadora tierra que te hipnotizaba de la
misma forma que lo hacían los seductores meneos de cade-
ras, manos y pies de las bailarinas de las casas de té de Córdoba, con campanillas que trinaban en sus ondulantes cinturas, tobillos y muñecas, mientras arrojaban velo tras velo
y envolvían las cabezas de los alelados hombres con tejidos
flexibles y transparentes.

Mi alborozo aumentó cuando alcancé a divisar en
la distancia los vastos campos de trigo al este de la ciudad.
Cuando el trigo estaba en toda su madurez, podría pensarse
que se trataba de campos de oro. El alborozo se transformó
en felicidad cuando las laderas de la Sierra Morena al oeste
de la ciudad se extendieron ante mis ojos con las curvas ondulantes de una odalisca desnuda tendida sobre la alfombra de un serrallo.

Pero el corazón se entristecía al recordar que el año
anterior los moros de Andalucía habían iniciado la rebelión
de Las Alpujarras para protestar por el trato que recibían en
España. Y en aquel momento combatían ferozmente en las
montañas cercanas a Cádiz y Málaga. Si mi amigo de infancia Abu todavía estaba vivo, con toda seguridad estaría
luchando junto a los rebeldes. Y su hermana Leyla, de quien
me había enamorado en la infancia, debía ser ahora una mujer casada, madre de familia.

En esta ocasión, sin embargo, la compañía de Maese
Pedro le daba un rodeo a Córdoba puesto que mis mejores
opciones para escapar de la ley eran ir lo más pronto posible a Sevilla y confundirme entre la muchedumbre de la
ciudad. Y fue así, con gran pena en el corazón, como debí
dejar atrás a la ciudad de los palacios antiguos y las grandiosas mezquitas, la corte de los Omeyas; la ciudad donde vi por
vez primera gran número de moros.

Dos días después acampamos en las afueras de Sevilla. Habían transcurrido diez años desde que mi familia había caído en desgracia y abandonado la ciudad. Ahora regresaba a Sevilla como fugitivo.

La tristeza y la alegría, el temor y la esperanza se entremezclaban en mi pecho. ¿Podría ser que el alguacil hubiese llegado a Sevilla antes que yo? Me sumía en la desesperación contemplando las ruinas de mi futuro. Si perdía la mano derecha ya no habría razón para viajar a las Indias; si la perdía jamás podría ascender las montañas más altas de los Andes ni encontrar el tesoro de El Dorado, que me convertiría en el hombre más rico de la cristiandad. Si la perdía, más me valdría que me molieran a palos hasta darme muerte o me quemaran en la hoguera. Cómo hubiera deseado que existiera alguna clase de magia que pudiera transformarme en una persona nueva, de la misma forma en que los actores se transmutan en personajes. Si ése fuera el caso habría elegido convertirme nuevamente en un hombre joven con un pasado sin mácula, y me hubiese quedado en Sevilla.

Mi turbulento estado mental experimentó un cierto alivio cuando me obligué a recordar que esto no era un sueño, que me encontraba una vez más en Sevilla, ciudad de prodigios. Aunque sentía el temor de ser descubierto, también experimentaba la felicidad de haber regresado a la ciudad en la que había nacido mi vocación literaria. Aunque ya había visto en Córdoba la compañía de Maese Pedro, los actores en los escenarios de Sevilla eran espléndidos y las obras y los pasos en los que intervenían eran de gran belleza, fruto del talento de nuestros grandes escritores. Pronto había caído bajo el hechizo de aquellos artistas fabulosos, sin importarme en lo más mínimo que los actores gozaran de tan poca estima como los gitanos, y que para la mayoría de la gente asistir al teatro era algo que se disfrutaba pero también algo de lo que se debía desconfiar, pues se tenía la creencia de que incitaba a comportamientos depravados. Mi dramaturgo preferido era Lope de Rueda, cuyos personajes —bar-

beros chismosos, curas licenciosos, hidalgos avarientos, estudiantes disolutos, pícaros, prostitutas lujuriosas— resultaban
más vívidos e interesantes que sus equivalentes en la vida real.
No podía existir aspiración más grande, me decía para mis
adentros, que crear figuras como aquellas. Apenas alcanzaba a imaginar el gran poder que debía sentir Lope de Rueda
al crear personajes a partir de sus observaciones de la humanidad. Quería para mí la fama y las recompensas financieras
que recibían los autores exitosos de comedia, quienes eran
saludados en las esquinas por los sevillanos al grito de «¡Maestro! ¡Maestro!».

Años más tarde me burlaría de Sevilla y de sus habitantes por medio de los hocicos de dos canes parlanchines,
Cipión y Berganza, en mi novela ejemplar *El coloquio de los
perros*. «Sevilla», dice Berganza, «es amparo de pobres y refugio de desechados, que en su grandeza no sólo caben los
pequeños, pero no se echan de ver los grandes».

Esa primera noche acampando en las afueras de las
puertas de la ciudad, la incertidumbre de mi situación me
mantuvo despierto, observando el cielo estrellado y recor-
dando cómo cuando era joven el aroma de los naranjos siempre en flor atenuaba el hedor de los cadáveres enterrados
bajo los rosales o al pie de los árboles. Los sevillanos tenían la
creencia de que las rosas más hermosas y fragantes, así como
las naranjas más dulces, eran aquellas abonadas con la carne
de los esclavos nubios. Este olor penetrante de carne humana en descomposición y árboles frutales en flor era lo
primero que notaba cualquier visitante que se aproximaba
a la ciudad.

El Guadalquivir era poco más que un arroyo areno-
so a su paso por Córdoba, pero a medida que se acercaba a
Sevilla crecía hasta convertirse en un ancho río color de oliva.
Al alba el Guadalquivir bullía con barcazas, veloces balan-
dras, falucas, goletas, tartanas y piraguas. Los navíos más pequeños transportaban mercancía destinada al vientre de las
enormes embarcaciones que navegaban hacia las Indias Occi-

dentales y más allá. Los botes pequeños semejaban abejas obreras alimentando la insaciable panza de su reina.

Aquel río color de oliva alimentaba mis ansias de ver mundo, abriéndome el apetito por las tierras que se extendían más allá de los confines de la península Ibérica. El Guadalquivir era la ruta que llevaba al Mediterráneo y al Occidente, al océano Atlántico y a las Islas Canarias, a mitad de camino hacia el portentoso Nuevo Mundo. A los jóvenes sevillanos que se hacían marineros —a menudo por el resto de sus vidas— se les llamaba «los tragados por el mar».

No existía un espectáculo más apasionante que el de las flotas de navíos de carga, flanqueadas por poderosos galeones para protegerlas de los corsarios ingleses y de los filibusteros, que zarpaban dos veces al año con destino al mundo que Colón había descubierto. Las naves cargaban las esperanzas de los sevillanos, quienes despedían a sus hombres con festivas canciones de adiós. Si la fortuna sonreía a estos aventureros, regresarían de las Indias repletos de oro y de gloria.

Cuando era niño mi imaginación se encendía y mis ojos se abrían de par en par a la vista de las carretas de bueyes que iban camino a las Cámaras Reales portando cofres abiertos que rebosaban de resplandecientes esmeraldas y perlas, así como rimeros de luminosas barras de oro y plata. Otras carretas transportaban fardos de tabaco, pieles de animales desconocidos en Europa, especias, coco, chocolate, índigo y cochinillas. Semanas después de haber llegado estas naves yo seguía embriagado con aquellas imágenes. Se despertó en mí un enorme deseo de viajar a la Nueva España y el Perú.

En el corazón de la ciudad las fachadas de las edificaciones se encontraban tan cercanas unas de otras que podía correr por los callejones de adoquín con los brazos extendidos y tocar las paredes a lado y lado. Fueron éstas las calles que me instruyeron en las costumbres y vestimentas, las religiones y supersticiones, las comidas, los olores y sonidos de otras naciones. Los mercaderes arribaban a Sevilla con esclavos blancos, negros y morenos que traían de África, de los países árabes y del Nuevo Mundo. Los nombres de los países de los cuales procedían —Mozambique, Dominica, Níger— eran tan exóticos como su aspecto. Me aturdía escuchar tantas lenguas que no entendía y cuyos orígenes no conseguía determinar. ¿Qué contarían? ¿De qué historias me estaría perdiendo? ¿Tendría acaso la oportunidad de aprender algunos de aquellos idiomas y visitar los lugares en los cuales se hablaban?

Me sentía como si estuviese viviendo en el futuro, en una ciudad que nada tenía que ver con el resto de España. Pícaros de todos los rincones del mundo —curas falsos, falsos estudiantes, impostores de todas las raleas imaginables e inimaginables, ladronzuelos, estafadores, falsificadores, devoradores de espadas, apostadores, asesinos a sueldo, mercenarios, criminales de todas las calañas, rameras, donjuanes (cuya profesión consistía en arruinar la honra de las más bellas y virtuosas damas), gitanos, adivinas, tragafuegos, titiriteros, rufianes, vividores y encantadores de serpientes— llegaban a Sevilla y hacían de la ciudad su escenario. La vida allí era peligrosa y apasionante, tan festiva y sangrienta como una corrida de toros. Los apostadores exitosos eran tan admirados como los toreros o los héroes militares insignes. Era común oír decir a un niño que cuando creciera quería ser como Manolo Amor, quien en una ocasión perdió en una apuesta una flota entera de galeones que no eran suyos.

Sevilla era el sitio al cual pertenecía. Era una ciudad creada para la poesía y yo quería ser su poeta.

La mayoría de los sevillanos permanecían dentro de sus casas durante las horas de más calor y sólo salían de noche, cuando las brisas vespertinas venidas del Mediterráneo remontaban el Guadalquivir y refrescaban la ciudad unos cuantos grados. Parecía entonces como si una cortina se alzara, y el proscenio que era Sevilla se convertía en un escenario mágico para el teatro de la existencia. Recostado aquella noche sobre una frazada en las afueras de la ciudad, imaginaba escuchar en el fondo del recuerdo el repiqueteo de las castañuelas que llegaban desde todas las calles y plazas. Aquel sonido era el aviso para que los sevillanos se echaran a la calle a pasear con la arrogante elegancia del pavo real cuando despliega todos sus colores. La gente se apresuraba a salir de sus casas para acudir a las plazas a cantar y bailar las lujuriosas zarabandas, prohibidas por la Iglesia. En las plazas iluminadas por antorchas, hermosas y lascivas bailarinas (tanto jóvenes como mujeres maduras) meneaban el trasero con descaro y repicaban con denuedo sus castañuelas, convirtiendo esos instrumentos en armas que podrían seducirte y luego arrebatarte la vida.

Las miradas de las bailarinas eran una invitación a soñar con los innumerables placeres del cuerpo; los movimientos de sus manos revelaban idiomas intrincados y convocaban a los espectadores con señas seductoras a acariciar sus encendidas mejillas de ámbar. Era emocionante ver a los bailarines dar enormes saltos en el aire, girando en círculos, como si exorcizaran demonios que los devoraban por dentro. En el aire estos hombres parecían mitad humanos, mitad aves. Desde la medianoche hasta el amanecer las más encantadoras señoritas recibían las serenatas de sus ardorosos pretendientes. A menudo surgían reyertas durante estas serenatas y los cadáveres de los desafortunados amantes eran encontrados a la llegada del día bajo los balcones de sus enamoradas en medio de charcos de sangre coagulada.

Sevilla era una ciudad de brujas y hechiceros. Había que tener cuidado de no contrariar a una mujer porque cualquier fémina, ya fuese aristócrata o campesina, casada o soltera, vieja o joven, hermosa o fea, cristiana o mora, esclava o liberta, bien podía contar con poderes satánicos. Las brujas hacían florecer en sus viviendas rosas rojas durante el mes de diciembre. Podían concertar o estropear matrimonios, hacer que el novio se ahorcara o que se evaporara la víspera de la boda y hacer que las mujeres embarazadas dieran a luz camadas de cachorros.

Los desdichados que provocaban el enfado de estas hechiceras eran convertidos en asnos. A medida que los esposos y los amantes se desvanecían, iban apareciendo más asnos, y las dueñas de estos animales se deleitaban obligándolos a portar pesadas cargas. Era cosa común ver a una mujer cuyo esposo había desaparecido recorrer la ciudad llamando con el nombre de su marido a cada burro que se topaba. Cuando un asno rebuznaba en respuesta, la mujer caía de rodillas, se santiguaba y le daba gracias a Dios por haber encontrado a su marido. Si quería de vuelta a su hombre, tenía que comprarle el burro a su propietario. Después regresaba a casa feliz de haberlo recuperado y se pasaba el resto de la vida tratando de deshacer el encantamiento. O tal vez fuese igual de dichosa manteniendo a su esposo en forma de burro. Se decía que algunos de los matrimonios más felices en Sevilla eran entre una mujer y su asno.

El Santo Oficio azotaba en las plazas públicas a muchas mujeres por jactarse de los placeres insólitos que descubrían con sus amantes equinos. Quejidos licenciosos y crescendos de lujuria viajaban hasta remotas aldeas en las montañas, donde manadas de asnos salvajes rebuznaban de envidia. Los gitanos empezaron a traer burros que se soltaban a rebuznar cada vez que una mujer desesperada les dirigía la palabra. Si un burro tenía una erección e intentaba montar a una joven esposa que le llamaba por el nombre de su marido, o si un burro intentaba cocear a una anciana y marchita arpía que lo reclamaba como su esposo, o se escurría cuando una mujer fea le echaba los brazos al cuello, todo aquello era considerado como una prueba de que la mujer había encontrado a su esposo. Cuando un sevillano se permitía alabanzas exageradas de sí mismo, se le decía: «Recuerda, hoy eres humano, pero mañana bien podrías ser un burro».

Durante la Semana Santa la gente hacía penitencia por todos los pecados con los cuales se regodeaba durante el resto del año. Solamente entonces los sevillanos hacían ayuno y se arrastraban de rodillas hasta la catedral. Pero la catedral de Sevilla no era opresiva. Al contrario, estaba llena de luz, de color, de fulgurantes ornamentos de oro y joyería, iluminada tanto por sus lámparas de aceite y sus velas como por la iridiscente luz que entraba a borbotones por sus vitrales. Era un lugar al que íbamos para experimentar los esplendores del mundo, no un edificio sombrío en el cual expiar los pecados. Cuando era joven tenía la idea de que Dios tendría que ser más receptivo a nuestras plegarias en un lugar como éste, donde todos eran conscientes de que la esperanza, la alegría y la belleza también formaban parte de la alianza entre Dios y los hombres. Siempre salía contento de la catedral de Sevilla, como si acabara de comer una paella rociada con un buen vino.

En aquella época a menudo acompañaba a mi madre en sus visitas a la catedral. Nuestro alborozo con el lugar era un secreto entre los dos que excluía al resto de la familia y nos daba un respiro de nuestra lúgubre vivienda con su mobiliario desgastado y de segunda mano y sus goteras en los techos de todos los cuartos. La suntuosidad de los altares de la catedral parecía aliviar a mi madre, aunque fuese momentáneamente, del dolor que le causaba la ruina monetaria de mi padre. Ella amaba la música por sobre todas las cosas. Es verdad que mi padre tocaba la vihuela en casa, pero nada de lo que hacía él le gustaba a ella. Únicamente en la catedral mi madre disfrutaba de la música. Su rostro resplandecía, sus ojos brillaban a medida que iban subiendo los sonidos del clavicordio o de la espineta. Cantar hacía feliz a madre. Aunque no tenía formación musical alguna, su voz era diáfana y podía alcanzar muchas de las notas altas. En casa yo sólo la había escuchado cuando cantaba romances en la cocina mientras hacía los oficios durante las ocasiones en que padre se había marchado a visitar parientes en Córdoba. En la catedral mi madre dejaba que su voz se difundiera y se elevara con el mismo abandono y éxtasis que yo había escuchado en el lamento de los cantaores.

Al salir de la iglesia se agarraba de gancho con mi brazo y dábamos un paseo por los bancos del Guadalquivir, deteniéndonos a observar los navíos extranjeros y los galeones de la gloriosa Armada. Una tarde, tomando mi mano por la muñeca, me imploró:

—No te quedes en España, Miguel. Márchate lejos de aquí, a algún lugar donde puedas ganar una fortuna. En las Indias tendrías un brillante futuro, hijo mío.

En aquella ocasión no mencionó a mi padre, pero yo tenía la sensación de que me estaba impulsando en busca de una vida completamente distinta a la suya. Dado que yo era un soñador como él, mi madre temía que también me convirtiera en un bueno para nada. Había comenzado a verme como uno más entre los ilusos varones Cervantes: viviría rodeado de malhechores, constantemente pidiendo dinero en préstamo a los amigos y parientes, incapaz de hallar la manera de llevar comida a la mesa. Pero si dejaba volar mi imaginación, algún día las anchas aguas del Guadalquivir me conducirían a las Indias en el oeste, o a Italia en el este, o a la ardiente África en el sur, o al Oriente, más allá de Constantinopla, a los esplendores y misterios de Arabia, y quizás incluso a la fabulosa corte del emperador de la China.

Pero aquellos sueños y fantasías de la infancia habían sido pulverizados por mi realidad inmediata. Al día siguiente Maese Pedro regresó de Sevilla con noticias de que el alguacil me estaba buscando y había recompensa por mi captura. Me despedí de mi sueño de viajar al Nuevo Mundo.

—Francamente —me dijo—, creo que la mejor oportunidad que tienes para escapar reside en pedir la ayuda de mi amigo Ricardo, El Cuchillo. Él es el jefe de una caravana de gitanos que parte mañana hacia los Cárpatos; todos los años atraviesan Italia en su camino a casa. Prepárate y te llevaré a verlo tan pronto como oscurezca. Y recuerda, no regatees el precio que te cobren y llegarás sano y salvo a Italia.

Los gitanos habían instalado un campamento en los bosques, al lado de un arroyo. Maese Pedro me señaló a un hombre que llevaba puesto un sombrero que le daba la apariencia de un cuervo, con sus enormes alas desplegadas sobre la cabeza. Los niños lo rodeaban, escuchando con gran concentración lo que estaba diciendo. Desmontamos y caminamos hasta donde estaba.

Cuando reconoció al visitante, El Cuchillo dio una fuerte palmada y los niños desaparecieron en la noche en medio de chillidos. Los dos hombres se abrazaron con el afecto de los viejos amigos. Maese Pedro habló primero:

—Ricardo, antes del día de hoy, nunca te había pedido un favor. Conozco a Miguel —dijo, al tiempo que arrojaba su brazo alrededor de mis hombros—, desde que era un niño.

Procedió entonces a explicar la gravedad de las circunstancias.

El Cuchillo escuchaba, halando suavemente su barba puntiaguda con sus dedos huesudos y curtidos. Las uñas de los dedos estaban llenas de tierra. Las arrugas de su rostro eran pronunciadas, como si hubiesen sido trazadas con un cuchillo, dejándole arroyuelos y canales: de allí su apodo. El gitano se quitó el sombrero, giró su cabeza de un lado al otro, dejando caer un grueso mechón de cabellos plateados, y dijo:

—Quiero que se me pague de una vez la cantidad completa. Pero le advierto, don Miguel. Si usted hace alguna tontería, no voy a arriesgar mi culo por usted. ¿Me entendió?

Así fue como abandoné España, vestido con trapos gitanos, con una pañoleta negra alrededor de la cabeza y aretes de oro colgando de las orejas. La ciudad de los Césares era mi destino final. Si bien sentía alivio de marcharme de la madre patria antes de que me cercenaran la mano derecha, por otra parte sentía ansiedad por el hecho de viajar con personas que moraban en cuevas y bosques salvajes y a quienes muchos cristianos consideraban brujos y caníbales. Cuando los gitanos acampaban cerca de una ciudad, los padres guardaban a sus hijos puertas adentro y dormían con ellos en la misma cama por las noches. Los gitanos tenían la mala fama de secuestrar niños y venderlos a los moros en tierras bereberes. También se decía que engordaban niños, los asaban durante las festividades, los cortaban en pedazos y arrojaban las partes blandas y gordas a sus pucheros, unas sopas hechas con carne de caballo seca, garbanzos y verdolaga.

Las gitanas que leían la palma de la mano eran temidas y despreciadas aún más que los hombres. Se decía que sus poderes eran tan formidables como los del diablo. Si una de aquellas gitanas se te acercaba, con sus ojos relucientes y seductores, y te negabas a escuchar su lectura, sin ninguna advertencia podía montar en una temible cólera y empezar a escupir escalofriantes maldiciones. Cuando era un muchacho en Sevilla, vi a un hombre que rehusaba que le leyeran la palma de la mano. La arpía de rostro abultado se echó a gritar:

—Hijo de la gran puta. Que la maldición del diablo recaiga encima de usted por hacerse el sordo ante una mujer necesitada.

Cuando el hombre se alejaba, una enorme y humeante roca negra cayó del cielo golpeando con tanta fuerza su cabeza que ésta se desprendió, y soltando gemidos salió rodando por la calle mientras el hombre sin cabeza trastabillaba tratando de encontrarla. A partir de aquello me hice el firme propósito de jamás hacer enfadar a una gitana. Era a causa de sus poderes diabólicos que incluso las fuerzas armadas del rey hacían lo posible por dejarlas en paz.

Desde el momento en que nos pusimos en camino, resonaban en mis oídos las palabras que Maese Pedro me había susurrado al despedirnos:

—Miguel, mantén siempre un ojo en tu zurrón. Asegúrate de que los gitanos no te vayan a dejar como viniste a este mundo. Después de estrecharle la mano a un gitano, acuérdate de contar tus dedos. Los gitanos, como bien sabes, son los pícaros y ladrones más grandes de este mundo. Aparte de eso, no son peor que el resto de la humanidad.

Capítulo 2
La Mancha
Luis Lara
1569

Conocí a Miguel en el Estudio de la Villa, la escuela municipal madrileña en la cual los estudiantes se preparaban para su ingreso a la universidad. Durante dos años Miguel se convirtió para mí en el hermano que nunca tuve. Durante dos años, en aquella época de la juventud en la que se sueñan los sueños más puros y ninguno de ellos parece imposible de alcanzar, habíamos compartido la esperanza de convertirnos en poetas y soldados, como tantos de los grandes poetas guerreros de España, como nuestro venerado Garcilaso de la Vega. Aquel par de años antes de que yo cumpliera los veinte, Miguel y yo habíamos disfrutado de la comunión de dos almas gemelas. Todos se referían a nosotros como «El par de amigos». Nuestra amistad parecía ser la encarnación perfecta de aquella unión ética de las almas que Aristóteles describe en su tratado *Ética nicomáquea*. Aquel antiguo ideal de la amistad era uno de los objetivos que yo anhelaba en la vida.

Después de que Miguel se convirtió en un hombre buscado por las autoridades, consciente de que para sus padres sería muy difícil obtener los fondos de un día para el otro, decidí conseguir el dinero para financiar su fuga. Yo me sostenía con la mensualidad que me asignaba mi padre para que asistiera a la Universidad de Alcalá de Henares. No podía presentarme ante él y pedirle una suma cuantiosa. Como todo buen castellano, mi padre era un hombre frugal. La única esperanza que me quedaba era mi abuelo, Carlos Lara, quien siempre me daba gusto. Yo apreciaba tanto su generosidad que muy pocas veces abusaba de ella. Esta vez no lo encontré en su dormitorio. Lo busqué en la biblioteca y tampoco estaba allí. Después lo fui a buscar a la capilla familiar, donde iba dos veces al día para cumplir con sus plegarias cotidianas. Por el ojo de la cerradura pude ver que se encontraba de rodillas, las manos juntas, la cabeza inclinada, sumido en oración. Mientras esperaba a que saliera temía que mi padre o mi madre me encontraran allí. Me aterraba tener que explicarles cuál era la situación. Para que el tiempo pasara más veloz cambiaba el peso del cuerpo de un pie al otro. Cuando abue Carlos salía de la capilla, sereno después de estar absorto en las plegarias matinales, lo abordé sin ningún preámbulo:

—Abue Carlos, necesito dinero para ayudar a un amigo que se encuentra en un grave peligro.

—¿Es para Miguel de Cervantes? —preguntó sin el menor indicio de sorpresa.

Asentí. Desde un primer momento abue Carlos había desaprobado mi amistad con Miguel. Conoció a su abuelo paterno en la época en que los monarcas españoles tenían la corte en Valladolid.

—Conocí bien al abuelo de ese joven —me dijo—. Acuérdate de mis palabras, de tal abuelo tal nieto. Juan de Cervantes era un derrochador: derrochaba en esclavos, en caballos y en trajes dignos de un noble. Y era tan sólo un fabricante de ropa, un plebeyo con pretensiones, que menospreciaba a sus hermanos judíos y se esforzaba por trabar amistad con los ricos, los poderosos, la nobleza cristiana —mi abuelo sacudió la cabeza y entrecerró los ojos—. Es cierto que al final de sus días fue un hombre respetado y próspero. No me gustaría imaginar los medios que empleó para llegar a esa alta condición —el abuelo enfatizaba cada una de sus palabras, como lo hacía siempre que quería impartirme una lección de vida—. Aquel hombre era un verdadero exponente de su despatriada raza semítica. Luis, no es apropiado para nosotros los cristianos acercarnos mucho a aquella gente que lleva tal mancha —abue Carlos reposó su mano en mi hombro y se quedó mirándome de hito en hito, al tiempo que decía—: Nunca te olvides de esto: incluso cuando un judío jura que es cristiano devoto, siglos después de la llamada conversión de su gente, en el fondo de su corazón seguirá siendo siempre un judío.

Yo no tenía nada contra los judíos que se habían convertido al cristianismo. Más aún, la vida sigilosa de los conversos ejercía sobre mí una gran fascinación. Además, desde un primer momento Miguel y yo habíamos compartido tantos momentos gozosos que estaba dispuesto a desobedecer a mis padres —a quienes excepto por aquello respetaba y acataba como era mi deber— si hubiesen prohibido nuestra amistad. Sin embargo, a pesar de su desaprobación, en el rostro del abuelo no había ningún indicio de reproche.

—Ven conmigo —me dijo.

Seguí al abue Carlos hasta su dormitorio, donde abrió un cofre de madera con diseños moriscos labrados en marfil, de aquellos que elaboran los artesanos de Toledo. Sacó de su interior un puñado de monedas y contó sesenta escudos de oro que depositó en mi mano. No se dijo una palabra más sobre el asunto, ni en aquel momento ni después. Comprendí que su generosidad extraordinaria se debía a su deseo tácito de que Miguel utilizara aquellas monedas para viajar lejos, muy lejos de mí y de España, de tal manera que yo pudiese escapar de su influencia. Desde luego era suficiente dinero para que costeara su pasaje al Nuevo Mundo, un lugar adonde él soñaba con viajar algún día.

En el Estudio de la Villa, los profesores y compañeros de clase me tenían en la mayor estima. Aprender era algo que se me daba con facilidad. La adquisición del conocimiento era muy valorada en nuestra familia; se esperaba de mí que después de que saliera de La Villa ingresaría a la Universidad Cisneriana de Alcalá, donde numerosos hijos de las mejores familias de Castilla estudiaban Teología, Medicina, Literatura y otras profesiones que eran bien vistas, antes de asumir el lugar que les correspondía en el mundo.

Miguel entró a estudiar a La Villa durante mi último año en esa institución. Su padre debió haber recurrido a una conexión importante para que fuese aceptado. Miguel no había sido educado para ser un caballero, como el resto de mis condiscípulos. Al encontrarse de improviso entre los más refinados jóvenes de Castilla, del mundo, su presencia resaltaba entre los demás como la de un potro salvaje en medio de un establo de caballos de pura sangre. No había conocido antes a nadie como él. Su espíritu bullicioso, su encanto más bien burdo y su naturaleza extrovertida le valieron el apodo de *El Andaluz*. Como andaluz que era, sonaba como si no pudiese dominar del todo el castellano: se tragaba la última sílaba de cada palabra y su pronunciación era tan áspera que a mis oídos sonaba como árabe. Miguel poseía la altivez, el brío y la espontaneidad de las personas del sur, que no se pueden llamar propiamente iberos, ya que su sangre es una mezcla de española y mora. Se comportaba como si no pudiese decidir si conducirse como un gitano o como un noble. En ambos casos era un imitador. Podía exhibir la seguridad en sí mismo propia de un noble al tiempo que dejaba en evidencia el espíritu agreste y los modales de los gitanos, aquella gente que llegaba a Madrid cada primavera acompañada de bandadas de gorjeantes golondrinas para luego escaparse hacia los climas más cálidos de Andalucía y el Mediterráneo en cuanto los primeros tonos de oro coloreaban las hojas de los madroños.

La familia de Miguel había llegado a Madrid proveniente de Sevilla. En aquella pequeña aldea que era Madrid durante el reinado de Felipe II, se regaron rumores de que el padre de Miguel, don Rodrigo Cervantes, había sido encarcelado en numerosas ocasiones debido a su incapacidad para pagar sus deudas. Pero otro rumor, aún más vergonzoso, se cernía sobre la familia.

Miguel me causó una impresión memorable cuando lo escuché declamar en clase el «Soneto V» de Garcilaso. Se trataba de un poema que yo recitaba para mis adentros mientras me paseaba por las calles de Madrid o me adentraba a solas en los bosques, o bien cuando estaba tendido en mi cama en la oscuridad de la noche, después de rezar las oraciones pero antes de quedarme dormido. Recitaba esos versos pensando en mi prima Mercedes, la mujer de la cual había estado enamorado desde la niñez. Hasta el día que escuché a Miguel recitar el soneto dentro de nuestra aula, estaba convencido de que yo era la única persona sobre la faz de la Tierra que comprendía tan plenamente la trascendencia de las palabras de Garcilaso.

En el instante mismo en que empezó, «Escrito está en mi alma vuestro gesto» quedé embelesado. No estaba sólo recitando unas palabras, como lo hacían mis otros condiscípulos cuando se les pedía que recitaran poemas que habíamos memorizado. En el caso de Miguel, era como si estuviese experimentando en carne propia los sentimientos que describía Garcilaso. Sentía cada palabra profundamente, como sólo puede hacerlo un verdadero poeta. Con pasión creciente recitó las trece líneas siguientes:

> y cuanto yo escribir de vos deseo;
> vos sola lo escribistes, yo lo leo
> tan solo, que aun de vos me guardo en esto.

> En esto estoy y estaré siempre puesto;
> que aunque no cabe en mí cuanto en vos veo,
> de tanto bien lo que no entiendo creo,
> tomando ya la fe por presupuesto.

> Yo no nací sino para quereros;
> mi alma os ha cortado a su medida;
> por hábito del alma mismo os quiero.

> Cuanto tengo confieso yo deberos;
> por vos nací, por vos tengo la vida,
> por vos he de morir, y por vos muero.

Cuando Miguel terminó de recitar, con las pupilas resplandecientes como si la fiebre lo consumiese, los labios estremecidos, las manos tan temblorosas como si tuviesen vida propia, la frente rociada de transpiración, los hombros encogidos como para abrigar en su pecho cada palabra y cada sonido del poema y retener la emoción que le causaba, parecía como si una espada hubiese atravesado su corazón y él estuviese a punto de fallecer por un amor no correspondido. Supe de inmediato que aunque viniésemos de mundos diferentes, mundos que en la España de nuestra juventud eran casi irreconciliables, tenía que hacerme amigo suyo. La manera en que hacía que los versos de Garcilaso pulsaran con fervor me indicaba que era alguien que amaba la poesía y veneraba a Garcilaso tanto como yo.

Su declamación nos sorprendió a todos, pues hasta ese punto lo habíamos considerado tan sólo otro andaluz rústico. Un par de condiscípulos vitorearon y aplaudieron su interpretación venida del corazón. Noté cómo de inmediato Miguel ganaba valor a los ojos del profesor López de Hoyos, célebre por su conocimiento de los clásicos. De buenas a primeras se convirtió en el protegido del profesor, a pesar de que en todas las demás materias era un alumno mediocre. Miguel parecía vivir tan sólo para la poesía, un rasgo que a mí se me hacía admirable, dado que la poesía era para mí la más elevada de todas las artes.

No mucho tiempo después alcancé a escuchar cuando el profesor López de Hoyos conversaba con otro de nuestros instructores y se refería a Miguel como «mi preciado y bien amado discípulo». Sentí una punzada de celos al caer en cuenta de que a partir de ese momento yo pasaría a un segundo plano en los afectos del profesor. «Voy a ser un auténtico caballero», me dije, «voy a elevarme por encima de los mezquinos celos». Le ofrecí a Miguel mi amistad de todo corazón. Aquel día salimos juntos de la escuela y nos fuimos a caminar. Una vez que estuvimos a una distancia suficiente, Miguel se llevó a los labios una pipa sin tabaco en la cazoleta.

(Cuando lo conocí mejor me di cuenta de lo importante que resultaba para él crear siempre un cierto efecto.) Insistió en que fuésemos a una taberna a platicar sobre poesía mientras bebíamos una jarra de vino. Rehusé la invitación porque mis padres siempre me esperaban en casa a la misma hora y además no podía regresar oliendo a alcohol y tabaco. En vez de ello, mientras citábamos versos de Garcilaso recorrimos las calles y plazas de Madrid hasta la caída del sol. Aquella noche mi amistad con Miguel encontró sus cimientos en nuestro amor por la poesía de Garcilaso de la Vega, el gran bardo de Toledo, el príncipe de la poesía española. Ni uno solo de mis otros condiscípulos compartía conmigo esta pasión. La frescura del lenguaje de Garcilaso, la sinceridad de sus sentimientos y las innovaciones estilísticas, que incorporaban el lirismo italiano en las estancadas tradiciones poéticas españolas, así como el hecho de que hubiese sido soldado, todo contribuía a convertirlo en nuestro héroe. Aquella noche, mientras nos deshacíamos en elogios sobre el gran toledano, Miguel comentó:

—Murió cuando todavía era joven, antes de ser corrompido por el mundo.

Me pregunté en aquel momento si también era ésa su ambición.

En esa época, sólo los poetas jóvenes y los amantes de la poesía conocían los escritos de Garcilaso. Durante aquella primera caminata nos comprometimos a ser como Garcilaso y Boscán (su mejor amigo, un gran traductor y poeta). Ambos estábamos hastiados de la poesía sentimental repleta de las forzadas convenciones que se estilaban entonces, y juramos con vehemencia destronar a los poetas oficiales, cuyos apellidos nos resultaban tan detestables que no pensábamos enlodar nuestros labios con su mención. La meta que nos propusimos fue escribir tan sólo acerca del amor que suscitaba una mujer viva, de carne y piel, una realidad tangible, en lugar de aquel amor vaporoso y afectado de los poetas que habían precedido a Garcilaso, bardos insinceros que escribían poemas sobre el tema del amor y no sobre el amor.

—Nosotros cultivaremos la lírica —le dije a Miguel—. Nuestros poemas serán una indagación de nuestras mentes y nuestros corazones. No aquella basura lacrimosa tan en boga hoy en día.

—Sí, claro —exclamó Miguel, en total acuerdo—. Seremos poetas viriles como Garcilaso, como Jorge Manrique. No como aquellos poetastros llorosos de nuestros días.

Ya comenzaban a encender las antorchas en las esquinas. Empecé a dirigirme a casa, pero Miguel siguió caminando a mi vera. Cuando llegamos a la puerta principal de nuestro hogar en el vecindario del Alcázar Real no dijo nada, pero me di cuenta de que se había quedado deslumbrado a la vista de la imponente puerta y la antigüedad del escudo de bronce de la familia empotrado en ella. Lo invité a entrar.

—Agradezco tu gentil invitación —me dijo—, pero ya debo regresar a casa. La próxima vez.

Nos volvimos inseparables, hasta el punto de excluir de nuestra compañía a todos los demás estudiantes. Casi todos los días tomábamos largas caminatas por el parque del Prado. Miguel miraba de reojo el suelo en busca de castañas, que iba recogiendo y guardando en su maletín escolar. Para mí no eran más que comida para dar a los cerdos. Para Miguel eran una exquisitez. Pronto descubrí que a pesar de su alma sensible y de su total devoción a la poesía, existían grandes brechas en su educación literaria. Conocía la poesía de Garcilaso y muy poco más. Su ignorancia de los clásicos, de Virgilio y Horacio por ejemplo, era inconcebible en alguien con ambiciones de convertirse no sólo en poeta, sino en Poeta de la Corte, como era su sueño según me había confesado. Garcilaso había recibido su nombramiento en la Corte de Carlos I y yo bien sabía lo difícil que sería para Miguel lograr aquello. Si su familia, como corría el rumor, como lo había afirmado mi abuelo, era de judíos conversos, iba a ser imposible que la nobleza lo aceptara en la corte de Felipe II.

Lejanos quedaban los días de los Reyes Católicos, cuando la Corte de Isabel había sido un refugio para los científicos, médicos y eruditos judíos, antes de que expulsara de España a toda la judería, acatando las órdenes del Papa. Más cercanos se encontraban los días cuando era común que se quemara a los judíos en la hoguera en las plazas de Madrid y todo el país.

Mis antepasados Lara provenían de Toledo. Remontándose a los días del Sacro Imperio Romano, mis parientes habían habitado casas y palacios con bibliotecas que contenían, ya fuese en castellano, latín, italiano o árabe, todos los libros que se consideraban esenciales para la educación de un caballero.

Entre mis antepasados se cuentan guerreros, escritores ilustres y nobles aventureros que entregaron su vida por defender nuestra fe en los campos de batalla de Europa y en la conquista de México. Mi padre fue dos veces marqués. Mi abuelo ganó su renombre en la batalla de Pavía, en la cual nuestro emperador Carlos I derrotó a Francisco I de Francia. En 1522 mi abuelo también participó en una expedición contra los turcos en la isla de Malta. Fue allí donde trabó amistad con Juan Boscán y con Garcilaso, ambos soldados en esa campaña. De tal modo que crecí oyendo hablar de aquellos hombres ilustres no como figuras distantes sino como hombres de carne y hueso, personas a quienes yo mismo habría podido conocer.

Mi madre era condesa; su familia, los Mendinueta, era tan antigua y tan noble como la de mi padre. A ella le gustaba recordarnos: «Durante generaciones, ambas ramas de nuestra familia han tenido a su disposición carruajes tirados por dos mulas. Ése es el tipo de gente de la cual venimos».

A pesar del temperamento tan gregario de Miguel, era bastante reacio a hablar de su familia, una familia de pecheros, es decir gente con exiguos recursos financieros. Incluso tener tinta y plumas para hacer sus tareas escolares resultaba un lujo para él. Lo invité a que viniera a nuestra biblioteca a leer. Aquel sitio se convertiría en su segundo hogar. Cuando entró a la casa por vez primera era obvio que se sentía por completo fuera de lugar. En presencia de integrantes de mi familia se tornaba tímido y silencioso.

Los libros eran un gran tesoro para Miguel. Bien es cierto que había leído el romance pastoral *La Diana*, de Jorge de Montemayor, y conocía unos cuantos clásicos españoles, pero en nuestra biblioteca sostuvo en sus manos por primera vez una edición de los sonetos de Petrarca, *Colloquia* y *Sobre la abundancia*, de Erasmo, y la traducción que hizo Boscán de *El cortesano* de Castiglione. Pasamos horas leyendo en voz alta *Orlando furioso* de Ariosto. Cuando le enseñé la primera edición de la poesía de Garcilaso, que había sido publicada en el mismo volumen con los poemas de Boscán en 1543, no pudo contener las lágrimas mientras pasaba las manos sobre la cubierta. Luego guardó silencio el resto de la velada.

Miguel palpaba las antiguas ediciones de los clásicos no solamente como si fuesen objetos preciosos, sino también criaturas vivientes de gran fragilidad. Su índice seguía las líneas de cada página, rozándolas delicadamente del modo que se acaricia por vez primera la piel de la mujer amada. Y su apetito por la literatura era voraz. Podía leer un libro en cuestión de horas, como si se tratara de la última oportunidad que tendría para hacerlo. Tenía tanta sed de conocimientos como sed de agua tiene el camello después de completar una larga travesía en el desierto. Leía a la luz de un candelabro hasta que se quemaba la mecha de las velas.

Aunque mi madre lo invitó varias veces a que se quedase a cenar, siempre respondía que sus padres lo esperaban. En un principio yo no tenía claro en qué parte de la ciudad vivía. Cuando mostré interés en saber dónde quedaba su domicilio, Miguel hizo señas en dirección del centro, lejos de las torres del Alcázar, nuestras encumbradas vecinas. Al entrar y salir de nuestra casa era muy común ver pasar carruajes acompañados de sus séquitos en los cuales se transportaba a miembros de la familia real y a otros personajes importantes que se dirigían hacia el Alcázar o venían de él. Todos los días veíamos pasar por nuestra calle carrozas seguidas de sus cortejos que transportaban a la familia real y a otros personajes cuando iban o volvían del Alcázar. Los madrileños notables cargados por sus esclavos en finísimos palanquines pasaban en frente de nuestra casa con la misma frecuencia con que se ven pasar por los vecindarios pobres a los buhoneros que pregonan sus mercancías.

Meses después de que nos hiciéramos amigos cercanos, Miguel por fin me invitó a conocer su hogar. Su familia vivía en una desvencijada casa de dos pisos cerca de la Puerta del Sol, en una lóbrega calle que apestaba a sopa de repollo, orina y excrementos. Estas viviendas no tenían cisternas y sus habitantes debían recoger el agua en las fuentes públicas. Las persianas que ocultaban las ventanas dejaban abierta una lámina de madera para espiar lo que sucedía en la calle. Era ésta una sección de Madrid muy poco frecuentada por los hidalgos y las dueñas; era más bien el hogar de legiones de pordioseros, de mutilados, llagados y gente descalza, niños y adultos que deambulaban casi desnudos, enfrentándose a perros callejeros y ratas por un hueso descarnado.

Miguel había mencionado que su padre era cirujano. Pero en mi primera visita al hogar de los Cervantes descubrí que don Rodrigo no era un médico con educación universitaria sino uno de aquellos cirujanos-barberos que practican sangrías a los enfermos paupérrimos. La barbería y clínica de don Rodrigo se encontraba en un cuarto grande, oscuro y pestilente en el primer piso de la casa. Cuando entramos estaba ocupado con un paciente. Miguel saludó y el padre asintió en dirección nuestra pero sin saludarme, como si estuviera tan absorto en su labor que no me veía.

Atravesamos aquel recinto mal ventilado ocupado por personas que dormían o que gemían sobre camas improvisadas, que no eran otra cosa que planchas de madera cubiertas de paja mugrienta. Luego ascendimos unas viejas y desiguales escaleras de madera que llevaban a las habitaciones de la familia en el segundo piso. Una ahumada lámpara de aceite ardía en la sala de estar, dispersando su endeble luz sobre una alfombra raída en la cual reposaban unos cuantos cojines gastados; también se veían una mesa de madera basta y un crucifijo que colgaba encima de la entrada. Todas las cosas en el cuarto estaban impregnadas por el olor acre del repollo, ingrediente principal de la sopa del pobre.

Miguel me condujo a su dormitorio, en una zona sin ventanas al lado del cuarto principal, con una cortina de tela burda y agujereada en lugar de puerta. Para entrar había que inclinar las rodillas y bajar la cabeza. Compartía el único catre con su hermano Rodrigo, el menor de la familia.

Cuando regresamos a la sala de estar, sentada sobre un cojín con un bebé lloroso en los brazos, se encontraba una joven a quien Miguel me presentó como Andrea, su hermana mayor. Mencionó que la otra hermana, Magdalena, estaba en Córdoba visitando a unos parientes. Estaba finalizando las presentaciones cuando su madre, doña Leonor, salió de la cocina. Mi presencia la tomó por sorpresa, evidentemente, por lo cual deduje que la familia no estaba acostumbrada a que los visitantes subieran al segundo piso. La madre de Miguel era alta y delgada, con el aspecto desgastado de los ascéticos. En su juventud debió haber sido una mujer bella, pero ahora su rostro semejaba un friso de diminutos mosaicos quebrados y reagrupados para dejar a la vista un paisaje de esperanzas aplastadas.

Cuando Miguel mencionó mi nombre, reaccionó con cierta incomodidad.

—Don Luis Lara —dijo, enunciando con lentitud cada sílaba como si quisiera asegurarse de haber escuchado correctamente—. Bienvenido a nuestro humilde hogar. Nos honra con su visita.

No obstante su desaliño y sus modestas prendas, tenía los buenos modales de una mujer de cierta educación y refinamiento. Me enteraría más tarde que procedía de una familia de terratenientes de larga data. Luego se volvió hacia Miguel:

—Podrías haberme avisado que ibas a traer a don Luis a casa. Al menos le habría preparado un refrigerio.

—Es mi culpa, doña Leonor —interpuse—. Miguel no sabía que tenía la intención de venir. Insistí en hacerlo para recoger un libro de estudio. Perdone si he sido impertinente.

En aquel momento un jovencito subía las escaleras corriendo al tiempo que gritaba:

—Miguel, Miguel, mi padre te necesita abajo.

—¿Rodrigo, es que no tienes educación? —le reprochó doña Leonor—. ¿No te das cuenta de que tenemos un visitante? Don Luis va a pensar que en esta casa andamos a los gritos todo el día.

—Éste es mi hermanito. Vuelvo pronto —me dijo Miguel, y salió del recinto con el niño.

Doña Leonor insistió en que me quedara a tomar un refrigerio. Antes de regresar a la cocina se dirigió a Andrea:

—Déjame llevar a la pequeña a la cuna. Guárdale compañía a don Luis mientras le preparo una taza de chocolate.

Andrea le pasó a su madre la criatura, que ya había dejado de llorar. Nos quedamos entonces solos en la sala de estar sentados sobre cojines, uno frente al otro. Fue ella quien rompió el silencio.

—Don Luis, quiero que sepa que la bebé que mi madre se llevó para poner en la cuna es Constanza, mi hija, aunque mis padres le dicen a todos en Madrid que es de ellos.

Esta asombrosa revelación salió de sus labios con una brusquedad inaudita, sin ningún preámbulo.

El cabello de Andrea le caía hasta la cintura como una negra mantilla de seda. Vestía de manera muy sencilla, un traje gris, y no llevaba adornos. Sus rasgos tenían una perfección clásica y la piel de su rostro era de una gran lozanía. Sus ojos lanzaban los mismos acerados rayos de desafío que los de aquellas mujeres que merodeaban los callejones sórdidos de Madrid y que se les dirigían a los hombres para exigir que disfrutaran de sus servicios. Tenía un hoyuelo en la barbilla que era como un pozo por el cual se sumergían los deseos de los hombres para no volver a salir.

—No es culpa mía, don Luis, que Dios, si es que debo creer lo que la gente dice de mí, me haya hecho hermosa. Para una joven de familia humilde, la belleza es la única dote —tomó una pausa e hizo una mueca.

Como estaba susurrando las palabras tuve que inclinarme en su dirección hasta que me encontré tan cerca de ella que podía sentir que su aliento aireaba mis pestañas. Su proximidad me desasosegaba. En verdad era de una belleza excepcional. Pero la suya era una belleza grabada en ácido. Alisándose con ambas manos el cabello que le caía sobre el rostro, tomó un suspiro profundo y afligido. Continuó, exagerando el ceceo, apuntando hacia el aire con la rosada punta de su lengua:

—En Sevilla conocí a un muchacho que resultaba una delicia para mis ojos y a quien mi corazón eligió como objeto de adoración. Su nombre era Yessid. Las intenciones que tenía conmigo eran honorables. Mi amor por él era como lo es el amor verdadero: sin reservas y sin límites. Era carpintero, pero lo que lo hacía inaceptable como esposo mío a los ojos de mi padre es que Yessid era de ascendencia mora. Sin importar el hecho de que la familia de Yessid se hubiese convertido a nuestra religión y que él fuese un cristiano verdadero. Mi familia me prohibió verle. «Era lo único que nos faltaba», dijo mi padre cuando le informé que Yessid quería pedir mi mano. «Después de muchas generaciones todavía no hemos podido establecer la pureza de nuestra propia sangre. Si te casas con un moro nuestra familia jamás podrá librarse de la mancha. Preferiría verte muerta. Te prohíbo que vuelvas a ver a solas a Yessid. Y mejor que a ese joven no le volvamos a ver la cara por aquí…»

Andrea se detuvo, adolorida por su confesión. Suspiró de una manera tan profunda que me pareció que dejaba sin aire el cuarto. Luego continuó:

—Don Luis es joven, pero estoy segura de que ya estará al tanto de la esclavizante tiranía del amor. Yessid quedó con el corazón destrozado y regresó a las montañas cerca de Granada para vivir con sus padres. Más tarde me llegó la noticia de que se había ahorcado.

—Lo siento mucho —le dije en un susurro.

Andrea no pareció haberme escuchado. Se quedó examinando sus manos, acariciando unos dedos con los otros. Pero tenía más que decir:

—Desde que tengo edad suficiente para ayudarle a mi padre con sus pacientes —prosiguió, levantando el rostro y sosteniendo mi mirada— he trabajado con él, ayudándole a cuidar de los enfermos. Si yo contase con una dote habría ingresado a una orden religiosa y me habría marchado a las Indias para socorrer a los dolientes y propagar la fe entre los nativos. En su sabiduría infinita, Dios me tenía reservado algo diferente. Fue así como conocí a mi malvado seductor, un rico comerciante florentino de nombre Giovanni Francesco Locadelo, el padre de mi hija. Había sido herido en el mar en un sitio cercano a nuestras costas por unos corsarios turcos y fue llevado a Sevilla, donde requería los servicios de una enfermera en todo momento. Acepté el trabajo, complacida de tener una oportunidad de ayudar a mis padres y de distraerme de mi pérdida.

Cuidé del florentino durante su larga convalecencia, pasando muchas noches en vela mientras refrescaba su frente con paños húmedos para reducir su fiebre. Cuando mejoró su salud se mostró agradecido conmigo. Al principio decía que yo era como una hija para él. Lejos estaba yo de saber que éste era el primer paso en su malévolo plan para seducirme y despojarme de la virginidad, el único tesoro que poseía.

Habría querido mirar en otra dirección, fijar la vista en el cielorraso ahumado, pero los ojos de Andrea estaban clavados en los míos.

—Un día me dijo que se había enamorado de mí y me preguntó si consentiría en casarme con él. Le contesté que no sin darle explicaciones. Nadie sabía de mi promesa de seguir siendo la viuda de Yessid por el resto de mis días.

No obstante, a medida que continuaban las súplicas del italiano durante varios meses, para castigar a mi padre le permití que me sedujera. Unas semanas más tarde, cuando le dije a don Giovanni que me encontraba embarazada de un hijo suyo, anunció que se sentía lo suficientemente bien para regresar a Florencia, de donde lo habían mandado llamar para ocuparse de un negocio urgente.

Había empezado a sudar. Andrea se dio cuenta de mi desazón.

—Perdóneme, don Luis, si lo incomodo con mi relato de congoja. Pero nunca le había contado esta historia a nadie y ya no puedo seguir adelante un día más sin desahogarme —miró en dirección de la cocina para asegurarse de que su madre no estuviera en la habitación. Luego prosiguió con un tono de premura en la voz—. Fue así como para mitigar su conciencia (aunque a todas las demás personas les dijo que lo hacía por gratitud y porque yo le había ayudado a recuperar su salud), me obsequió una chaqueta hecha en tela de plata, una de oro carmesí, un escritorio de Flandes, una mesa elaborada con madera de nogal, juegos de finísima ropa de cama, sábanas de seda, almohadas holandesas, manteles bordados, fuentes de plata, candelabros de oro, alfombras turcas, braseros, un espejo convexo enmarcado en pan de oro, pinturas de maestros flamencos, un arpa, dos mil escudos de oro, y muchos, muchos otros regalos. En otras palabras, me dejó la dote de una mujer rica para atraer a hombres sin escrúpulos a quienes no les importara que yo ya no fuese virgen. Aquello fue suficiente para aplacar a mi padre. Lo hacía más feliz verme convertida en una mujer deshonrada y acaudalada que en una mujer feliz casada con un joven honesto de ancestros árabes.

—¿Y dónde están todas aquellas riquezas?, probablemente se estará preguntando don Luis en estos momentos

—dijo, abarcando el sitio con la mano para llamar la atención sobre el lamentable mobiliario del cuarto—. No es la primera vez que pasa pero de nuevo mi padre acumuló grandes deudas apostando y estaba en peligro de ser enviado a la cárcel sin posibilidad de salir hasta que fuese un anciano. Así que vendió todo lo que pudo de los despojos de mi desgracia y empeñó el resto. De ese modo pudo pagar a sus acreedores y todavía tener suficiente dinero para mudar la familia a Madrid. Como usted bien sabe, don Luis, el honor y la virtud son los únicos verdaderos ornamentos que posee una mujer. Sin ellos una mujer hermosa se convierte en repugnante. Para salvar mi honor (con lo cual querían decir para salvar el honor de la familia), antes de marcharnos de Sevilla mis padres trataron de convencerme de que entregara a mi hija como un bebé expósito. Juré que primero la mataría y luego me mataría a mí misma si pretendían hacer eso. Todo el mundo en Sevilla sabe lo que les pasa a los desdichados bebés que son dejados a las puertas de los conventos al abrigo de la noche: los cerdos y los perros salvajes que rondan las calles antes del amanecer devoran a muchos de aquellos infantes antes de que las monjas los encuentren por la mañana. Todo lo que queda de aquellos infelices ángeles son las oscuras manchas de sangre sobre el piso, y a veces pequeños fragmentos de huesos y diminutos restos de rosada carne.

Me sentía aturdido. Quería salir corriendo de aquel cuarto y de la terrible confesión. Pero Andrea no estaba dispuesta a detenerse.

—Ya sabe usted cómo son las cosas. Si una joven pierde la virginidad por fuera del matrimonio es considerada una infame asquerosa, un basilisco. Yo propuse llevarme a mi hija e irme a las montañas cerca de Granada para convertirme en pastora. De esa manera mis padres no tendrían que avergonzarse de mi desgracia. Gracias a Dios y a la Santísima Virgen, mis padres desistieron de su plan de entregar a mi hija y nos marchamos todos juntos de Sevilla. En Madrid nadie nos conoce. Mis padres se inventaron la absurda historia de que soy la viuda de un hombre llamado Nicolás de Ovando que murió en Sevilla de una fiebre violenta. Es por eso, don Luis, que me encuentra aquí, enterrada en vida, con el corazón convertido en un pedazo de madera. Le aseguro, si no fuese por mi hija, ¡y Dios me perdone!, hace mucho tiempo me habría dado muerte.

Una vez concluyó su espantosa historia, Andrea se incorporó del cojín. Su hermoso rostro se veía tan lívido como la cabeza de una estatua de mármol: perfecta pero inanimada. Sin decir otra palabra, se desvaneció por el oscuro corredor que llevaba a la parte trasera de las habitaciones, donde su bebé de nuevo se había echado a llorar. Sentado allí a solas junto a la débil luz de la lámpara, tuve la sensación de que en aquel cuarto había debido confrontar por primera vez la verdadera oscuridad del mundo. Sacudía la cabeza de un lado a otro tratando de expulsar los demonios a los cuales acababa de estar expuesto. ¿Por qué Andrea me había confiado a mí su terrible secreto? ¿Cómo sabía que yo no utilizaría esta historia bochornosa para arruinar el honor de su familia? Lo único que se me ocurrió pensar es que había hecho su confesión para avergonzar a su padre, a quien parecía culpar de su tragedia.

Decidí no mencionar lo que había sucedido a Miguel ni a nadie más. Al confiar en mí, la hermana de mi amigo me había dejado en posesión de una carga que yo no deseaba en absoluto; peor aún, su monstruoso secreto me convertía en prisionero de ella.

Casi treinta años después, mientras leía la primera parte de *Don Quijote*, reconocí a Andrea como el modelo para crear a Marcela, la hermosa pastora a quien se culpa de la muerte de un hombre locamente enamorado de ella. Me pregunté entonces si Andrea alguna vez habría leído la novela de Miguel, y de ser así cuánto le habría dolido que su propio hermano le revelara al mundo su pasado vergonzoso.

He allí la principal diferencia entre Miguel y yo en cuanto escritores. Miguel de Cervantes carecía de imaginación; simplemente tomaba prestadas sus historias de la vida real. Por el contrario, yo llegué a desarrollar la convicción de que la verdadera literatura no debe ser excusa para una autobiografía pobremente disimulada. En los tiempos degenerados en que había sido condenado a vivir, este hecho no resultaba evidente para nadie. Pero en el futuro, estaba convencido, los escritores verdaderamente grandes serían aquellos que de nuevo escribieran, en lugar de tan sólo reescribir, los relatos que necesitaban ser perfeccionados. En el futuro, todas las novelas extensas y tediosas, incluido el *Don Quijote* de Miguel, serían talladas y pulidas hasta dejarlas en su esencia, de tal modo que la historia entera pudiese ser contada en unas cuantas páginas.

La vez siguiente que visité el hogar de Miguel, muchos de los objetos que Andrea había mencionado como parte de su «dote» estaban a la vista. La desaliñada sala de estar había sido transformada en una habitación elegante y colorida. El padre de Miguel debía haber tenido una racha de ganancias en las mesas de juego, pues por lo visto había recuperado los objetos empeñados.

Aprendí lo que era la infelicidad doméstica después de poner pie en el hogar de Miguel. Doña Leonor mostraba de manera constante el desprecio que sentía por aquel marido inútil y derrochador. Por su parte, él era un lector ávido y se jactaba de sus conocimientos del latín. Don Rodrigo (como lo llamaba la gente, aunque no tenía derecho a tal título honorífico) ganaba más dinero escribiendo los sonetos que le encargaban los jóvenes para cortejar a sus damas que lo que recibía como cirujano-barbero. Solía entretener a los jóvenes enamorados que contrataban sus servicios, así como a sus vecinos, recitando poesía y tocando la vihuela. Su sala de consulta y barbería, les recordaba a todos, hacía las veces de un lugar de reunión cultural para mentes superiores. Había que escuchar los versos pareados que componía y que se soltaba a recitar sin que los amigos y clientes que allí llegaban para beber y platicar tuvieran que insistirle mucho.

—Don Luis, la gente se sana más pronto rodeada de música y poesía —me explicó—. La alegría es la mejor cura para todas las enfermedades.

Para poner en práctica su filosofía, al tiempo que sangraba a sus pacientes les cantaba romances acompañándose con la vihuela. No es de extrañar entonces que fuesen más los que le confiaban sus barbas que su salud. Los heridos que llegaban a que les cosiera los tajos que les habían propinado tenían el aspecto de criminales peligrosos que no podrían ir a un hospital. La fascinación que Miguel sintió toda su vida por los personajes del bajo mundo empezó con los clientes que frecuentaban la barbería de don Rodrigo. A mí me repulsaba pero al mismo tiempo me atraía aquella chusma, a la que sólo había visto desde la distancia, y con la cual jamás habría entrado en contacto de no haber conocido a Miguel.

—Don Luis —me dijo en una ocasión don Rodrigo, cuando ya me había conocido un poco mejor—, esto es lo que me veo obligado a hacer para sobrevivir y sacar adelante la familia. Pero la verdad es que soy un poeta de corazón. Estoy seguro de que usted puede apreciarlo.

Durante las vacaciones de la escuela y todos los días al salir de clase, se suponía que Miguel ayudara a su padre a sangrar a los pacientes, matar las moscas y lavar las bacinillas y el suelo manchado de sangre. Le avergonzaba en extremo tener que cumplir estas labores y no tenía el más mínimo interés en aprender el oficio de su padre.

—¿Por qué voy a querer aprender sobre garrapatas y cueros cabelludos? —me dijo una vez, lleno de amargura—. Cuando sea Poeta de la Corte no tendré que hacer sangrados a las personas para aliviarlas de sus humores malsanos. La belleza de mis versos las curará de todas sus enfermedades.

Miguel había heredado de su padre el amor por la poesía. Pero estaba resuelto a hacer algo de provecho con su vida, no a ser un fracaso, como su progenitor.

—No te imaginas cuántas veces tuve que ir a la cárcel a llevarle sopa a mi padre —me confesó en una taberna una noche que había bebido demasiado vino—. Había veces en que madre y mis hermanos y hermanas menores se tenían que acostar con hambre para que él pudiese satisfacer su gran barriga. —Me causaba pena pensar que la vida de mi amigo había sido tan dura.

Si bien ella valoraba la educación que había recibido y se sentía orgullosa de que las monjas le hubiesen enseñado a leer y escribir, le reprochaba a Miguel los gastos en el papel en que escribía sus composiciones. Comprar papel para sus clases significaba que habría que ahorrar en algunos otros gastos del hogar. Doña Leonor no perdía ocasión de recordarle a cualquiera que estuviese cerca y quisiera escucharla que era su herencia cada vez más menguada la que sostenía a la familia. Había heredado un viñedo en Arganda que proporcionaba un pequeño ingreso para alimentar y vestir a sus hijos.

Años más tarde, cuando por fin estuve listo para empezar a escribir mi don Quijote, tomé como modelos para algunos de los personajes más importantes a los padres de Miguel. En este punto quisiera enfatizar la diferencia entre autobiografía (canibalizar nuestra propia vida) y biografía (que se basa en los poderes de observación de un escritor). Fue a partir de la figura del padre que comencé a concebir la idea de un soñador que termina por arruinar a su familia. Don Rodrigo sería el modelo para el desquiciado don Quijote, y la madre de Miguel se transformaría en el ama de casa realista y la sobrina siempre práctica. Lo repito, fue a mí a quien se me ocurrió convertir a este par en personajes de ficción. Mi gran error fue que una noche que estábamos bebiendo y yo había tomado demasiado vino, le conté a Miguel sobre estas criaturas de mi imaginación (sin mencionar que mis personajes estaban basados en sus padres). Fue entonces cuando me robó la idea y publicó aquella farragosa y poco artística primera parte de *Don Quijote* antes de que yo tuviese la oportunidad de completar mi historia.

A pesar de todas nuestras diferencias, el ardor de la poesía fortaleció mi amistad con Miguel. Dos amigos unidos para siempre en la historia de la literatura; era así como yo nos veía. Cada vez que nos preguntábamos qué nos depararía el futuro, recitábamos los versos iniciales de uno de los poemas más famosos de Garcilaso, que expresaba a la perfección la incertidumbre de nuestras jóvenes existencias:

> Cuando me paro a contemplar mi estado,
> y a ver los pasos por do me ha traído,
> hallo, según por do anduve perdido…

En octubre de 1568, la tercera esposa del rey Felipe II, la princesa francesa Isabel de Valois, falleció después de abortar un feto de cinco meses. No tenía siquiera 23 años y ya era conocida como «La princesa de la paz», pues sus esponsales con el rey habían sellado la paz entre Francia y España en 1559, y le habían concedido a nuestro reino dominio sobre Italia. Al igual que los demás españoles, yo la veneraba.

Isabel todavía jugaba con muñecas cuando llegó a España el año siguiente. El rey tuvo que esperar dos años para consumar el matrimonio, hasta que Isabel menstruó por primera vez. Los recién casados no tenían un idioma en común (nuestro rey no hablaba latín). Él tenía el doble de la edad de ella y sostenía un romance con una de las damas de compañía de su hermana, la princesa Juana. Todo Madrid sabía que aquello le rompía el corazón a Isabel pues su propio padre había tenido una amante, Diana de Poitiers, lo cual había hecho muy desdichada a la madre de Isabel. La joven decidió fingir que ignoraba la infidelidad del rey. Se ganó el afecto de los españoles cuando aprendió a hablar castellano a la perfección. Se convirtió en mecenas de las artes —especialmente de los pintores— y escribió varias composiciones musicales. Durante su brevísimo reinado transformó la corte de Felipe en una de las más civilizadas de Europa.

Los súbditos de Isabel oraban para que le diera un infante. Su primer intento de dar a luz terminó con el aborto a los tres meses de un par de mellizos. Isabel cayó gravemente enferma y toda España temió por su vida. Durante aquellas semanas angustiantes, españoles de todas las clases sociales se agolpaban en las iglesias y catedrales para encender velas e implorar por su reina. Sesiones de oración colectiva a las que asistían multitudes se llevaban a cabo en las plazas de Madrid. Miles y miles de velas se alumbraban cerca de los portones del Alcázar Real, donde la vida de la joven reina era como una llama a punto de extinguirse. En nuestra capilla privada se celebraban dos misas diarias para rogar al Todopoderoso que la salvara. Las oraciones del pueblo en las plazas e iglesias eran tan fervientes que se elevaban hacia el cielo en una especie de nube sonora que se dispersaba en un eco a lo largo y ancho de la ciudad durante toda la noche. La devoción que sentían los madrileños humildes por Isabel me conmovía hasta las lágrimas.

Un cirujano italiano de visita en la Corte salvó la vida de Isabel. Una vez que se recuperó de su encuentro tan cercano con la muerte, el rey, la Corte y todos los españoles no veían la hora de que volviese a quedar en estado. Dos años más tarde, al ver que continuaba infértil, el arzobispo de Toledo aconsejó que los restos incorruptos de san Eugenio fuesen traídos de Francia a Madrid de manera que Isabel pudiese orarle en persona que la curase de su infertilidad. Era tal su deseo ardiente de concederle un heredero al trono español y era tal su devoción pura a este santo de la Iglesia, y tal su fe inquebrantable en Nuestro Padre Celestial, que se corrió la voz de que Isabel durmió desnuda junto al cadáver de san Eugenio hasta que volvió a quedar embarazada. Los españoles recibieron la noticia con gran júbilo. Isabel dio a luz dos princesas. Ahora era sólo cuestión de tiempo, pensaban todos, antes de que les diera un heredero varón.

En lugar de ello, Isabel sufrió una enfermedad que desfiguró su rostro. Personas malintencionadas empezaron a difundir el rumor de que su marido, el licencioso rey, le había contagiado la sífilis. Sus médicos diagnosticaron un caso de varicela, y para prevenir que quedase desfigurada aconsejaron que permaneciese en una tina llena de leche de burra, su rostro cubierto por una pasta compuesta de estiércol de paloma y mantequilla. Cuando Isabel se recuperó y se comprobó que su cutis estaba intacto, el pueblo creyó que debido a su gran sufrimiento y a sus recuperaciones milagrosas, esta reina espiritual bien podría ser uno de los santos de Dios sobre la Tierra. Después de una larga convalecencia, Isabel volvió a quedar preñada, pero un aborto accidental segó su vida. La pena que todos sentimos fue más grande que si hubiésemos sido reconquistados por los moros o hubiésemos perdido a nuestra Armada. La nación entera entró en duelo. En Madrid no se volvió a escuchar música por un período de treinta días, los teatros se cerraron, las corridas de toros se prohibieron, las fiestas de cumpleaños se cancelaron y las bodas se aplazaron hasta seis meses después. Las mujeres de mi familia se vestían de negro y durante tres meses se cubrieron el rostro con velos de hilo de oro. Yo me coloqué un brazal de luto alrededor del brazo derecho.

Mi dolor por su muerte, no obstante, era más personal que el de la mayoría. Había conocido a la princesa en un evento de la Corte. Mi tía, la condesa de La Laguna, nos presentó diciéndole que yo era una de las futuras glorias de la poesía española. Su Alteza Real me invitó a que le enviara algunos poemas por intermedio de mi tía. La princesa refrendó la invitación con una sonrisa. Nunca me enteré de lo que le parecieron mis versos; tan sólo me alegraba saber que había leído mis palabras.

El rey Felipe convocó un concurso literario para premiar el mejor soneto escrito en conmemoración de la bienamada reina difunta. Los torneos literarios eran uno de los pocos caminos disponibles para que un joven ambicioso pudiese ganar fama y fortuna. Triunfar en uno de estos eventos podía significar el patronazgo de algún noble rico y cultivado o, en algunos casos, un nombramiento como Poeta de la Corte.

Yo escribí un soneto sobre Isabel pero no lo envié a la competencia. Igual que Horacio, consideraba que un poema debía ser cultivado y pulido durante nueve años antes de ser enviado al mundo para su publicación. Además no estaba sediento de fama ni necesitaba la remuneración monetaria.

Espero no sonar arrogante cuando afirmo que mi elegía a la reina fue construida con mayor rigor, rimada con mayor delicadeza y refinamiento e imbuida de elementos más elevados que la cruda versificación del soneto que Miguel escribió para la ocasión. Yo sabía qué tan importante era para mi amigo ganar esta competencia. Su futuro bien podría depender de ello. Lo menos que podía hacer por él era no convertirme en un obstáculo en sus esfuerzos por alcanzar un retazo de gloria literaria.

Teníamos la costumbre de mostrarnos los respectivos poemas. Leí el mediocre soneto que Miguel escribió para Isabel. Cuando me preguntó mi opinión le dije:

—Creo que vas a ganar la competencia con este soneto.

Aquello lo alegró. Se sentía demasiado seguro de sí mismo como para pedir sugerencias a alguien; de todos modos traté de mejorar su deslustrada elección de palabras y de reforzar sus líneas con un esquema de rimas melifluo y clásico. Después Miguel buscó la ayuda del profesor López de Hoyos, cuya devoción se había asegurado a punta de incesantes halagos.

Un par de días antes de que se anunciase el ganador, el juez único del concurso literario en estado de ebriedad se cayó de su caballo sobre la calle de adoquines en la que vivía y se partió la crisma. El profesor López de Hoyos fue nombrado en su remplazo. No me sorprendió en absoluto que le concediera a Miguel el primer lugar ya que, para empezar, todos los concursos literarios se llevan a cabo para, primero, premiar a los amigos de los jueces, y segundo, para castigar a sus enemigos. Citaré el primer cuarteto tan sólo para dar una idea de la textura de su soneto ganador.

Cuando dejaba la guerra
libre nuestro hispano suelo,
con un repentino vuelo,
la mejor flor de la tierra
fue trasplantada en el cielo

El soneto no era más que una floja imitación de Garcilaso, el tufo de un joven y ambicioso poeta desesperado por obtener reconocimiento.

El exiguo éxito literario de Miguel sacó a la luz su verdadera personalidad: comenzó a actuar como si creyese que era él el más brillante bardo en todo el reino y se jactaba ante toda persona dispuesta a escucharlo: «Yo soy el verdadero sucesor de Garcilaso de la Vega». El día que se anunció el ganador, muchos de los comentarios de Miguel iban precedidos por las palabras «Cuando yo sea el poeta de la Corte…». Este tipo de jactancia resultaba ridículo, pero dado que no soy una persona cruel, no quise señalar que los judíos estaban excluidos de antemano para un cargo como aquél. En aquellos días, deslumbrado por el encanto de Miguel, le perdonaba todo; las cosas que nos unían eran más fuertes que aquellas que terminarían por abrir un abismo entre nosotros.

Después de que concluí mis estudios preparatorios en La Villa, no sentía el menor deseo de permanecer en Madrid luchando por obtener mendrugos de la gloria literaria.

Ya estaba listo para comenzar mis estudios de literatura clásica en la Universidad Cisneriana de Alcalá de Henares. La elegí por encima de la célebre Universidad de Salamanca porque era la más selecta de nuestras instituciones de alta enseñanza y porque quería permanecer cerca de Toledo y Madrid. A pesar de mis reparos crecientes a la falta de modestia de Miguel, sentía pena de ver que quedaría atrás en Madrid. Era posible pero no fácil que las familias pobres enviaran con gran sacrificio a sus hijos a estudiar en la universidad. Los padres de los estudiantes adinerados, en cambio, les rentaban casas, les proporcionaban sirvientes y caballos durante el tiempo que durasen sus estudios, mientras que los estudiantes menos privilegiados pagaban su educación trabajando para los vástagos de Castilla. Cuando le mencioné a Miguel que ésta era una posibilidad, espetó:

—Prefiero seguir siendo un ignorante que uno de esos estudiantes hambrientos que imploran un mendrugo de pan o uno de aquellos que tiene que depender de la ropa desdeñada por otros para mantenerse caliente en el invierno.

—Quiero recordarte, Miguel, que vivirías en mi casa, en la cual serías tratado como un hermano, no como un sirviente.

—Ya lo sé. Y no quiero ser ingrato ante tu oferta generosa. Pero los otros estudiantes sabrían cuál es la situación y me tratarían como a un inferior.

No insistí en la cuestión, esperando que pasado un tiempo comprendería las ventajas de mi propuesta. Sin obtener una educación superior serían escasas las perspectivas de futuro para Miguel, no obstante la efímera fama que le había caído como poeta en ciernes. Sospechaba que no había aceptado mi oferta porque existía presión por parte de sus padres para que empezase a ganar dinero y a contribuir con los gastos de la familia Cervantes. Logré persuadirlo de que me acompañara a visitar la universidad y a buscar vivienda apropiada. Y hasta añadí:

—¿No te gustaría volver a ver la ciudad en la que naciste? —Miguel había salido de Alcalá de Henares siendo niño, pero a menudo se refería a la población con cariño y nostalgia—. Y en el camino de regreso —le dije— podemos detenernos en Toledo para visitar la tumba de Garcilaso —bien sabía que Miguel estaba ansioso por ver la ciudad donde había nacido Garcilaso de la Vega y visitar su tumba en la catedral—. Nos alojaremos en casa de mis padres y allí conocerás a mi prima Mercedes, que vive con ellos. Me gustaría mucho que Mercedes y tú se conociesen —y es que quería reunir a la mujer que adoraba y al mejor amigo que había tenido jamás. Tales eran la ingenuidad de mi corazón y el afecto que sentía por Miguel, que añadí—: A Mercedes le conté de nuestra amistad y ella escribió de vuelta diciendo que está deseosa de conocerte. Quisiera que los dos llegaseis a ser tan cercanos como un hermano y una hermana.

Cuando Miguel y yo nos encontrábamos en frente de la fachada de mármol blanco de la Universidad Cisneriana, yo confiaba en que iba a cambiar de idea y aceptaría mi invitación a vivir juntos durante mis años de universidad. Pero cuando vimos a un grupo de descendientes de grandes familias en frente de la entrada al edificio principal, ostentando capas de terciopelo oscuro y sombreros adornados con plumas exóticas, armados con dagas y espadas, montados sobre finas cabalgaduras y acompañados de sus pajes, ayudas de cámara y lacayos que acampaban en la plazoleta mientras esperaban a que sus amos asistieran a clase, supe que Miguel se iba a comparar con ellos y se iba a sentir inferior, consciente de que no podría aspirar a tales demostraciones de riqueza.

Los herederos de la nobleza española presentaban un marcado contraste con los otros estudiantes que se paseaban por allí, los llamados *capigorristas*, que llevaban capas fabricadas con materiales humildes y gorros de tela que a duras penas les protegían la cabeza cuando hacía frío.

Pasamos un par de horas gratas visitando los grandiosos edificios. Miguel admiró en particular los cielorrasos de madera dorada del Gran Salón, labrados con motivos moriscos; los vitrales de las ventanas góticas; la imponente capilla; los patios con arcos romanescos y columnas flanqueadas por altos cipreses, y los varios jardines floridos entre los edificios. Las aves se detenían a beber agua, chapotear y cantar en sus fuentes de mármol.

Más tarde ese mismo día examiné un par de casas que estaban disponibles como sitio de residencia. Después de ello insistí en que fuésemos a visitar la casa en la que había nacido Miguel, que se encontraba cerca de la universidad. Había escuchado a don Rodrigo Cervantes hablar de los antiguos días de gloria de la familia cuando vivían en Alcalá, antes de que la mala fortuna se cebara con ellos. La vivienda de dos pisos, con un jardín en el que cabrían un par de rosales, estaba situada en la esquina que separaba el barrio moro del barrio judío, adyacente al hospital, en el cual coexistían los enfermos, los moribundos y los locos, como era el caso de los hospitales en toda España. Sentí lástima por Miguel, que había tenido que crecer escuchando a los dementes que deliraban día y noche, los quejidos de los leprosos y los lamentos de los pacientes que morían en medio de grandes dolores. Los vapores pestilentes que emanaban del hospital me produjeron náuseas. Resultaba inconcebible para mí que alguien pudiese tener memorias agradables de aquella casa.

Caminamos hasta la escuela donde Miguel aprendió a leer y escribir. Era un diminuto edificio medieval ahora abandonado. A través de una ventana rota pude escrutar un cuarto de techo bajo cuyas paredes estaban recubiertas de mosaicos moriscos partidos. Aquella visita a Alcalá me concedió una nueva comprensión de Miguel, haciéndome sentir compasión por la manera en que había crecido, y me permitió que fuese más fácil pasar por alto su desmedida ambición. Pernoctamos en una posada cerca de la universidad, adonde los estudiantes iban a beber. Miguel consumió garrafas de vino como un desesperado. En dos ocasiones debí intervenir para evitar que empezara peleas. Sabía que tarde o temprano su temperamento volátil lo metería en líos.

El amor que yo sentía por mi prima Mercedes era un secreto muy bien guardado. Aunque ella y yo jamás habíamos hablado de lo que sentíamos el uno por el otro, yo no necesitaba prueba alguna de que mis sentimientos eran correspondidos. Desde los tiempos de nuestra niñez era sobreentendido por mis padres, nuestros abuelos y todos los demás integrantes de la familia que algún día, cuando yo terminara mis estudios, nos uniríamos en matrimonio.

Mercedes se había mudado a vivir con mis abuelos maternos en Toledo cuando todavía era muy pequeña. Su madre, la tía Carmen, había muerto al dar a luz. El primo de mi padre, don Isidro Flores, quedó tan abrumado de dolor tras la muerte de su esposa que dejó a Mercedes al cuidado de mis abuelos y viajó al Nuevo Mundo, donde perdió la vida en un enfrentamiento con un grupo de indios salvajes en alguna selva inhóspita.

Miguel y yo llegamos a Toledo a mediados de la mañana y fuimos directamente a la casa de mis abuelos. Yo estaba impaciente por ver a Mercedes. Un sirviente acompañó a Miguel al cuarto de huéspedes para lavarse y quitarse el polvo del camino. Yo me limpié el rostro con una toalla húmeda, me peiné, limpié a palmadas las mangas de la chaqueta, lustré un poco las botas y subí a los aposentos de Mercedes. Ella sabía que yo había llegado y estaba esperándome. Leonela, su criada de toda la vida, me abrió la puerta. Mi prima se levantó de su escritorio y vino presurosa hacia mí. Nos echamos uno en brazos del otro en un tierno abrazo. Leonela nos dejó a solas. Besé sus mejillas rozagantes que olían a jazmín.

Me llevó de la mano hacia los cojines al lado de la ventana que miraba hacia el huerto. Su cabello rubio estaba cubierto por una pañoleta, pero algunas madejas se escapaban por sus sienes resplandeciendo como motas de oro.

—¿Encontraste casa en Alcalá? Me enteré de que habías ido a buscar un sitio —me preguntó. Sus modales exquisitos eran encantadores, tan subyugantes que a duras penas lograba entender el contenido de las palabras que me decía. Una nube pasajera de melancolía invadió su rostro—. Espero que no pienses que peco de inmodesta si te digo que yo también desearía ser una estudiante universitaria —y antes de que yo tuviese tiempo de responder, preguntó—: ¿Cuánto tiempo te puedes quedar con nosotros esta vez?

Tomé entre las mías su suave mano y estudié sus dedos delicados:

—Les prometí a los padres de Miguel que mañana estaríamos de vuelta en Madrid. Y tengo que volver pronto a la universidad. Pero regresaré en cuanto sea posible y prometo quedarme un par de días.

Mercedes cerró los ojos y sonrió.

Mi abuela Azucena había ordenado una comida en honor de mi regreso que incluía muchos de mis platos preferidos: potaje de garbanzos y perdiz, pernil de cordero, jamón serrano, trucha de río rellena de champiñones, ensalada de frutas, almendras, huevos de codorniz y entremeses de aceitunas, quesos y turrones. Acompañamos todo esto con vinos del viñedo de la familia, cerca de Toledo. Durante toda la cena Mercedes fue la imagen perfecta de la reserva, la pureza y el refinamiento. En todo momento mantenía sus ojos bajos, y sólo dirigía la mirada en dirección mía y de mis abuelos.

A pesar de la cálida acogida que le dieron mis abuelos, Miguel muy poco dijo durante aquella comida deliciosa, y sólo hablaba cuando alguien le dirigía la palabra. Nunca lo había visto tan parco, pero lo atribuí a su falta de sofisticación social. Su plato favorito fue el jamón serrano, por lo cual le sirvieron una ración adicional que comió con gran apetito. ¿Era ésta su manera de indicarle a mi familia que él no era judío?

Una vez finalizada la comida nos retiramos a nuestros aposentos para tomar la siesta. Acordamos reencontrarnos a las cuatro para caminar hasta la catedral y visitar la tumba de Garcilaso.

Llegamos allá en el carruaje de mis abuelos, con Leonela como la cuarta persona de nuestra comitiva. Mercedes llevaba un velo al salir de casa pero se lo quitó en cuanto estábamos en el interior del vehículo. Su belleza iluminaba todo el interior del carruaje.

Le preguntó a Miguel qué le había parecido el Estudio de la Villa. Al responderle cambió su comportamiento: empezó a imitar los modales que tenían algunos de nuestros profesores excéntricos y relató bromas algo subidas de tono sobre su aspecto. Su sentido del humor era irresistible, aunque quizás inapropiado al estar en compañía de una dama como Mercedes. Pero ella parecía estar disfrutando de sus payasadas.

De repente le preguntó:

—¿Usted canta, señor Cervantes?

Mientras Miguel pensaba qué contestar, dije yo:

—Sí, Miguel tiene muy buena voz. Deberías escucharlo cantar baladas andaluzas.

Él trató de negarlo pero Mercedes lo interrumpió:

—En ese caso debe cantar para que lo escuchemos. No será tan descortés como para rechazar el pedido de una dama, ¿verdad?

Miguel se ruborizó. Se aclaró la garganta y acompañándose con las palmas empezó a entonar una balada de amor. Me cruzó por la mente la idea de que la reticencia de Miguel era una forma de seducción; parecería casi que se había propuesto dejar en Mercedes una profunda impresión. A pesar de que nada en el comportamiento de mi prima me diese el más mínimo indicio de desconfianza alcancé a sentir un ramalazo de celos. Cuando Miguel acabó su canción, todos lo aplaudimos y lo festejamos; luego reinó el silencio en el interior del carruaje el resto del trayecto. Hasta que llegamos a la catedral, Mercedes fijó la mirada en el paisaje de aquella hermosa tarde de junio.

Después de recitar nuestras oraciones en frente del altar principal, nos acercamos a la tumba de Garcilaso. Ardía en deseos de enseñársela a Miguel. Él cayó de rodillas en cuanto vio el sarcófago de mármol y besó la piedra helada. Yo también me había sentido abrumado por la emoción la primera vez que visité el sitio en que reposaban los restos mortales de Garcilaso. Leonela le entregó a Mercedes un pequeño ramillete de rosas que había traído entreverado en su regazo y mi prima lo depositó a los pies del sepulcro. Miguel propuso recitar un poema que había escrito en honor del gran toledano. Mientras menos diga sobre aquel soneto, mejor, pero por lo visto a Mercedes le gustó.

Sentí un gran alivio cuando Miguel y yo nos marchamos juntos de Toledo. En el camino de regreso a Madrid, después de alabar las maravillas de Mercedes, pasó a hacerme preguntas de carácter personal. Tuve mucho cuidado para no revelar más de lo necesario.

—Es una mujer tan hermosa, tan inteligente, tan vivaz —me dijo.

Asentí pero no dije una sola palabra. Pero él siguió hablando:

—¡Su espontaneidad es tan cautivadora!

Antes de que siguiera alabándola, le dije:

—Mis padres y mis abuelos siempre han contado con que ella y yo nos casemos —el rostro de Miguel no consiguió ocultar la tristeza que aquella información le causaba. Muy poco dijo durante el resto del viaje hasta Madrid.

Empecé las clases en la universidad y pronto me encontré muy ocupado, encantado con los estudios y con los nuevos estudiantes que iba conociendo. Un día recibí en el correo una carta de Mercedes con las habituales noticias sobre mis padres y su estado de salud, y con muchas preguntas sobre cómo era mi vida en la universidad. Agregaba en una posdata, como de pasada, que Miguel había ido a la casa a visitarlos. En un primer momento no pensé nada al respecto. Sin embargo, le escribí a Miguel sin mencionar que me había enterado de esa visita; no me respondió. Así pasó una semana, después dos. Su silencio me preocupaba y el veneno de los celos empezó a anidar en mi corazón. De inmediato repudié la posibilidad de que mi mejor amigo pudiese intentar enamorar a mi prometida. En lo que a Mercedes respecta estaba persuadido de que era demasiado noble y pura como para ser capaz de cometer una traición. No obstante, seguía teniendo ciertas dudas sobre Miguel. Los celos empezaron a consumir mi espíritu hasta el punto de que por estar tan distraído era incapaz de estudiar, de dormir o de comer. Pasaba la mayor parte de mi tiempo en las tabernas de Alcalá, donde me sentaba a beber solo en una esquina hasta caer en un estado de estupor. Mis sirvientes se encargaban de cargarme hasta la casa para evitar que algún desconocido me robara o me apuñalara. No podía seguir en aquel estado. Por el buen nombre de mi familia tenía que comportarme en toda ocasión como el caballero que era. Una madrugada, después de una interminable noche en vela, me vestí, y siguiendo un extraño impulso desperté al encargado del establo y le pedí que ensillara el más veloz de mis caballos. Me dirigí a Madrid dispuesto a ¿qué era lo que quería descubrir? Sólo pedía al cielo que mis sospechas fuesen infundadas.

Cabalgué directamente hasta la casa de Miguel y encontré a don Rodrigo en el momento en que le cambiaba a un paciente sus vendas malolientes.

—¿A qué debemos el honor de su visita? —exclamó.

Yo estaba demasiado impaciente para escuchar sus habituales majaderías, de modo que le dije al punto:

—Buenos días, don Rodrigo, ¿está Miguel en casa?

Mi brusquedad pareció dejarlo asombrado. Siguió cambiando las vendas que lo ocupaban y dijo:

—Ahora que lo pienso, no he visto a Miguel desde ¿ayer? Pensé que había ido a visitarte a Alcalá. ¿Pasa algo malo?

Le dije que no.

—Mi mujer está en el mercado, don Luis. Pero ¿por qué no sube a la segunda planta y le pregunta a Andrea? Tal vez ella sepa dónde está Miguel. Esta mañana debería estar aquí ayudándome. Es aquí donde debería estar.

Encontré a Andrea amamantando su bebé.

—Por favor no se levante —le dije—. Necesito encontrar a Miguel. Se trata de un asunto urgente.

—Miguel se marchó ayer a Toledo —dijo Andrea mientras alzaba al bebé para cubrir sus pechos desnudos—. Últimamente lo noto muy distraído.

—Perdone mi rudeza pero tengo mucha prisa —le dije a Andrea, inclinando la cabeza. Bajé corriendo las escaleras sin detenerme a despedirme de don Rodrigo, y llegué hasta la calle. Sentía que me ahogaba por falta de aire.

Enloquecido por los celos y por un furor asesino me marché a Toledo aquella tarde. Tenía que descubrir la verdad de una vez por todas. Entré en la mansión de mis abuelos, nuestro hogar ancestral, como un ladrón: salté el muro detrás del huerto y luego escalé hasta el balcón que daba a los aposentos de Mercedes. La puerta estaba abierta y la habitación vacía. Como si fuese un criminal temeroso de ser descubierto, me oculté detrás de un tapiz que cubría una de las paredes de su dormitorio y decidí esperar a que llegara. Ya sé que había perdido la cabeza, pero nada podía hacer. No tuve que esperar mucho.

Mercedes y Leonela entraron al recinto seguidas por Miguel. Me quedé casi sin aliento. Leonela se retiró y al salir cerró la puerta detrás de ella. Miguel trató de asir la mano de Mercedes. Mi primer impulso fue sacar la espada y atravesarle el corazón. Pero me habían educado para saber controlarme.

—Estoy comprometida con otro hombre —dijo enfáticamente—. Así que ahora por favor vete de aquí y nunca vuelvas a visitarme. Ya no eres bienvenido en esta casa. ¡Leonela!

Su criada entró al instante, como si se encontrase montando guardia justo detrás de la puerta. Mercedes le dijo:

—Miguel se marcha ahora mismo.

Desde el umbral, el miserable le preguntó a Mercedes si podía tener alguna esperanza.

—No —le respondió Mercedes con firmeza—. Ni la más mínima.

Miguel no se dio por vencido:

—Jamás renunciaré a ti. Te esperaré el resto de la vida si es necesario.

Mercedes se acercó adonde él estaba, emplazó la mano contra el pecho de Miguel y lo empujó hasta que salió del recinto. En seguida le cerró la puerta en las narices. Su comportamiento admirable me serenó. Me sentía avergonzado de haber dudado de ella un solo minuto. Ya había visto todo lo que tenía que ver. Era mejor que Mercedes jamás supiese lo que yo había presenciado. Se dejó caer sobre el lecho y comenzó a gimotear, enterrando su rostro en un cojín. Salí de puntillas hasta el balcón y me deslicé hacia el jardín. En el camino de regreso a Alcalá tenía la sensación de que mi corazón había sido mortalmente herido. Nunca volvería a creer en la amistad.

Tiempo después, en la parte I de *Don Quijote*, Miguel ofreció su versión de este acto de traición en el relato «El curioso impertinente», una de aquellas historias tediosas que insertó en el cuerpo de la novela sin el menor miramiento a su calidad artística y su sitio en el conjunto de la obra. En aquel relato intentó absolverse de culpas con la sugerencia de que yo, al igual que Anselmo, lo había incitado a cortejar a Mercedes para comprobar si en realidad era tan pura.

A medida que pasaban los días, mi ira no hacía más que inflamarse y se transformaba en una entidad viva que se cebaba en mi pobre corazón. Tenía que encontrar la manera de desquitarme para así de nuevo asumir control sobre mi vida. Tenía que castigar a Miguel de Cervantes por su descaro y por su traición imperdonable. Me marché de Alcalá y me dirigí a Madrid. Mis padres se sorprendieron mucho de verme. Les dije que tenía un proyecto de la universidad que exigía mi presencia en Madrid un par de días. Escribí un soneto anónimo en el cual ponía al descubierto el secreto de Andrea, hice de él una docena de copias y le pedí a mi sirviente privado que lo pegara a las puertas de las iglesias y de otros importantes edificios públicos de Madrid. Luego fui a ver a Aurelio, el encargado de los establos y la porqueriza de nuestra casa, y le dije:

—Quiero que le cortes la cabeza al más gordo y grande de nuestros cerdos y que la dejes en frente de esta casa —le di la dirección de la casa de Miguel—. Hazlo al amanecer y asegúrate de que nadie te vea —se trataba de un acto que se hacía con frecuencia cuando se quería que la ciudad se enterara de que en aquella casa vivía una familia de «conversos».

Sería sólo una cuestión de tiempo hasta que alguien insultara a Miguel acusándolo de ser un judío, o el hermano de una ramera. Y cuando aquello ocurriera, tendría que batirse en duelo para defender su honor.

Un par de días después con un sirviente le envié recado a Miguel de que me encontrara en una taberna en la que solían reunirse los poetas y otros personajes de la noche. Cuando Miguel llegó al lugar se encontraba en una disposición hosca y se veía en extremo preocupado. Empezamos una partida de naipes. Un individuo llamado Antonio de Sigura preguntó si podía unirse a nosotros. El hombre era un ingeniero que había llegado a Madrid para trabajar bajo las órdenes de la Corte construyendo caminos nuevos. De Sigura perdió rápidamente una cantidad considerable de dinero y en un momento dado, Miguel rehusó seguir jugando. El insulto se hizo inevitable, Miguel hirió a De Sigura y se convirtió en un fugitivo. Mi plan había funcionado.

A primera hora de la mañana siguiente Rodrigo, el hermano de Miguel, llegó a nuestra casa portando un mensaje suyo: estaba haciendo planes para escapar de Madrid aquella misma noche, antes de que las autoridades lo aprehendieran. A pesar de su perfidia, le envié de vuelta con el mensajero los sesenta escudos de oro que mi abuelo me había dado. Tal y como estaba viviendo en aquel momento, no pasaría mucho tiempo antes de que muriese.

Partí hacia Toledo al amanecer del día siguiente, sacudido por las emociones más tumultuosas. A medida que los dorados rayos del sol naciente comenzaban a calentarme sentía que iba regresando poco a poco a mi propia vida. El resplandor del sol recalcaba la austeridad del suelo pedregoso de Castilla, que se extendía interminable hacia el sur. Me hizo pensar en la piel ondulada de un dragón monstruoso que se deja a secar al aire libre. Bandadas de perdices volaban en lo alto de los bosques formando espesas nubes de color pardo antes de desaparecer entre la espesura de las encinas. Un aroma embriagante llenaba el aire, como si la tierra lo hubiese dejado escapar para despertar a todas las criaturas de La Mancha. Era aquel mismo olor a romero y mejorana del jardín de mi abuela en Toledo.

Aunque ahora sentía odio por Miguel, mi deseo más ferviente no era que fuese atrapado sino más bien que lograse escapar hacia las Indias, que se instalase en una tierra extranjera, lejos de Castilla y lejos de Mercedes. Mejor aún si moría en el otro extremo del mundo.

Cuando Toledo apareció en la distancia tiré de las riendas de mi cabalgadura y por un momento me quedé en el mismo punto. La luz pálida de la mañana se derramaba por las colinas y campos de La Mancha pintándolos de terracota. Era una visión que sólo podría captar un pintor. No sería hasta muchos años más tarde, cuando El Greco se quedó a vivir entre nosotros, que apareció un artista capaz de hacerles justicia a aquellos cielos.

Los molinos en la distancia, que coronaban las colinas color de tierra y piedra caliza, parecían gigantes recién despiertos, haciendo girar sus brazos para librarse de la rigidez matinal y preparándose para cuidar de La Mancha el resto del día, dispuestos a rechazar las hordas provenientes de aquel mundo salvaje y pagano que se extendía hacia el sur, hacia donde ahora se dirigía Miguel y adonde verdaderamente pertenecía, ya que en Castilla sería siempre un intruso, jamás uno de nosotros.

Me había comportado correctamente con Miguel, a pesar de que él no lo merecía. Al proporcionarle amplios fondos para su viaje, había hecho una acción honorable. En mi mente resonaban unos versos de fray Luis de León, que circulaban clandestinamente en manuscrito entre los amantes de la poesía en Madrid:

> Vivir quiero conmigo,
> gozar quiero del bien que debo al cielo,
> a solas, sin testigo,
> libre de amor, de celo,
> de odio, de esperanzas, de recelo.

Comprendiendo que mi felicidad con Mercedes estaría siempre en riesgo mientras Miguel se encontrase cerca, me hice una promesa: *Si Miguel de Cervantes regresa algún día a Castilla, juro que me encargaré de destruirlo.*

Capítulo 3
Lepanto
1575

Una vez que cruzamos los Pirineos por su extremo oriental, en la zona en que se angostan en cercanías de la costa del Mediterráneo, me sentí optimista de que lograría llegar a Italia. Deposité todas mis esperanzas en una invitación que el cardenal Acquaviva me había extendido para visitarle en Roma. Al cardenal, que había llegado a la Corte española como enviado del papa Pío V, lo conocí durante mi último año en el Estudio de la Villa por intermedio del profesor López de Hoyos. Quizás me ayudaría por deferencia a su amistad con mi profesor. Yo había tenido la gran fortuna de recibir el patronazgo del profesor López de Hoyos desde el instante en que ingresé al Estudio de la Villa. Había sido un golpe de suerte decisivo el hecho de convertirme en protegido de un hombre que parecía haber leído todos los grandes libros. Su confianza en mi talento le daba alas a mi ambición.

—Alcanza las estrellas más altas del firmamento literario, Miguel. ¡No te conformes con menos! —me había dicho en numerosas ocasiones.

Gracias a una recomendación de mi profesor, el cardenal Acquaviva había pedido ver algunos de mis poemas. Apenas era un par de años mayor que yo, pero su espigada y aristocrática presencia, su aura de poder, sus modales sofisticados, la precisión y la elegancia de su discurso, sus blancas y suaves manos y sus alargados dedos de músico adornados con impresionantes piedras de color rojo sangre que hacían juego con el color de las prendas principescas que vestía, hacían que en su presencia me sintiera como un simple muchacho. Memoricé sus cumplidos acerca de mi poesía:

—El profesor López de Hoyos se refiere a usted como una de las glorias futuras de las letras españolas —me dijo un día durante la cena—. Se entusiasma cuando habla acerca de la elegancia de sus versos, la originalidad de sus conceptos y sus persuasivas florituras. Yo de vez en cuando incursiono en la poesía. ¿Me mostraría algunos de sus versos?

Dejé en casa del profesor una selección de mis poemas para el cardenal enrollados y atados con una cinta. La siguiente vez que nos vimos, Acquaviva dijo:

—Cervantes, debe venir a Roma a aprender la lengua y a estudiar los poetas italianos. Siempre podrá contar con un empleo en mi hogar.

Tomé esta invitación como una muestra de que le gustaban mis poemas. Me aferré a esa oferta casual como la única luz en mis oscuras circunstancias, el único faro en mi horizonte lleno de sombras.

Aquel otoño, mientras viajaba con los gitanos a través de los frondosos bosques del sur de Francia, el clima era suave, el follaje ardía y las lánguidas tardes se llenaban con zumbantes y ebrias abejas doradas. Acampábamos en idílicos bosques de castaños y alcornoques que me recordaban las descripciones de los escenarios donde tenían lugar las novelas pastoriles. La campiña francesa bullía con la presencia de conejos, erizos, venados, palomas, perdices, faisanes, codornices y jabalíes. De día, las mujeres y los niños recorrían las áreas boscosas en busca de bayas, piñones, huevos, caracoles, hongos, hierbas silvestres y trufas. Las mujeres mayores se quedaban en el campamento atendiendo a los niños más pequeños, haciendo encajes y anudando hilos multicolores de algodón y lino que servirían luego como manteles, muy apreciados en los hogares prósperos de España.

Acampábamos en los bancos de helados y borboteantes arroyos o junto a ríos estrechos pero caudalosos, repletos de gordas truchas que capturábamos con las manos en los bancos musgosos. Pasábamos las noches al raso alrededor de una fogata. Las nuevas madres se acuclillaban en la tierra para dar el pecho a sus bebés; exhibían sin ninguna vergüenza ante los hombres sus senos repletos de leche. Esta costumbre incidía en la reputación de inmorales que tenían las romaníes. A medida que avanzaba la noche, el palmoteo y las resonantes notas de las panderetas llenaban el aire del campamento; los recipientes con vino eran descorchados; se encendían pipas con hachís aromático. Los bailes y los cantos proseguían hasta que todos —desde los más jóvenes hasta los más viejos— se derrumbaban en el suelo exhaustos y embriagados.

No me aparté ni por un minuto de los pocos escudos de oro que me habían quedado después de pagarle a El Cuchillo. Antes de irme a dormir escondía el zurrón de cuero entre la ropa interior. A lo mejor no tenía que haber sido tan desconfiado. Maese Pedro me había presentado a los gitanos como un poeta criminal buscado por numerosos crímenes. Una vez que se hizo pública mi identidad como asesino, siempre fui llamado «Hermano Miguel» o «Poeta». Los niños no podían evitar dar muestras del asombro y respeto que mi reputación les inspiraba.

La fascinación que toda la vida sentiría por los gitanos se cimentó en aquel viaje. Su amor por la bebida, por el baile, por hacer el amor y por las riñas, así como su feroz apego a sus costumbres y a su gente, eran cualidades que yo apreciaba enormemente. Hablaban castellano —y un poco de otras muchas lenguas europeas—, pero entre ellos se comunicaban en caló. Pasaba muchas horas hablando con los niños, intentando aprender los rudimentos de su lenguaje. Escribía a partir de mi experiencia personal cuando afirmo en *La gitanilla*: «Parece que los gitanos y gitanas solamente nacieron en el mundo para ser ladrones: nacen de padres ladrones, críanse con ladrones, estudian para ladrones y, finalmente, salen con ser ladrones corrientes y molientes a todo ruedo; y la gana del hurtar y el hurtar son en ellos como accidentes inseparables, que no se quitan sino con la muerte».

Me despedí de mis amigos gitanos en Italia, ya que continuaban camino hacia sus tierras ancestrales en los Cárpatos. Me dirigí hacia Roma a todo el galope de mi caballo, temeroso de quedarme sin dinero antes de llegar a mi destino. Seis días más tarde mi exhausto caballo cruzó el arco de la Porta del Popolo. Descendí de mi montura y con lágrimas que empañaban mi visión besé una de las columnas que señalaban la entrada a la ciudad de los Césares.

Sin dilación me encaminé hacia la residencia del cardenal Acquaviva, cerca de El Vaticano. Poco me importaba que me encontrase desaseado y a punto de desmayarme cuando llamé a la puerta de su grandiosa mansión y fui conducido a su presencia. Acquaviva me recibió con una amplia sonrisa que disipó al punto mis temores.

—Temía que vuesa excelencia se hubiese olvidado de mí —musité a manera de disculpa por haberme presentado sin prevenirlo.

—Por supuesto que me acuerdo de ti, Cervantes —respondió—. Nunca me olvido de un poeta joven y promisorio. Me alegra que te hayas acordado de mí. Bienvenido a Roma y a ésta mi casa y la tuya.

Besé la mano cubierta por un guante blanco que me ofrecía. Para mi gran alivio, no se hicieron preguntas sobre mi intempestiva llegada a la ciudad. Me estaba preguntando para mis adentros si habría escuchado decir algo sobre mi incidente en Madrid, cuando él me tranquilizó diciendo:

—Tengo urgente necesidad de un secretario que pueda responder mi correspondencia en español. ¿Qué tal es tu caligrafía?

—Hablo con la verdad si le digo a Vuestra Excelencia que mi letra, aunque de trazos pequeños, es bastante clara y ha sido alabada por mis maestros —me apresuré a decir, atónito con su ofrecimiento—. Y espero no ser causa de ninguna vergüenza por mi ortografía.

El cardenal se dirigió a su ayuda de cámara:

—Lleva las alforjas del señor Miguel al apartamento para visitantes en este piso. —En seguida me dijo—: Cervantes, puedo ponerte a trabajar de inmediato. Mientras tanto tendrás aquí tus comidas. ¿Qué te parece un sueldo de cinco florines al mes?

Además de su amor por la poesía, el cardenal tenía gran interés en la pintura, la música, la filosofía, la historia, y tanto la política local como la mundial. Gustaba de la conversación estimulante, en especial cuando iba acompañada con buena comida y los más finos vinos. Las conversaciones sobre religión parecían aburrirle, tornándolo distraído e impaciente. A pesar de que por aquel entonces yo había escrito poco y publicado aún menos, me trataba con el respeto que se le debe a un poeta serio.

Los primeros meses en Roma aproveché todo momento libre que me dejaban mis deberes para explorar aquella ciudad magnífica, inmortal. Como un peregrino nuevo, hice votos de amar a Roma con tierno afecto, humilde devoción y corazón abierto, y muy pronto me rendí a su hechizo. Las calles y las plazoletas soleadas por las cuales caminaba deslumbrado habían sido regadas con la sangre de los mártires cristianos, por lo cual su suelo era para mí sacrosanto. Los pasos de Miguel Ángel todavía resonaban en los parques, avenidas y las estrechas callejuelas. Sus frescos en el techo y el altar de la Capilla Sixtina parecían más la obra de alguna deidad que de un solo artista. Después de admirar por horas sus grandes dimensiones, su belleza y su perfección, empecé a comprender lo que significaba crear una obra de arte que, al igual que *La Comedia* de Dante, fuese un compendio de todo lo que se podía decir acerca del espíritu humano.

No había un solo sitio de Roma —ni una sola gigantesca columna de mármol, ni un arco ya partido, ni una tumba antigua, ni un callejón misterioso, o muralla antigua o cementerio venerable, o iglesia desvencijada, fresco ya borroso, palacio saqueado, penumbroso bosque de cipreses, plazoleta romántica donde de noche se daban cita los amantes—

que no fuese un ejemplo de la inagotable dádiva de maravillas que Dios había legado a los hombres.

Durante aquellos meses de felicidad las memorias de mi difícil pasado en España pasaron a un segundo plano, al igual que la nostalgia por la vida que había dejado atrás. Visitar sus iglesias, capillas, santuarios y basílicas, detallar las estatuas y las pinturas que adornaban los muros, los frescos que adornaban los techos, el intricado trabajo en oro de los altares y cúpulas, hacían que me sintiera en un estado de perpetua embriaguez natural.

Decidido a tener éxito en algo al menos una vez en la vida, cumplía mi trabajo para el cardenal con dedicación. Mis padres se habían sacrificado para enviarme al Estudio de la Villa y yo les había fallado. En las cartas que enviaba a casa me expandía escribiendo acerca de las tareas que llevaba a cabo en la casa de aquel gran hombre (magnificando la importancia de las mismas) y comentando sobre las personas importantes que visitaban el palacete del cardenal. A mis padres les conté que el papa Pío V me había dado su bendición. No mencioné que también había bendecido —al mismo tiempo— a otros muchos miles de creyentes desde su balcón. Confiaba en que tales noticias aliviarían el peso de la vergüenza que yo les había causado y se sentirían orgullosos de mí.

No obstante, me sentía inquieto. Roma era la capital política mundial. Los prelados gordinflones, que parecían amar a sus jóvenes acólitos tanto como amaban su propia vida de lujos y excesos, pasaban más tiempo hablando de intrigas políticas en las filas de la Iglesia que platicando de Dios. Yo no encajaba en aquella sociedad de intrigas y espionaje; no tenía el espíritu servil que se requiere para habitar los palacios de aquellas personas hambrientas de poder, aunque se les denominara hombres de Dios. Aquel mundillo de El Vaticano no era el sitio donde quería forjar una carrera. Existía también el riesgo de convertirme en un poeta embustero si llegaba a permitir que esa vida sibarita me sedujera.

El papa Pío V poseía mayor poder e infundía mayor temor que muchos reyes y emperadores poderosos. Preocupado por el hecho de que Selim II, el hijo de Solimán el Magnífico, envalentonado por las recientes conquistas de los otomanos en el Mediterráneo estaba agrupando sus fuerzas en la cercana Grecia, Pío V creó una Liga Santa para embarcarse en una nueva Cruzada contra los turcos. El rumor que corría en Roma era que la invencible armada turca se estaba preparando para efectuar un asalto en Italia, extirpar el cristianismo y esclavizar a los cristianos. Una vez que los otomanos conquistasen Italia, se creía que intentarían retomar Andalucía, o incluso España entera, en nombre del islam.

Selim II era el hijo que había tenido Solimán el Magnífico con la exesclava Roxelana, su esposa favorita. Tenía por apodo *El Borracho* pues era un personaje disoluto que vivía en permanente ebriedad. Le tenían completamente sin cuidado los asuntos de Estado o el bienestar de sus súbditos, y exigía enormes ingresos de parte de su marina de guerra para poder vivir con gran esplendor y en medio de una decadencia sin límites. Con este propósito les había dado licencia a los corsarios argelinos para que aterrorizaran y saquearan a las gentes del Mediterráneo. Pero su Gran Visir, el serbio renegado Mehmed Sokollu, estaba obsesionado con expandir las fronteras del Imperio otomano. Su intención era ganar control de todas las naciones del Mediterráneo y luego de toda Europa. Sokollu estaba enardecido después de las conquistas de Yemen, Hejaz y, la joya de la corona, Chipre.

La sola idea de Selim II y su Gran Visir subyugando las naciones cristianas, llenando sus harems con nuestras mujeres y vendiendo nuestros hijos a los turcos sodomitas, me resultaba insoportable. Estaba dispuesto a ofrecer mi vida para ayudar a derrotar a ese monstruo. Si acaso necesitaba algún incentivo adicional, la decisión de Felipe II de nombrar a don Juan de Austria comandante de la Armada Española me dio aún más motivos para hacerlo. El joven príncipe y yo habíamos nacido el mismo año, pero yo estaba lejos de ser el único que sentía reverencia por él. Aunque era el hijo ilegítimo de Carlos I, el pueblo español lo prefería sobre nuestro rey Felipe, quien se sentía mucho más cómodo en la Corte con sus amantes que en el campo de batalla. La campaña de don Juan en Andalucía cuando aplastó la revuelta de los turcos le había hecho famoso como soldado y como líder. Ganó más renombre como estratega naval al atacar y capturar las naves argelinas que remontaban nuestras aguas y hacían redadas en nuestras poblaciones costeras en busca de esclavos. Su valentía le otorgaba el estatus de héroe a los ojos de los jóvenes españoles.

Yo soñaba en llegar a ser soldado de su ejército. Era el príncipe que España necesitaba desesperadamente. Si existía alguna posibilidad de recuperar nuestro liderazgo entre las naciones del mundo, sería gracias a don Juan. Para mí la elección era diáfana entre el noble príncipe, un verdadero caballero y un corrector de las injusticias del mundo, así como un guerrero en contra de la maldad, enfrentado a un cruel, degenerado y despótico Selim II. Dependiendo de cuál lado salía victorioso, las naciones del Mediterráneo serían cristianas o musulmanas.

Me regocijé cuando las fuerzas españolas se unieron a los Estados católicos de Génova, Nápoles y Venecia para rechazar por las armas el inminente asalto de los turcos. Las fuerzas de los enemigos empezaron a concentrarse en cercanías de la costa de Italia, no muy lejos del puerto de Micina. La inmediatez de la guerra que se acercaba saturaba el aire que respirábamos, dominaba nuestras conversaciones, nuestros pensamientos y nuestros sueños. En consecuencia, todos los jóvenes en Roma caminaban con el pecho henchido. Nunca había sido tan excitante sentirse vivo.

Cuando el cardenal Acquaviva no requería de mis servicios, con frecuencia me encaminaba hacia el Coliseo. Varias fueron las veces en que me encontré solo, tarde en la noche, sentado en lo alto de las graderías, contemplando la arena vacía hasta que podía imaginarla empapada en sangre que refulgía a la luz de la luna. Luego era capaz de escuchar el eco ensordecedor de los romanos sedientos de sangre. Y si cerraba los ojos podía ver al furioso populacho con el pulgar hacia abajo o el pulgar hacia arriba, en una señal que vociferaba en silencio vida, muerte, vida, muerte. Vida.

Yo estaba dispuesto a matar turcos del mismo modo que me imaginaba matando leones y ultimando gladiadores en el Coliseo. Mi mente estaba rebosante de fervor patriótico por la tierra española y por nuestra fe cristiana. Una noche que me encontraba a solas, con las sombras del monumento y las estrellas del firmamento como únicos testigos, prometí dar mi vida, si fuese necesario, para derrotar a los turcos. Si sobrevivía, los campos de batalla, estaba convencido, me proporcionarían la experiencia necesaria y un tema grandioso para escribir un poema magnífico, algo que podría rivalizar con la *Ilíada* o con *El Cid*. Y si acaso nunca me convertía en un gran poeta, al menos habría sido un participante activo en un momento decisivo de la historia.

Tales eran los pensamientos que cruzaban por mi mente cuando mi hermano Rodrigo llegó a Roma como soldado en un regimiento español comandado por don Miguel de Moncada. Cada minuto que teníamos disponible lo pasábamos juntos, bebiendo en las tabernas, visitando los lupanares y hablando sin cesar sobre el glorioso futuro que nos esperaba al servicio de nuestro rey.

Lo único que me quedaba por hacer era informarle de mi decisión al cardenal Acquaviva. No trató de disuadirme. No había un timbre de descontento en su voz cuando me dijo:

—Miguel, te voy a echar de menos. Si mis circunstancias fuesen diferentes, yo también me haría soldado. Oraré por tu regreso seguro. Y recuerda que en mi hogar siempre habrá un sitio para ti.

Los últimos días de aquel húmedo agosto de 1571, las flotas cristianas comenzaron a congregarse alrededor del puerto de Micina. Yo estaba enfebrecido por seguir las órdenes de nuestro noble y magnífico príncipe, quien había prometido llevar a España a otra Edad Dorada. En los últimos días que antecedieron a la gran batalla, Rodrigo y yo aguardamos a bordo de *La Marquesa*, escuchando las misas pronunciadas por los curas que iban de galeón en galeón recordándonos que morir en la defensa del único Dios verdadero era un digno y loable empeño. Junto a otros miles de cristianos jóvenes que esperaban las órdenes de nuestros comandantes de que se alistaran para entrar en batalla, escuchaba los cambiantes informes sobre los movimientos estratégicos de la marina de guerra turca. Para pasar el tiempo afilábamos, limpiábamos y aceitábamos nuestras armas, nos imaginábamos los cursos diferentes que podría tener el ataque y rezábamos en murmullos para que nos fuese dado matar un gran número de turcos y así preservar nuestra fe cristiana y el mundo de la cristiandad.

Al fin llegó el momento, aquel día glorioso, 6 de octubre, cuando, con los corazones insuflados con sueños de inmortalidad, nos hicimos a la mar a bordo de doscientos galeones, treinta mil hombres bajo el mando de don Juan, con órdenes de destruir la temible marina de guerra otomana.

Navegamos bajo cielos despejados hasta la caída de la noche. Un cielo sin luna nos favorecía, y así, en medio de la oscuridad completa, nos colamos a través de la estrecha y muy fortificada entrada al golfo de Corinto. La armada turca nos esperaba en el extremo oriental del golfo.

El 7 de octubre me desperté con fiebre y vómito y recibí órdenes de permanecer bajo cubierta durante la batalla.

—Vuesa merced —le dije al capitán Murena—, yo me uní a las fuerzas del rey para cumplir con mi deber, y preferiría morir por Dios y por España que sobrevivir a la batalla sin haber combatido.

El capitán frunció el ceño y dijo:

—Como usted quiera, Cervantes. Pero será estacionado bajo el esquife y de allí no deberá moverse. —Después agregó—: Debe ser usted muy tonto. La mayoría de los hombres en su situación se alegrarían de ser eximidos de luchar. Dios favorece a los tontos y a los locos. Que Dios lo proteja.

Situado en el lado sureste del golfo, donde se erigen las montañas del Peloponeso, testigo de muchas memorables batallas del pasado, me imaginaba que podía ver y escuchar a los grandes héroes griegos de la Antigüedad dándonos ánimos desde las colinas boscosas. Las corrientes del golfo dirigieron nuestra flota hacia las naves de la armada turca, que se encontraba estacionada en una hilera a través de la bahía. La llegada del amanecer nos reveló las rojas banderas triangulares del enemigo decoradas con la media luna; semejaban un oleaje de color brillante en pleno aire. En el centro de su formación descollaba el inmenso galeote de Alí Bajá; sobre su mástil se alzaba una colosal bandera verde con la inscripción «El nombre de Alá ha sido tejido en oro veintinueve mil veces». Los estremecedores cánticos de los turcos y el espectáculo de sus velas de vivos colores le concedían mayor majestuosidad a la ocasión. Sus gritos de batalla resonaban como si estuviesen emergiendo de una gigantesca garganta común, una garganta que pertenecía a un dragón cuyos ojos escarlata nos miraban desde las nubes.

Ambas marinas de guerra permanecieron por horas congeladas sobre la superficie del mar. El sol de mediodía ardía sobre nosotros cuando llegaron las órdenes de prepararnos para la batalla. La estrategia de don Juan se hizo evidente cuando nos dimos cuenta de que las veloces corrientes de aquellas aguas verdosas nos empujaban en dirección del enemigo: no nos encontraríamos frontalmente con la marina de guerra otomana. Nuestra armada se dividió para formar dos flancos, al tiempo que se dejaba atrás y en el medio a una escuadra de barcos con nuestros cañones más poderosos para enfrentar a los turcos. Ambas columnas de galeras se desplazaron cercanas a la costa de la bahía. Rodrigo y yo nos encontrábamos ambos en la formación del norte pero en distintas naves. Ya no me sentía enfermo.

Los turcos dispararon primero, produciendo una rauda muralla de llamas que fue seguida por un sonido atronador, como si el cielo se hubiese estrellado contra la tierra. Sentí que mi corazón se detenía hasta que los cañones de las galeras de don Juan respondieron con una andanada en dirección de la nave de Alí Bajá. Ésta era la señal para que nuestras dos columnas enfilaran proa hacia los navíos turcos. Nos preparamos para embestir su flota con nuestros espolones mientras nuestra artillería abría fuego. De todas sus armas la que más temíamos era el llamado fuego griego. Una vez que alcanzaba una nave resultaba imposible apagarlo: ninguna cantidad de agua o de arena podía calmar su furia ardiente e implacable.

Cuando las dos flotas quedaron al alcance del fuego una de la otra y los arcabuces y cañones disparaban salvos en ambas direcciones, una masa de humo caliente envolvió por igual a cristianos y turcos. Una fuerza que no comprendía se apoderó de mí: dejaba de ser únicamente yo, únicamente un cuerpo y pasaba a ser parte de algo prodigiosamente enorme: una nación, una religión, una forma de vida, un soldado en el ejército del Dios verdadero. Me convertí en millares de hombres, invulnerable, tan alto y temible como los cíclopes.

Llegaron órdenes de abordar las galeras otomanas y enfrentar al enemigo en combate cuerpo a cuerpo. Salieron a relucir las hachas de batalla. En las siguientes horas llovieron sobre mí dedos, manos, brazos, pies y cabezas amputados y quedé empapado con los chorros de sangre que manaban los cuerpos mutilados y descabezados. Una vez comenzó el combate el miedo se evaporó. Cuando un hombre moría era remplazado; cuando aquel otro caía herido, desde atrás surgía otro creando una inagotable cadena de soldados que trataba de avanzar, una horda sedienta de sangre que gritaba consignas, insultos, oraciones y maldiciones en castellano, italiano, turco y árabe.

Yo ya había dado muerte a un buen número de turcos cuando un disparo destrozó por completo mi mano izquierda, dejando salidos y al descubierto los huesos. En un principio no sentí dolor y continué combatiendo, impartiendo golpes y matando enemigos con mi brazo sano. Luego un impacto en el pecho me envió hacia atrás con pasos vacilantes: un disparo de arcabuz me había abierto un hoyo en el torso. Trataba de contener la sangre poniendo mi puño contra el orificio cuando otro impacto ensordecedor me alcanzó cerca del primero. Sentía el pecho pesado por el hierro y la pólvora incrustados en mi carne y me tambaleaba de un lado a otro como si estuviese ebrio, tratando de agarrarme de lo que fuese para no perder el equilibrio, para no derrumbarme sobre la cubierta de la nave donde sin duda moriría bajo los pisotones de los combatientes.

Mientras muchos hombres caían muertos y heridos a mi alrededor, mientras las naves eran presa del fuego y se hundían con estruendosos quejidos, mientras nos envolvía un sofocante humo negro yo seguía blandiendo mi espada contra cualquier cosa que se moviese, en un intento, a pesar del estado de debilidad en que me encontraba, de demoler a todo herético que encontrara en mi camino hasta caer muerto.

Pensé que me hallaba en medio de un sueño cuando empecé a escuchar gritos en español e italiano de «¡Victoria! ¡Victoria!». La suerte de la batalla se había sellado cuando los remeros de los turcos —esclavos cristianos y griegos a quienes les habían quitado los grilletes para que pudiesen maniobrar mejor durante la batalla— saltaron de las naves otomanas y nadaron hasta la orilla de la bahía, para luego desaparecer en los espesos bosques que cubrían las colinas. Cuando cayó la tarde resultaba evidente que habíamos dado muerte a un gran número de turcos, que nuestras pérdidas habían sido más reducidas, que habíamos salido victoriosos, que habíamos derrotado a la hasta entonces invencible marina de guerra otomana. Nuestros hombres vitorearon estrepitosamente cuando se divisó lo que quedaba de la flota otomana mientras escapaba del golfo de Corinto.

Por un espacio de tiempo que me pareció de horas permanecí de espaldas sobre un rincón de *La Marquesa*, semioculto por barriles vacíos y cadáveres. Llegaron hasta mis oídos las órdenes de no dar persecución a los turcos. Nuestros hombres tomaron un descanso después de la matanza; se hizo un silencio en el mundo. La gloriosa batalla de Lepanto había terminado; era parte de la historia.

¿Dónde estaría mi hermano? Pedía en mis oraciones que se hubiese salvado; también oraba que si estaba herido de muerte y en medio de dolores atroces, un alma compasiva pusiera fin a su sufrimiento. Oraba para que nuestros padres no perdiesen ambos hijos en un mismo día.

Nuestra nave era presa del fuego y se hundía rápidamente. Con los pocos restos de mis fuerzas me arrastré sobre la cubierta y conseguí izarme y dejarme caer al agua por la borda. El mar estaba tan repleto de cadáveres que los soldados caminaban por encima de ellos, como si estuviesen en tierra firme, para ir de una a otra nave. Los soldados que habían sido alcanzados por el fuego griego se mecían en el agua como antorchas humanas iluminando la bahía. Floté hasta llegar a una balsa con una pila de hombres sobre ella, musulmanes y cristianos, muertos y moribundos. Con la muerte todos los hombres parecen marionetas lastimosamente rotas y hechas del mismo material. Con la mano buena me agarré a una esquina de la balsa. Una mano cubierta de fuego emergió de las aguas como para asirme de la garganta y arrastrarme hacia el infierno. Solté un alarido mientras mi cuerpo se esforzaba por mantenerse a flote.

El mar tenía un tono rojizo por las llamas que se extendían en oleadas sobre las aguas encrespadas. El hedor de madera quemada, de pólvora y sobre todo de carne humana chamuscada tenía que ser obra del diablo, no de Dios, me decía. El mundo que me rodeaba dejó de tener límites y contornos; todo pasó a ser un borrón confuso. *Padre que estas en los cielos, perdóname mis pecados*, recé. *Perdóname por las muchas veces que te he ofendido. Ten piedad de mi alma.* Cerré los ojos con la certeza de que sólo los volvería a abrir en la vida venidera.

Semanas más tarde, cuando recobré el conocimiento, Rodrigo estaba sentado a mi lado. Sus ojos se llenaron de lágrimas.

—Estás en un hospital en Micina. La Virgen Santa te salvó —me dijo.

El dolor que sentía en el pecho y el dolor en la mano inútil eran atroces. Solté un alarido. Las hermanas me humedecían los labios con agua, pero dolía hasta respirar, como si dentro de mi pecho ardiera un fuego. Luego de que unas gotas de láudano amainaron mi agonía y me sentí más sereno, Rodrigo me relató que me había encontrado en la playa la noche después de la batalla, enterrado bajo un montón de soldados muertos.

Durante los dos años siguientes languidecí en distintos hospitales italianos, sobre catres infestados de chinches, en pabellones repletos de enfermos, heridos, mutilados, purulentos, dementes, agonizantes, de hombres que se pudrían en vida. Eran muchas las noches en que me despertaba gritando, asaltado por el pánico de que el fuego griego me estaba convirtiendo en una antorcha ardiente o que era el único sobreviviente después de una encarnizada batalla, rodeado de un paisaje de extremidades amputadas y cadáveres en descomposición que resultaba más aterrador que cualquier visión del infierno que hubiese podido imaginarme.

Rodrigo dejó el ejército y encontró un empleo, de tal manera que con su salario pudiese yo tener medicinas adecuadas y comer algo más sustancioso que el caldo aguado que me daban en los hospitales. Cuando al fin estuve lo suficientemente fuerte para confrontar el mundo exterior, con el pecho cubierto de cicatrices y remiendos y con mi brazo baldado, había pasado a ser la mitad del hombre que antes fui. Y me sentía el doble de viejo.

Tres largos años transcurrieron después de la gloriosa batalla de Lepanto, y yo estaba desesperado por regresar a España. No quería morir en suelo extranjero. Ya habían pasado más de cinco años desde mi fuga de Madrid. Estaba cansado del baño de sangre que nunca se detenía, cansado de estar siempre en movimiento, cansado de combatir contra los turcos; cansado también de los hospitales pestilentes en los cuales mis compañeros de armas se pudrían en sus catres, devorados por los gusanos.

Cuando le anuncié a Rodrigo mi decisión de regresar a España, así fuera caminando, me contestó:

—Hermano, estoy listo para regresar contigo. Doy por satisfecha mi curiosidad acerca de la guerra y del heroísmo. Quiero encontrar trabajo y ayudar a nuestros padres. Me gustaría casarme y tener hijos.

Con el lastimoso y tardío pago de los honorarios que nos debían desde tiempo atrás por nuestros servicios como soldados, reservamos pasajes desde Nápoles en la galera *El Sol*, que zarpaba rumbo a Barcelona. La ironía de mi regreso no se me escapaba: había huido de España para salvar mi mano derecha y ahora regresaba con mi mano izquierda colgando a un costado como un apéndice muerto, que al llegar a la parte de la muñeca se convertía en un muñón huesudo e hinchado, una bola de piel rellena de sangre, presta a explotar al menor rasguño. Era la mano de un monstruo.

No resultaba un presagio auspicioso viajar en una embarcación solitaria; seríamos presa fácil de los corsarios. Pero la alternativa era esperar varias semanas para viajar en una flota de embarcaciones, y nuestros fondos estaban peligrosamente escasos. En Lepanto, la armada cristiana había cometido el costoso error de no concluir la carnicería de otomanos cuando los teníamos a nuestra merced. Un año después, los turcos se habían reagrupado, vuelto a armar, y habían obtenido nuevamente el control sobre el Mediterráneo, donde una vez más reinaban con total supremacía y eran el terror de los navegantes, al igual que de la gente que vivía en las ciudades costeras. Había dejado parte de mis carnes y de mis huesos en Lepanto nada más que por un instante de gloria; se diría ahora que la batalla había sido librada en vano. La gente del Mediterráneo llegó a considerar a Lepanto como una derrota; cualquier alusión a ella era recibida con sorna.

Dadas las circunstancias, me preguntaba si sería demasiado tarde para recibir de parte de la Corona española una compensación por mis heridas. Todas mis esperanzas radicaban en dos cartas que llevaba conmigo, una firmada por don Juan de Austria; la otra por el duque de Sessa. Las cartas me recomendaban ante su Católica Majestad para que me otorgara una pensión como recompensa por mi heroísmo en la batalla. La carta de don Juan además intercedía ante el rey Felipe para que me concediera una recompensa por mis servicios adicionales a la Corona en las campañas de Corfú y Modón, así como un indulto por el incidente que había dejado herido a Antonio de Sigura.

Pero bien conocía yo las lentas ruedas de la justicia española; podrían pasar años antes de que mi caso fuera escuchado en la Corte, y otros tantos antes de que me fuera otorgada la pensión. ¿Cómo podría sobrevivir hasta entonces? No podía atenerme a vivir de la caridad de mi empobrecida familia. Con el brazo lisiado no sería mucho lo que podría ayudar a mi padre con sus pacientes. ¿Qué oficio no requería el uso de ambas manos? ¿Serviría la experiencia adquirida en Roma como secretario del cardenal español Acquaviva para ayudarme a conseguir trabajo copiando documentos? Había fracasado amasando fortuna como soldado, pero quizás no era demasiado tarde para dejar mi marca como poeta. Mi corazón albergaba una pizca de optimismo; me aferré a la idea de que por medio de la poesía aún podría hacer que mi familia se sintiera orgullosa de mí. El ingenuo jovencito que había llegado a Italia con los gitanos, difícilmente podría reconocerse en el hombre que regresaba a España pobre y tullido. Pero había una cosa que no había cambiado: la confianza en que estaba destinado a alcanzar la grandeza.

La primera noche en el mar, mientras *El Sol* navegaba hacia tierra peninsular española y después de que los pasajeros se retiraran a sus literas bajo cubierta, el clima se sentía tan agradable y el cielo estaba tan claro y lleno de vida con la luz de las estrellas, que decidí dormir al aire libre. Recostado sobre la cubierta de la galera, fumando una pipa, mi cabeza apoyada sobre una pila de sogas enrolladas, me preguntaba por el curso que habría tomado mi vida si me hubiese embarcado hacia las Indias después de mi fuga de Madrid. Mientras más cerca navegaba *El Sol* de la costa de Cataluña, más pensaba yo en Mercedes. ¿La vería de nuevo? A lo largo de los años le había escrito muchas cartas, pero jamás recibí respuesta. Es cierto que mi amor por ella había sido atenuado por el paso del tiempo, pero aún atesoraba su recuerdo como un oasis en mi pasado, antes de que mi vida se convirtiese en una cadena de infortunios.

Cuatro días y tres noches más tarde, el navío había completado su recorrido alrededor de la bota italiana. Cuando tuvimos los primeros vislumbres de la Sierra Nevada de Granada empezaba a parecer que íbamos a alcanzar suelo español sin ningún incidente. Después de un día navegando aguas turbulentas, la luna se elevó sobre una mar serena, y las brisas procedentes de África nos eran favorables. El capitán Arana dio la orden de soltar los remos y dejar que el viento nos empujara en dirección de nuestra costa. El esplendor de la luna iluminaba la mar en todas las direcciones.

Los pasajeros a bordo de *El Sol* estaban disfrutando de las suaves brisas y las estrellas resplandecientes mientras los marineros jugaban cartas en cubierta. Rodrigo se entretenía y entretenía a las damas a bordo entonando canciones españolas acompañado de la vihuela. Pero la mala suerte nunca parece más dispuesta a intervenir que cuando el mundo parece afable y acogedor.

De repente, como si hubiesen emergido de lo más profundo del reino de Poseidón, tres navíos de gran tamaño se acercaron a tal velocidad que antes de que nuestros remeros pudiesen retomar sus posiciones, que el resto de la tripulación pudiese llegar hasta la artillería o que el capitán pudiese ordenar que se izaran las velas, la barra del timón del más grande de aquellos navíos ominosos se acercó tanto a nuestra embarcación que podíamos escuchar las preguntas que aquellos hombres nos dirigían en un idioma extraño, pero que yo pude reconocer como la *lingua franca* que se habla en el norte de África.

El capitán Arana gritó:

—¡Son corsarios argelinos! Ignorad sus preguntas.

Se trataba de los tristemente célebres bucaneros al servicio de Hasán Bajá, gobernante de Argelia, que se dedicaban a cazar mercancía humana en el Mediterráneo. Incluso los más valientes entre nosotros sentimos temor. El capitán Arana ordenó desde su puesto de mando:

—Todas las mujeres y niños deben regresar de inmediato a sus camarotes y cerrar con seguro las puertas. Y por el amor de Dios, os imploro que las mantengáis aseguradas. No abráis la puerta hasta que no esté nuestra suerte decidida y recibáis instrucciones de nuestros hombres.

Las mujeres asieron a sus niños y se apresuraron hacia sus compartimentos en medio de una agitación de trajes que crujían con la prisa, y soltando gritos piadosos:

—¡Protégenos, Santa Madre de Dios! ¡No nos abandones Sagrada Virgen María!

Sacamos las pistolas, preparamos los mosquetes y desenfundamos las dagas y las espadas para asumir nuestra propia defensa y la de nuestras mujeres y niños. Me giré hacia Rodrigo:

—Si se produce un combate, permanezcamos juntos —le dije.

Era más lo que excitaba que lo que asustaba a mi hermano la perspectiva de un combate: había nacido para ser soldado. Sus pupilas mostraban los destellos del fuego que yo había visto en otros soldados durante el fragor de la batalla. Los varones de la familia Cervantes eran todos temerarios, impulsivos y fácilmente alterables, pero Rodrigo era el más intrépido de todos. La posibilidad de morir en medio de una batalla no lo atemorizaba. Él era joven, saludable y fuerte, y capaz de defenderse a sí mismo mejor de lo que podría hacerlo yo, y sin embargo sentía el impulso de protegerlo. *Incluso con mi brazo lisiado me enfrentaré a muerte contra los corsarios*, me dije.

Bajo cubierta, los contramaestres gritaban a los remeros que remasen más y más rápido para poner cierta distancia entre nosotros y los argelinos, y como resultado empezamos a dejarlos atrás. Cuando ya parecía que íbamos a impedir que nos capturaran, los corsarios dispararon dos cañonazos atronadores: el primero erró su blanco; el segundo partió por la mitad nuestro mástil. Una bocanada de humo color ocre se abrió paso hasta nuestros pulmones; sin embargo conseguimos cantar a grandes voces:

—¡Por Cristo! ¡Por la única religión verdadera! ¡Por el honor del rey! ¡Por España!

Los cuerpos de dos hombres habían quedado aplastados bajo el mástil partido. Estaban adheridos al suelo en un charco de sangre brillante, con sus entrañas flotando al lado de sus cuerpos. Imágenes de Lepanto empezaron a desfilar ante mis ojos.

Los argelinos bajaron al agua una flotilla de botes, llenos con centenares de hombres que remaban furiosamente hacia nosotros. Los cincuenta hombres que conformaban la tripulación de *El Sol* no tendrían la más mínima posibilidad contra el enjambre de corsarios que se acercaba. Aquello iba a ser una carnicería.

La voz resonante del capitán Arana se elevó por encima del barullo de nuestros hombres:

—No vamos a resistir el ataque. Si los enfrentamos nos van a matar a todos y cada uno. Son mucho más numerosos. Escuchadme, no vamos a resistir.

Se escucharon algunos gritos de «¡Mejor muertos que esclavos!».

El capitán Arana dijo a voz en cuello:

—Os imploro. Por nuestras mujeres y nuestros niños, no opongáis resistencia. Por la vida de los inocentes, tenemos que rendirnos. Orad a Jesús Nuestro Señor por su clemencia. Eso es lo único que nos queda.

Sin encontrar la menor resistencia, los corsarios abordaron *El Sol* al tiempo que vociferaban: «¡Muerte a los cristianos! ¡Vais a ser nuestros esclavos!». Luego procedieron a maldecir a la cristiandad y al rey Felipe. Una vez que fuimos hacinados en un círculo, un renegado que hablaba castellano ladró:

—Si queréis seguir con vida, arrojad al suelo vuestras armas. Este barco está ahora bajo el mando de Arnaúte Mamí. A partir de este momento pasáis a ser su propiedad.

Mamí era un albanés célebre en todo el Mediterráneo por su crueldad. Era fácil distinguirlo entre los otros corsarios: era una cabeza más alto que la mayoría de sus hombres, corpulento, con cabello largo y rubio y unos ojos azules que parecían hechos de hielo. Sus labios exhibían siempre una sonrisa fatua y afectada. Profiriendo insultos en un castellano incorrecto, el corsario separó de nuestro grupo a dos de los tripulantes más jóvenes, desenfundó su cimitarra y con ella le atravesó el cuello a uno de los muchachos. Mientras el marinero caía sobre cubierta con borbotones de sangre manando de la herida, Arnaúte Mamí blandió su arma y con un golpe fulminante decapitó al agonizante. El otro marinero —tan asombrado que no se había movido un palmo— corrió la misma suerte. Mamí arrojó las cabezas al mar de un puntapié. En seguida impartió la orden a sus hombres:

—Traed todos los baúles que haya en los camarotes. Forzad las puertas si es necesario.

Los bucaneros, portando unos bolsos grandes y burdos, nos exigieron que les entregáramos todas las monedas, joyas y objetos de valor que tuviésemos sobre el cuerpo. Obedecimos en silencio. Yo guardaba las cartas para mí preciadísimas de don Juan de Austria y el duque de Sessa en un saquillo de cuero que llevaba bajo la camisa. Mi futuro dependía de esas cartas. Se nos ordenó que nos desnudáramos. De manera subrepticia saqué las cartas del saquillo y las apreté hasta que fuesen una bola en el interior de mi mano. Estaba a punto de ocultarlas entre mis nalgas cuando un corsario me dio un golpe en la cabeza con el mango de su daga y me gritó:

—Entrégame eso ya mismo, o te mato como a un perro.

La conmoción que se formó atrajo la atención de Arnaúte Mamí, quien me pidió las cartas e inspeccionó los arrugados documentos. Por lo visto Mamí podía hablar nuestra lengua a los trompicones pero era incapaz de leerla. Así que dijo:

—Yussif, ¿qué dice en estas cartas?

Un corsario que tenía aspecto de ser un español que habría sido capturado largo tiempo atrás, y que se había convertido al islam, le reveló el contenido de las misivas. Como alguien que estaba acostumbrado a calcular el valor monetario de cada persona, Mamí de inmediato reparó en mi brazo lisiado.

—Muéstrame el otro —ordenó.

Extendí mi brazo derecho. El dedo índice de Mamí, cubierto de joyas, se extendió verticalmente por la palma de mi mano.

—Tienes la mano de una dama —se burló, mientras sus ojos me examinaban de arriba abajo con marcada curiosidad—. Debes ser una persona importante o un noble de alto rango. Las cartas lo confirman.

Enseguida les dijo a sus hombres en castellano:

—Si alguno de vosotros le hace daño a este hombre —y en ese punto levantó su mano derecha, formando una v con dos dedos de largas uñas—, os sacaré los ojos. ¿Está claro?

En ese momento regresaban a cubierta algunos de los corsarios cargando pesados baúles. Estaban a la espera de las órdenes de Mamí. Descargando un hacha voluminosa rompió el candado de uno de los cofres.

Mamí examinó su contenido soltando resoplidos de satisfacción a la vista de su espléndido botín. Seleccionó algunas monedas y varios anillos que arrojó en dirección de sus hombres, quienes al punto se enfrentaron por ellos como buitres por un pedazo de carroña. Le entregó el hacha a otro corsario y le indicó con un gesto que destrozara los candados del resto de los baúles.

Se nos impartió la orden de permanecer en absoluto silencio si no queríamos que rodaran nuestras cabezas. Observamos mientras se hacía un inventario del botín y se trasladaba a la embarcación de Mamí. Después fuimos separados en tres grupos: las mujeres y los niños fueron llevados a la nave de Mamí. Los hombres que tenían aspecto de jornaleros, y por lo tanto no contaban con una familia próspera que pudiese pagar el rescate, fueron transferidos a otro barco. Estos infortunados serían destinados a trabajar como remeros, que era más o menos lo mismo que recibir una sentencia de muerte. El resto de los hombres, aquellos que estaban vestidos como clérigos o como caballeros o que parecían tener los modales de un caballero, fuimos enviados a una tercera embarcación.

Sentí un gran alivio al constatar que Mamí había determinado que Rodrigo, por ser mi hermano, también era un prisionero de valor, y lo incluyó con este tercer grupo. Una vez que finalizó nuestro traslado, los corsarios despojaron *El Sol* de todo lo que pudiese tener algún valor. El último hombre en abandonarlo regó alquitrán sobre la cubierta y le prendió fuego. Mientras *El Sol* se hundía en medio de las llamas y el humo, se hundían también mis esperanzas. Incluso mientras se hundía, el fuego griego que ardía en la cubierta seguía iluminando su descenso hacia el fondo del Mediterráneo.

Nos encontrábamos hacinados dentro de un pequeño espacio en el que teníamos que movernos a gatas, adelante de la sección del medio en la que estaban los remeros. A lado y lado de la embarcación estaban sentados, en tablones de madera, cuatro remeros para propulsar cada uno de los remos, sus muñecas y tobillos atados por cadenas de hierro insertadas en aros metálicos en cada costado del galeón. Los remeros hablaban castellano y otros idiomas europeos. Se encontraban casi desnudos, sólo llevaban un trozo de tela alrededor de la cintura. Las espaldas de muchos de estos hombres eran poco más que cardenales y hendiduras color púrpura en la piel, sobre la cual se paseaban gusanos verduscos. Enjambres de moscas se cebaban en el pus que supuraba de las espaldas de estos desventurados. Iríamos aprendiendo a no respirar con demasiada intensidad o a no abrir la boca si no era indispensable, por miedo a tragarnos aquellas moscas zumbantes y resplandecientes que se empeñaban en entrar en nuestros cuerpos como si pretendiesen devorarnos por dentro.

Durante largos días con sus noches, la escasa altura del techo nos obligaba a permanecer sentados, apretados unos contra otros como si fuésemos pescados en salmuera dentro de un barril sellado. Rodrigo logró hacerse un espacio cerca del mío. Estar tan cerca uno del otro resultaba un gran consuelo. En la parte delantera de la zona en que permanecíamos había una ventanilla ovalada desde la cual por momentos se alcanzaban a vislumbrar el mar y el firmamento. También había un agujero en el suelo que usábamos para aliviar nuestras necesidades. Pero era difícil desplazarse: a menudo resultaba más sencillo orinar y defecar en el mismo sitio en que nos encontrábamos. En este confinamiento extremo no contaba para nada quienquiera que fuese uno en el mundo exterior. Pasado un tiempo, los aristócratas, los prelados y los hidalgos comenzaban a comportarse como bestias, luchando entre sí por una oportunidad de sobrevivir.

Las pulgas, las niguas y los piojos se deleitaban con nuestra sangre; enormes cucarachas negras se paseaban por las paredes y ratas enfurecidas se escabullían presurosas entre nuestras piernas. De vez en cuando alguien traía a nuestro angosto espacio un balde de agua fresca y una taza, y a cada uno de los cautivos se nos permitía llenar la mitad de la taza y luego pasarla junto con el balde hasta que bebieran todos. Si el balde quedaba vacío antes de que todos accedieran a su ración, los desafortunados que no habían alcanzado tenían que esperar hasta que el balde con agua regresara unos días después. En ocasiones nuestra sed era tan extrema que bebíamos la orina de los compañeros. Los bizcochos húmedos que teníamos que comer estaban inflados por los gusanos en su interior. Llegamos al extremo de devorar las pulgas y los piojos que infestaban nuestro cuero cabelludo. Después empezamos a atrapar cucarachas, ratas y ratones, dándoles muerte con los pies y con los puños y luego rasgándolos en pedazos para devorar su carne y sus entrañas.

Muchos hombres lloraban inconsolablemente por la falta de noticias sobre sus esposas y sus hijos. Los casados sufrían el tormento de que sus mujeres y sus hijas fuesen a terminar en el harem de los turcos; los padres de hijos varones no podían ocultar su espanto de que sus hijos fuesen vendidos a los sodomitas turcos. Uno de nuestros hombres había conseguido ocultar un rosario y así encontrábamos un poco de solaz al rezar el Padre Nuestro y recitar en un susurro el Ave María. Únicamente a través de la oración podía evadirme temporalmente de un viaje que parecía de condenados camino al infierno. Los caballeros adinerados que se encontraban entre nosotros sabían bien que sus familias pagarían sin dilación sus rescates, pero el resto nos preguntábamos qué nos podría deparar el futuro. Mis padres jamás estarían en condiciones de pagar por la libertad de mi hermano y mía, quizás ni siquiera por sólo uno de los dos. ¿Qué futuro podía esperarme con un brazo lisiado? ¿Llegaría a ser un sirviente en la residencia de Mamí? Me negaba a aceptar que mi hermano y yo tuviésemos que quedarnos en Argelia el resto de nuestras vidas. A pesar de mi condición lamentable me inculqué la convicción inquebrantable de que por cualquier medio a mi alcance, a la primera oportunidad haría el intento de escapar hacia la población española de Orán, situada al oeste de Argelia. Desde allí cruzaría el mar, en un tronco si era necesario.

Algunas noches me despertaba de una pesadilla y el sitio estaba tan oscuro, el aire tan pútrido, que por un instante pensaba que volvía a estar en aquella playa en Grecia la noche después de la batalla de Lepanto, cuando recuperé los sentidos y me encontré enterrado debajo de un pila de soldados muertos y el poco aire que llegaba hasta mis fosas nasales traía consigo el olor nauseabundo de carne humana chamuscada.

La desesperación resulta más contagiosa que la esperanza, pero por efímera que ésta fuera me negaba a renunciar a ella; era todo lo que me quedaba. Un día, un hidalgo español que ahora tenía el aspecto de uno de esos pordioseros enfermos y hambrientos, me preguntó si en verdad yo era poeta como había oído decir. Cuando le contesté que así era, me dijo:

—¿Por qué no nos recitas alguno de tus poemas para aliviar nuestro tedio?

Yo no era el tipo de poetas que memoriza su poesía. En el estado de desaliento en que me hallaba a duras penas era capaz de recordar algunos versos aislados de mi amado Garcilaso de la Vega, cuya poesía en otros tiempos habría sido capaz de recitar hasta en sueños.

Uno de nuestros hombres cayó presa de una fiebre violenta y empezó a orinar y defecar sangre. Recordé un dicho de mi padre: «La canción y la música se llevan las penas lejos». Para hacer más llevaderas sus últimas horas, Rodrigo y yo decidimos entonar tonadas patrióticas como las que habíamos cantado antes de entrar en batalla contra los turcos. El hombre había estado gimoteando a causa del dolor, pero mientras le cantábamos de repente guardó silencio, escuchó atentamente y la mueca de sufrimiento fue dando paso a una leve sonrisa. Por supuesto que nuestros cantos no lo iban a curar ni a salvar su vida de las garras de la muerte, pero le trajeron al menos un poco de alegría en medio de su gran dolor y desesperación.

Nuestros captores no movieron un dedo para retirar su cadáver cuando empezaba a pudrirse. Su barriga siguió expandiéndose hasta que una noche reventó con una explosión ensordecedora, y aquellos que se encontraban cerca resultaron cubiertos por órganos en estado de descomposición. Luego el cadáver empezó a arder. La gran conmoción que se produjo despertó a los remeros, quienes al punto se pusieron a vociferar y agitar sus cadenas. Cuando los piratas bajaron al estrecho recinto, el cuerpo de aquel hombre más parecía una rama que se hubiese quemado hasta convertirse en carbón.

Con el escándalo muchos de los hombres se despertaron de sus pesadillas gritando y temblando; algunos agarraban el cuello de algún vecino y confundiéndolo con un pirata casi lo ahogaban; otros balbuceaban como niños y llamaban a su madre. A uno se le ocurrió gritar que nos encontrábamos en el infierno pagando por nuestros pecados. Otro gimoteaba:

—¡Dame la muerte, Señor! ¡Si te queda alguna compasión por este pobre pecador, dame la muerte ahora mismo! ¡No permitas que viva un solo día más!

Rodrigo me propuso:

—¿Por qué no escribes una canción? Invéntate algunas palabras y yo compongo la melodía.

A pesar de que los bucaneros habían confiscado su vihuela pasamos horas componiendo nuestra canción. Una noche nuestro barco era abatido por una tempestad tan violenta que empezamos a pensar con angustia que nos íbamos a hundir encadenados hasta el fondo del Mediterráneo, Rodrigo y yo entonamos nuestra canción:

En el medio de la mar
entre aguas turbulentas y ominosas,
con los ojos del deseo
nosotros los cautivos miramos
en dirección de nuestra España.
Las olas sacuden
la mercancía humana de esta nave.
Lloramos al tiempo que cantamos
«cuánto te queremos, dulce España».
La suerte nos ha abandonado
nuestros cuerpos están encadenados
nuestras almas en grave peligro.
Del cielo caen cascadas de lágrimas
mientras somos llevados a una tierra
de hechiceros y magia negra.
Cuánto te queremos, dulce España.

Un par de hombres nos pidieron que la cantáramos de nuevo. A la tercera vez algunos habían memorizado las palabras y la entonaron junto con nosotros, olvidándose de la tremenda tempestad. Entonando aquellas palabras que yo había hilvanado como para demostrarme que seguía vivo, sentí por unos momentos el sabor de la libertad.

Era la hora del amanecer. Detrás de una cortina de niebla emergió una forma que semejaba una colmena gigantesca elevándose desde la base de una montaña verdeante. Edificios blancos que parecían acumularse unos encima de otros. Sólo podía ser el puerto de la ciudad de Argel. Guardando silencio, en caso de que se tratase de un sueño, sacudí la cabeza y me restregué los ojos mientras la imagen de aquella ciudad se alzaba como una Torre de Babel y luego desaparecía tras la niebla. Pero aquellos hombres que roncaban y se tiraban pedos, así como los excrementos que nos cubrían, eran demasiado reales. A medida que pasaban los minutos y el cielo se iba iluminando pude ver claramente el rompeolas que se había construido para formar una barrera y hacer de Argel un puerto inexpugnable.

Dándole un codazo suave a Rodrigo le dije que habíamos llegado. Uno de los hombres me escuchó y pronto estaban despiertos todos, febriles de anticipación y temor. Algunos se echaron a llorar, presintiendo que nuestra llegada allí simplemente significaba la continuación de nuestro tormento. Yo sabía sin embargo que mis probabilidades de supervivencia serían mayores estando en tierra que en aquel espacio estrecho e infernal.

Era ya de mañana cuando el tristemente célebre puerto de Argel se alzó con claridad ante nosotros. Mientras más nos acercábamos a tierra firme mayor era el ruido de tambores que repicaban acompañados por el sonido de trompetas jubilosas. Los galeones que nos transportaban entraron a la bahía lanzando disparos al mar; en respuesta el eco de un rugido ensordecedor retumbó detrás de las murallas de la ciudad.

Una vez que los barcos fueron asegurados, nos llevaron en manada hacia cubierta en medio del silencio de todo nuestro grupo. Había estado en posición agachada tanto tiempo que ahora caminaba con las rodillas dobladas, presa de un dolor punzante, como si me hubieran martillado unos clavos en las rótulas. Por otra parte, el aire fresco y el abrasador sol africano sobre mi cuerpo húmedo y mohoso resultaban vigorizantes.

Nuestras mujeres y niños ya habían desembarcado y estaban esperando en el muelle. Los esposos y padres respiraron con alivio al reencontrarlos, en compañía de sus asistentes y damas de compañía. Las mujeres habían formado un círculo muy estrecho y apretaban sus rosarios, rezaban y miraban a sus esposos y luego hacia el cielo, implorando. Las madres abrazaban a sus hijos pequeños y acunaban a los bebés. Algunas mujeres jóvenes parecían haber adquirido arrugas durante el cautiverio; el cabello de otras se había tornado blanco. Serían puestas a trabajar como criadas y acompañantes de adinerados hombres y mujeres turcos. Todos sabíamos que si el gobernante de Argel o algún hombre de importancia ponía los ojos en cualquiera de ellas, pasaría a formar parte de su harem. ¿Cuántas de ellas habían sido violadas por los corsarios, como acostumbraban hacerlo con las cautivas?

Los hombres de Arnaúte Mamí se ocupaban de descargar el botín, de bajar las velas y enrollarlas. Los remos fueron subidos hasta la cubierta y luego transportados a un sitio de almacenamiento cercano, junto con el lastre. Ansiosos de poner pie en tierra y entrar en su ciudad, los contramaestres restallaban los látigos para instar a los hombres a que trabajasen más de prisa. No obstante toda esta actividad a nuestro alrededor, no podía dejar de pensar un segundo que ahora éramos cautivos en la capital de la trata de esclavos en el norte de África.

Se nos ordenó despojarnos de nuestras ropas pútridas y quedarnos agachados y apretados sobre la cubierta. Mis harapos se me adherían al cuerpo como una piel de leproso. Los corsarios arrojaron sobre nosotros baldados de agua de mar y nos lanzaron cubos de jabón negro para que empezáramos a quitarnos la mugre que se aferraba a nuestros cuerpos como si fuese un cuero tan seco y tenaz que era necesario arrancárselo con las uñas. Nuestras pieles llenas de costras despedían un olor repugnante. Cuando consideraron que ya estábamos lo suficientemente limpios, se nos dio la instrucción de restregarnos el rostro y la cabeza con jabón hasta que estuviesen cubiertos de espuma. Con afiladas y relucientes cuchillas los corsarios nos afeitaron cabeza, barba y bigote. De nuevo arrojaron baldados de agua sobre nosotros hasta que no quedara ningún vestigio de espuma. A duras penas reconocí a Rodrigo en aquel joven desnudo y sin un pelo en el rostro que se encontraba a mi lado. Cuando los corsarios me pusieron grilletes de hierro alrededor de los tobillos ya empezaba a sentirme como un esclavo.

Por primera vez en días nos pasaron baldes con agua potable y tazas, así como trozos esponjosos de pan seco argelino. En el acto pusimos nuestras mandíbulas a trabajar, mascando sin dignidad alguna y peleando por las migajas. El pan y el agua jamás habían tenido mejor sabor. Daba gusto sentirse de nuevo limpio y con el estómago lleno. Rodrigo y yo nos sentamos en silencio el uno al lado del otro. Mientras él estuviese cerca de mí conservaba la esperanza. Yo tenía que ser fuerte y valiente para así ofrecerle un buen ejemplo.

Se nos dejó al sol durante un lapso que me pareció de horas y horas. Nuestros cuerpos se resecaron y nuestros rostros empezaron a tomar color; ya no parecía como si estuviésemos hechos de cera amarilla. Los rayos del sol nos iban regresando a la apariencia de seres humanos.

—Ahora que ya tenemos un aspecto presentable, están listos para subastarnos —dijo un hombre que se encontraba cerca.

—Hijos míos, recordad que sólo pertenecemos a Dios y no a ningún hombre —nos recordó el padre Gabriel, un cura joven que estaba en nuestro grupo. Uno por uno nos fuimos acercando a él y nos arrodillamos a sus pies—. Podéis ir con Dios, hijo mío —nos decía a cada uno mientras hacía la señal de la cruz sobre nuestras frentes.

Los hombres se abrazaban unos a otros para despedirse, cambiando voces de aliento mientras esperábamos a que comenzara nuestro suplicio. Mi experiencia hasta la fecha me indicaba que una vez que la fortuna me daba la espalda, pasaría un buen tiempo antes de que volviera a sonreírme.

Nos hicieron bajar del barco, caminamos por un largo tablón de madera y luego nos reagruparon en el muelle. Corsarios argelinos con largas y afiladas lanzas que apuntaban en nuestra dirección se interponían entre nosotros y el grupo de las mujeres y los niños.

De repente nos sorprendió un fragor que sonaba como si cientos de martillos de hierro estuviesen golpeando al tiempo la calle. El virrey de Argelia, Hasán Bajá, un renegado proveniente de Cerdeña y enviado por el Gran Turco para gobernar esta madriguera de ladrones y asesinos, estaba haciendo su llegada junto con sus ayudantes para ejercer su prerrogativa de primera opción entre la nueva cosecha de cautivos.

Un escuadrón de guerreros a caballo vistosamente ataviados fue el primero en cruzar las puertas de la ciudad. Eran los célebres y temibles jenízaros albaneses, que yo había visto en pinturas y en libros ilustrados. La sola mención de la palabra *jenízaro* bastaba para infundir terror en los corazones de los europeos. Era bien sabido que se les pagaba de acuerdo con el número de cueros cabelludos que presentaran a sus capitanes después de una batalla. Cuando daban muerte a un gran número de enemigos, bastaban como prueba las orejas o la lengua. Si la matanza había sido aún mayor también se aceptaba que presentaran el dedo índice de cada víctima.

Mientras entraban los jenízaros sentí como si un lazo corredizo se estuviese estrechando alrededor de mi nuca. Hasta nuestros propios captores los miraban con un temor reverencial. Sus ojos azules hacían pensar en trozos de cristales lisos y desvaídos que hubiesen permanecido en el océano largo tiempo y luego hubiesen llegado hasta la costa. Eran ojos que no reflejaban la luz, como si pertenecieran a criaturas sin alma. Un escalofrío subió y bajó a lo largo de mi espina.

Los jenízaros cargaban arcabuces y unas dagas largas. De uno de los lados de sus turbantes blancos pendía un objeto en forma de cuerno rodeado por una tela de un verde brillante. Desde las puntas del cuerno caían blancas y negras plumas de avestruz que se mecían a cada paso. Sus zapatos de cuero rojo terminaban en una punta curvada.

Detrás de los jenízaros marchaba la infantería de Hasán Bajá, vistiendo unas túnicas azules de manga larga que les llegaba hasta los tobillos y sobre ellas chalecos rojos abiertos en el pecho. Estos hombres proyectaban la fortaleza de animales inmensos. Su contoneo arrogante al marchar, que creaba un estrépito infernal cuando los tacones golpeaban el suelo, resultaba hipnotizante. Durante todo mi cautiverio en Argel aquél era el sonido que temía más que a cualquier otro. Una vez que un cautivo lo escuchaba, más le valía correr, esconderse, agacharse, saltar por encima de un muro, tratar de hacerse invisible, desear que pudiese desaparecer de un soplo.

Una banda musical de jovencitos de cabellos dorados, vestidos con ricas prendas turcas, marchaba detrás de los soldados. Tocaban tambores, trompetas, flautas y platillos. Su música era fúnebre, como si su propósito fuese instaurar el miedo en los corazones de la gente; sus rostros eran inexpresivos.

Detrás de los jóvenes entró la caballería a lomos de donosos caballos árabes, negros unos, blancos otros, todos con colas espesas perfectamente cuidadas y acicaladas y con la frente cruzada por tocados de plumas multicolores que se abanicaban al modo de la cola de un pavo real. Cerrando aquella procesión venían los guerreros bereberes montados en camellos, vistiendo túnicas de color azul oscuro y pañoletas que les cubrían el rostro entero con excepción de sus ojos muy negros, bordeados por las pestañas también negrísimas. Eran los descendientes de las tribus bereberes que siglos atrás habían invadido y conquistado Andalucía.

Ni las procesiones del Papa que había visto en El Vaticano, ni las del rey de España cuando desfilaba por las calles de Madrid en ocasiones especiales, podrían compararse con esta exhibición de lujo, color y poderío.

Hasán Bajá, el Beylerbey o comandante de comandantes bajo el Gran Turco, virrey de la provincia de Argel, hizo su entrada sentado sobre cojines de color rojo en una plataforma que era portada por enormes esclavos nubios descalzos, cubiertos tan sólo por unos taparrabos que a duras penas ocultaban sus partes privadas. Sus tersas pieles eran tan lustrosas que no necesitaban ornamento alguno para verse hermosos. El gran turbante de Hasán Bajá, que combinaba el color carmesí con el más intenso de los azules, tenía forma de media luna; de la sección del medio se proyectaba un bonete azul de forma cónica. Estaba cubierto por una túnica de color cereza que refulgía bajo el sol norafricano; alrededor de los hombros llevaba una prenda en forma de un animal pequeño, de un color canela como la piel de un zorro rojo. Su barba muy luenga hacía juego con el color de la piel. Era un hombre imponente, que parecía hecho de granito. Sus cejas arqueadas y su nariz larga y picuda le concedían el aspecto de un halcón listo para golpear el cráneo de su presa y rajarlo por la mitad.

Con la ayuda de un paje nubio se puso de pie y descendió de la plataforma destilando un inmenso poder combinado con corrupción y crueldad insondables. Los corsarios se postraron de rodillas y llevaron hasta el suelo sus manos y su frente. Arnaúte Mamí fue el primero en alzar la cabeza. Con un gesto del mentón apenas perceptible el Beylerbey le pidió que se acercara. Mamí avanzó, con pasos cortos y la frente inclinada. Al arrodillarse frente a Hasán Bajá, asió el dobladillo de la túnica del Beylerbey, le estampó un beso y exclamó:

—Alabado sea Mahoma.

El Beylerbey examinó primero a los muchachos pero no mostró interés alguno en la cosecha que se le ofrecía. A juzgar por algunos de los grupos que acompañaban su regimiento deduje que ya contaba con una buena dotación de jóvenes europeos. Rápidamente avanzó hacia donde estaban las mujeres y reservó para su servicio a las más hermosas y distinguidas señoritas junto con sus damas de compañía.

Cuando comenzó la subasta de los hombres, Mamí le dijo a Hasán Bajá, al tiempo que me señalaba:

—El lisiado es mío, su alteza.

Cuando el Bajá vio mi mano deforme chasqueó la suya como si deseara hacerme desaparecer. Fui empujado hacia un costado del grupo de mis compatriotas y se me ordenó que me quedara lo más cerca posible del grupo de las mujeres y los niños, aunque seguía encadenado con los otros hombres. En ese momento sentí un dolor más agudo que el que había sentido al ser herido en Lepanto. Me poseían el temor, el asco y una cólera hirviente. Me juré que haría todo lo que estuviera a mi alcance con tal de hacerle daño a aquella encarnación ambulante del demonio.

El todopoderoso Bajá se tomó su tiempo para elegir a los hombres que quería llevarse. En primer lugar eligió a los que se veían más fuertes. Afortunadamente Rodrigo era un hombre de talla pequeña y delgado, como todos los Cervantes. Luego entró en conversación con Arnaúte Mamí, y le pidió que enumerara las cualidades y habilidades del resto de los hombres. Hasán Bajá se quedó con los dos cirujanos que venían a bordo de *El Sol*, al igual que con los carpinteros, los herreros y los cocineros. Partía el corazón contemplar la desolación en los rostros de estos hombres, quienes sabían bien que el despiadado gobernante hallaría demasiado valor en las habilidades de ellos para siquiera considerar dejarlos en libertad algún día. Habrían de morir esclavos.

Cuando Hasán Bajá terminó de hacer su selección, les habló en castellano a los hombres que eran ahora de su propiedad:

—Escuchadme bien, cristianos: a partir de este momento sois parte de mi ejército. En adelante, si trabajáis duro y no tratáis de escapar, os voy a recompensar. Y si os convertís al islam… —aquí tomó una pausa para recalcar ante todos los presentes la importancia de sus palabras— … juro en nombre de Alá que algún día os daré la libertad.

Al resto de los hombres, los que el virrey había desdeñado, se les ordenó que se hicieran a un lado. Serían subastados al final entre personas ricas que necesitaban para sus casas sirvientes, jardineros y maestros.

El Beylerbey regresó a sus cojines, protegido de la luz por un parasol de plumas blancas de avestruz que sostenía un coloso africano. Comenzó la subasta del resto de los cautivos. Hasán Bajá se sentó a observar con la actitud de una hiena ya saciada, presidiendo la escena con una expresión pétrea y con ojos somnolientos.

Los primeros en ser vendidos fueron los niños españoles e italianos que viajaban con sus padres y los mozos de cámara del barco. Un puñado de hombres con vestimentas lujosas se acercaron donde estaban estos jóvenes inocentes. Todos habíamos oído hablar de los sodomitas turcos, que eran el mayor temor de los padres de familia cristianos. Estos mercaderes de carne inocente miraban dentro la boca de los muchachos y procedían a contarles los dientes. Luego hacían que el muchacho se bajara los pantalones.

—Esto tiene que ser retirado de inmediato —dijo uno de los compradores, tirando del prepucio de un joven que temblaba como una hoja. Era costumbre de los turcos circuncidar a los muchachos como primer paso hacia su conversión al islam. No había en ese entonces un solo cristiano que no estuviese al tanto de la historia de un gobernante del norte de África que ataba a los muchachos cristianos a una columna y después los azotaba hasta que se avinieran a adoptar la fe musulmana. Aquellos que rehusaban convertirse seguían recibiendo latigazos hasta que morían desangrados.

Un par de sodomitas empezaron un altercado pues ambos querían quedarse con dos hermanos rubios.

—Yo me he enamorado de estos cachorritos —gritó uno de los hombres—. Arnaúte Mamí, necesito quedarme con ellos. Tengo la intención de adoptarlos como mis propios hijos una vez que se conviertan.

La madre de los muchachos empezó a ser sacudida por convulsiones, se echó a chillar y luego se desvaneció. Se produjo una conmoción entre las otras mujeres, que vinieron a socorrerla y a tratar de revivirla.

Arnaúte Mamí les dedicó a las mujeres un gesto de repugnancia. Luego le dijo al mercader interesado en comprarlos:

—Te puedo vender el menor por ciento treinta escudos de oro; sólo tiene siete años. A esa edad nunca ofrecen ninguna resistencia. Podrás moldearlo a tu gusto sin demasiados problemas. En cuanto al hermano mayor… —tomó al muchacho de la mano y lo exhibió como si fuese un perro fino de raza—. En el caso de éste, incluso la belleza de Ganímedes palidecería en comparación. Tal vez no puedas permitirte comprarlo —Mamí paseó los dedos por entre el cabello del muchacho.

El padre del joven trató de soltarse de nuestro grupo. Logramos contenerlo pero se las arregló para gritar:

—¡Aparta esas manos asquerosas de mi muchacho, monstruo!

Mamí se volvió hacia el hombre:

—Si escucho de ti una sola palabra más, tú y tu esposa os vais a quedar sin cabeza. —En seguida le dijo al comprador—: No vas a encontrar jamás un muchacho más bello que éste. Fácilmente se podrían cobrar por él quinientos escudos de oro en cualquier puerto de la costa de Berbería… Y aún más en Turquía. Cadi, te vendo al mayorcito pero si te quedas también con el enano.

—En nombre de Mahoma, deja ya de regatear —dijo el hombre a quien habían llamado Cadi, entrando en un estado de gran agitación—. Si ésas son las condiciones, me quedo con ambos. Tan sólo dime cuál es su precio. Tengo que quedarme con este muchacho —de nuevo señaló al hermano mayor—. Es irresistible su belleza, sus modales gentiles. —Se dirigió al desventurado jovencito, que se había echado a temblar—: ¿Cómo te llamas?

—Felipe, señor.

—Escuchad esa voz almibarada —dijo Cadi embelesado, dirigiéndose a todos los presentes—. Y qué maneras tan dulces. Tiene la gracia de una gacela. —A Felipe le dijo con voz seductora—: A partir de ahora eres mi hijo y te vas a llamar Harum.

El hombre encerró a Felipe en un estrecho abrazo. El joven trató de escabullirse. Cadi les hizo señas a dos de sus esclavos de que agarraran al hermano. El pequeño se echó a llorar mientras lanzaba puntapiés contra los hombres.

Felipe lanzó un grito en dirección de su padre:

—¿Adónde nos llevan?

El padre gemía inconsolable, sacudiendo la cabeza. La madre de Felipe había vuelto en sí y con voz lánguida le dijo al comprador de su hijo:

—Por favor, por favor, señor, permítame abrazar y besar a mis muchachos un momento, por última vez, ya que tendré que vivir para siempre con el dolor de haberlos perdido.

Temí por su vida.

—Date prisa, mujer —rezongó Cadi—. Estos muchachos ya no son tuyos; ahora me pertenecen.

Tanto nuestras mujeres como nuestros hombres estaban llorando, algunos estentóreamente.

En medio de sollozos, la madre de Felipe les dijo a sus niños:

—Hijos míos, nunca olvidéis que sois cristianos. Nunca neguéis a Nuestro Señor Jesucristo, nuestro verdadero salvador. Rezad todos los días a su Santa Madre, quien es la única que puede romper las cadenas que os van a esclavizar y quien algún día os devolverá la libertad. Felipe, Jorge, nunca vaciléis en vuestra fe. Rezad a María todos los días. No os olvidéis de vuestros padres, que ellos nunca os olvidarán. Siempre estaréis en nuestros pensamientos y nuestras oraciones.

La mujer cayó de rodillas y empezó a golpear el piso con los puños mientras se llevaban a los muchachos.

Se dio comienzo a la subasta de las mujeres. Se aferraban unas a otras, llorando y rezando. La protesta de los hombres iba subiendo de volumen y comenzamos a tirar de nuestros grilletes y a hacerlos traquetear. El Beylerbey dio orden a sus gigantes de que nos dieran azotes hasta que nos callásemos.

Después me enteraría de que muchos de estos compradores eran moriscos expulsados de Andalucía; compraban esclavos como una manera de humillar a la Corona y como un acto de nostalgia por la tierra de la cual habían sido expulsados y que seguían considerando de ellos.

Luego se inició la subasta del resto de los cautivos. Los posibles compradores inspeccionaban sus extremidades y sus orificios corporales como si se tratase de bestias de carga. Llegó el turno de Rodrigo. El rostro de mi hermoso hermano había adquirido el color de la nieve y sus manos temblaban ligeramente, pero no daba muestras de temor y se comportaba con la dignidad de un verdadero hidalgo. Me sentía desdichado e indigno al pensar que jamás volvería a ver a Rodrigo. Una vez más yo le había fallado a la familia. Pensé en el dolor de mis padres cuando se enteraran de lo que les había sucedido a sus hijos.

—Ése es el hermano del lisiado —dijo Mamí señalándome—. Por el lisiado se puede obtener un buen rescate pues es un héroe de guerra y un protegido de don Juan. Así que por éste también se podría obtener un buen rescate. No lo voy a vender barato.

Se hicieron numerosas ofertas por mi hermano, quien era un ejemplo latente y atractivo de las mejores cualidades del varón español. Cuando Mamí anunció que Rodrigo tocaba la vihuela y cantaba con una bella voz, un mercader ataviado con ricas vestimentas ofreció por él doscientos escudos de oro. Una vez que finalizó la transacción, alcancé a oír que el hombre le decía a Rodrigo:

—Te he comprado para que les enseñes música y canto a mis hijos. Me parece que podrías ser un buen tutor. Si les enseñas bien, algún día serás libre.

Como tutor en casa de un hombre rico, Rodrigo sería eximido de las labores más duras y del látigo, y por lo tanto tendría una buena oportunidad de sobrevivir el cautiverio. No todo estaba perdido.

Terminada la subasta, y una vez que se marcharon el Beylerbey y los mercaderes, los que quedábamos —una veintena de hombres— pasábamos a ser propiedad de Arnaúte Mamí. Se había reservado para sí los curas de *El Sol*, así como un puñado de caballeros cuyas adineradas familias pagarían el rescate. Al resto de los hombres se les asignarían trabajos muy duros o pasarían a ser remeros en sus barcos.

Se nos entregó nuestro nuevo atuendo de esclavos: dos pedazos de tela, uno para enrollarlo alrededor de la cintura y el otro, una burda sábana, para el frío, y se nos informó que nuestro destino era una prisión designada con el nombre de *Bagnio Beylik*. En fila, arrastrando las cadenas, fuimos conducidos a través de las puertas de la ciudad. Una multitud que había estado esperando el final de la subasta nos recibió con insultos y burlas. Fue así como entré en una ciudad que era conocida como el refugio de todos los especímenes depravados de la humanidad que Noé había rechazado de su arca. Empezamos a subir los escalones de una zona conocida como La Casbah de Argel, arrastrando nuestros pies encadenados por calles empinadas y cada vez más estrechas. Grupos de niños nos seguían gritando: «¡Perros cristianos, aquí vais a comer arena del desierto!», «¡Vuestro don Juan no vendrá aquí al rescate! Vais a morir en Argel». Estos pilluelos del demonio nos arrojaban naranjas podridas y plastas de estiércol de asno. Con gusto les habría hecho tragar el estiércol a aquellos chicuelos.

La Casbah era una zona de calles serpenteantes y penumbrosas. Muchas de las casas parecían haber sido construidas en la época de los romanos, o quizás incluso antes, cuando los fenicios ocupaban Argel. Mientras subíamos penosamente la colina los escalones de piedra parecían multiplicarse. Cerca de la cima de la ciudad las callejuelas eran tan estrechas que teníamos que avanzar en fila de a uno. Burros pequeños pero fuertes portaban pesadas cargas por los callejones adyacentes. Desde los techos de las viviendas los hombres se mofaban de nosotros y nos insultaban mientras ascendíamos con gran dificultad los resbalosos escalones. Las mujeres moras, recatadas aunque no iban cubiertas por un velo, nos ojeaban desde las ventanas ovaladas de sus hogares. Los cristianos eran considerados algo tan bajo, me enteraría más adelante, que las mujeres argelinas no tenían que cubrirse el rostro en nuestra presencia.

Se acercaba el final de la tarde cuando llegamos a la plazoleta en lo alto de La Casbah. Ante nosotros se erigía una fortaleza blanca y rectangular; las altas torres de las esquinas estaban custodiadas por guardias armados. Habíamos llegado a la prisión Baño Beylik, de terrible fama en todo el Mediterráneo a causa de sus condiciones severas. Había sido construida casi cien años atrás por los brutales hermanos Barbarroja como un campo de detención para aquellos que capturaban en alta mar, y quedaban allí a la espera de que se pagase su rescate. Se nos condujo hacia el interior, donde retiraron la larga cadena que nos ataba unos a otros pero nos dejaron los grilletes en el tobillo. Las paredes del interior de la prisión, con hileras de habitaciones en dos niveles, miraban hacia un patio de adoquines en el cual se arremolinaban cientos de hombres.

A pesar de mi agotamiento me encaminé hacia aquella multitud. Alcancé a reconocer que allí se hablaban numerosos idiomas. Al parecer los cautivos se congregaban por nacionalidades: ingleses, franceses, griegos, italianos, portugueses y albaneses. Otros hablaban idiomas que yo no conseguía reconocer.

Un buen número de españoles se encontraba en cuclillas jugando a los dados. Los cautivos que habían llegado conmigo empezaron a mezclarse tímidamente con nuestros compatriotas. Yo observaba la escena, inseguro de cómo proceder. Si acaso había caballeros entre mis compatriotas cautivos, la esclavitud los había convertido en tipos rudos. Por lo visto, habría que tener ojos en la espalda.

Uno de los cautivos que jugaba a los dados gritó desde el círculo de hombres agachados en el suelo:

—Tú, el que está allí parado. ¿Cómo te llamas? ¿Dónde te capturaron?

Una vez que logré complacer la curiosidad de este hombre, los apostadores regresaron a su juego. Mis piernas adoloridas y mis pies ampollados me obligaron a sentarme sobre el frío suelo. Me eché por encima de los hombros la sábana que me habían dado en el muelle y elevé las rodillas para descansar mi cabeza sobre ellas antes de cerrar los ojos. Me encontraba en esa posición cuando escuché una voz que se dirigía a mí:

—¿Usted es el hijo de don Rodrigo Cervantes?

Un hombre bajo, con una barriga prominente y las piernas cortas y gruesas se encontraba en frente, sus pies desnudos cubiertos de tierra. Sonrió y de inmediato su rostro adquirió un aspecto picaresco, el de alguien que se las ingenia para sobrevivir.

—Yo lo conozco desde que usted era joven —me dijo—. Mi nombre es Sancho Panza, hijo del noble pueblo de Esquivias, en el corazón de La Mancha, famoso por sus sabrosas lentejas y el mejor y más medicinal de los vinos. Que en caso de que no lo sepa es el único vino que beben nuestros reyes magníficos —se agachó frente a mí.

Todo esto me resultaba inverosímil; sin embargo la mención de mi padre me alegró.

—¿Cómo es que conoce a mi padre, señor Sancho?

—Don Rodrigo me curó cuando yo no tenía dinero. Después de que murió mi amo, su merced el difunto conde de Ordóñez, sus hijos ilegítimos me echaron a la calle, a pesar de que había servido a su padre desde mucho antes de que nacieran —Sancho soltó un suspiro—. Lo pasado,

pasado —dijo; luego se restregó los ojos, como para asegurarse de que yo todavía estaba allí—. En ese entonces usted asistía al Estudio de la Villa, era nada más que un jovencito. Ha cambiado mucho. Yo no lo hubiese reconocido, pero cuando lo escuché decir su nombre supe que tenía que ser hijo de don Rodrigo. Se ve que están hechos del mismo molde.

Me alegraba mucho encontrar a alguien que conociese a mi padre. A pesar de lo exhausto que me sentía, este hombre singular resultaba entretenido. Quizás fuese capaz, por un breve instante, de hacerme pensar en tiempos más felices.

—Su padre se sentía muy orgulloso de usted —continuó—. ¿Sabe que les recitaba sus poemas a los pacientes? Aquel soneto, el que recibió el premio seguramente lo tuve que escuchar cientos de veces. Después de que terminaba de recitarlo, don Rodrigo solía decir: «Amigos míos, *Ars longa, vita brevis*». Un día un paciente que tenía una pierna con gangrena y que no mejoraba a pesar de todos los tratamientos con sanguijuelas que le aplicaba su padre, le preguntó qué querían decir aquellas palabras.

—Son palabras del gran Virgilio —le dijo don Rodrigo.

—¿Virgilio era un médico? —quiso saber el hombre.

—¡Por favor, amigo! —replicó su padre como se le habla a un niño, asombrado de que existiese una sola persona sobre la faz de la tierra que no supiese quién era Virgilio. (Por cierto, yo sí que conocí a un Virgilio en Esquivias, don Miguel, pero no creo que éste fuera el hombre del que hablaba vuestro honorable padre, puesto que el Virgilio de Esquivias era un carnicero)—. Ésas son las únicas palabras que necesitamos recordar —le dijo su padre—: El arte es para siempre, la vida es breve. Virgilio era un poeta, un médico de almas.

El paciente respondió a los gritos:

—¿Y eso es lo que usted cree como médico, don Rodrigo, que la vida es breve? Con razón que desde que estoy en este sitio mis piernas se siguen pudriendo. —El hombre se dejó caer del catre al suelo y prácticamente salió a gatas de la enfermería de su señor padre.

Sancho tuvo que darse palmadas en la enorme barriga para poner fin a su ataque de risa. Me reí tanto que sólo escuchaba el sonido agudo de mi propia risa.

Una vez que terminó aquella reminiscencia, Sancho me dijo:

—¿No quisiera ser entrometido, joven caballero, ¿pero qué le pasó en el brazo? Y le ruego que me cuente la historia con todos los puntos y comas. Me gustan los relatos redondos y completos.

No me apetecía revivir momentos dolorosos del pasado, así que le di una versión abreviada de cómo había sido herido en Lepanto.

Pero Sancho estaba empeñado en no apartarse de mi lado:

—¿Qué sabe de este *Bagnio*? —me preguntó.

—¿Hay algo que debería saber?

—Ya sabe que aunque lleve por nombre el Bagnio esto no es precisamente una casa de baños, ¿verdad? Aunque a la mayoría de los hombres aquí sí que les vendría muy bien una buena lavada. Pero no es una prisión como las de España. Estos perros turcos nos dejan entrar y salir como nos dé la gana, siempre y cuando estemos de regreso con la primera llamada a la oración vespertina, que es cuando cierran las puertas. A todos se nos permite salir, no por su buen corazón sino porque tenemos que ganar el dinero para alimentarnos y vestirnos. Nosotros somos los afortunados. Estos imbéciles piensan que todos tenemos familias que van a pagar nuestro rescate. Ésa es la razón por la que no nos tenemos que romper el lomo reparando caminos, empujando enormes piezas de mármol, construyendo mezquitas o tumbas para los ricos o, el peor de todos los castigos posibles, como remeros en sus barcos de la muerte. Ellos están convencidos de que su familia tiene dinero. ¿Don Rodrigo ha prosperado desde la última vez que lo vi? Recuerdo que con frecuencia hablaba de sus parientes ricos.

Le conté lo de la carta de don Juan de Austria.

—Qué mala suerte que una carta de nuestro gran príncipe pudiese traer tanta desgracia. En cuanto a mí, mi ilustre amigo, soy tan pobre como el día que salí chillando del santo vientre de mi madre. Pero que me aspen si iba a trabajar como remero o como peón, así que les dije que era miembro de una rica familia gallega. Gracias a Dios que lo único que he hecho yo es lavar las bacinillas de mis amos y servirles sus comidas. Así que tengo las manos de un príncipe —extendió las palmas para que les diera mi aprobación. En efecto, a pesar de un aspecto general tosco, sus manos se veían inmaculadas—. Puedo decir con orgullo que usé guantes la mayor parte de mi vida. Cuando el imbécil del turco pidió examinar mis manos, aquel hijo de alguna prostituta infiel comentó que parecían tan tersas como marfil pulido. Como el turco aún no estaba convencido, le dije: «*Adversus solem. Amantes sunt. Donecut est in lectus consequat consequat. Vivamus a tellus*». —Sancho estalló en carcajadas y dijo—: Un hidalgo educado como usted sabrá que todo aquello era un sinsentido. Eran todas palabras que había escuchado decir a mis amos a lo largo de los años —Sancho empezó a darse palmaditas en la barriga para tratar de controlarse.

Me eché a reír a las carcajadas. La pena había sido mi compañera durante tanto tiempo que no me había reído con ganas desde antes de Lepanto.

—Ahora escúcheme vuesa merced, mi joven y apreciado caballero. Trate de mantenerse saludable, pues aquel que tiene salud tiene esperanza, y aquel que tiene esperanza, lo tiene todo. Si bien algunos días la libertad parece más lejana de lo que está la tierra del cielo, ruego a Dios que rápidamente envíe a Argel las tropas de don Juan para liberarnos. Yo seré un optimista hasta la muerte. Sí, señor.

¿Quién era este filósofo que tenía en frente?, me pregunté.

—Joven Miguel, vuesa merced puede agradecer a las estrellas de la suerte por haberme conocido. Haga el favor, por su propio bien, de escucharme con toda su atención. Lo menos que puedo hacer para demostrar mi gratitud por su noble y generoso padre es enseñarle todo lo que necesita saber para sobrevivir en este nido de serpientes. He estado cuatro años en esta desventurada capital y he visto morir en esta tierra de paganos e idólatras a muchos hombres que llegaron conmigo. Estoy seguro de que no necesito recordarle que al que madruga Dios le ayuda. Mañana, en cuanto se abran las puertas del sitio con la primera llamada a la oración, y estoy seguro de que reconocerá la llamada porque suena como alguien que ha estado tratando de aliviar su intestino durante un mes y todavía no ha podido hacerlo, bajaremos al puerto a esperar a los pescadores, que regresan con la salida del sol. Los pescados que no desean llevarse se los tiran a los perros o los arrojan de vuelta al mar. Y si ellos ese día no tienen pescados para tirar, siempre se encuentran erizos de mar —Sancho hizo un gesto de desagrado—. Yo jamás habría comido una de esas criaturas repugnantes cuando vivía en España, pues allí nunca me faltó un mendrugo de pan, una tajada de queso o una cebolla. Pero a falta de caballos, hay que ensillar los perros. Va a ser difícil para vuestra merced sobrevivir aquí con un brazo lisiado —añadió. Se apretó la cabeza con ambas manos y en seguida sonrió—. ¿Todavía escribe poesía? Argel es el mejor sitio en el mundo para un poeta. Estos moros tan crueles sólo respetan a dos tipos de personas: los poetas y los locos. Según su religión desquiciada, son ellos la gente bendecida por Dios y tienen que ser respetados porque están en constante contacto con Él.

Me preguntaba qué otras muestras de sabiduría me tenía reservadas aquel gordo.

Sancho se puso de pie y continuó:

—Los hombres que trabajan para el alcaide de esta prisión nos hacen pagar para dormir en los cuartos del interior. El que no cuente con suficiente dinero para pagar por su sitio en un cuarto, debe dormir aquí con el cielo como cobertor. Desafortunadamente, a duras penas tengo lo suficiente para pagar por un sitio esta noche. Han sido muchas las noches que he tenido que dormir aquí.

Todo lo que poseía yo eran las cadenas de hierro alrededor de los tobillos, que ni siquiera me pertenecían, y los pedazos de tela que colgaban de mi cuerpo demacrado.

—Vuesa merced espéreme aquí mientras voy adentro a buscarle otra sábana. En esta época del año las noches refrescan bastante.

A pesar de su moldura corpulenta dio unas cuantas zancadas con la agilidad de un bailaor de flamenco y se alejó de prisa, zigzagueando entre la multitud.

El cielo de Argel resplandecía bajo la luz de la luna. Cerré mis ojos somnolientos. Empezaba a quedarme dormido cuando escuché, acompañado por una flauta, un lamento escalofriante, un quejido que no parecía dirigirse a los seres humanos sino a los cielos: era la llamada a la oración nocturna que llegaba desde la mezquita. La voz quejumbrosa, al igual que una invisible cometa, ascendía desde lo alto del minarete hacia el oscuro cielo africano salpicado de estrellas. Me sentí abrumado por un agotamiento extremo, un desánimo ante aquello que empezaba a aceptar como el rumbo de mi desdichado destino. Me pareció ver que mi alma salía del cuerpo y volaba sobre un mar vidrioso, lúgubre, un mar sin costa alguna. El primer día de mi vida como cautivo había llegado a su final.

Capítulo 4
Mi enemigo a muerte
Luis Lara
1576

Todas las cosas cambian en este mundo y nosotros con ellas. Era difícil de creer que el afecto que sentía por Miguel durante nuestros días de estudiantes en Madrid se hubiera trocado en animosidad. El mensaje de nuestro Redentor es el de perdonar a aquellos que nos ofenden, pero mi corazón se había oscurecido, yo bullía de odio y era incapaz de detener su petrificación. Ya no me reconocía a mí mismo. Si examinaba mis facciones en el espejo me veía exactamente igual, pero mi alma ya no era la del caballero y el cristiano que profesaba ser. No había luz en mis ojos. La traición por parte de mi mejor amigo me reveló que el odio, al igual que el amor, era una emoción incontrolable, que habitaba y crecía en mí como si fuese una insaciable y tumultuosa pesadilla que yo no era capaz de exorcizar. El odio, descubrí, puede ser más duradero que el amor.

Sentí gran alivio cuando Miguel me escribió desde Roma. Yo había triunfado. Ojos que no ven, corazón que no siente. No le faltaba verdad a aquella expresión. Él estaba lo suficientemente lejos, así que dejaba de representar una amenaza inmediata para mi felicidad al lado de Mercedes. Las epístolas que me envió durante el tiempo que trabajó para el cardenal jamás recibieron respuesta de mi parte. Estaban repletas de anécdotas acerca de las personas pintorescas —e importantes— que había conocido en Roma, comentarios entusiastas acerca de los poetas italianos que leía en la lengua de Dante, apasionadas descripciones de las grandes obras de arte en las iglesias, basílicas y residencias privadas. Después de un tiempo sobrevino una pausa en la escritura de aquellas cartas. Tal vez se dio cuenta de que yo no tenía intenciones de responderle.

Transcurrieron dos años. Una tarde, cuando nos encontrábamos en casa de mis padres después de cenar, Mercedes y yo salimos a dar un paseo por el huerto. Caminamos sin rumbo y en silencio por unos instantes hasta que Mercedes se sentó en un banco de piedra bajo una pérgola. Me senté a su lado. Era abril y en el aire flotaba una fragancia floral. Las aves, que en las horas más calurosas del día se escondían en la espesura, ahora comenzaban a emerger en busca de insectos, dando comienzo a sus tonadas vespertinas. Mercedes parecía embelesada por la dulzura de este momento. Le dije:

—He estado pensando, amor mío, ¿por qué esperar tres meses más para dar inicio a nuestra felicidad?

Mercedes miró hacia un lado, con la vista perdida en una esquina sombreada del huerto. A pesar de que se encontraba a mi lado de forma física, su mente estaba en otra parte. Nuestro plan había sido casarnos cuando yo terminara mis estudios en Alcalá. Después de la graduación confiaba en que mi familia intercediera por mí para conseguir un empleo en la Corte de Su Majestad. Mi sueño era instalarme en Madrid con Mercedes, empezar una familia y dedicar mis horas libres a la poesía. Me habían enseñado que la modestia es una cualidad que debe cultivar un caballero de verdad. Por ello no tenía sueños grandiosos; los grandes sueños eran para los aventureros y para los soldados de fortuna. Mis aspiraciones correspondían a las de la mayoría de hombres en condiciones sociales similares a la mía.

—¿Por qué el cambio súbito de planes? —preguntó Mercedes; se veía confusa—. ¿Por qué no esperar hasta que te gradúes, como habíamos planeado? El matrimonio podría distraerte de tus estudios, Luis.

Yo no era uno de aquellos hombres que piensan que la mujer es por naturaleza una criatura defectuosa. A pesar de mi obnubilación, podía darme cuenta de que sus reparos eran perfectamente legítimos. Mercedes era discreta, la encarnación de la virtud inmaculada, de la pureza misma. Su reputación estaba por encima de cualquier sospecha o reparo. Yo estaba seguro de que no había en España otra mujer tan casta como ella. Sin embargo, ésta era la primera vez que no aceptaba lo que yo le decía, y la bestia de los celos comenzó a rugir en mi interior. ¿Qué razón podría esgrimir para aplazar mi propuesta de matrimonio a no ser que amara en secreto a Miguel y tuviera esperanzas de que él regresara?

—He consultado con mis padres y como sé que te encanta vivir en Toledo, si así lo deseas, puedes vivir aquí hasta que yo termine mis estudios. Vendré de visita cada vez que tenga oportunidad de hacerlo.

—No puedo darte una respuesta hoy mismo, Luis —Mercedes suspiró y luego tomó mis manos entre las suyas y las puso en su mejilla. La tibieza de sus dedos despertaba en mí deseos de besarla, de raptarla. Cuando su largo cabello y sus pestañas rozaban mi piel tenía que esforzarme para detener el temblor que me asaltaba.

Empezó a hablar, sin cambiar de posición, y su aliento acarició la piel de mis manos.

—Esto es una sorpresa total para mí; no esperaba tu propuesta de matrimonio tan pronto. Necesito más tiempo para pensarlo antes de aceptar que cambien nuestros planes.

En aquel momento me reproché no haber atravesado con mi espada el corazón de Miguel el día que lo encontré en la habitación de Mercedes. Retiré mis manos de las suyas, me puse en pie y caminé de regreso a casa solo.

A Alcalá llegaron las buenas nuevas de que nuestras fuerzas habían derrotado a los turcos en Lepanto. Como ocurría cuando se libraban batallas en suelos extranjeros, transcurrieron varios meses antes de que los nombres de los sobrevivientes aparecieran impresos en los edictos públicos pegados a los muros de los edificios de gobierno. El día que me enteré por boca de un visitante que ya se habían divulgado estos edictos, me apresuré a leerlos. El nombre de Rodrigo Cervantes aparecía entre ellos pero no el de Miguel. Los turcos no habían tomado prisioneros. ¿Podría ser que Miguel hubiese muerto?

Un par de días después, en Toledo, mi abuela, que todos los días iba muy temprano a misa, preguntó a la hora de la cena:

—Luis, ¿Rodrigo Cervantes es pariente de tu amigo Miguel? —Era la primera vez desde que Miguel había huido de Madrid, seis años atrás, que su nombre se mencionaba en mi presencia—. Esta mañana leí su nombre en un edicto público a la salida de la iglesia.

—Yo ya había leído la lista de los sobrevivientes que publicaron en Alcalá —respondí—. El nombre de Miguel no estaba en ella —mantuve inclinada la cabeza, mirando el pernil de cordero asado que tenía enfrente. De repente la carne sobre mi plato me provocó náuseas. No me atreví a mirar en dirección de Mercedes. Aproveché el silencio que se instaló en la mesa para indicar que aún tenía algo más que decir—. Abuela, he estado tan triste que no te lo puedes imaginar. Él era mi amigo más cercano en aquellos años en que estuve en Alcalá. Nunca había tenido un amigo como él —debí haberme detenido en aquel punto; en lugar de ello, me escuché a mí mismo decir—: No quería afligiros con la noticia. Pero tarde o temprano tendría que revelar que uno de mis compañeros se encontró con el padre de Miguel en Madrid. Don Rodrigo le contó que el cadáver de Miguel no había sido encontrado. La última vez que fue visto durante la batalla había sido mortalmente herido. Don Rodrigo teme que el cuerpo de Miguel se haya hundido hasta el fondo de la bahía de Corinto.

Aquélla era la mentira más grande que jamás hubiese dicho, una mentira tan grave que me preguntaba si sería pecado mortal desear la muerte de alguien a quien conocía; la muerte de cualquiera, si vamos al caso. Ya era demasiado tarde. No podía regresar en el tiempo y borrar mis palabras.

—Siento mucho escuchar esta noticia —dijo mi abuelo—. Sé que era como un hermano para ti. Que Dios lo tenga en su Gloria —se persignó.

Mi abuela también se persignó.

—Haré decir una misa por el descanso de su alma —concluyó.

Miré en dirección de Mercedes: sus ojos estaban cerrados y una lágrima rodaba por su mejilla.

Un par de meses después de la escena en el jardín recibí noticias de Miguel. El muy canalla seguía vivo. En esta ocasión las cartas estaban repletas de acongojadas historias acerca de las heridas recibidas en el combate contra los turcos, dando a entender que había sido exclusivamente gracias a su heroísmo que la marina de guerra otomana había sido destrozada. Cuando no estaba alardeando, Miguel se quejaba de su lenta recuperación en hospitales italianos y de la pérdida de movilidad de su mano izquierda. Sentí una explosión de gozo cuando escuché que había quedado lisiado. En el mismo instante, me odié a mí mismo por regocijarme con el sufrimiento de otro ser humano, especialmente de alguien a quien una vez había apreciado sin la menor reserva. Sabía que era un pecado y un acto anticristiano regocijarme de la desgracia ajena, incluso si se trataba de mi enemigo. Pero mi odio era más fuerte que mi fe.

En su carta, Miguel me suplicaba interceder por él en las Cortes del rey con los oficiales de alto rango que conocía por intermedio de mi familia, con el fin de acelerar el pago de sus salarios atrasados y asegurar que le fuese otorgada la pensión estipulada para los soldados inválidos. Quemé sus cartas.

Praemonitus pramunitus solía decir mi padre. ¿Por qué dejarlo al azar? Por improbable que pareciese, ¿qué podría pasar si Miguel de alguna forma se las arreglaba para regresar a España? Yo era consciente de que la rueda de la fortuna a veces daba giros impredecibles. ¿Era mi temor algo irracional o estaba justificado? Nunca permitiría que Miguel se llevara a Mercedes de mi lado. De cualquier manera era necesario que emprendiera acciones decisivas.

Mercedes y yo nos casamos en una ceremonia privada en Toledo a la que sólo asistieron miembros de nuestra familia. Ese día, que debió haber sido uno de los más felices de mi vida, fue estropeado cuando me enteré de las razones por las cuales Mercedes había aceptado ser mi esposa. ¿Habría tenido ella la esperanza de que Miguel regresara a España?

No obstante mis celos, no podría haber encontrado una esposa más bella, considerada y dulce. Nuestra armonía doméstica parecía indicar que seríamos tan felices en nuestro matrimonio como lo habían sido mis padres. En cuanto a Miguel, ya Mercedes era mi esposa. Incluso en el caso de que se las arreglara para regresar a Castilla, nunca podría arrebatármela.

Mercedes se quedó con nuestros abuelos hasta que terminé mis estudios en Alcalá. Poco tiempo después de nuestra boda quedó embarazada. La noticia me llenó de un alborozo que jamás había sentido. Si Dios así lo quería, esperaba que llegaran muchos niños más. A pesar de que su salud siempre había sido buena, desde el comienzo el embarazo estuvo lleno de complicaciones. Diego nació al séptimo mes y Mercedes sangró tanto durante el parto que los médicos temieron por su vida durante las cuarenta y ocho horas que siguieron al nacimiento del bebé.

El gozo de la paternidad se vio menguado por la débil constitución de Diego. A menudo rechazaba la teta de las nodrizas que traíamos a casa y los senos de Mercedes únicamente producían unas pocas y opacas gotas de leche. El crecimiento de mi hijo era casi imperceptible. Un año después de su nacimiento, Diego era tan delgado y tan frágil que yo temía romper una de sus costillas cuando lo cargaba en brazos. Era tan pálido como un lirio blanco, como si no corriera sangre por sus venas. Sin razón aparente se echaba a llorar durante horas, algunas veces durante días, y no con la rabia propia de los bebés, sino como si llorara por una pérdida inconsolable. No importaba en qué lugar de la casa me hallara o qué tanto tratara de alejarme de sus gemidos, seguía escuchándolos. Incluso cuando me encontraba a leguas de distancia, en mi residencia en Alcalá, apenas terminaba mis plegarias de la noche y apagaba la vela, podía escucharle llorar en la oscuridad, tan nítidamente como si la cuna estuviese junto a mi cama.

La fragilidad de Diego era nuestra gran preocupación y Mercedes se convirtió en su sombra. Sus precauciones lindaban con lo enfermizo: insistía en probar de antemano todo lo que él comía, se aseguraba de que nunca pisara el suelo con los pies descalzos, que no se expusiera al sol durante las horas más calientes del día, que nunca lo sorprendiera la lluvia, que evitara el rocío mañanero, que nunca estuviera en la proximidad de alguien con un resfriado o una tos o recuperándose de cualquier tipo de enfermedad, que estuviera envuelto en gruesos abrigos de piel por la noche, que después del baño se sentara junto al fuego a tomar una taza de chocolate caliente hasta que todo su cuerpo estuviera seco.

Diego parecía aceptar con paciencia todos y cada uno de aquellos cuidados excesivos. La devoción de Mercedes por nuestro hijo era tan extrema que no parecía importarle para nada su propia apariencia. A pesar de su falta de vanidad, la maternidad le había otorgado una madurez y una lozanía que la hacían aún más adorable que antes. Mi deseo por ella iba en aumento. Nunca volvería a ser tan bella como lo fue después del nacimiento de Diego. Pero me volví invisible a sus ojos, sólo un conocido que vivía en la misma casa. Olvidó sus deberes como esposa y dormía en un catre al lado de Diego.

¿Acaso Dios me estaba castigando por mis celos infundados? ¿Por mi odio a Miguel? El odio, bien lo sabía, era como una cachetada en el rostro de Dios. Obviamente yo no era un buen cristiano. En mi juventud, cuando era estudiante en Madrid, la poesía había sido mi religión. Sí, era un católico obediente: ayunaba cuando había que hacerlo, iba a misa los domingos, me confesaba y recibía la sagrada comunión cada semana, observaba las fiestas religiosas. Hacía todo lo que se esperaba que hiciera, pero no vivía para Dios: quería las recompensas terrenales. Me esforzaba más por obtener estas cosas que por obtener un lugar en el Cielo, pues creía que me estaba asegurado por la vida correcta que llevaba. Comencé a ir a misa todos los días al amanecer; cuando esto resultó insuficiente para aplacar la inquietud de mi espíritu, empecé a rezar varias horas al día, como acostumbraba hacer el abuelo Lara. Rezaba por la salud de mi hijo, para que creciera fuerte y se convirtiera en un hombre, y, sobre todo, rezaba para que los pecados del padre no recayeran sobre el hijo.

Como regalo de graduación, mis padres nos obsequiaron una casa grande y hermosa cerca del hogar de nuestros ancestros. Yo esperaba que mudarnos a Madrid marcaría un nuevo comienzo para nuestro matrimonio y que las distracciones propias de la ciudad trajeran algo de alegría a nuestras vidas. Quizás el amoblar aquella casa podría brindarle una diversión placentera a Mercedes. Como correspondía a nuestra condición social, nuestra residencia era una de las más elegantes de Madrid. El antiguo fulgor regresó momentáneamente a los ojos de Mercedes. Pero a medida que los meses pasaban y nos instalábamos en nuestra nueva vida, volvió a ocuparse única y exclusivamente del bienestar de Diego. Leonela había venido a vivir con nosotros en calidad de ama de llaves. Supervisaba la labor de los sirvientes, se encargaba de la decoración, colgaba los retratos de nuestros antepasados en la paredes, supervisaba el trabajo del jardinero y planeaba nuestras comidas con al cocinero.

Gracias a la influencia de mi familia obtuve un puesto como funcionario en el Departamento de Recaudos de los Guardias de Castilla. Mi oficina se encargaba de recaudar en todo el reino los impuestos que financiaban las obras públicas, así como al ejército y a la marina de guerra del rey. Mi trabajo requería que viajara por toda España para supervisar los libros que llevaban nuestros auditores. Disfrutaba la posibilidad de recorrer todo el país y conocer sus más remotos rincones. A pesar de ello, siempre aguardaba con ansia el momento de volver a casa, donde Diego me recibía con su dulce sonrisa, sus besos y sus abrazos. Mi hijo no había parado de llorar, pero ahora lo hacía calladamente y únicamente mientras dormía. Algunas noches me quedaba sentado al lado de su cama y observaba su llanto intermitente, lágrimas tan copiosas que a la mañana siguiente su almohada quedaba mojada. Los médicos más eminentes de Madrid vinieron a verlo y proclamaron que era pequeño de estatura para su edad, pero que por lo demás gozaba de buena salud. Un día, cuando ya estaba en edad de comprender, le pregunté:

—Dime, hijo mío, ¿sientes dolores durante la noche? Muéstrame dónde te duele.

—No me duele, papá, pero siento tristeza aquí —respondió con dulzura, al tiempo que colocaba su manito en el pecho, a la altura del corazón.

A nadie le hablé de esta conversación. Quedé convencido de que el llanto de mi hijo era una señal de Dios. ¿Acaso era Diego uno de sus santos? ¿Había venido a la Tierra para derramar lágrimas por los pecados de la humanidad? ¿Por los míos?

Mercedes y yo no teníamos otra opción que aceptar el llanto crónico de Diego como una característica suya. No teníamos interés en que la situación se conociera por todo Madrid. Si el Santo Oficio se enteraba, ¿cómo interpretaría el llanto de mi hijo? ¿Cómo reaccionaría? ¿Lo harían comparecer ante ellos?

Mercedes se volvió aún más distante a pesar de que había pocos motivos de discordia entre los dos. Resultaba evidente para mí, y quizás también para mis padres, que yo la amaba más de lo que ella me amaba a mí. La intimidad de nuestra juventud había desaparecido, lo cual me causaba gran pesadumbre. Era difícil precisar el momento exacto en que habíamos empezado a vivir vidas separadas. ¿Fue después del nacimiento de Diego? ¿Acaso mis sospechas no expresadas habían creado una distancia entre los dos? Ella pasaba gran parte del tiempo con Diego y con Leonela. Intenté que resurgiera el antiguo vínculo: de mis viajes le traía regalos fastuosos; estaba pendiente de ella cuando me encontraba ausente. Su respuesta usual era una letanía:

—La salud de Diego requiere de mi atención constante, Luis. Él no es como los otros niños. No tengo otra vida. No quiero otra vida. Si mi hijo no está bien, yo tampoco.

Existía tal grado de corrupción entre los funcionarios del gobierno, que yo quería ejercer mis tareas con ejemplar probidad. Mi diligencia captó la atención de mis superiores y poco tiempo después Su Majestad Católica recompensó mi celo con una posición importante con Los Guardias. Mi sede estaría ubicada en Madrid, en un edificio que pertenecía a las Cortes.

No podía ser bueno para Diego pasar todo el tiempo rodeado de mujeres. A ningún amigo se le permitía visitarlo por miedo a que le contagiaran las enfermedades propias de la infancia. Diego era inteligente, lleno de preguntas, y le encantaba que le leyeran historias. Mis sueños de convertirme en poeta habían sido descarrilados por el sendero que el destino había trazado para mí. Tenía poco tiempo para leer y saborear la poesía y mucho menos para escribirla. Cuando descubrí el interés de Diego por las historias, comencé a albergar la esperanza de que al crecer llegara a ser el poeta que, como ahora sabía, yo no iba a ser. Mi trabajo y la educación de mi hijo se convirtieron en el centro de mi vida.

La lejanía de Mercedes se tornó una condición permanente. Sin embargo, yo aún creía que si llegaba a sentirse menos ansiosa con la salud de Diego podría volver a ser la Mercedes que había conocido toda la vida.

Un día llegaron noticias a Madrid de que los pasajeros del velero *El Sol*, incluidos Miguel y su hermano Rodrigo,
habían sido capturados en su viaje de regreso a España por
corsarios argelinos. ¿Por qué había sido yo maldecido con la
sombra permanente de Miguel? ¿Qué tenía que hacer para
nunca volver a escuchar sobre él?

Una noche, poco después de que llegaran estas noticias, estaba cenando solo en mi habitación, como era mi
costumbre desde que nos habíamos mudado a Madrid, cuando golpearon a la puerta. Mi asistente la abrió y entró Mercedes visiblemente irritada. Algo importante debía haber
pasado: había transcurrido ya largo tiempo desde la última
ocasión en que me visitara en mi cuarto.

—Tocaré la campana apenas haya terminado la cena
—le dije a mi sirviente al tiempo que hacía señas con la mano
en dirección de la puerta. Mercedes se sentó a la mesa frente
a mí. Puse a un lado el plato y bebí un sorbo de vino. A la
luz de la vela tenía un aspecto espectral, como si no hubiera
dormido en varios días. El brillo de sus ojos me perturbaba—.
¿Le ha ocurrido algo a Diego? —le pregunté.

—No, Diego se encuentra bien, gracias a Dios. Ya
está dormido —se detuvo un instante antes de decir—: Leonela regresó a casa con noticias acerca de Miguel de Cervantes y de su hermano. ¿Por qué me mentiste, Luis? ¿Por qué
me dijiste que había muerto en Lepanto?

El hecho de que tuviera interés en Miguel después
de tantos años era algo que me lastimaba y a la vez me pro-
vocaba el deseo de lastimarla. Así que no me había estado
imaginando cosas: mis sospechas eran bien fundadas. Le dije:

—No creí que te importara si él estaba vivo o muerto.
Cuando llegué a conocerlo mejor, me di cuenta de que no
era amigo mío sino alguien que quería hacerme daño. No
deseaba que su nombre fuera mencionado nuevamente en
mi casa. Por lo que a mí concierne, ya murió.

—Desde que ambos éramos niños, Luis —comenzó,
con su voz temblando de la ira—, admiré tu rectitud y tu

sentido de lo que es correcto y lo que no lo es. A diferencia de mí, a diferencia de la mayoría de las personas, pensé que eras incapaz de mentir. Eras la representación de lo mejor del varón español; estaba segura de que nunca encontraría a un hombre mejor que tú. Por esta razón crecí amándote, no de la forma en que los primos se aman, sino de la forma en que uno ama a un esposo; por esta razón acepté la idea de que un día nos casáramos. No sabía lo que era el amor romántico, con la excepción del amor que nos describen las novelas de caballería, por lo que confundí la admiración que tú me despertabas con amor.

Debería haberle pedido que no dijera una sola palabra más y se retirara de mi habitación. O mejor, yo mismo debí haberme retirado. Sabía que mientras más hablara Mercedes, más grave iba ser el daño infligido a nuestro matrimonio. En vez de ello, bajé la cabeza y permanecí en silencio, aunque en ese momento hubiese querido gritar: *Si me convertí en un mentiroso, Mercedes, fue porque Miguel de Cervantes me obligó a hacerlo. Al contrario de él, yo no nací siendo un impostor.*

Las facciones de Mercedes se distorsionaron, su palidez se intensificó. Se levantó de su silla y comenzó a pasearse enfrente de mí, con sus puños apretados a la altura de los senos.

—Si bien mis sentimientos hacia ti eran puros y genuinos —continuó diciendo—, también sabía que no te amaba en la forma en que se supone que una esposa ame a su esposo. Llegué a creer que gracias a tus maravillosas cualidades y con el paso del tiempo, podría amarte de la manera en que se suponía que debería hacerlo. Pero desde el momento en que vi a Miguel de Cervantes súbitamente se removió algo que había permanecido dormido en mi corazón.

De sus ojos rodaban lágrimas y sus manos, ahora abiertas y apoyadas en sus mejillas, comenzaron a temblar en leves espasmos. Mercedes parecía incapaz de medir sus palabras o de comprender el efecto que producían en mí.

—Miguel trajo la risa a mi solitaria vida. Despertó mi fantasía, me hizo soñar. Él representaba el mundo del cual había sido resguardada. Muy a menudo pensaba acerca de esas desafortunadas mujeres que tienen que disfrazarse de hombres para poder salir y darse una vuelta por el mundo… y ver todas las cosas que no se nos permite ver con nuestros propios ojos cuando eres una mujer obligada a pasar la mayor parte de la vida detrás de los muros de tu propio hogar. Cuando Miguel entró por la puerta de mi casa fue como si el mundo, esa parte del mundo que apenas era capaz de intuir, hubiera llegado a mí. Él representaba el conocimiento de las cosas que no conocía y que estaba ansiosa de conocer.

Las razones de su traición eran indefendibles. Si me hubiera confiado lo mucho que ansiaba ver el mundo exterior, le habría mostrado todo lo que acontecía más allá de los muros de la casa de nuestros padres. No obstante, y pese al dolor que mortificaba mi corazón, una parte mía sintió alivio. Después de todo, mis sospechas no eran infundadas: no había difamado a Mercedes; no tenía por qué pedirle que me perdonara; ella no era el ejemplo puro de una mujer sin tacha como yo había creído. Era como si en un solo instante mi vida, todo lo que había amado y en lo que había creído, hubiese sido mancillado y afeado. En ese momento quise morir. Hubiera podido salir corriendo y luego darme la muerte si no tuviera presente que el suicidio es la peor ofensa a Dios. *Viviré por Diego. Viviré por mi hijo.* Y luego pensé: *No descansaré hasta que Miguel de Cervantes esté muerto.*

Mercedes tenía más cosas que decir:

—Créeme si te digo que tuve que luchar contra lo que sentía por él —movió su cabeza con vehemencia y dejó escapar un agudo gemido que me hizo temblar—. Pero mi pasión era más fuerte que yo. Todos estos años he amado a Miguel y lo seguiré amando —había odio en su mirada; me sentí desfallecer cuando me di cuenta de que iba dirigido a mí—. Acepté casarme contigo, Luis, porque te creí cuando nos dijiste en el comedor que Miguel había muerto en combate —hizo una pausa. En mi habitación reinaba el silencio pero dentro de mi cabeza podía escuchar un coro de voces que clamaban. El volumen de su voz alcanzó un crescendo—. ¿Por qué me mentiste? Si no lo hubieras hecho, tal vez, con el tiempo, hubiera podido amarte como a mi esposo. Ahora, nunca podré perdonarte que me hayas mentido, Luis. Nunca. Nunca.

—Lo hice porque te amaba —se me escapó de manera patética, pues me negaba a aceptar que *mi* Mercedes quisiera humillarme de esta forma—. Lo hice porque no quería perderte. No quería verte deshonrada por un hombre que no te merece.

Las terribles palabras que dijo a continuación quedaron enquistadas en mi mente y en mi corazón a partir de aquella noche:

—¿Recuerdas aquella escena en mi cuarto, cuando Miguel me declaraba su amor y yo lo rechazaba? Eso lo actuamos los dos con el fin de que dejaras de sospechar sobre lo nuestro y así pudiéramos seguir viéndonos. Fue difícil para mí no echarme a reír sabiendo que estabas detrás de la cortina. Pero no quería hacerte daño; sólo que ya no podía vivir sin las caricias de Miguel.

La forma en que dijo «los dos» me hizo sentir como si me hubiera cortado en cientos de pedazos y luego los hubiera rociado con sal.

—Basta —grité, incorporándome de mi silla y saliendo a toda prisa de la habitación antes de que no pudiera controlarme y la estrangulara. A partir de ese momento, la tranquilidad que me había acompañado la mayor de mi vida desapareció para nunca más volver.

Para un castellano de verdad el honor lo es todo. Mi honor, el apellido de la familia y mi sangre eran una misma cosa. El comportamiento deshonroso de Mercedes deshonraba tanto a mi familia como a mí. Y un hombre al que le han arrebatado el honor más vale que esté muerto. Si la reputación de Mercedes se había manchado ante mis ojos, toda mi vida era un fraude. A pesar de todo, aún quería encontrar algo bueno en mi esposa. ¿Cómo podía ser posible que me hubiera equivocado tanto con respecto a ella? Si la mujer que creía conocer desde la época en que fuimos niños era una completa extraña para mí, si me había equivocado con Mercedes, ¿en qué podía creer? Si había sido tan obtuso acerca de su verdadera naturaleza, ¿qué clase de vida inconsciente era la que estaba llevando? Si no podía distinguir la verdad de la mentira, ¿quién era yo? ¿Había cumplido yo algún papel con respecto a su comportamiento deshonesto? Si ella era una villana, quizás yo también tenía algo de culpa. Si ella había sido corrompida por la proximidad de Miguel, ¿no era yo igual de culpable por haberlo introducido en su vida?

Mi esposa, el único ser humano a quien había amado, la mujer a la que había continuado amando a pesar de la ausencia de alegría en nuestras vidas, la mujer que había sido mi paraíso en la Tierra, la madre de mi único hijo, en un instante se había convertido en mi verdugo. Y yo, que me creía uno de los hombres más afortunados, pues a diferencia de otros de los que había escuchado hablar nunca tendría que poner a mi esposa dentro de una casa resguardada por rejas de hierro con el fin de salvaguardar su castidad, ahora sabía que no podría volver a creer nuevamente en Mercedes. Sin confianza no puede haber amor verdadero. Y yo, que había soñado que nuestro matrimonio sería la unión perfecta de dos almas, de dos personas que se transformaban en un solo cuerpo, en una misma sangre, ahora veía a mi esposa envuelta por las sombras de la lascivia. Había sido cruelmente engañado. ¿Acaso la Mercedes que se me había aparecido bajo el aspecto de uno de los ángeles del Señor era realmente Satanás oculto bajo una apariencia de mujer?

Todo aquel que conocía a Mercedes quedaba de inmediato impresionado por su perfección, cercana a la de un diamante exquisito. Pero ese diamante se había partido y una veta con excrementos había destruido su foco cristalino de luz, volviéndolo inservible. Ese día, y muchos otros que le siguieron, quise estrangular a Mercedes y ver apagarse su vida al tiempo que sus ojos se oscurecían.

Con el paso de los años, mi aversión por Miguel más bien se había apaciguado. Pero tras la confesión de Mercedes, me urgía desesperadamente actuar con violencia, no solo contra ella sino, sobre todo, contra él. A partir de aquella noche, la obstinada mala hierba del odio retoñó de tal forma, que ahogó todo lo que estuviera vivo en mi interior. El mismo suelo sobre el cual me encontraba tenía aspecto estéril y quemado, como si hubiera sido arrasado por las llamas del infierno. Las medidas que había tomado con el fin de impedir el retorno de Miguel a España no eran suficientes. Las fantasías que tenía acerca de las formas en que mi antiguo amigo iba a encontrar la muerte comenzaron a ser más elaboradas: lo haría envenenar; o mandaría a Argelia a un asesino a sueldo para que lo matara, pero antes haría que le arrancaran la cabeza a su hermano mientras Miguel observaba.

Ya no tenía nada que pudiera llamarse vida. En mis sueños reconstruía el momento de la traición de Miguel y de Mercedes, y era incapaz de controlar las pesadillas en las que aladas gárgolas que escupían fuego aullaban en mis oídos demoníacas diatribas. Me despertaba envuelto por completo en sudor, con fiebre, la respiración agitada, la cabeza palpitando, los puños apretados, las mandíbulas atoradas y los miembros del cuerpo adoloridos, como si se hubiera derrumbado encima de mí el techo de mi dormitorio. Detestaba el momento de irme a dormir. A menudo me quedaba despierto toda la noche, rezando. Tenía la sensación de que avanzaba por la vida como un sonámbulo.

Mis pensamientos no eran muy cristianos, lo sabía. Despreciaba el ser humano en que me había convertido; el odio hacia mí mismo se hacía insoportable. Tenía la convicción de que Dios me castigaría horriblemente si continuaba consumido por el odio. Mi propia sombra me aterraba. Mi reflejo me hacía estremecer: las llamas del infierno parpadeaban frente a mis ojos.

—Reza todas las noches el Rosario, o las veces que lo creas necesario, hasta que se acallen todas las voces dentro de tu cabeza —me había aconsejado mi confesor, el padre Timoteo—. Únicamente la Santa Madre de Cristo puede traer de vuelta tu anterior humanidad. Rézale a ella, hijo mío, dedícale tu vida a ella, y a Jesucristo, porque sólo ellos pueden rescatarte de las garras de Satanás. No actúes guiado por la ira y la puerta hacia Dios permanecerá abierta para ti, Luis. Debes purificarte, hijo; debes limpiarte de tus pensamientos pecadores con agua bendita. Sólo la total devoción a la Divina Piedad de Jesús te salvará.

Encontraba algo de alivio para el odio que ardía en mi interior cuando rezaba el Santo Rosario. Toda mi vida lo había escuchado rezar a diario en las iglesias y en mi propia casa. Toda mi vida fui un buen católico, aunque no particularmente muy piadoso. Ocasionalmente también me había unido con mi familia para rezarlo. Lo rezaba de forma respetuosa, pero sin el fervor de mis mayores o de la mayoría de los feligreses que veía en las iglesias de toda España. Necesitaba rezarle a la Virgen María con todo mi corazón. Rezaría hasta que ella, convencida de mi sincero arrepentimiento, me revelara el rostro de Cristo al alcanzar los límites de su inmenso amor para con nosotros los pecadores.

—Si crees con toda la pureza de tu corazón —me había prometido el padre Timoteo— te serán reveladas todas las gracias que la propia madre de Cristo ha puesto en las palmas de tus manos.

De los tres Misterios del Rosario, era la contemplación del Misterio de la Alegría el que me proporcionaba mayor consuelo. El misterio de Cristo, me di cuenta, era el gozo que él repartía, la felicidad que nos traía y gracias a la cual nos apartaba a diario de la oscuridad. No conocería el amor de Nuestro Redentor hasta que su amoroso gozo lavara mis pecados y yo me sintiera limpio de ellos. Ésa sería la señal de que Él me había perdonado. Sólo entonces mi alma renacería en el Espíritu Santo. Al tener el Rosario entre mis manos, rezándolo mientras pasaba los dedos por sus cuentas, haciendo una pausa para reflexionar sobre los Misterios, era consciente del dulce lazo que me ataba a Dios. Pero necesitaba de un corazón constante para poder acercarme a Él. A menos que permitiera que entrara en mi corazón la amorosa alegría de Cristo, estaría condenado a vivir en el tormento por el resto de mis días. Si Cristo se había convertido en un siervo del hombre y había perdonado a aquellos que le hicieron mal, yo tenía que consagrar mi vida, no al odio sino al perdón y a ayudar al prójimo, con el fin de seguir el ejemplo de Cristo. Sólo entonces sería merecedor de comprender el misterio de la Inmaculada Concepción de la Virgen María. Eran su pureza completa y su bondad las que le habían hecho merecedora de ser la madre del Hijo de Dios. Debía practicar la bondad en todos mis actos si quería ser recompensado con la hermosa visión que me sería concedida: ver a la Virgen ungida por el sol, sobre la luna llena y llevando en su frente una corona de doce estrellas. Sólo en ese momento sabría que Cristo me había perdonado por mi orgullo, por mi arrogancia, por la ausencia de amor aposentados en mi estéril corazón.

La mayoría de las noches, de rodillas, solo en mi habitación, recitaba el Santo Rosario hasta que llegaba el amanecer. Luego me azotaba diez veces y me ponía un cilicio para ir a dormir por unas horas. Mi espalda estaba siempre hinchada y adolorida y sudaba sangre como si llevara en mí los estigmas de Cristo. Únicamente mi fiel sirviente, Juan, sabía de todo esto, porque era él quien me ayudaba a darme un baño, a vestirme, limpiaba la sangre de mi ropa y luego la planchaba, y aplicaba ungüentos sobre mi torturada carne.

Mi amor por Cristo se vería a través de mis buenas obras. Siguiendo los consejos del padre Timoteo empecé a darles limosnas a los pobres: a alimentar a los hambrientos que tocaban a mi puerta, a vestir a los que desnudos y descalzos vivían en los sucios callejones de Madrid muriéndose de frío durante los meses de invierno. Abrí mis cofres a los orfanatos de la ciudad. Doné dinero de forma generosa a los misioneros dominicos que viajaban a las Indias a convertir a los infieles. A través de esas acciones fui bendecido con pequeñas migajas de paz.

El tiempo pasó. Fui nombrado Magistrado de la Corte del Rey, una posición de alto rango dentro del reino. Diego era pequeño para su edad y propenso a las enfermedades propias de la infancia, pero su amable naturaleza me prodigaba la calidez y el afecto que de otro modo habrían estado ausentes de mi vida. Mercedes y yo asistíamos a funciones familiares juntos, pero aparte de aquello éramos extraños habitando la misma casa que parecía de hielo. Mi antiguo amor por ella se había marchitado. No la había perdonado del todo pero tampoco sentía odio por ella. Le agradecía a Dios por las preciosas alegrías de mi vida, por Sus bendiciones y por Su gracia. No podía decir que era feliz, pero encontraba algo de solaz en el hecho de que comenzaba a aceptar mi doloroso destino.

Un día, un sobre fabricado con un papel muy fino llegó a mi escritorio. No había una dirección del remitente. No era el tipo usual de correo oficial que solía recibir en mi despacho. Le di vueltas entre las manos antes de abrirlo, hasta que la curiosidad fue excesiva. Rompí el sello y extraje una hoja con aroma de rosas en la que estaban escritas estas palabras:

Vuestra Excelencia:

Mi nombre es Andrea Cervantes, la hermana menor de Miguel. No me sorprendería enterarme de que no me recuerda. Han pasado muchos años desde la última vez que lo vi en casa de mis padres. Es mi deseo más ferviente que esta carta le encuentre a usted y a sus seres queridos gozando de buena salud y de las bendiciones de Dios.

Después de muchas dudas, conociendo lo ocupado que usted debe estar y los asuntos tan importantes que debe atender, Dios me ha dado el suficiente valor para pedirle, de rodillas, que me sea permitida una audiencia con Vuestra Excelencia. Usted debe haber escuchado acerca de las funestas circunstancias que han envuelto el cautiverio de mis hermanos en Argel…

A pesar de que los recuerdos que tenía sobre Andrea me llenaban de repulsión, más tarde aquel mismo día, después de debatirlo intensamente conmigo mismo, me decidí finalmente a hacerle una visita. La casa de la hermana de Miguel estaba situada en el respetable vecindario del convento de las Descalzas Reales, sobre una calle muy estrecha para los coches. Me apeé y le dije a mis portadores que no me aguardaran. Las campanas de la iglesia habían repicado cuatro veces y mi plan era hacer una visita corta, de tal forma que pudiera caminar de regreso a casa cuando aún hubiera luz del sol.

La curiosidad malsana era uno de mis defectos más grandes. Sabía que era mejor no remover avisperos; escorpiones cargados de odio y veneno salían reptando debajo de las piedras en el momento en que uno empezaba a escarbar en los restos del pasado. Y pese a todo, quería escuchar de boca de Andrea Cervantes acerca de la miserable vida que Miguel llevaba como esclavo en Argel. Estaba de pie ante su puerta, con el aldabón en la mano, cuando la puerta se abrió y Andrea Cervantes en persona me saludó diciendo:

—Don Luis, por favor excuse mi apariencia, no esperaba verlo tan pronto —le faltaba el aliento y hablaba muy de prisa—. Por casualidad estaba asomada a la ventana —señaló hacia el segundo piso de su casa—. Muchas gracias por venir a visitarme tan pronto, Vuestra Gracia. Dios ha escuchado mis plegarias. Por favor, entre —y se hizo a un lado.

Llevaba puesta una bata negra que dejaba al descubierto su cuello y sus brazos. Con unas manos agitadas por el nerviosismo se alisó su cabello negro, del color de la medianoche. Andrea había envejecido desde la última vez que la había visto, pero había ganado en encanto. El brillo de ónix de sus ojos me recordaba los de Miguel: tenía esos ojos sonrientes andaluces tan propios de la estirpe Cervantes.

Andrea me condujo por unas escaleras que llevaban hasta una sala de estilo morisco. Señaló un diván bajo y me ofreció una copa de jerez.

—No, gracias. Me temo que no puedo quedarme mucho tiempo —dije—. Mi esposa me aguarda.

Andrea asintió. Se sentó frente a mí sobre un gran cojín escarlata. Llevaba puestas unas zapatillas de satín negro con ornamentos rojos. Sus pies eran muy pequeños, del tamaño de mi mano. Desde el patio se elevaban las risas de una niña y la voz de una mujer mayor. Andrea dijo:

—Es mi hija que está jugando en el jardín con la doncella. La última vez que don Luis la vio era todavía un bebé.

Sentí un cálido rubor que recorría mi rostro. Me retorcí en el diván.

—Voy a ir directo al grano, don Luis —dijo, reparando en mi incomodidad—. Ver sufrir a mi pobre madre me rompe el corazón. No tenemos los medios para pagar el rescate de mis hermanos. Los frailes trinitarios que están negociando la liberación de los cautivos en ese puerto de moros y adoradores de ídolos nos han informado que no cuentan con los fondos suficientes para pagar el rescate de mis dos hermanos, aunque el rescate por Rodrigo es mucho menor que el que piden por Miguel. Se habrá enterado de que Miguel perdió la movilidad en su mano izquierda luchando contra los turcos. Dejarlo de forma indefinida en Argel significa condenarlo a una muerte segura. Usted era el mejor amigo de Miguel —las lágrimas acudieron a sus ojos.

No sabía qué decir. Andrea continuó:

—Como usted debe saber, el rey ha creado un fondo que presta dinero a viudas que lo necesiten y procedan de buenas familias. Don Luis, quizás no sepa que mi madre procede de una noble familia de terratenientes. Nuestra familia puede ofrecer un viñedo que sus padres le legaron como garantía de pago del préstamo y los intereses. Ella quisiera obtener en préstamo una cantidad suficiente de dinero y así poder adquirir una licencia para exportar mercancías españolas a Argel. Si todo sale bien, estaría en capacidad de ahorrar suficiente para devolver en el lapso de dos años el dinero prestado para pagar el rescate de mis hermanos.

La viudez de doña Leonor era una noticia nueva para mí.

—Lamento mucho escuchar acerca del fallecimiento de su padre, señora Andrea. No lo sabía.

Se persignó.

—Gracias a Dios mi padre aún vive, don Luis. Pero conocemos personas que por una suma de dinero pueden entregarnos los documentos necesarios para que parezca que mi padre falleció. Ruego a Nuestro Señor que nos perdone por este engaño, puesto que nos animan motivos puros: liberar a nuestros hermanos que se encuentran en esa tierra de infieles, donde sus almas cristianas se encuentran en grave peligro.

—Me temo que no entiendo —dije—. ¿Cómo podría ayudarles?

—Verá, don Luis. Mi padre partiría hacía Andalucía y se quedaría con nuestros parientes en lo alto de las montañas. Se escondería por el tiempo que sea necesario. Le diríamos a la gente que falleció mientras estaba visitando a sus parientes. Más tarde, cuando reaparezca, diremos que estábamos mal informados.

Evidentemente había estado urdiendo este engaño durante largo tiempo. La lujuriosa tentadora me estaba pidiendo que fuera su cómplice para infringir la ley.

—Me temo que usted olvida que soy un oficial de la Corona —dije—. No podría hacer algo sabiendo a conciencia que estoy poniendo en riesgo mi honestidad, o el honor de mi familia, incluso por una causa noble como la de ayudar a un amigo.

—Eso lo comprendo, don Luis. Pero usted es nuestra última esperanza —se cubrió el rostro con las manos y empezó a sollozar.

Estar así de cerca de Andrea era tan peligroso como jugar con una serpiente venenosa. Una vez más, mi malsana curiosidad logró vencerme. Permanecí pegado al diván.

Dejó de llorar con una serie de espasmos cortos. Luego se frotó las mejillas con un pañuelo que extrajo de un bolsillo de su vestido.

—Verá, don Luis —prosiguió—, mi esposo, don Diego Obando, debió viajar a la Nueva España de urgencia para reclamar el título de una propiedad que un pariente le dejó en su testamento. Mi marido ha estado por fuera más tiempo de lo que habíamos anticipado. Si hubiera estado aquí, mi familia no habría tenido que recurrir a mi desesperado plan de rescate.

(Al día siguiente me enteraría de que el hombre a quien ella llamaba su esposo era un hombre casado que la había abandonado y había partido al Nuevo Mundo. Como una forma de reparar su honor, don Diego le había dejado esta hermosa casa con todo el mobiliario incluido.)

—Si usted pudiera ayudarnos, no sé de qué forma podría retribuirle por la bondad de su corazón. Pero con toda certeza tendrá mi eterna gratitud y estará constantemente en mis oraciones. Puede contar siempre conmigo como su sirviente más leal —ahora hablaba con la voz entrecortada que yo recordaba de nuestro primer encuentro, cuando Miguel y yo éramos estudiantes en La Villa de Madrid y ella me había contado la extraña historia de su hijo y del padre de su hijo. Cada palabra pronunciada estaba envuelta en un fino hilo como de telaraña. Una brisa que entraba del jardín refrescaba la sala y sin embargo algunas gotas de sudor formaban un pequeño surco entre sus senos.

Las manos me sudaban; me sentía mareado, desorientado. Y ella lo sabía. No había estado con una mujer desde hacía mucho tiempo; ya no podía acudir a Mercedes y satisfacer mis deseos masculinos, pero tampoco era de la clase de hombres que se enganchan con prostitutas. ¿Acaso Andrea me estaba insinuando algo indecente? ¿Estaría el diablo haciéndome ver cosas donde no las había? ¿O ésta era otra prueba, como si acaso necesitara más, de que los Cervantes eran gente inmoral?

Podría haber denunciado a Andrea ante las autoridades por intentar sobornar a un oficial de la Corte. Si le ayudaba me convertiría en su cómplice. En ese momento un pensamiento insidioso cruzó por mi mente. Podía ayudar a Andrea a obtener el préstamo y luego denunciar a don Rodrigo a las autoridades. No me importaba el castigo que pudiera recibir don Rodrigo, y sabía que el de ella y el de su madre serían severos. Después de todo, Miguel había destruido mi matrimonio. Había mancillado todo lo que yo tenía por más puro y sagrado. Le pagaría con la misma moneda, asegurándome de que pasara el resto de sus días como esclavo en aquella costa de Berbería. *Aeternum vale, Miguel*, pensé. *Nunca te veré de nuevo. Nunca tendrás otra oportunidad de acercarte a mi familia y hacerme daño.*

Después de salir de la casa de Andrea me sentí impuro. Necesitaba ir a la catedral a rezar, a confesar mi grave pecado. Pero cuando me arrodillé en el banco que pertenecía a mi familia, y hundí el rostro en las palmas de las manos, me di cuenta de que no iba a ser capaz de confesarle al padre Timoteo lo que estaba a punto de hacerles a Miguel y a su familia. Me disuadiría de actuar. Nunca me volvería a considerar un buen cristiano. La claridad con la que el odio me hacía verme a mí mismo era insoportable.

Los murmullos de los devotos que rezaban en la catedral reverberaban en mi cabeza como si de un enjambre de abejas furiosas se tratara. ¿Estaban rezando por mí? El barullo se elevó; yo sentía el deseo de salir de la catedral y luego correr, correr y correr hasta desaparecer en la noche que se aproximaba. Aquellos rezos empezaron a sonarme amenazadores, como si fuera una bandada de mirlos parlanchines reunidos en un pinar con el fin de protegerse del frío del invierno. ¿Estaban aquellas aves parloteando en latín? Di un vistazo a mí alrededor y las titilantes llamas de las velas de los devotos me hicieron pensar en las abrasadoras llamas del infierno. Ningún cura podría ayudarme ahora. Ningún ser humano, aunque fuese el sirviente más devoto de Dios, podría redimirme de mi corazón envenenado. Rogaría directamente a nuestro Padre Celestial que me perdonara y luego, como penitencia, dedicaría sin vacilar mi vida a Él. Me convertiría en un monje, dejaría a mi familia y pasaría el resto de mi vida ayunando y orando. O mejor aún, me convertiría en un ermitaño y viviría en una caverna remota en la cual sólo las bestias salvajes pudieran encontrarme. Pero sabía que mi carne era demasiado débil para soportar tales rigores. No sabía lo que era pasar hambre, o tener frío, o dormir sobre el suelo, o pasar las noches en la oscuridad. ¿Dios me estaba hablando? ¿Era esto una herejía? ¿Quién era yo para merecer semejante milagro? Yo, que estaba tan lejos de parecerme a Cristo. *Mientras guarde esta revelación para mí mismo, estaré a salvo. Dios quiere que me quede en Madrid y realice su obra en esta ciudad de pecadores y apóstatas. Me está llamando para que sea un soldado en su ejército de la Luz Divina.* En ese momento alcancé la paz. La Gracia de Dios me había tocado y había conocido la felicidad.

Capítulo 5
La Casbah
1575-1580

Ninguna persona entraba o salía de Argel sin tener que pensar en la muerte. Antes de que sea demasiado tarde para impedir de una buena vez que futuros historiadores levanten sus plumas y las empapen en la falaz tinta usada por aquellos abyectos escribanos de palabras para adornar sus raquíticas historias, yo mismo procederé a relatar lo que pasó —en una época en que aún era joven y audaz y despreciaba la cobardía— en aquella ciudad en la que escaseaba la piedad y abundaba la crueldad, en aquel purgatorio en vida, en aquel infierno en la Tierra, en ese puerto de sodomitas y piratas llamado Argel, y juro por la salvación eterna de mi alma que los eventos que procederé a narrar son ciertos, y no han sido aderezados.

Los primeros que por la mañana salían del Baño Beylik eran los cautivos que trabajaban en los jardines de los ricos; regresaban al final de la jornada para ser contados y descansar la noche. Los más desafortunados tenían que caminar durante horas antes de llegar a trabajar en estos jardines, donde debían cuidar de los árboles, los sembrados de flores, los huertos y los canales de irrigación. Estos hombres desgraciados vivían en constante terror a causa de los nómadas y de las tribus paganas del sur, que llevaban a cabo redadas en los huertos, en los que capturaban trabajadores para luego esclavizarlos sin importarles si eran cristianos, moros o turcos.

Cautivos como Sancho y como yo, por quienes se esperaba un rescate, estábamos exentos de las labores pesadas. Pero se esperaba que nos alimentáramos por nuestra cuenta. Sin Sancho hubiera muerto de hambre; los alimentos llegaban a mi estómago gracias a su sagacidad. Cuando sentía el olor de la comida, Sancho tenía ruedas en sus pies, los ojos de un halcón, el olfato de un lobo y la ferocidad de un león de Berbería. Tan pronto los guardias abrían las puertas del Baño, nos apresurábamos por la desértica Casbah. A esa hora las penumbrosas calles hervían de criminales nocturnos que no iban a perder el tiempo con unos esclavos pordioseros. Sancho y yo corríamos para ser los primeros en la playa entre los esclavos que íbamos a recibir a los pescadores que regresaban y a hurgar entre los desechos que arrojaban. Incluso cuando los fuertes vientos les impedían hacerse a la mar la noche anterior, siempre había abundante suministro de erizos de mar para recoger a lo largo de la costa rocosa. Yo sorbía sus blandos trozos de anaranjado caviar hasta que aplacaba mi ruidoso estómago.

A los pies de La Casbah se abría una pequeña puerta que llevaba a una sección de la playa en la cual los pescadores amarraban sus botes y descargaban su pesca diaria. A ambos lados de la puerta estaban empalados los hombres que habían provocado la ira de Hasán Bajá por intentar cruzar el Mediterráneo en barcas y balsas hechas con enormes calabazas unidas por cáñamos. Aquellos desesperados fugitivos se ponían de pie en mitad de las flotantes calabazas sosteniendo en sus brazos, en forma de cruz, un manto extendido, un trapo, cualquier prenda de vestir, con la esperanza de que el viento los hiciera actuar a guisa de vela. Los más afortunados se ahogaban. Los sobrevivientes eran capturados, torturados y dejados a merced de los buitres africanos que les sacaban los ojos cuando aún estaban vivos. Después de un tiempo el hedor de la carne descompuesta era apenas uno más entre los desagradables olores de la ciudad, indistinguible del hedor de las letrinas en La Casbah que expulsaban nauseabundos y repugnantes gases. La fetidez se disipaba únicamente cuando soplaba un viento recio desde el Sahara.

Mientras los pescadores se aproximaban a la costa, me quedaba por un breve instante observando el oscuro océano; el dolor de mi encarcelamiento se acentuaba al recordar que aquella hermosa masa de agua —el Mediterráneo de los míticos héroes griegos— se extendía entre mi libertad y yo; entre mi familia en España y la guarida de ladrones en la que estaba atrapado.

A medida que los botes llegaban a tierra, Sancho y yo corríamos en su dirección cual hambrientos perros de caza con la intención de atrapar en el aire los pescados desechados antes de que las beligerantes gaviotas se los llevaran. Los pescadores nos recibían con burlas como «corran, perros cristianos; corran si quieren comer». El miedo a morir de hambre era superior a mi vergüenza. Los pescados que descartaban, sazonados con sus insultos, eran preferibles a una dieta compuesta únicamente por erizos de mar. Estas precarias sobras eran a veces nuestra única comida del día.

Masticando rápido y escupiendo los espinosos huesos, Sancho decía: «rápido, Miguel, coma usted para que los gusanos llenen sus panzas».

Después de que nos saciábamos, buscábamos moluscos y crustáceos que fuesen comestibles para los cristianos. Luego los vendíamos en el souk. Sancho tenía especial destreza para matar los muy apreciados cangrejos a punta de pedradas. Envolvía nuestro botín en trapos que guardaba para tal fin y nos poníamos en camino hacia el mercado.

El souk era el corazón de La Casbah. Me fascinaba aquel fabuloso bazar en donde la gente admiraba, compraba y vendía bienes de todo el mundo: toneles de vinos españoles e italianos, mantequilla, trigo, sémola, arroz con curry, harina, manteca de cerdo, garbanzos, aceite de oliva, pescado fresco y curado, huevos de muchos tamaños y colores (huevos de avestruz amarfilados del tamaño de la cabeza de un hombre; huevos rosáceos de codorniz del tamaño de una uña), verduras, higos frescos e higos endulzados en almíbar, miel ahumada africana, almendras, naranjas, uvas y dátiles dulces. También estaban a la venta artesanías, perfumes, incienso de muchas clases, lana, piedras preciosas, colmillos de elefantes, pieles de león y de leopardo, al igual que impresionantes y coloridas telas que brillaban bajo el ardiente sol.

Cuando la suerte nos sonreía, vendíamos nuestros trozos de pescado y reuníamos los veinte aspers que nos cobraban en los Baños por dormir sobre el suelo de un recinto atestado de hombres, la única protección contra los helados e insalubres vientos nocturnos que llegaban con el otoño.

En mis primeras visitas a los laberintos de La Casbah Sancho fue como un Virgilio para mí.

—Mire, Miguel —decía apuntando a los techos de las casas—. Podría jurar que estas personas son mitad gatos. ¿Se da cuenta cómo cuelgan su ropa recién lavada de los techos? Esto sucede porque en las casas de los pobres no hay patios. ¿Se da cuenta cómo las mujeres van de un techo al otro? Es la forma en que se visitan las unas a las otras, puesto que sus esposos no quieren que los turcos o los moros les pongan el ojo encima.

Aprendí a ojear el interior de las viviendas con sus antiguos suelos de azulejos de intrincados diseños y hermosos colores. Los interiores de las casas eran inmaculados, en marcado contraste con los montones de basura en las calles. Las mujeres de Argel salían descalzas, envueltas en vaporosos vestidos; su reluciente cabello al descubierto, navegando a través de los interiores sombreados y desapareciendo detrás de las cortinas. Los brazaletes dorados alrededor de sus brazos y tobillos y los collares de largas tiras de lustrosas perlas refulgían momentáneamente dentro de las casas donde caminaban velozmente de un lado a otro. De vez en cuando una mujer se detenía por un segundo para mirar intensamente a un hombre cristiano, sus ojos reluciendo con un brillo dorado como el de los gatos salvajes.

Ni la distinguida Madrid, ni Córdoba con su rica historia antigua, ni la magnífica Sevilla, donde los grandes tesoros y las maravillas del mundo estaban a la vista, y ni siquiera la inmortal y mítica Roma, con sus gloriosas ruinas y los fantasmas de los grandes personajes que seguían rondando, podían competir con Argel, donde moros, judíos y turcos vivían allí, así como unos veinte mil cristianos cautivos. Aprendí a distinguir de inmediato a los argelinos: su piel tenía el mismo tono que las dunas al atardecer de aquel desierto que separaban a Argel del África negra.

Los judíos eran fácilmente reconocibles por las capas blancas y las gorras negras que usaban. Sus capas blancas los hacían descollar en la oscuridad de la noche. Estaban obligados a vestirse de negro debajo de sus prendas. Por primera vez en mi vida me sentí agradecido de que mi familia se hubiera convertido al cristianismo hacía tanto tiempo que ya no podría ser reconocido como judío. Los esclavos cristianos eran unos afortunados en comparación con la forma en que se trataba a los judíos. Si así les venía en gana, los argelinos podían escupirles en el rostro cuando los judíos pasaban a su lado en la calle. Los esclavos de los moros y de los turcos estaban más arriba en el escalafón que los judíos. En las fuentes de agua, los judíos tenían que esperar a que todos los demás llenaran sus tinajas antes de llenar las suyas.

Fue una sorpresa para mí descubrir que Argel era más turca que árabe. Los hombres turcos eran robustos e imponentes. Llevaban pantalones holgados debajo de sus chaquetas de manga corta: era una prenda que se pegaba a los tobillos y la cual ajustaban con una banda alrededor del estómago. Sus enormes turbantes recordaban cúpulas. Bajo de las fajas alrededor de sus cinturas se notaba el bulto de sus cimitarras, dagas y pistolas. Todos en Argel los respetaban. Una de las primeras cosas que Sancho me dijo fue:

—Regla número uno, ¡nunca discuta con esos sapos! Húyales como lo haría del pedo de un elefante.

No me costó aprender a distinguir a los cristianos renegados de distintas partes del mundo. Los que llevaban turbante adoptaban el aspecto y las costumbres de sus amos turcos y moros. Entre ellos hablaban español, pero no lo hacían con los cristianos cautivos. Estos renegados eran los habitantes más repugnantes de Argel, pues no existía mayor criminal que aquel que abandonaba su fe y luego se volvía en contra de su gente, de sus hermanos de sangre. Con tal de demostrar la lealtad a sus nuevos amos y de ser recompensados con riquezas y privilegios, los renegados inventaban mentiras y acusaban de crímenes indescriptibles a los cautivos, que antes habían sido sus hermanos en la fe.

Me sentía embelesado con los azuagos, los bereberes, tan blancos como los picos nevados de las montañas de las cuales provenían. Lucían cruces tatuadas en las palmas de las manos. Sus mujeres tenían el cuerpo entero cubierto con tatuajes, incluidos los rostros y las lenguas. Las mujeres se ganaban la vida cosiendo y tejiendo, o trabajando como empleadas domésticas en los palacios y en las casas de los moros acaudalados.

Otros extranjeros venían de lugares tan lejanos como Rusia, Portugal, Inglaterra, Escocia e Irlanda al norte; Siria, Egipto e India al sur y al este; y Brasil al oeste. Muchos de estos extranjeros eran a menudo adoptados como hijos de los turcos si eran circuncidados, se convertían al islam y practicaban la sodomía como sus amos.

Escuchaba la lengua española en todas partes del souk, no sólo de boca de mis compatriotas prisioneros en los Baños sino también de los moriscos y los mudéjares, quienes eran ahora ciudadanos de Argel, así como de los mercaderes españoles que tenían licencia para operar sus negocios en el puerto. El sonido del español que se hablaba en las calles era como un oasis para mí. Por un instante podía pretender que España estaba más cerca que en la realidad. Algunas veces permanecía de pie cerca de las personas que conversaban en castellano, sólo para oír los dulces sonidos de nuestra lengua materna. El idioma de Garcilaso y de Jorge Manrique nunca tuvo para mí un sonido tan hermoso. Convertí en un hábito acercarme a estas personas y preguntarles si conocían dónde vivía un tal Rodrigo Cervantes. Describía la apariencia física de mi hermano, pero nadie contaba con información. De cuando en cuando algún pícaro indicaba que podría saber algo pero necesitaba una moneda de oro para desatascar su memoria.

Cada noche, antes de rendirme a las perturbadoras sombras de mi sueño lleno de sobresaltos, mi último pensamiento era sobre la búsqueda del paradero de Rodrigo; el primer pensamiento que llegaba a mi mente cuando mis ojos daban la bienvenida al amanecer también era sobre él, y el pensamiento que le daba color a las horas de mis días era el preguntarme cuándo volvería a ver a mi hermano. Encontrar a Rodrigo y escapar con él de Argel se convirtió en la única razón de mi existencia. Estaba próximo a cumplir treinta años y no le había aportado nada a mi familia excepto deshonra y vergüenza. Cuando retornara a España —y esto no era una cuestión de *si* retornaba sino de *cuándo* lo haría— no sería como un héroe cubierto de glorias y riquezas, lo que había imaginado años atrás, sino como un lisiado. Mi redención llegaría a través de la liberación de mi hermano y poder traerlo de vuelta ante mis padres, sano y salvo. Haría todo lo que estuviera a mi alcance para no permitir que ellos se fueran a la tumba con la tristeza de pensar que sus dos hijos seguían siendo esclavos.

Me paseaba por los oscuros pasadizos de La Casbah esperando recolectar información acerca de Rodrigo, abordando a cualquiera que pareciera español o morisco y deteniéndome en los tenderetes en el souk donde se hablaba el español o el italiano para indagar sobre mi hermano. No me importaba que mi barba estuviese larga, mi ropa sucia, que mi propio olor me causara repugnancia, que mis pies estuvieran permanentemente hinchados y ampollados debido a las interminables caminatas y que a menudo estuvieran sangrando cuando llegaba el momento de regresar a los Baños al atardecer.

Necesitaba encontrar una forma de salir de mi estado de indigencia, de tal manera que pudiera comprar tinta y papel para escribir cartas a mi familia y amigos e informarles que Rodrigo y yo todavía estábamos vivos. No tenía manera de saber si Rodrigo había tenido alguna clase de contacto epistolar con nuestra familia. Me torturaba pensar que la falta de información sobre nuestras vidas les hiciera pasar grandes sufrimientos a nuestros padres. Hacer dinero se convirtió en un imperativo: era la única forma en que podría saber algo sobre la situación actual de mi hermano.

Una noche me preparaba para dormir cuando Sancho dijo:

—Miguel, si no lo ha notado, las noches se hacen cada vez más frías. En pocas semanas su sangre se le va a congelar en las venas y sus huesos se van a convertir en hielo si usted continúa durmiendo con el cielo como techo. Si me permite ser tan irrespetuoso como para brindarle mi consejo a alguien tan ilustrado como usted, a un poeta y a un hidalgo que ha visto el mundo y combatido por la gloria de España, le diría que si el día de hoy no se preocupa por usted mismo, mi joven amigo, no llegará a vivir para poder encontrar a su hermano el día de mañana, y ni hablemos de escapar de Argel junto con él. Mi viejo maestro el conde de Ordóñez solía decir: «*Carpe diem*», a lo cual yo añadiría, puesto que dos proverbios son mejores que uno, todas las cosas buenas les llegan a aquellos que saben esperar.

Agradecí a Dios por poner a Sancho en mi camino. A pesar de que no sabía leer o escribir me enseñó muchas palabras y expresiones de la *lingua franca* que se hablaba en aquella Babel. Muy pronto creció en mí la confianza que tenía en el rudimentario conocimiento de la principal lengua de Argel. Comencé a abordar a cualquiera que tuviera apariencia próspera para ofrecer mis servicios como sirviente. La necesidad me volvió atrevido: golpeaba a cualquier puerta por la que pasara para pedir trabajo. Pero buscar agua, fregar los patios, limpiar letrinas, transportar sacos de granos, desyerbar, cavar, recoger frutas en el jardín o sembrar verduras y otros productos agrícolas eran tareas imposibles de ejecutar con una sola mano. Podía moler trigo con un mortero pero era incapaz de mover las pesadas piedras cóncavas después de que el trigo había sido molido y convertido en harina. Me ofrecía a enseñar español a los hijos de los argelinos acaudalados, pero cuando los padres me presentaban a los pequeños diablillos, estos comenzaban a chillar apenas veían mi mano deforme. Ocasionalmente gente de buen corazón me regalaba un pedazo de pan viejo o unos cuantos higos. Sancho tenía más suerte y solía encontrar trabajo llevando la comida o el agua a las casas de los más acomodados. Mi desesperación iba en aumento. Incluso los ladrones necesitaban de ambas manos.

De no haber sido por la diligencia de Sancho no habría sobrevivido aquellos primeros meses en Argel. Por primera vez conocí el temor de quienes sufrían de inanición. En los días excepcionales, cuando ganaba unos cuantos aspers de más por vender pescado, le daba gusto a mi estómago con los platos baratos del delicioso estofado de cordero y de cuscús que ofrecían los vendedores callejeros. Estos platos rellenos eran el alimento principal de los pobres de La Casbah.

Ya que había sido el asistente de mi padre en su barbería, aunque renuentemente, pensé que podría ofrecer mis servicios a las barberías locales: con mi mano buena podía vaciar las bacinillas y lavarlas; podía darles medicinas a los enfermos y darles de comer. Pero las barberías argelinas eran estrictamente para acicalarse, afeitarse y procurarse jóvenes esclavos. Los jóvenes hermosos que no se hacían a la mar con los marineros turcos se quedaban y trabajaban en estos lugares, donde afeitaban a los turcos y satisfacían sus necesidades. Los jóvenes más apuestos eran muy apreciados y solicitados, y los turcos los cortejaban con espléndidos presentes. Era triste ver a estos jóvenes españoles convertirse en prostitutos de los sodomitas. Yo sería incapaz de trabajar en uno de esos establecimientos.

Había visto esclavos durante toda mi vida —era común que las familias adineradas españolas tuvieran esclavos africanos—, pero nadie sabe nada acerca de la esclavitud a menos que la haya vivido en carne propia, a menos que haya sido tratado como menos que un ser humano. Los esclavos nos identificábamos por los aros y cadenas de hierro que llevábamos en los tobillos. Después de un tiempo me acostumbré tanto a tenerlos que la mayor parte del tiempo me olvidaba de ellos. Los desgraciados que llevaban mucho tiempo cautivos tomaban la apariencia de peligrosas bestias cuando emergen de las profundidades de las cuevas: su cabello estaba enmarañado y apelmazado y las desaliñadas barbas les llegaban hasta el pecho. Muchos de nosotros teníamos el aspecto de salvajes alimentados con carne cruda. Un par de esclavos que caminaban juntos olían como un campo de batalla regado de cadáveres descompuestos. No mucho después empecé a responder a las personas que me llamaban con el término de «esclavo cristiano».

Diariamente, con excepción de los días de fiesta religiosa, se llevaban a cabo subastas de esclavos en la sección del souk llamada el badestan. Allí encontraba una buena fuente de información: quiénes habían sido capturados; quiénes habían sido vendidos; de dónde procedían las embarcaciones con nuevos grupos de esclavos; quiénes habían muerto; quiénes habían sido asesinados y colgados del gancho. Vivía con la leve esperanza de que en uno de aquellos eventos organizados por mercaderes de la carne humana pudiera obtener noticias sobre Rodrigo.

No conocía la identidad del hombre que había comprado a mi hermano, pero reuniendo poco a poco todos los detalles de aquella tarde en que la fortuna me había asestado tan duro golpe, mi perseverancia finalmente tuvo su recompensa: gracias a un renegado que hacía negocios con el amo de Rodrigo, supe que éste se llamaba Mohamed Ramdane, un moro acaudalado que amaba la música y les daba a sus hijos una buena educación que incluía el aprendizaje de lenguas europeas, así como las costumbres y modales de otras culturas. Descubrí que había emprendido viaje con su familia y sus sirvientes a su villa en la costa cercana a Orán y que cada año regresaba para pasar el invierno en Argel. Enterarme de todo esto me dio la esperanza necesaria para comenzar a planear el escape.

Comencé a interesarme en mi apariencia, en el mundo a mi alrededor, y a estudiar el trazado de la ciudad en busca de posibles rutas de escape. Caminé muchas veces junto a la muralla que circundaba la ciudad, la cual hacía de Argel un lugar inexpugnable, a salvo de los ataques por mar y tierra, y que también servía como elemento disuasorio para cautivos, criminales fugitivos y esclavos que intentaran escapar.

Tomé nota mental de las nueve entradas de la muralla: cuáles estaban selladas y no se abrían nunca, cuáles abrían durante ciertas horas del día pero estaban fuertemente custodiadas, cuáles conducían al desierto y cuáles estaban de cara al Mediterráneo. Me enteré sobre las cuevas en las colinas detrás de la muralla.

De los nueve puntos de entrada y de salida, la puerta de Bab Azoun, que daba al desierto, era la más transitada. Durante horas observaba a los viajeros que se dirigían a los asentamientos tierra adentro en el sur, las masas de personas cubiertas de arena que llegaban del desierto y del África negra, los ires y venires de granjeros y esclavos que trabajaban las fértiles tierras verdes que se extendían desde atrás de la ciudad hasta las montañas color esmeralda tras las cuales comenzaba el Sahara, los granjeros que llegaban a la ciudad a vender sus productos agrícolas, hileras de caravanas de camellos cargados con los tesoros del interior de África. Me quedaba en la proximidad de la puerta hasta que caía la noche y un guardia ponía el candado hasta el día siguiente. Me familiaricé con las rutinas y los cambios de los guardias apostados en las torrecillas a lado y lado de la puerta, armados con arcabuces, en alerta y prestos a disparar —sin ningún tipo de advertencia— a las personas que considerasen sospechosas. En las murallas exteriores de la puerta de Bab Azoun, colgando de ganchos de hierro, se veían los cadáveres de varios hombres en diferentes grados de putrefacción.

El desierto era como el mar: si se vivía cerca de él y se pasaba mucho tiempo mirándolo, lo empezaba a llamar a uno, lo reclamaba. Fue en esa época cuando descubrí los peligros ocultos en la gran belleza de esa tierra donde los majestuosos leones de melena negra podían despedazar a un elefante, de la misma forma en que yo, para calmar el hambre, arrancaba las piernas y las alas de las codornices asadas. Me tomó un poco más de tiempo entender que la extrema belleza del desierto era también una invitación a rendirse al abrazo de la muerte.

El tiempo avanzaba muy lentamente en cautiverio, cada día era insoportable, y cada día era una réplica del anterior. El tiempo, con su paso de caracol, era el instrumento de tortura más pernicioso. Otro día más en cautiverio significaba otro día más de mi vida en que no conocería la libertad. Al final de cada jornada, sin noticias del regreso a Argel de Mohamed Ramdane, regresaba a los Baños completamente desmoralizado. Toda mi vida se reducía a asegurarme algo de comer. ¡Qué pronto perdí mi dignidad y me convertí en un pordiosero que hurgaba en la basura! Sin embargo, el deseo de vivir es más fuerte que el orgullo.

Al mantener una estricta dieta con el pescado que Sancho y yo reuníamos, logré juntar unas cuantas monedas con las que pude comprar una buena pluma, una botella de tinta y una docena de hojas con el propósito de escribir a mi familia y a mis amigos. A pesar de que Luis Lara nunca había contestado mis cartas desde Italia, le escribí nuevamente solicitando su ayuda.

Las cartas provenientes de España tardaban meses en cruzar el Mediterráneo. Empezaba a perder mis esperanzas de que alguna vez recibiera noticias de mi hogar, cuando un día llegó una carta de mis padres. Aquél fue mi primer momento de felicidad en Argel: nada podía hacerme más feliz que enterarme de que mis padres y mis hermanas gozaban de buena salud. Mi madre añadía que ella le rezaba a la Virgen María y le pedía que no me hicieran daño y que regresara pronto a España. Mis padres me aseguraban que estaban haciendo todo lo posible por encontrar el dinero para pagar mi rescate y el de mi hermano. A menos que hubiese mejorado la fortuna de mi padre —lo cual habría sido un milagro—, yo sabía muy bien que mi familia no conseguiría el dinero para pagar nuestros rescates. Memoricé la carta y la puse en una bolsa bajo mi túnica. No recibí respuesta de Luis.

La carta de mis padres me despertó la nostalgia por aquel mundo familiar que había dejado atrás hace tanto tiempo; mi desaliento crecía. Un día Sancho me dijo:

—Pensar todo el tiempo en nuestro cautiverio nos debilita, Miguel. Esos hijos de sus putas madres turcas cuentan con eso. Mientras más puedan quebrantar nuestra voluntad, menos problemas les daremos. Debe aprender a ver nuestra desgracia de una forma positiva, mi joven caballero. Quizás todas esas cosas malas que nos han pasado son por alguna razón.

—No logro ver cómo todos nuestros infortunios pueden verse de una manera positiva, amigo Sancho —respondí indignado. Algunas veces su inveterado optimismo era demasiado para mí

—Bueno, véalo de esta manera —dijo Sancho—: si mi viejo maestro el conde de Ordóñez no hubiera muerto, y sus endemoniados hijos no me hubieran arrojado a la calle y si no hubiera tenido la buena fortuna de conocer al bienaventurado padre de don Miguel, quien me trató con toda la bondad de su corazón cuando estaba enfermo y en un estado miserable, nunca lo hubiera conocido a usted y no me tendría aquí en Argel para proporcionarle mis cinco reales de sabiduría.

En eso tenía razón, pero de qué manera a él le beneficiaba su cautiverio era una pregunta que no quería hacerle. Muchos años después me di cuenta de que gracias a mi encarcelamiento en Argel había conocido a mi segundo más famoso personaje de ficción. Se haría evidente también que a raíz de la desdichada experiencia en aquella guarida de monstruos, me había fortalecido y me había dado la paciencia necesaria para soportar todas las malas pasadas que el destino habría de jugarme.

La musa de la poesía comenzó a visitarme de nuevo. Habían pasado varios años desde que pensara en mí como un poeta. Puesto que mi indigencia me imposibilitaba comprar tinta y papel, tenía que componer los poemas en mi cabeza y luego memorizarlos. Comencé entonces a existir en un mundo diferente al material, un lugar en donde los turcos no podían tocarme, un lugar en el cual era un hombre libre. Esta actividad se convirtió en una de las escasas formas a mi alcance de encontrar consuelo, y de evitar que me volviera loco. Saber que nadie podría arrebatarme la escritura que sólo existía en mi cerebro me hizo sentirme poderoso por primera vez desde que me habían capturado los corsarios. Sancho me advertía que pasar tantas horas sentado solo y murmurando para mis adentros mientras todo el mundo estaba afuera podría atraer la atención de los guardias. Así que aprendí a componer poesía mientras caminaba por el souk.

Fue durante estas caminatas que comencé a sentirme intrigado por los contadores de historias turcos en el souk. Toda la vida me habían fascinado las historias que escuchaba de boca de algún desconocido. Personas de todas las edades se quedaban de pie, embelesados bajo el implacable sol, haciendo un alto momentáneo en sus rutinas, para escuchar a estos hombres que practicaban el antiguo arte de contar historias. Únicamente conocía algunas pocas palabras y frases en árabe, por lo cual podía entender los nombres de los personajes de las historias pero no de qué se trataban. Cuando los oyentes hacían sonidos de aprobación como «Ehhhh», o se reían, interpretaba sus reacciones y deducía que había un nuevo giro en la historia. Incluso las mujeres, con sus cabellos cubiertos por hijabs y sus rostros ocultos tras blancas almalafas, se detenían a escuchar. Algunas veces las historias parecían continuar durante días. Mercaderes, sirvientes que venían a buscar provisiones para sus amos, y pandillas de chicuelos sin Dios ni ley pagaban su cuota a los contadores de historias con higos, naranjas, huevos, un pedazo de pan, y ocasionalmente una piastra, o cualquier otra moneda. El fiel público regresaba día tras día, con sus canastas de comida y sus atados de ropa para lavar, sedientos de más historias. Yo estaba tan cautivado por estos artistas y por la reacción del público que los sonidos y los significados de la lengua árabe comenzaron a echar raíces en mi cabeza. Me recordaban a los actores en Andalucía, quienes interpretaban en las plazas de los pueblos y de las ciudades fragmentos de sus obras de teatro. La gran diferencia entre los contadores de historias argelinos y nuestros actores radicaba en que en el souk un solo hombre interpretaba todos los personajes, sin importar si éstos eran personas, dragones o criaturas de un bestiario de pesadillas.

Me preguntaba si sería posible ganarme unas cuantas monedas contando historias en español. El número de personas que hablaba español en el souk era alto: ¿sería posible llegar a ganarme la atención de una pequeña audiencia? El principal inconveniente consistía en que era un poeta: pensaba en versos, en rimas, en sílabas, en vocales, pero no en prosa. Quizás podría recitar algunos de los poemas que conocía de memoria de Garcilaso y de otros poetas.

Cada mañana, cuando el souk estaba en su momento de mayor ebullición, me paraba junto a una fuente con Sancho como mi único espectador cautivo: los pocos transeúntes que por un instante se detenían a escucharme recitar, me miraban como si estuviera hablando en una lengua incomprensible, soltaban una carcajada y luego seguían presurosos su camino, como si escaparan de un leproso. De vez en cuando algún alma fatigada se detenía a escuchar unos pocos poemas, pero nadie me arrojaba tan siquiera un hueso pelado.

—No se ponga tan mohíno —finalmente me dijo Sancho—. ¿Qué esperaba? Recitarle poesía a esta plebe es como arrojar trufas a los cerdos. Para ser sincero, yo entiendo muy poco de poesía. Prefiero las historias. Cuando termino de escucharlo recitar poemas, sólo me dan ganas de rascarme la cabeza. ¿Por qué estos poetas siempre se están lamentando por damiselas que no les hacen caso? Si quiere comer de forma regular, amigo mío, la poesía no es la respuesta. Lo siento.

—¿Qué más puedo hacer para conseguir dinero, Sancho? Mis opciones son limitadas. Mi lengua me es más útil que mi mano.

—Cuente historias como lo hacen los árabes —me dijo.

La primera vez que conté una historia sobre dos poetas rivales obtuve el mismo resultado. La historia de un poeta que huye de España con una banda de gitanos apenas si alcanzó una mejor reacción. La gente escuchaba muy atenta por un instante y luego se alejaba con expresión de perplejidad o de aburrimiento. Una mañana, una lavandera que a diario se detenía por unos pocos minutos a escucharme, me dijo:

—Su voz es buena, joven. Y entiendo lo que está diciendo. Pero usted no sabe contar historias.

—¿Perdón, señora? —le dije. Ésta era la primera vez que un oyente me dirigía la palabra.

—He estado trabajando por diez años como lavandera en la casa de un moro adinerado —dijo—. He perdido toda esperanza de volver a España algún día y ver a mi familia antes de que muera. Cada mañana al despertarme espero con ilusión esas historias que escucharé en el souk. Son la única alegría en mi vida —aquí hizo una pausa. Podía darme cuenta de que intentaba ayudarme—. Pero usted no sabe cómo entretener a la multitud —continuó—. Todos los relatos deben tener una historia de amor y una heroína sufriente y hermosa. No quiero escuchar una historia a menos que sea de amor, y mientras más triste, mejor. Observe —señaló la enorme canasta con ropa sucia que había puesto a su lado en el piso—; ése es el trabajo que debo hacer cada día si quiero comer y no quiero que me den de azotes. Estoy dispuesta a derramar lágrimas por amantes jóvenes y hermosos que son condenados y mueren por amor. No quiero lamentarme acerca de mi propia y miserable vida. Joven, debe hacerme viajar lejos de aquí, adonde pueda olvidarme de este hoyo de mierda y de estas montañas de ropa sucia que veo hasta en mis sueños. Eso es lo que quiero de una historia. Los contadores de historias árabes lo saben —en seguida me arrojó un pedazo de pan que se había metido entre los senos, se acomodó la canasta sobre la cabeza y se marchó.

A medida que mis historias de amor se hacían más elaboradas y más inverosímiles, empecé a ganar una audiencia leal. A mis oyentes les importaba poco la lógica. De hecho, preferían historias que no tuvieran sentido, y mientras más inverosímiles mejor. Sancho era el encargado de recoger lo que fuera que la gente quisiera dar: unas pocas monedas o sobras de comida. Me dijo:

—Continúe contando esas historias, Miguel. Esto es mucho mejor que atiborrarnos de erizos de mar todos los días.

Una mañana, mientras contaba un relato acerca de unos pastores y de un amor no correspondido, pude entrever entre la audiencia a Rodrigo. Mi corazón dio un brinco. ¿Podría ser de verdad mi hermano y no una alucinación a causa del sol argelino? Rodrigo se encontraba en compañía de un moro finamente ataviado y de sus sirvientes. Era Mohamed Ramdane, el hombre que había comprado a mi hermano en el puerto. En los ojos de Rodrigo pude leer: *No digas nada. Pretende que no me has visto. No des muestras de que me conoces ni te me aproximes. Continúa con tu historia. ¡Controla tus emociones!* Rodrigo vestía una fina túnica gris con capucha que le llegaba hasta los tobillos. Su amo vestía el burnous blanco que identificaba a los moros pudientes. Mi hermano se veía bien arreglado y bien alimentado.

A pesar de mi estado de aturdimiento continué con el intrincado relato. Abruptamente, Ramdane se alejó y mi hermano le siguió, manteniéndose a un paso de distancia. Rodrigo estaba a punto de desaparecer en La Casbah, y podría transcurrir mucho tiempo antes de que pudiera volver a verlo. Finalicé de forma abrupta el relato haciendo que un rayo partiera al héroe cuando cabalgaba a rescatar a su amada de las garras del malvado visir. La gente empezó a abuchearme. Dejé a Sancho encargado de recibir los insultos y todo aquello de lo cual la audiencia estuviera con ánimos de desprenderse.

Seguí a Rodrigo desde la distancia, con mucha discreción, aunque ansiara con cada parte de mi ser aproximarme a mi hermano y abrazarlo, besar sus manos, su frente y sus mejillas. Estaba mareado y mis pies vacilaban, me sentía exaltado y ansioso, pero al mismo tiempo intrépido e invencible.

Mohamed Ramdane llegó a su residencia, uno de los palacios más elegantes de Argel. Antes de franquear la puerta, Rodrigo se dio la vuelta, y me guiñó el ojo de forma casi imperceptible, al tiempo que levantaba su ceja izquierda en dirección de una torrecilla a la derecha de la puerta principal.

Los pinos y los densos arbustos me sirvieron de refugio bajo la torrecilla. Me escondí allí y aguardé, pero no había el menor indicio de Rodrigo. ¿Acaso le había entendido mal? ¿En qué me había equivocado? Los minutos y los segundos nunca se habían prolongado tanto. Las horas eran tan largas como años. Se me dificultaba respirar. A medida que el día se hacía más caliente y el sol caía directamente sobre mi cabeza comencé a sudar aunque me encontraba a la sombra. Luego, mientras el sol avanzaba con gran parsimonia hacia el oeste, y la tarde traía corrientes frescas y con ellas el canto de las aves, el frío se me metió en el cuerpo y comencé a temblar. Estaba determinado a no irme de aquel lugar ni siquiera cuando apareció el lucero del atardecer en el cielo carmesí. Pero cuando escuché el último llamado de la mezquita, justo antes de que las puertas de los Baños cerraran para la noche, dejé mi escondite y me apresuré a regresar.

Con excepción de Sancho, debí callar estas noticias tan trascendentales para mí. La información equivalía a moneda corriente en Argel, especialmente entre los cautivos que la entregaban a los guardias a cambio de recompensas monetarias y con el fin de atraer la atención favorable de sus amos, quienes quizás algún día los liberarían o los adoptarían.

La mañana siguiente no regresé al souk. Día tras día esperaba en el pequeño bosquecillo bajo la torre, con la esperanza de al menos ver por un instante a Rodrigo. Mis precarios fondos se agotaron rápidamente pues había dejado de contar historias.

Transcurrieron dos semanas. Una tarde, mientras dormitaba con la espalda apoyada contra un árbol, fui sorprendido por un golpe seco sobre un lecho de agujas de pino que cubría el suelo. Descubrí cerca de mis pies un objeto del tamaño de un puño, envuelto en un pedazo de tela. Rodrigo debió haberlo arrojado mientras yo dormitaba. Miré hacia arriba pero no se veía a mi hermano en parte alguna. Rápidamente tomé el objeto y desaté el nudo. Adentro había una pequeña bola de papel. En el momento de desenvolverlo cayó una moneda de oro. Tenía más valor que cualquier otra moneda que yo hubiese visto en Argel, pero no se comparaba con la dicha que me produjo reconocer la letra de Rodrigo.

Querido hermano:

Todas las noches he rezado esperando que en su divina benevolencia nuestro señor Jesucristo y su Santa Madre puedan interceder ante Dios para volver a encontrarte. La felicidad que sentí al verte en el souk no tiene comparación.

No puedes imaginar lo preocupado que he estado pensando en ti, con tu mano lisiada.

Te ves delgado pero con buen aspecto.

En cuanto a mí, a pesar de las humillaciones diarias propias de la esclavitud, sería negligente de mi parte no mencionar que no me golpean y que me tratan con respeto debido a mi condición de profesor, puesto que los moros le dan valor a la educación y respetan a los maestros.

Nunca me han amenazado con venderme a otro amo o de mandarme a los turcos, o de ser marcado con una cruz en las plantas de los pies.

Soy alimentado con buenas porciones de cuscús, cordero y dátiles y tengo dos mudas de ropa.

Los hijos de mi amo me han cobrado gran afecto. Sus almas inocentes no han sido aún envenenadas por la fe musulmana, por lo cual no me desprecian por ser cristiano. Tienen curiosidad sobre España y Mohamed Ramdane me ha dado instrucciones de enseñarles español, aparte de música. Te digo todo esto para que no te preocupes por mí. Y si puedes escribirles a nuestros padres, cuéntales que no me tratan de forma cruel, y que Dios mediante podré recuperar pronto mi libertad. Cada momento del día sueño con regresar a nuestra amada España y reunirme contigo y con nuestros padres y hermanas. Algunos esclavos de las otras casas han vivido aquí más tiempo del que yo tengo de vida. Puedo soportar esta vida por el momento, pero no me siento capaz de hacerlo durante años y años.

Si tus circunstancias te lo permiten, espérame todos los martes en la tarde, escondido entre los pinos; es cuando los niños salen con su padre a visitar a sus abuelos. Te estaré esperando. No recibo paga por mi trabajo, pero mi amo está tan agradecido por la educación que les doy a sus hijos que a veces demuestra su aprecio con alguna moneda de oro. Por favor úsala como mejor te parezca. Me haría muy feliz saber que la has usado para hacer un poco

más agradable tu vida. Tu hermano que te quiere y sueña
con volver algún día contigo a España.

Rodrigo

Para evitar atraer la atención sobre mí, regresé al
souk a seguir contando historias. Pero reservé las tardes de
los martes para esperar bajo la torrecilla algún mensaje de mi
hermano. Mi principal preocupación pasó a ser urdir un plan
de escape. Primero que todo llegué a la conclusión de que
necesitaba encontrar unos pocos hombres lo suficientemente desesperados como para no temer a los brutales castigos
que recaían sobre aquellos que fracasaban en sus intentos de
fuga y eran atrapados. Pero aparte de Sancho, ¿en quién más
podría confiar allí en los Baños? Sancho me había indicado
a los personajes indeseables, los hombres de los cuales no
fiarse, así como a los cristianos que eran honorables en sus
acciones. Llegamos a una lista de un puñado de hombres a
los que podríamos aproximarnos sin temor a ser delatados.

Habíamos fijado una fecha para aproximarnos a los
hombres seleccionados cuando llegaron noticias a los Baños
de que una misión de curas trinitarios había llegado a Argel
para conducir negociaciones con el fin de comprar la libertad de los cautivos y esclavos españoles. Los monjes trinitarios
realizaban estos viajes al menos una vez al año. El dinero que
traían de España se recolectaba a través de fondos propor-
cionados por la Corona, las familias de los cautivos y la Iglesia. Los cautivos que eran miembros de familias adineradas
eran los primeros en ser liberados. Para el resto de nosotros,
que dependíamos de la disponibilidad de los fondos de caridad, la espera podría prolongarse años, incluso décadas,
y en algunos casos el resto de la vida.

A la mañana siguiente de su llegada, los monjes trinitarios estaban esperando a que se abrieran las puertas de
los Baños y salieran los cautivos españoles. Nuestros hombres corrieron hasta donde estaban los monjes para pregun-

tarles si sus nombres se encontraban en las listas de cautivos que iban a ser rescatados. Yo no tenía prisa alguna: era poco probable que mis padres pudieran haber recogido el dinero del rescate. Sancho me tomó de la mano y me arrastró con él.

—Venga, Miguel —dijo—. Nunca se sabe. Milagros más grandes se han visto.

Como era de esperarse, no había ningún dinero para el rescate de Sancho. Sacudió la cabeza con tristeza, puso los ojos en blanco y discretamente me fue empujando hacia donde estaban los monjes.

Di un profundo suspiro, exhalé y luego grité, más para darle gusto a Sancho que porque creyera que mi nombre pudiera encontrarse en esa lista.

—¿Qué noticias tienen para Miguel de Cervantes?

—¿Ése eres tú, hijo mío? —preguntó uno de los hermanos, mientras con su dedo iba buscando en la lista.

Mi corazón latía tan rápido que no podía escuchar ningún otro sonido.

—Tenemos buenas noticias tanto para ti como para tu hermano Rodrigo. Contamos con una cifra de seiscientos ducados para pagar por vuestra libertad.

Sentí que me iba a desmayar, pero el apabullante abrazo de Sancho me mantuvo en pie. Besó mis mejillas, y las lágrimas empezaron a rodar por su rostro. Estaba tan contento que se pensaría que era él quien iba a ser liberado. Lo único que se me ocurrió pensar fue: ¿Dónde pudo mi familia haber conseguido una suma tan alta de dinero? ¿Qué sacrificios habría hecho por nosotros?

—¿Dónde está Rodrigo? —preguntó el monje.

Recobré mi compostura y les di el nombre del amo de mi hermano.

Al día siguiente, con mis compañeros cautivos que contaban con dinero para su rescate acompañamos a los padres trinitarios al palacio de Arnaúte Mamí. Todos nosotros le pertenecíamos. Cuando llegamos a la gran cámara donde llevaba a cabo sus negocios, ya Rodrigo estaba allí; Mohamed Ramdane y sus dos hijos estaban con él. Por primera vez en casi tres años nos dimos un abrazo, pero antes de tener la oportunidad de decirnos algo fuimos separados por los guardias de Mamí.

Nuestro caso fue el primero en tratarse ya que éramos dos.

—En cuanto al joven —dijo Mamí señalando a mi hermano—, tenéis que comprar su libertad directamente a Mohamed Ramdane.

La hija y el hijo de Ramdane se quedaron de pie junto a mi hermano. Calculé que la joven debía estar por los quince años y su hermano debía tener un par de años menos. No pude dar crédito a lo que oí cuando la joven dijo:

—Papá, el maestro Rodrigo ha sido el mejor profesor que pudimos haber tenido. Como muestra de nuestra gratitud por todo lo que nos ha enseñado, Sohrab y yo quisiéramos que volviera junto a su familia y no hubiera que pagar un rescate por él.

Ramdane parecía tan sorprendido como yo. Estaba a punto de responderle a su hija cuando ella se dejó caer de rodillas y besó la mano de su padre.

—Querido padre, piensa por un momento lo doloroso que sería si fueras separado de tus hijos. El maestro Rodrigo es un buen hombre, padre. Alá derramará sobre ti y nuestra familia sus bendiciones por este acto de generosidad.

—Deja de llorar, hija mía. Levántate por favor —dijo Ramdane tomando las manos de la joven, alzándola del suelo y abrazándola—. Sabes que tu padre no puede negarte nada. —Se dirigió entonces a Mamí—: Su Señoría, Rodrigo Cervantes se ha ganado el respeto y el cariño de mis hijos. Queda en libertad de irse. No recibiré ningún dinero por su libertad puesto que él le ha dado a mi familia regalos que ninguna cantidad de dinero podría comprar. Puede ir en paz. Alabado sea el Profeta.

(Muchos años después me enteraría por mi hermano de que los hijos de Ramdane se habían convertido en secreto al cristianismo y por esta razón querían que Rodrigo regresara a España.)

—Si usted quiere regalar su propiedad, es asunto suyo —dijo Mamí, haciendo cara de disgusto—. En ese caso —se dirigió a los monjes trinitarios—, ¿estáis preparados para pagar su rescate? —y me señaló con su índice lleno de anillos.

—Podemos pagar por Miguel Cervantes los seiscientos ducados de oro que teníamos previsto para el rescate de los dos hermanos —dijo el religioso que conducía las negociaciones.

Mamí rompió en una aguda carcajada, que se detuvo tan abruptamente como se había iniciado.

—Conozco lo importante que es este lisiado —espetó—. Es un protegido de su don Juan de Austria y un héroe de Lepanto. Y lo que es más, entiendo que es un poeta que tiene amigos importantes en Roma. Quiero ochocientos ducados de oro por su libertad. Y si no estáis preparados para aceptar mi precio, sugiero que pasemos a otros negocios.

Rodrigo cayó de rodillas y se dirigió a Mamí.

—Su excelencia, le ruego, si permite que mi hermano se vaya, yo me ofrezco para que me tome como su esclavo. Mi hermano es el mayor, vuestra gracia, la cabeza del hogar. Mis ancianos padres le necesitan. Yo estoy fuerte y saludable. Pero no se puede esperar que mi hermano viva mucho tiempo si continúa en los Baños.

Mamí susurró algo con gran animación al hombre que estaba sentado a su lado. Yo no podía permitir que Rodrigo se sacrificara por mí.

—Rodrigo —dije, llamando su atención—, el hecho de que estés joven y fuerte, y que poseas tantos talentos, es precisamente la razón por la que deberías regresar tú primero a España. Puedes encontrar trabajo y ayudarles a los padres en su vejez. Si yo regresara a España en tu lugar únicamente sería una carga para ellos. Es poco lo que puedo hacer con un solo brazo para mejorar sus condiciones de vida.

Con toda la convicción de la que podía hacer acopio en mi voz, añadí:

—Como hermano mayor, te ordeno que te vayas, te ordeno que acates mis deseos. Aparte de eso, querido hermano, tu amo ha sido amable y de gran corazón dándote el obsequio de la libertad, por lo que debes mostrar tu agradecimiento partiendo de Argel, puesto que ésos son sus deseos y los de sus hijos.

—Ya basta de todo esto —gritó Mamí—. El manco se queda. Y usted, joven —señaló a Rodrigo—, váyase antes de que cambie de idea y decida también retenerlo.

Abracé a Rodrigo por última vez.

—Diles a nuestros padres que no vacilen en su fe, que no desesperen y que oren por mí. Sé que voy a regresar a España, lo prometo.

A pesar de la convicción en el timbre de mis palabras, sabía que una vez que Rodrigo se marchara existía la posibilidad de que nunca volviera a verle, o a ver a mis padres, o a pisar de nuevo tierra española.

Mientras avanzaban los preparativos para el regreso a la libertad de la nave en la que viajaban Rodrigo y los otros hombres por quienes se había pagado rescate, llegaron las lluvias de diciembre. Eran un preludio del arribo del invierno argelino. A medida que las negras nubes se desgajaban a cántaros sobre Argel en su camino hacia el interior de África, iban lavando las capas de arena y suciedad de los edificios y las calles; los árboles y los arbustos tomaban un color verde brillante, las flores nacían por doquier, La Casbah olía a madreselva al crepúsculo y las cúpulas de los palacios y los minaretes de las mezquitas relucían con brillos dorados y turquesa como si hubieran sido recientemente renovados. Los argelinos abarrotaban las calles luciendo ropas nuevas, sonrientes, después de haberse restregado durante horas en los hammams.

Desde una solitaria y diminuta plaza cercana al punto más elevado de La Casbah y que ofrecía una panorámica total del puerto, pude observar el velero que llevaba a Rodrigo hacia la libertad cuando levaba anclas, hinchaba sus velas y dirigía su proa en dirección a España. Las lluvias de invierno hacían ver al Mediterráneo más lleno, plácido, saciado.

En los días, semanas y meses que siguieron a la partida de Rodrigo aumentó mi desespero. Había un solo pensamiento que me ocupaba: la libertad. Estaba determinado, si era necesario, a morir en el intento. ¿Qué sentido tenía la vida si no podía ver a mis padres antes de que muriesen?

Para ser justo con los moros y con los turcos, debo mencionar que permitían a los cristianos cautivos practicar, cumplir y celebrar todos los ritos de nuestra religión. En medio de nuestra miseria, la religión era el único consuelo al que se podía acudir. Únicamente mi fe en Dios me brindó un alivio durante esa época. A los curas se les permitía dar misa los domingos y los días santos y ofrecer la comunión. Sin la presencia de estos hombres de Dios, miles de esclavos se habrían sentido atraídos por la posibilidad de convertirse en renegados. Durante muchas noches, incluso los más curtidos y malvados de entre nosotros rezábamos por el alma de aquellos que ese día habían sido torturados hasta la muerte. Sabíamos que la misma suerte podía esperarnos en cualquier momento: lo único que hacía falta era despertar la ira de Arnaúte Mamí o de Hasán Bajá.

A los cristianos se les permitía poseer tabernas en los Baños. Estos establecimientos perpetuaban en la esclavitud a nuestros hombres —incluido yo—, pues gastábamos en licores hasta la última de las monedas por las que habíamos sudado sangre. Pero aquella vida de cautiverio, devoradora de almas, sólo era soportable si se estaba ebrio. Algunos musulmanes frecuentaban las tabernas para beber fuera de la vista pública. Al final del día, cuando los bashas anunciaban el cierre de las puertas, a los musulmanes borrachos los tiraban de los pies y los arrastraban por la calle hasta llevarlos a la plaza debajo del Baño Beylik.

En una de estas tabernas, un renegado de Málaga que usaba el nombre árabe de Ahmet, pero que era conocido entre todos como El Dorador, trabó conversación conmigo. Después de escuchar una de mis historias en el souk, había alabado mi talento para la narración de historias. Mi cabeza y mi cuerpo ansiaban un poco de alivio, de tal forma que mordí el anzuelo cuando se ofreció a comprarme una pinta de vino. Conversábamos sobre el día a día en Argel, cuando de repente me dijo:

—Ahora que su hermano ha regresado a España debe estar desesperado por regresar a su hogar, ¿no es así?

No dije nada. Sancho me había advertido:

—Tiene que tener mucha cautela en este nido de serpientes, amigo mío. Ponga especial atención a los renegados que buscan ponerles trampas a los cristianos y a cambio recibir favores de sus amos.

El Dorador susurró en mi oído.

—Puedo ayudarle a usted y a un pequeño grupo de hombres a escapar. He abjurado de mi conversión al islam. Quiero volver a España y a nuestra fe, la única religión verdadera. Maldigo el día en que puse un pie en esta tierra de apestosos mahometanos —en seguida me mostró una cruz que llevaba debajo de su manto; la besó muchas veces al tiempo que las lágrimas rodaban por su rostro. Limpió las lágrimas con el dorso de la mano. El desespero por escapar de Argel me cegó. Aparte, había bebido demasiado vino para considerarme un buen juez de la situación: El Dorador me convenció de su sinceridad.

—Quiero quinientos ducados de oro por cada hombre para hacer los arreglos del escape —dijo el renegado—.

Las probabilidades de escapar son mayores si solamente un pequeño número hace parte del plan. No puedo responder por más de ocho hombres.

Yo conocía a un par de castellanos acaudalados en el Baño que confiarían en mí y estarían dispuestos a correr el riesgo. En primer lugar me aproximé a don Fernando Caña, un mercader de vino de Castilla. Accedió a hacerme un préstamo de quinientos ducados con la condición de que le pagara una vez me hubiera instalado nuevamente en España y hubiera encontrado trabajo. Le pedí que también financiara el escape de Sancho. Don Fernando parecía reacio a la sugerencia.

—Necesitamos a un hombre como él, vuesa merced —dije—. Sancho es famoso por su recursividad, y por su habilidad para oler comida a leguas de distancia.

Convencí a don Fernando. Era una cantidad excesivamente cuantiosa para mí, pero nuevamente le di mi palabra de que le pagaría. Más tarde me las ingeniaría para encontrar alguna manera de devolverle esa gruesa suma de dinero. En cualquier caso, ¿quién podía predecir el inescrutable futuro? Entretanto, yo tenía que hacer todo aquello que fuera necesario para emprender mi escape. En mí recayó la responsabilidad de organizar la fuga de Argel. Además de Sancho y mi persona, don Fernando y su hijo, don Fernandito, decidimos poner en la lista a los mellizos Hinojosa, miembros de la nobleza española que habían estado estudiando pintura en Italia, y al joven hidalgo don Sergio de Mendiola, hijo de un próspero comerciante.

A partir de aquel momento cualquier cosa que otra persona nos dijera, cualquier mirada que nos dirigieran, era razón suficiente para despertar nuestra sospecha. Si alguien a quien conocíamos nos negaba el saludo al encontrarlo, esa persona de inmediato se convertía a nuestros ojos en un potencial informante. Mientras más tiempo nos llevara salir de Argel, mayores serían las posibilidades de que algo saliera mal. Decidimos que cuando estuviéramos en los Baños no tendríamos comunicación verbal entre nosotros, y nunca nos reuniríamos en La Casbah más de dos de nuestro grupo a la vez. Acordamos que toda comunicación debía ser verbal, que nada debería ser puesto por escrito y que solamente yo tendría negocios con El Dorador.

Por primera vez en mi vida entendí aquel refrán que dice «dormir con un ojo abierto». Una noche unos soldados irrumpieron en los dormitorios y se llevaron consigo a unos cuantos españoles. ¿Acaso los soldados sospechaban algo? ¿Tenían conocimiento de que se tramaba una conspiración e intentaban identificar a los conspiradores? No podía dejarme traicionar por la ansiedad en ese crucial momento. Cualquier duda que me asaltara debía guardármela para mí, ni siquiera compartirla con Sancho. Sobre mí recayó la responsabilidad de apaciguar los temores de cada uno. Resultó que aquellos españoles que se llevaron los soldados eran miembros de una banda de ladrones.

El mes sagrado del Ramadán cayó aquel año en enero. Según El Dorador, éste era el momento más propicio para intentar nuestro escape. Comenzamos con nuestros preparativos. Primero me llevó a inspeccionar una gruta aislada situada en una empinada colina no muy lejos de Argel. Quedé satisfecho con su tamaño y relativa inaccesibilidad. Allí podrían esconderse siete hombres y esperar a la caravana de los nómadas tuareg, quienes cada año, al final de enero, acampaban en las ruinas romanas de Tipasa en su viaje rumbo a la ciudad de Orán, la colonia española al oeste de Argel. Viajaban allá para vender y canjear las armas que fabricaban y los ornamentos y utensilios en cobre y latón, en cuya manufactura eran tan hábiles. Esta secta particular de tuaregs practicaba su propia vertiente del islam y no observaba muchos de los ritos y días religiosos. El Dorador se reuniría con nosotros en la caverna, con provisiones y caballos, y luego nos guiaría hasta Tipasa. Sería ése el momento en el cual tendríamos que establecer un precio con los tuaregs para unirnos a su caravana y gozar de su protección. Don Fernando accedió a financiar también esta parte del viaje.

El melancólico mugido de una concha que se usaba como trompeta despertó a todos los argelinos antes del amanecer del primer día del Ramadán. Los somnolientos musulmanes se apresuraron a comer y a beber antes de las cuatro de la mañana. El resto del día, con excepción de los enfermos, todos ayunaban. Pero tan pronto como el sol desaparecía en el horizonte del Sahara, las personas se acomodaban en sus tapetes a consumir las exquisiteces que se preparaban especialmente durante las festividades. Después del estricto ayuno del día los argelinos comían hasta que sus estómagos estaban tan repletos que debían tomar una siesta para hacer la digestión.

A las diez de la noche salían a las calles para las festividades nocturnas. Los guardas de los Baños también seguían esta costumbre.

Durante el Ramadán, La Casbah resplandecía en la noche con el fuego de las antorchas y de las lámparas que llevaba la multitud. Por todos los rincones se escuchaban cánticos, guitarras, flautas y tambores. Los argelinos se congregaban en las plazas para observar a las bailarinas, cuyos ondulantes movimientos llenaban el aire de sensualidad. El sonido de las palmas que acompañaba a las bailarinas me traía recuerdos de las castañuelas españolas; el rítmico batir de palmas iba en aumento hasta que parecía inundar todos los intersticios de La Casbah, avanzando en forma de espiral hacia el cielo. Las cobras de los encantadores de serpientes danzaban en círculos dentro de sus canastas, balanceándose de forma hipnótica con sus ondulantes lenguas negras al ritmo de la rapsódica música de las flautas. Bandadas de niños correteaban gritando de un acto a otro. Incluso los esclavos se sentían cautivados por esa fascinante atmósfera.

A medida que transcurría el mes, se hacía evidente que el ayuno empezaba a causar su efecto entre los musulmanes. Las orgías de comida a la medianoche afectaban su digestión, y la falta de sueño se veía en sus rostros marchitos y en las sombras bajo los ojos, mientras caminaban con torpeza por la ciudad en el transcurso del día. Cuando abrían la boca, un rancio olor ascendía de sus estómagos. Hacia el final del Ramadán, Argel era una ciudad de insomnes desorientados y con mal aliento.

A mediados de la cuarta semana de festividades, El Dorador recibió noticias de que la caravana de tuaregs estaba solamente a un día de viaje de Tipasa. Eran célebres por su veloz paso en las travesías por el desierto. Una vez que se alejaran de nosotros, habría sido imposible darles alcance. Decidimos escapar al día siguiente, antes de que la caravana avanzara. Nos escabulliríamos de Argel durante el primer llamado a la oración, al final de la tarde, cuando las puertas de la ciudad todavía estaban abiertas y los guardas tenían inclinadas sus cabezas sobre las esteras de oración. Confiábamos en que con el cansancio extremo y la indigestión, los guardas no notaran hasta el día siguiente que habíamos desaparecido.

La noche previa a nuestra fuga no pude dormir en absoluto. ¿Qué pasaría si las cosas no salían bien? ¿Estaba preparado para morir torturado, sin haberme realizado como hombre? Aparte de haber combatido en Lepanto, no había logrado ninguno de mis grandes sueños. Si Hasán Bajá decidía empalarme, ¿cuál habría sido el sentido de mi existencia? ¿Qué habría dejado a la posteridad para ser recordado?

Mis compatriotas y yo rezamos en silencio toda la noche, asegurándonos de no atraer las sospechas de nadie a raíz de algún comportamiento errático. Durante horas permanecí inmóvil, con los ojos cerrados, pidiéndole a la Virgen que bendijera nuestro plan.

Durante el último llamado a la oración, antes de que las puertas de Bab Azoun se cerraran por el resto de la noche, nos escabullimos uno por uno de Argel. Una vez que estuvimos afuera de los muros de la ciudad, amparados por la oscuridad de la noche nos dimos prisa, avanzando lo más rápido que nos permitían nuestros encadenados pies hasta un bosque cercano, donde nos agazapamos en silencio ocultos entre el follaje. Cuando el sol terminó de ponerse ascendimos con gran dificultad la colina, mientras los hambrientos guardias, debilitados y con alucinaciones por culpa de los ayunos diarios que ya llegaban al mes, se atiborraban de comida. Lideré el camino hacia la gruta.

Llegamos a la cueva. El Dorador, que se suponía que estaría aguardándonos con herramientas para romper las cadenas alrededor de los tobillos, con provisiones y caballos para el viaje a Tipasa, no estaba allí para el encuentro.

—Nos ha traicionado para congraciarse con el Beylerbey —dijo don Fernando Caña—. ¿No estábamos advertidos de no hacer tratos con renegados?

—Cervantes, pensé que había dicho usted que podíamos confiar en ese hombre. Que él estaba ansioso de regresar al cristianismo —dijo don Eduardo Hinestrosa.

Antes de que aquella discusión nos hiciera olvidar que éramos amigos y no enemigos, dije:

—Asumo total responsabilidad por lo que ha pasado.

—No quisiera ofenderlo, Miguel. Pero ¿de qué nos sirve ahora esto? —dijo don Julio Hinestrosa.

Sancho rompió su silencio.

—Quizás El Dorador haya sido detenido. La unión hace la fuerza, mis caballeros. Pelear entre nosotros sólo hará que las cosas empeoren. Es probable que ahora mismo esté en camino hacia aquí. Entretanto, aguardemos adentro.

Los leones rugían entre los matorrales, razón suficiente para atender el consejo de Sancho. Nos introdujimos en el enorme agujero y Sancho prendió una antorcha. El interior de la caverna estaba formado por roca sólida. Nos reunimos en su parte delantera, un espacio rectangular; detrás del cual había un túnel poco profundo donde podrían caber algunos hombres si se agachaban.

Acordamos que necesitábamos un vigía. Don Sergio de Mendiola se ofreció a escalar la roca encima de la gruta y hacer de vigilante. Se dirigió a su puesto de guardia armado con dos pistolas cargadas y una daga.

La noche estaba poniéndose fría y la antorcha no era suficiente para calentarnos. Comenzamos un fuego con algunos pedazos de madera y un montón de hojas secas que encontramos dentro de la gruta, y nos agazapamos a su alrededor. Reconfortaba aquel calor del fuego, pero estábamos hambrientos y sedientos. Sancho se movió hasta la parte de atrás del túnel y se sentó con las piernas abiertas. Armado con una roca comenzó a golpear sus cadenas con concentración y paciencia. Con excepción del martilleo de Sancho, todos estábamos en silencio.

Escuchamos que alguien se aproximaba. Don Sergio de Mendiola irrumpió en la gruta en estado de gran agitación.

—Vienen a llevarnos de regreso a Argel —anunció.

—No cedamos tan pronto a la alarma —dije—. ¿Cómo sabe usted si acaso no es El Dorador que se aproxima con los caballos?

—Vienen subiendo docenas de antorchas por la montaña. Parece un ejército pequeño, Cervantes. Me temo que Arnaúte Mamí mandó a los jenízaros para que nos atrapen.

Todos nos echamos a temblar.

—No nos vamos a rendir —dijo don Fernandito Caña—. Los combatiremos.

—No quisiera ser irrespetuoso —dijo Sancho—, pero si los combatimos, vamos a ser masacrados como corderos en el matadero.

—Si nos capturan, de todos modos nos van a torturar y a dar muerte —nos recordó uno de los hermanos Hinojosa.

—Si huimos ya mismo, tal vez tengamos la buena fortuna de encontrar otra cueva y escondernos —propuso don Fernando.

Yo sabía que ya era muy tarde para eso.

—Encomendémonos a Nuestro Señor y roguemos por Su Misericordia —dije. Recordé mi experiencia en la nave *El Sol* cuando Arnaúte Mamí nos capturó—. Si nos capturan vivos, todavía existe una pequeña posibilidad de que sobrevivamos. —Me arrodillé en el suelo pedregoso.

—Mirad —exclamó Sancho dándome un sobresalto—. Rompí las malditas cadenas. Soy libre —se arrastró hasta llegar enfrente de la gruta y sacudió primero una pierna y luego la otra. Dio un par de pasos indecisos, como si se le hubiera olvidado caminar sin cadenas—. Me voy, Miguel —dijo—. Venga conmigo. Cortaremos sus cadenas tan pronto nos alejemos lo suficiente de aquí.

—No me puedo ir, amigo —le dije—. No puedo abandonar a nuestros hombres. Soy responsable de la situación que estamos atravesando. Debí haberte escuchado y nunca haber confiado en un renegado. Tengo que quedarme y asumir las consecuencias. Es la única cosa honorable que puedo hacer.

—El Dorador nos engañó a todos, Miguel, no sólo a usted —dijo Sancho—. ¿Quién viene conmigo?

—Si te vas por tu cuenta, sin guía ni provisiones, atravesando el desierto, vas a morir —le dije a Sancho—. Si nos quedamos juntos, tendremos más posibilidades de sobrevivir.

Sancho negó con la cabeza.

—Como solía decir mi antiguo maestro, el venerable conde de Ordóñez: «*Sumus quod sumus*». Prefiero ser devorado por los leones o morir de sed o picado por los escorpiones, o mordido por las serpientes, o despedazado por las hienas, incluso llenar los estómagos de los lobos, antes que seguir esta insufrible vida de agotamiento, humillación, enfermedad y noches que congelan los huesos. Ya he tenido suficiente. ¡Basta ya!

Me levanté y lo abracé.

—Nuestros caminos se cruzarán nuevamente, Miguel —dijo Sancho—. Estoy seguro de ello. Y nunca olvides, «*Festina lenteja*». ¿Sabe de qué le hablo, no es verdad?

—Lo sé —dije.

Nunca había visto esos robustos pies de Sancho alcanzar tanta velocidad como la que alcanzó en el momento de escapar de la gruta y subir por la colina. Pronto su sombra se fundió con la oscuridad de la noche norafricana. El cielo, de un negro alquitrán, estaba tachonado con incontables estrellas pero no había luna. Era muy posible que cuando llegara el nuevo día las bestias salvajes se habrían dado un festín con la opulencia de carne y las amplias reservas de grasa de Sancho.

—Esperemos a los jenízaros fuera de la caverna —propuse—. Depongan las armas. Si ofrecemos resistencia nos asesinarán sin piedad en esta espesura. Nuestra única posibilidad de sobrevivir es si nos rendimos. Y que el Señor se apiade de nosotros.

Regresé a Argel con los tobillos aún encadenados y los brazos atados atrás de la espalda. Años más tarde, en *Don Quijote*, denominaría a Arnaúte Mamí como «empedernido enemigo de toda la raza humana». El empalar, el destripar, el practicar el infame método de tortura llamado khazouke, mutilar brazos y piernas, cortar orejas y lenguas, arrancar ojos, violar, decapitar, colgar del gancho y quemar cristianos en la pira le producían tanto placer como a otros hombres se los produce la comida, la música o hacer el amor. Incluso los turcos se sobrecogían con la crueldad de Mamí. Cualquier cosa podía provocar su ira: una mirada, un reclamo, lo que él creía era una mirada de reclamo, o la ausencia de ella.

A la mañana siguiente fuimos conducidos a la presencia de Mamí. Nos recibió recostado sobre una pila de pieles de león. El Dorador estaba sentado a su lado. Había un gran número de cautivos dentro de la habitación. ¿Acaso estaban allí como espectadores, para enseñarles una lección acerca de lo que podía ocurrirles a los que intentaran pasarse de listos con él?

—¿Quién fue el líder de esta conspiración? —preguntó Mamí.

Antes de que tuviera tiempo de responder, El Dorador me señaló. El traidor fijó su mirada en la mía de manera impasible; yo ansiaba agarrarlo del cuello con mis dos manos y estrellar su cabeza contra los azulejos hasta que sus ojos, sus dientes y su cerebro quedaran tendidos a los pies de Mamí.

—Ahmed, ahora eres mi hijo. Voy a adoptarte —le dijo Mamí a El Dorador.

La rata leprosa parecía muy complacida de haber sido recompensada con la usual lata de manteca de cerdo y los escudos de oro que los renegados recibían por denunciar a los cristianos.

Aunque temía que pudiera ser colgado o que perdiera mis orejas y mi nariz, lo más honorable era asumir mi responsabilidad.

—Vuestra excelencia —dije—, fui yo solo quien convenció a estos hombres de que me siguieran. Por lo tanto, únicamente yo soy el responsable.

Arnaúte Mamí y El Dorador se consultaron entre sí en medio de susurros. Mamí señaló con su dedo medio a don Sergio de Mendiola y a Fernandito Caña. Dos guardas empujaron a los prisioneros a la esquina de la habitación donde se veía el instrumento de tortura que habían instalado. A nuestros hombres les metieron los pies dentro de un cepo de madera, y luego fueron elevados de los tobillos por medio de una soga.

Don Fernando Caña se arrojó a las rodillas de Mamí:

—Por favor, señor, tómeme en lugar de mi hijo. Se lo ruego, su excelencia. Si el muchacho es lastimado, su madre se moriría.

—Silencio —dijo de forma suave Mamí—. Nos dirigió una sonrisa escalofriante y llamó a uno de sus hombres. El hombre amarró un pañuelo alrededor de la boca de don Fernando.

Un turco comenzó a golpear las plantas de los pies de don Sergio y don Fernandito con un garrote.

—Si alguno de ustedes abre la boca haré que le corten la lengua —dijo Mamí. El torturador golpeó a nuestros hombres hasta que la piel de sus pies se desprendió por completo y quedaron a la vista sus huesos. Afortunadamente, habían perdido la consciencia. ¿O estaban muertos?

Con un movimiento rápido de su mano, Mamí puso fin al despellejamiento. Los hombres estaban bañados en sangre.

—Cuando abran de nuevo los ojos, quémenlos en la pira —dijo.

Don Fernando cayó al suelo. Permaneció al lado de su hijo, luchando por liberar sus miembros. Lágrimas copiosas bañaban su rostro enrojecido.

Era insoportable ver cómo don Fernando era obligado a presenciar la tortura de su joven hijo. Me sentí culpable: hubiera sido más digno morir luchando contra los jenízaros que terminar nuestras vidas de esta forma. Comencé a trasbocar de forma tan violenta que casi me ahogo en mi propio vómito.

Los cautivos que presenciaban aquello comenzaron a protestar y a rezar en diferentes idiomas. Mamí se dirigió a ellos, el rostro desfigurado por la rabia:

—Pongan mucha atención, chusma miserable. Esto es lo que les va a pasar si son tan tontos como para intentar escapar. Llévenlos de vuelta al Baño.

Los cautivos fueron arreados del lugar y se trajo comida para Mamí y para El Dorador. Comieron, hablaron y bebieron, ajenos a nuestra presencia. Don Fernando todavía permanecía tirado en el suelo, aunque parecía tan inmóvil, sus ojos cerrados, que pensé que se estaba muriendo. Los gemelos Hinojosa y yo permanecimos de pie. Los hermanos parecían haber perdido su capacidad de hablar. Temblaban, sudaban copiosamente y el terror se reflejaba en sus ojos.

Una vez que Mamí terminó de comer y se lavó las manos, dijo señalando a los hermanos Hinojosa:

—Llévenselos y arrójenlos al calabozo. Serán sometidos al khazouke en público, como ejemplo. Pero dejen al manco aquí.

Uno de los hermanos se desmayó. Mis rodillas estaban tan débiles que pensé que me pasaría igual. En una de las plazas de Argel había sido testigo de esta infame tortura: el prisionero era atado a una silla, la cual luego era elevada del piso por una cadena. Se colocaba debajo en el ano una lanza afilada, y luego era introducida con fuerza mientras el hombre todavía estaba vivo. Se hacía bastante presión en el filo hasta que éste partía el cráneo del prisionero, y la punta de la lanza, brillando con el rojo de la sangre, emergía de la cabeza del hombre.

Cuando quedé solo, único cautivo que seguía frente a El Dorador, a Mamí y a sus sirvientes, el infame torturador de Argel me dijo:

—Cervantes, ningún hombre jamás ha intentado robarme mis propiedades, y esos hombres eran míos —dio instrucciones a uno de sus verdugos—: Asegúrese de que reciba dos mil latigazos —bien sabía que aquello equivalía a una sentencia de muerte. Nadie era capaz de soportar esa flagelación y seguir con vida—. Cuando haya terminado con los latigazos, si todavía está vivo, háganle la circuncisión. Si sigue reacio a aprender la lección, cástrenlo —en ese momento Mamí se levantó del diván, caminó hacia mí y colocó la afilada punta de su estoque en mi nuez de Adán—. No quiero que asesinen a éste —instruyó a sus hombres—. Cualquiera que pone en riesgo su propia vida para salvar la de otros merece mi respeto. Sólo quiero quebrantar el espíritu de este español.

Un moro imponente presionó mi espina dorsal con la serrada punta de su daga y me llevó fuera de allí. Llegamos a una remota parte del palacio, un recinto que consistía en una plaza de tierra rodeada de altos árboles. Un tablón de madera elevado por cadenas indicaba la entrada a una celda enterrada en el suelo.

—Entre —dijo el hombre—. Cuando bajó el tablón pude ver que la celda era tan poco profunda que tenía que agacharme en el suelo, con las rodillas presionando el pecho. El húmedo hueco apestaba a orina, a mierda y a sangre seca. Una abertura en el tablón tenía justo el ancho para permitir que entrara una esquirla de sol. La única posición cómoda en esa mazmorra era permanecer recostado sobre las espaldas.

Al día siguiente, mi carcelero destapó el tablón y me pasó una taza con agua y un pedazo de pan. Sentía terror al pensar que después de los alimentos vendrían los latigazos. Mastiqué y bebí mirando al suelo.

—¿No se acuerda de mí, Miguel? —El hombre habló con acento cordobés. Estaba sorprendido de que se dirigiera a mí por el nombre de pila. El moro sonrió; parecía vagamente familiar—. Soy yo, Abu. Fuimos amigos de infancia en Córdoba.

Escupí el pedazo de pan duro que estaba masticando.

—La última vez que nos vimos éramos niños, Abu —dije como si intentara asegurarme de que no estaba soñando—. Me he preguntado muchas veces qué habría sido de tu vida —estaba tan pasmado que no me moví de mi lugar.

Abu extendió su mano y me sacó del hueco. Luego me abrazó.

Cuando nos separamos, le dije:

—Estaba convencido de que habías muerto durante la insurrección en Las Alpujarras.

—No, salimos de España cuando todos los moriscos fueron expulsados en el año de 1575. Primero fuimos a Marruecos. Allí mi padre murió de un ataque al corazón. España era su país, el lugar que amaba, donde su familia había habitado por cientos de años.

—Mucho me apena escuchar lo de tu padre. ¿Y tu madre está contigo?

—Poco después de que mi padre muriera, mi madre le siguió. Ella había dejado su corazón en Córdoba. Después de que ella murió, vine aquí y encontré empleo trabajando para Arnaúte Mamí.

Bajé la cabeza. Mi infortunio no era nada comparado con lo que le había pasado a la familia de mi amigo.

—¿Y Leyla? —pregunté, temiendo la respuesta que podría darme.

—Se casó con un mercader; viven en un pueblo en Túnez, al lado de la costa —después de una pausa, Abu añadió—: Mejor métase de nuevo en la celda. No debemos ser vistos hablando el uno con el otro. España ya no es mi patria. Se supone que ahora somos enemigos. Pero siempre seré su amigo, Miguel. Cada día le daré unos cuantos azotes, y luego le daré azotes al suelo. Debe gritar como si lo estuviera azotando todo el tiempo, por si acaso alguien estuviera por aquí cerca escuchando —de los bolsillos de su pantalón extrajo una desgastada copia del *Lazarillo de Tormes* y me la entregó—. Lo traje de España. Es el único libro que tengo en español. Sé que le gustan las historias. Se lo presto para que le haga compañía mientras está prisionero aquí.

Durante las breves horas en que un delgado rayo de sol vespertino penetraba en la oscuridad de mi mazmorra, leía y releía las aventuras del Lazarillo hasta llegar a memorizarme el pequeño libro. Fue el *Lazarillo* —aún más que los muy apreciados puñados de comida que me traía Abu— lo que me permitió sostenerme y endulzar las horas en aquel fétido hoyo, y lograr que el tiempo transcurriera más veloz. Fueron las picarescas aventuras del Lazarillo las que me llevaron de vuelta al suelo español del cual había sido arrancado hacía ya tanto tiempo, fueron sus tribulaciones y su inquebrantable espíritu campesino los que aliviaron momentáneamente las miserables condiciones de mi existencia.

Confinado en aquel húmedo y estrecho cuadrado en el suelo, aprendí a experimentar el paso del tiempo de una forma nueva. Estaba la luz —nunca más que un hilo de luz— y luego, el monótono silencio. Algunas veces la oscuridad y el tenebroso silencio que la acompañaba parecían durar tanto tiempo que únicamente mis funciones corporales y los gritos desgarradores de los torturados en las mazmorras de Arnaúte Mamí me recordaban que seguía vivo.

Un día, Abu me dijo:

—Tengo buenas noticias para usted, Miguel. Escuché de boca de un hombre cercano a mi amo que será liberado muy pronto. Lo más seguro es que Arnaúte Mamí pida verlo antes de enviarlo de vuelta a los Baños, de tal manera que tendré que incrementar los latigazos; es mejor, por el bien de los dos, que parezca que ha estado recibiendo el castigo estipulado. Pero no se preocupe, suavizaré los golpes para asegurarme de que no muera.

A medida que se incrementaban los latigazos, de nada servía tratar de reprimir los gritos. No podía hacer otra cosa que aguantar el espantoso dolor infligido sobre mi carne. Mi espalda se inflamó y la piel comenzó a desprenderse. Los latigazos me hubieran dolido más si no hubiera sabido que pronto llegarían a su fin. Mientras sangraba, permanecí todo el tiempo con el rostro inclinado sobre el suelo, respirando el hedor de la tierra llena de sangre.

—Mi amo partió de Argel hace un par de días —me contó un día Abu—. Pero dejó órdenes de que lo liberáramos el día de hoy. Es usted un hombre libre, Miguel. Lo voy a llevar de vuelta al Baño Beylik —entonces me extendió una pequeña botella azul—. Aplique este bálsamo a su piel. Así previene que las heridas se infecten con gusanos y su piel sanará más pronto.

Gentilmente Abu me ayudó a levantarme. Mis piernas no hubieran sido capaces de sostener mi esquelético armazón. Di un par de pasos con la ayuda de mi amigo. Nunca había sentido tan pesadas, como en ese momento, las cadenas alrededor de los pies. Caí de rodillas sobre el suelo. Después de un instante el aire fresco comenzó a reanimarme. Mientras permanecía sentado sobre el suelo, Abu salió del recinto y regresó con un gran balde de agua y una barra de jabón. Le devolví la copia del *Lazarillo* en el momento en que me ayudaba a quitarme la ropa.

—Lo escuché reírse muchas veces —dijo—. Sabía que si podía reírse podría sobrevivir.

Abu echó agua sobre mi cuerpo desnudo mientras yo me enjabonaba. El dolor en las heridas me obligaba a quejarme y retorcerme. Intenté enjabonarme la cabeza pero mi cabello estaba tan enmarañado y apelmazado que el agua no lograba penetrar en la gruesa coraza que recubría mi cabeza. Cuando terminé de lavarme, Abu me entregó los dos pedazos de tela que les daban a los prisioneros cuando eran liberados.

En el camino de regreso al Baño Beylik, estaba tan débil que debí apoyarme en el brazo de Abu. El mundo exterior parecía irreal. En ese momento entendí lo que Lázaro debió haber sentido cuando regresó de la muerte. Antes de atravesar las puertas del Baño, Abu me dijo:

—Cuídese, Miguel. A pesar de las circunstancias le doy gracias a Alá por permitir que nos encontráramos de nuevo. Pero recuerde, no podemos ser amigos en Argel. Si alguna vez me encuentro con usted en La Casbah, no me hable. Si mi amo se entera de que tenemos trato amistoso, perderé mi empleo y seré castigado. Quién sabe, tal vez podríamos volver a encontrarnos lejos de este país, en un lugar donde moros y cristianos puedan convivir en paz —giró y se alejó con rapidez, por lo que no pude responderle.

Transcurrieron semanas antes de que tuviera fuerzas suficientes para caminar de nuevo por La Casbah. ¡Cómo extrañaba a Sancho!; no me había dado cuenta de todo lo que había llegado a depender de aquel gordo. Sobreviví esas semanas después de mi liberación gracias a la generosidad de mis compañeros de cautiverio, para quienes me convertí en un símbolo de nuestra resistencia. Me compartían cualquier trozo de comida que pudieran darme. Otro hombre me trajo hojas, papel y tinta.

—Escriba algo sobre este lugar —me dijo—. Asegúrese de que el sufrimiento de nuestros mártires no haya sido en vano.

En aquel momento, cuando mi fortuna era sombría, un ángel con forma humana apareció en mi vida. A manera de prefacio de su historia citaré unos versos de Ibn Hazm de Córdoba:

> No quiero de ti otra cosa que amor;
> fuera de él no te pido nada.
> Si lo consigo, la Tierra entera y la Humanidad
> serán para mí como motas de polvo y los habitantes
> [del país, insectos.

Su verdadero nombre era Zoraida, a quien yo llamaría Lela Zahara en las obras que escribí acerca de mis años en cautiverio y Zorayda en el relato «Historia de un cautivo» incluida en *Don Quijote*. No hay otra letra tan rica y elegante como la última letra del alfabeto español: contiene un 7, una *L* y una N de costado. Es tanto letra como portal, la iniciación a un misterio. La primera letra de su nombre se convierte en la llave de entrada a Zoraida, quien era muchas cosas al tiempo encarnadas en una sola persona: de sangre musulmana, cristiana de corazón, la mujer más hermosa que mis ojos alguna vez hubieran visto y la argelina más noble de todas. Zoraida entró a mi historia en un punto en el cual necesitaba una señal que me permitiera mantener vivas mis esperanzas de regresar alguna vez a España.

Agi Morato, un moro de alto rango, era el alcaide del Baño Beylik. Su residencia compartía un muro con nuestro patio. Era un muro alto con dos ventanas en forma de óvalo cerca del techo; las ventanas estaban siempre cerradas. Eran demasiado altas para que algún cautivo intentara escapar a través de ellas; eran tan inaccesibles como si estuviesen selladas.

A raíz de mi fallido intento de fuga había adquirido en Argel la reputación de ser un poeta valiente y temerario. Sancho tenía razón cuando me dijo alguna noche que los poetas y los locos eran reverenciados por los moros como hombres santos. Nadie me molestó cuando decidí quedarme solo en el Baño escribiendo mis poemas. Fue en esa época que empecé a anotar ideas para posibles obras de teatro. Algún día mis trabajos serían publicados, y desde más allá de la tumba mis escritos le contarían al mundo acerca del sufrimiento de nuestros hombres en cautiverio. Mis trabajos incitarían a las naciones cristianas a atacar y a destruir a los argelinos. Estos pensamientos eran mi único consuelo.

Una mañana estaba solo en el patio, recostado contra el muro de la casa de Agi Morato, absorto en la escritura de una carta a mis padres, cuando escuché un ruido, como si hubieran arrojado piedrecitas cerca de mí. Di un vistazo a lado y lado y no vi a nadie. Continué escribiendo y otra piedrecita golpeó el suelo. Miré hacia el muro que se encontraba a mis espaldas: de una de las ventanas que permanecía siempre cerrada emergió una vara. De la punta de la vara pendía una delgada cuerda. Parecía una caña de pescar de juguete elaborada por un niño. En la punta de la cuerda venía un diminuto envoltorio blanco atado con una cinta blanca. Los guardas estaban en sus puestos usuales, pero distraídos por lo que pasaba en La Casbah. Coloqué mis instrumentos de escritura sobre el suelo y me acerqué a examinar el extraño objeto. El envoltorio resultó ser un pañuelo blanco atado con un nudo. Deshice el nudo. La cuerda subió con rapidez, y la vara desapareció detrás de la ventana.

Regresé al lugar donde escribía y recosté la espalda contra el muro, acercando las rodillas al pecho, resguardando así el pañuelo entre el espacio de mis piernas y el pecho, y de esta forma procedí a desatar el envoltorio. En su interior encontré diez pequeñas monedas de oro. ¿Estaba soñando? ¿Acaso mi mente me estaba gastando una broma? Mordí una de las monedas: era oro sólido. Desde la ventana una mano de mujer me hizo un saludo y luego volvió a entrar. La ventana fue cerrada de nuevo. Era como si los postigos nunca hubieran sido abiertos.

¿Qué significaba todo esto? ¿Debería alejarme de este lugar y no volver nunca más? ¿Me estaba poniendo a prueba Arnaúte Mamí? ¿Todo era un truco para llevarme de nuevo a conspirar? Mis adoloridos huesos, mi piel llena de cicatrices y mi abatido corazón aún no se habían repuesto de los meses que había pasado encerrado en aquel hoyo. ¿Quién era esta mujer? ¿Le habría pedido Mamí que me hiciera caer en una trampa? Lo mejor era no dejarme arrastrar por los devaneos de mi loca imaginación. Previendo que aún me estuviera viendo crucé los brazos sobre el pecho, a la usanza mora, para demostrarle mi gratitud.

Envolví las monedas de oro en el pañuelo, que había sido fabricado con una tela muy suave y estaba delicadamente perfumado con aroma de loto, y salí a toda prisa del Baño. Esperaba caminar hasta estar tan agotado que lograra liberarme de las intensas emociones que se acumulaban en mi interior. Con Sancho ausente no había otra persona con la que pudiera compartir este extraño acontecimiento. Incluso el usual bullicio de La Casbah no lograba apartar de mi mente la imagen de la mano de la mujer. ¿Era un ángel o un demonio? ¿Y por qué me había escogido a mí? ¿Podría ser, acaso, una cristiana secuestrada y obligada a convertirse en renegada y casarse con Agi Morato? De todos era sabido que su harem estaba lleno de mujeres cristianas.

Para no despertar la más mínima sospecha, me abstuve de hacer preguntas acerca de aquella mujer. En Argel había aprendido a no confiar ni siquiera en mis pensamientos. Los más supersticiosos entre los cautivos temían que los agentes del Beylerbey pudieran leer sus pensamientos mientras dormían.

Esperé otra señal que viniera de aquella casa, y por muchos días no salí del Baño. Siempre había algún cautivo enfermo que se quedaba adentro o una persona de rango en España que podía pedir dinero prestado de los prestamistas en Argel: ellos podían quedarse todo el día en el Baño durmiendo o jugando cartas. Nada ocurrió durante semanas; comencé a pensar que mi benefactora nunca intentaría volver a contactarse conmigo.

Una mañana, en la que me encontraba solo momentáneamente, la cuerda cayó nuevamente cerca de mí con otro pequeño envoltorio atado a su punta. Lo agarré con rapidez. Envuelto en un pañuelo perfumado encontré enrolladas varias hojas de papel fino. Nuevamente la cuerda fue velozmente retirada y la ventana cerrada. En mi mano sostuve —conté dos veces para asegurarme de que no estaba alucinando— cuarenta coronas de oro español. La carta estaba firmada con el dibujo de una cruz. La caligrafía de la persona que la había escrito era exquisita:

Cristiano,

Debo ser breve, pero juro por el sagrado nombre Lela Marien —la amada Virgen— que soy vuestra amiga.

Mañana, hacia la mitad de la mañana, en la sección del souk donde se venden hierbas medicinales, una mujer mayor se le acercará. Su nombre es Loubna. No le dirija la palabra.

Ella le mostrará la palma de su mano, en la cual podrá ver usted una cruz dibujada con cenizas.

Sígala, pero asegúrese de que nadie lo esté siguiendo.

Con mucha prudencia, como si estuviera en sus actividades normales, camine detrás de Loubna guardando cierta distancia.

Ella le llevará hasta un lugar apartado de La Casbah en donde encontrará a un joven caballero moro.

No haga preguntas, sólo sígalo.

¿Acaso el destino me estaba jugando nuevamente una broma cruel? A pesar de todos los peligros debía averiguar qué había detrás de todo este asunto. Si era necesario, me arriesgaría nuevamente a ser torturado si todo esto representaba una pequeña brizna de esperanza para mis deseos de escapar de Argel. Después de mi frustrado primer intento de fuga estaba más que nunca determinado a saborear nuevamente la dulzura de la libertad. Para un hombre que ha conocido la libertad, la esclavitud es el castigo más atroz. La libertad es como la búsqueda del Santo Grial para el esclavo; sin ella, su vida no tiene sentido.

Aquella noche no pude dormir. Hubiera deseado que Sancho estuviera cerca, de tal manera que pudiera compartirle mi inquietud. Qué admirable de parte de mi noble amigo el arriesgarse a sufrir una aterradora muerte sabiendo que sus oportunidades de sobrevivir eran mínimas. Al menos Sancho se encontraba en paz consigo mismo. La muerte le habría restituido justo aquello que le es arrebatado a todo esclavo: su dignidad.

A la mañana siguiente seguí las instrucciones de mi misteriosa benefactora y me encontré con Loubna en La Casbah. La seguí a cierta distancia, hasta que la multitud empezó a disminuir y alcanzamos el borde de un bosque de pinos detrás de una de las grandes casas de Argel. Ella entró y yo la seguí. En un lugar resguardado me encontré con un joven moro vestido con prendas espléndidas.

—Sígame —me dijo. La vieja criada dio la vuelta y empezó a deshacer nuestros pasos. El joven caminaba veloz, internándose en una parte espesa y oscura del bosque. Yo me sentía demasiado ansioso como para sentir miedo. Reparé en la suave voz del joven, sus pasos leves, su largo cuello, sus labios rosados y sus delicados modales. Nos detuvimos debajo de una gran roca, me miró al rostro, retiró su turbante y entonces una larga cascada de cabello negro se desgajó sobre sus hombros. Estaba estupefacto: mis ojos nunca habían contemplado a una mujer tan hermosa.

—Yo fui quien le arrojó el dinero desde la ventana —me dijo—. Lo he estado observando desde hace algún tiempo y lo he visto contándoles historias a otros cautivos. He llegado a la conclusión de que usted es diferente a todos los otros hombres que están en el Baño y el único en quien podría confiar.

—¿Quién es usted? —pregunté—. ¿Por qué me ha bendecido con su confianza?

—Mis padres me dieron el nombre moro de Zoraida, pero mi nombre cristiano es María —dijo—. Soy la hija de Agi Morato; esto es lo único que por ahora puedo contarle. Luego responderé a sus preguntas. En esta carta que escribí hallará respuestas a muchas cosas —sacó un pequeño sobre de su manga y me lo entregó—. Léalo después. Ahora debe escucharme con atención puesto que no sé cuándo tengamos la oportunidad de vernos nuevamente cara a cara. No tenga miedo de que aquí puedan descubrirnos: mi criada empezará a cantar si alguien se acerca por esta ruta. Estoy en una situación desesperada y el paso del tiempo es mi enemigo. He tenido muchos pretendientes que han venido de muchos lugares a lo largo de la costa de Berbería y de lugares tan lejanos como Arabia, pero para gran consternación de mi padre, que está llegando a una edad avanzada, los he rechazado a todos. Mi padre me ha informado que Muley Maluco, rey de Fez, ha pedido mi mano en matrimonio. Está planeando una boda para finales de octubre. El rey es un hombre bueno, cultivado y amable, lo cual me agrada —hizo una pausa para mirarme brevemente y tal vez asegurarse de que estuviese siguiendo su historia—. Pero no lo amo. Mi padre, como seguramente habrá escuchado, es un hombre muy acaudalado, y tengo acceso a buena parte de su fortuna representada en escudos de oro y en joyas. Le proveeré con fondos en oro para que pueda usted comprar una fragata bien construida que me lleve a España, donde espero entrar en un convento. Sé que no me va a traicionar. Su gallardía y su valor son muy reconocidos en Argel; es admirado hasta por sus propios enemigos.

Sus palabras me dejaron aturdido. Sentía como si Dios me hubiera enviado un ángel para llevarme de vuelta a España.

—Estoy segura de que usted es un hombre bueno y honesto —continuó—. Mi gente suele ser engañosa y no tengo una sola persona en la que pueda confiar, excepto mi leal criada, quien también quiere ir a España conmigo. Ella es una mujer cristiana ya mayor que mi padre compró hace muchos años, cuando aún era niña. Desea regresar a España antes de morir y así poder hacerlo en el seno de la única Iglesia verdadera. Espere mis instrucciones, señor. Mañana en la plaza de mercado, en el mismo lugar en que se encontró con Loubna hoy, ella le entregará los fondos que necesita para comenzar a preparar esta empresa. Ahora debo irme. Debemos movernos con la cautela del leopardo.

Caí de rodillas.

—Le juro que le serviré con todas mis fuerzas —dije—. Le doy mi palabra de que la defenderé de todo peligro.

Extendió su mano, en la cual guardaba un pañuelo, y me lo entregó. Luego dio la vuelta y desapareció entre los árboles, dejándome embriagado con el intenso aroma de su cuerpo. Me recosté de espaldas sobre la alfombra de agujas de pino y musgo que cubrían el suelo, con el pañuelo que ella me había dado extendido sobre la nariz y labios. Cerré los ojos y me quedé en esa posición ajeno al paso del tiempo. Hubiese querido fervientemente que aquel momento de felicidad perfecta nunca terminara. Si esto era un sueño, no quería que me despertaran. Cuando comencé a sentir frío, encontré el camino de regreso a través de los árboles y dirigí mis pasos hacia la pequeña plaza enfrente de las ruinas de la antigua iglesia cristiana. No había nadie alrededor. Me senté en cuclillas sobre una gran roca desde la cual podía ver el puerto. Por primera vez desde que había llegado a Argel, el Mediterráneo parecía conquistable. Leí la carta de Zoraida:

Señor Poeta:

Me han dicho que su nombre es Miguel Cervantes. Cuando lea esta carta, quizás sienta compasión por mí. Nunca conocí a mi madre puesto que murió cuando yo nací.

Mi padre, abatido por la pena, juró nunca casarse de nuevo.

Pero él tenía muchas esperanzas puestas en mí desde mi más tierna edad.

Dijo que estaba destinada a ser una princesa y que me prepararía para desposarme con un hombre de cuna noble. Fue su prioridad asegurarse de que yo recibiera una buena educación que estuviera acorde con la posición que luego tendría en la vida.

Un día, cuando todavía era niña, llegó a casa con una jovencita española que había comprado en la subasta. Azucena, quien había sido la dama de compañía de la Condesa de Paredes.

Mi padre la había comprado para que me enseñase español y todo lo que una dama necesita saber. Azucena era una cristiana devota. A pesar de que mi padre me hubiese rodeado siempre con sirvientes que me alimentaban, me bañaban y me vestían, participaban en juegos conmigo y se aseguraban de que yo no sufriese daño alguno, Azucena, no obstante el desespero que sentía por estar privada de la libertad, se apiadó de mí: una niña solitaria que crecía sin su madre.

Azucena sería la única madre que conocería en mi vida. En lugar de odiarme por ser la hija de su captor, Azucena dedicó su vida a mi felicidad y a enseñarme todo lo que sabía. Dormía en mi habitación; yo no soportaba estar separada de ella ni un solo minuto. Mi padre estaba agradecido con Azucena ya que me había enseñado exquisitos modales, a jugar y a cantar, y a hablar el español, el idioma en el cual ella y yo nos comunicábamos, y de esta forma, nadie en la casa de mi padre podía entender lo que nos decíamos.

Al año siguiente la dueña de Azucena, la condesa, envió a unos curas españoles a Argel a comprar su libertad, pero mi padre les respondió que no la vendería por ninguna cantidad de dinero ya que la necesitaba para mí. Azucena lloró cuando las dos estuvimos solas.

Dejó de comer y se puso pálida y delicada. Yo tenía miedo de que pudiera morirse. «Cuando crezca y me case —le dije—, te devolveré tu libertad.» Azucena entonces me cargaba en sus brazos y me besaba el rostro. Todas las noches rezaba de rodillas el rosario. Mi familia me había enseñado que Alá era el único Dios.

Pero cuando me di cuenta del consuelo que Azucena derivaba de sus oraciones, la paciencia que le brindaba su fe, su absoluta confianza en que Lela Marien aliviaría sus penas, yo también quise sentir esa paz de cuerpo y espíritu. Dentro de las pocas posesiones que aún guardaba Azucena de su vida anterior estaba una pequeña estatuilla de Lela Marien.

«Cuando se le reza a la madre de nuestro Redentor con fe verdadera y un corazón puro, ella escucha», decía Azucena. Le pedí que me dejara orar con ella, pero me decía que mi padre no lo aprobaría y la despediría si llegábamos a ser descubiertas.

Yo no soportaba la sola idea de perderla. Fue en esa época que Lela Marien comenzó a aparecer en mis sueños, con una corona de estrellas sobre la cabeza.

Al principio tenía temor de contarle mis sueños a Azucena. Cuando lo hice me dijo que ésta era una prueba de que la Santísima Virgen quería que me convirtiera al cristianismo.

Azucena me dijo que sería quemada en la hoguera o empalada si nos descubrían, pero yo le juré que ése sería nuestro secreto, que nunca traicionaría mi juramento si aquello significaba que le haría daño a la persona que más amaba en el mundo, después de mi padre.

La carta describía luego la muerte de Azucena un par de años después. Pero comenzó a aparecer en los sueños de Zoraida dándole instrucciones de viajar a España y vivir como cristiana. Aunque Azucena no mencionaba una sola palabra al respecto, Zoraida estaba convencida de que su destino era convertirse en monja y ser esposa de Cristo.

No, si yo puedo evitarlo, me dije a mí mismo. Habían transcurrido casi diez años desde la época en que me había enamorado de Mercedes. Pero ahora ella no era más que un dulce recuerdo de mi juventud. Durante mi cautiverio en Argel la idea de enamorarme de nuevo parecía ridícula. Nunca tendría esperanzas de que una mujer me correspondiera en el amor. ¿Qué tipo de mujer se enamoraría de un esclavo y además lisiado? No volvería a experimentar jamás aquella alegría pura y sin resquicios que sentí al enterarme de que la bella e incorrupta Zoraida confiaba plenamente en mí y que había puesto su vida en mis manos. Habían pasado tantos años desde la última vez que sentí alegría que se me había olvidado que también formaba parte de la vida. En los años que llevaba en el Baño, mi corazón se había atrofiado. Hasta que la conocí. Había olvidado que incluso en las más terribles circunstancias, el mundo nos recuerda que la belleza existe, que existen personas bondadosas, que los hijos de Satanás en la Tierra no son más numerosos que los hijos de Dios. *Ella ha visto mi alma*, pensé. *Esto es amor puesto que me siento generoso y no egoísta al respecto*, me repetía a mí mismo esa noche antes de dormir.

A partir de aquella noche la presencia de Zoraida llenó cada minuto en que estaba despierto y se convirtió en la luz brillante que ardía en mis sueños y los hacía felices. Conocí de nuevo la esperanza.

Empecé a adelantar los planes para mi segundo intento de escape con mucho entusiasmo pero mucha prudencia. Esta vez tenía que lograrlo; no podía fallarle a Zoraida.

La abundancia de dinero facilitaría las cosas: los cofres de su padre no tocarían fondo, siempre y cuando él no llegara a sospechar nada. Después de mi experiencia con El Dorador había aprendido que la traición era la moneda corriente en Argel. Ya no confiaba ni en las moscas. Bajo ninguna circunstancia haría tratos con renegados. Una vez que estos hombres renunciaban al cristianismo, sus almas se corrompían, como si ya no les importara si estaban del lado de Dios o del diablo. El dinero se convertía en su verdadero Dios.

Una mañana en el souk, Loubna me hizo señas de que la siguiera. Estaba acompañada de un moro alto, mayor, bien vestido, que yo había visto caminando por La Casbah. Su nombre era Abdul, y me informó que se había convertido en secreto al cristianismo. Había trabajado para el padre de Zoraida toda su vida y estaba a cargo de muchos de los negocios de Agi Morato en la ciudad. Mientras deambulábamos por un sector escasamente poblado de La Casbah, Abdul comenzó a hablar en *lingua franca*, que para ese entonces yo entendía bastante bien. Su voz era sonora y lúgubre:

—La señorita Zoraida, a quien sostuve en mis brazos cuando era una criatura pequeña, me ha facilitado los fondos y me ha dado instrucciones de comprar una fragata que la lleve de forma segura a España. Me ha pedido que la acompañe, puesto que ése es mi deseo, el de vivir como cristiano. Aparte de esto, una dama de su clase no debe viajar sin compañía a tierras extranjeras —hizo una pausa y me interrogó con la mirada. Asentí para indicarle que comprendía todo lo que había dicho—. Su deseo es partir tan pronto como le sea posible, en vista de que se aproxima la fecha de su boda con el rey Muley Maluco. Para alcanzar este propósito de viajar juntos he comprado una fragata en excelentes condiciones, la cual yo mismo inspeccioné. Cuenta con doce bancas: un remero por banca. Hombres en los que confío plenamente y quienes desean que contemos con suerte remarán hasta que logremos llegar a un puerto seguro, puesto que ellos no pueden abandonar a sus familias en Argel.

El mejor momento para el escape será en el verano. Cristiano —prosiguió, pronunciado lentamente cada palabra, como si quisiera asegurarse de que le entendiera a la perfección—, en agosto, como quizá ya lo sabe, las familias ricas argelinas se trasladan a la sierra que bordea el mar, en búsqueda de brisas refrescantes y saludables. La señorita Zoraida acompañará a su padre a la villa que queda cerca de la costa. La casa de mi amo queda a muchas leguas de Argel, por lo cual es un lugar ideal para zarpar hacia España. Paralelo al huerto de mi amo corre un arroyo que desemboca en un puerto resguardado donde nos estará esperando nuestra fragata.

Me quedé sin palabras. Todo había sucedido de forma tan rápida, tan inesperada, que todavía me parecía un sueño, un sueño perfecto.

—Tenga —me dijo Abdul, despertándome de mi ensueño—, la señorita Zoraida me pidió que le diera esto. —Me entregó una carta.

Tenía que conocer de inmediato el contenido de la misiva. Aquella hoja, de la cual emanaba su inconfundible perfume, decía:

Miguel:

Si es que me permite el atrevimiento de llamarlo por su nombre de pila. Los días en que estaré esperando por usted en el huerto de mi padre para que me lleve a España, serán los más largos de mi vida.

Oraré con toda mi fe para que la Virgen y su Divino Hijo le guarden a usted de todo peligro, para que aplaquen los bravíos y peligrosos mares, y para que den velocidad a los vientos que empujan las velas de su fragata que viene a liberarme para que pueda vivir como una mujer cristiana. Sé que no es preciso recordarle que he puesto mi vida en sus manos.

—Dígale a la señorita que con ayuda de Dios podremos llegar a España —le dije a Abdul—. Dígale que me espere con toda tranquilidad en el huerto de su padre, donde podrá ver mi lealtad a ella y comprobar que soy un hombre que cumple su palabra.

Ahora todo lo que faltaba era encontrar, sin tardanza, una docena de hombres fuertes y dignos de confianza, dispuestos a remar con vigor hasta alcanzar la libertad. La fortuna parecía habernos dado su bendición cuando un cargamento de españoles cautivos llegó al Baño. Incluía a dos jóvenes curas dominicos y a nueve nobles castellanos que habían estado en una misión ante El Vaticano en nombre de nuestro rey. Era una apuesta arriesgada abordarlos para esta misión, pero la experiencia me había enseñado que era mejor hacer tratos con los que recién llegaban antes de que, como a menudo sucedía, su cuerpo y su espíritu fueran quebrantados por las vicisitudes de la vida en el Baño, o se corrompieran con los placeres sodomitas fácilmente disponibles en estas tierras de paganos. Me aproximé a mis compatriotas presa de una gran agitación.

Para dejar en claro mi reputación, me presenté ante ellos como un soldado de la batalla de Lepanto. Las cicatrices en mi pecho y mi mano inútil corroboraban mi historia y me confirmaban como un patriota y un cristiano verdadero. Cuando los curas dominicos se enteraron de que había trabajado para el cardenal Acquaviva en Roma me acogieron como a una persona en la cual podían confiar. Se mostraron unánimes en sus deseos de sumarse a mi esfuerzo. Rogaba al cielo que no hubiese potenciales Judas dentro del grupo.

Zoraida, su padre y sus sirvientes y esclavos partieron de Argel en caravana rumbo a su residencia de verano. Desde la puerta del Baño la vi partir, acomodada en todo lo alto de una silla encima de un camello. A pesar de los velos que cubrían su silla, y del velo que cubría su rostro, reconocía sus facciones. Por un momento llegué a pensar que nuestras miradas se habían encontrado y ella me hacía una leve señal con la cabeza. La felicidad me hizo sentir exaltado. De nuevo me sentía joven y lleno de esperanzas.

Se regaron rumores por toda Argel de que Hasán Bajá al mando de una enorme flota de corsarios se disponía a partir para atacar Malta. Podría pasar mucho tiempo antes de que volvieran a aparecer condiciones tan favorables para nosotros.

Un día, poco antes del atardecer y después de que un herrero que habíamos amistado nos retirara las cadenas de los tobillos, nos escabullimos sin ser vistos por la puerta de Bab Azoun. Al caminar sin cadenas por primera vez en cinco años, casi podía sentir el sabor de la libertad. Estábamos vestidos como los campesinos que regresan a su casa al final del día después de vender sus productos en el souk. Nos mezclamos con la corriente de granjeros que cargaban sobre la cabeza sus cestas vacías de frutas o que avanzaban en carretas tiradas por burros tratando de llegar a sus hogares antes de que cayera la noche. Nuestros hombres tenían instrucciones de viajar solos y de no saludar a nadie o hablar entre ellos. No podíamos pronunciar ni una sola palabra en español bajo ninguna circunstancia. Incluso si se dirigían a nosotros en nuestro idioma, debíamos pretender que no lo entendíamos. En el momento en que atravesaba las puertas de Bab Azoun en medio de un grupo de granjeros argelinos, sentí que mis pulmones se comprimían, como si hubieran sido metidos en un torniquete que no permitía la entrada de aire. El castigo que Arnaúte Mamí me había propinado por el primer intento de escape aún permanecía vívido, en mi espalda llevaba las cicatrices a manera de recordatorio.

Mis compañeros de la conspiración y yo caminamos cerca de media legua antes de alcanzar un cruce de tres caminos donde Abdul me había indicado que doblara a la izquierda. Ya estaba anocheciendo. Todos nuestros hombres habían llegado hasta ese punto sin ser descubiertos; a partir de allí, marchamos en un grupo conformado enteramente por cautivos españoles. Comenzaba a pensar que era posible llegar al jardín de Agi Morato sin ningún incidente. Alcanzamos otra bifurcación en el camino y doblamos a la derecha siguiendo un estrecho camino de piedrecillas en medio de frondosos árboles.

Los lobos se llamaban los unos a los otros: el eco de sus aullidos retumbaba con escalofriante claridad a través del cielo nocturno del desierto. Nuestra preocupación no eran los lobos, sino toparnos con una manada de hambrientos leones. Avanzamos en silencio por la espesura. Algunos de nuestros hombres llevaban pistolas; así tendríamos oportunidad de defendernos en caso de una emboscada.

Era una noche clara, como buena parte de las noches en el desierto, y la luna brillaba como una toronja dorada e irradiaba tanta luz que no había necesidad de antorchas. Caminamos durante horas a cielo abierto, siguiendo el estrecho camino de piedrecillas hasta que llegamos al lugar donde Abdul y sus hombres nos aguardaban con los caballos.

Guiados por Abdul cabalgamos por escarpados y espesos bosques en dirección al mar. Avanzando bajo aquel cielo argelino de tonos brillantes como joyas, con el viento del Mediterráneo golpeándome el rostro, volví a sentir la emoción que me embargaba la noche previa a la batalla de Lepanto. En aquel entonces, mi corazón ardía con la llama del amor a Dios y a mi reino; ahora era el deseo de volver a ser libre, alentado por el amor hacia una mujer, lo que me inspiraba el valor y alejaba el miedo. Habían transcurrido diez años desde la última vez que había estado tan cerca de España, de mi familia, de mis antiguos sueños. ¿Por qué no volver a soñar? Quizás Zoraida se enamorara de mí por mi valor. Si ella había visto mi alma, seguro también debió haber visto que en mí residía cierta grandeza.

Llegamos hasta la casa amurallada. La pesada puerta estaba sin seguro. Los hombres de Abdul cabalgaron de regreso con los caballos. Yo había tomado previamente esta decisión de tal forma que no tuviéramos la tentación de devolvernos si las cosas no salían acorde al plan. Abdul entró de primero. A hurtadillas y de uno en uno, ingresamos al huerto de Agi Morato.

Las aves nocturnas comenzaron a trinar cuando descubrieron nuestra intromisión. Pequeños animales, aterrorizados, corrían a buscar refugio. De repente un aleteo nos sorprendió; se trataba de un enorme búho blanco que pasó por encima de nosotros. Sus alas se extendían tanto que crearon una onda de aire cálido sobre nuestras cabezas. Abdul nos hizo señas de que guardáramos silencio y nos condujo a un pozo en medio de una plantación de dátiles. Era allí donde se suponía que nos esperaría Zoraida, acompañada por Loubna. Únicamente Abdul y yo conocíamos esta información.

—Se retrasó —le susurré.

—No, hay algo que no va de acuerdo al plan —dijo con voz serena.

Uno de los caballeros españoles alcanzó a escucharnos.

—Hemos caído en una trampa —les dijo a los otros.

Yo confiaba plenamente en Abdul: Zoraida no hubiera puesto nuestra suerte en manos de un hombre en el que no confiaba. Para calmar a los hombres les dije:

—Aún no hay razón para alarmarse. Algo debe haber atrasado a la señorita Zoraida. Procedamos a entrar de puntillas en la casa y averigüemos qué es lo que ha impedido que se encuentre con nosotros.

Por favor, Dios mío, oré de forma silenciosa, *no permitas que Zoraida sufra ningún daño. Si a ella le ocurriera alguna desgracia, sería un golpe tan tremendo para mí que no creo ser capaz de soportarlo.*

El júbilo me invadió cuando descubrí a Zoraida a la luz de la luna plateada, de pie al lado de la puerta abierta. Loubna la acompañaba.

—No pude encontrarme con vosotros en el lugar acordado pues mi padre no se fue a la cama hasta hace muy poco. Creo que sospecha algo —dijo en un tono de voz muy bajo. Una hilera de perlas le daba vueltas a su cuello; sus brazos y sus tobillos estaban adornados con brazaletes de oro con incrustaciones de diamante—. Síganme por acá.

Nuestros hombres estaban sorprendidos de escuchar a una mujer mora hablando como una castellana. Ella les ordenó a los hombres:

—Asegúrense de no hacer ningún ruido. Mi padre tiene sueño ligero.

Les dije a mis compatriotas:

—No le haremos daño a nadie dentro de esta casa. No quiero que se derrame sangre.

Seguimos a Zoraida a través de un oscuro corredor que conducía a su habitación. Señaló una fila de cofres nacarados encima de una mesa. Abrí uno de ellos: estaba lleno de monedas de oro. Otro estaba lleno hasta el borde con joyas. Levantamos los cofres y salimos de la habitación. Estábamos llegando a la puerta delantera cuando en la prisa por salir, un hombre resbaló sobre el mosaico e hizo caer de la pared un ornamento de metal. Éste golpeó el suelo y repiqueteó como un címbalo. Nos quedamos inmóviles, congelados momentáneamente.

Con una vela en la mano, Agi Morato salió de su habitación vestido sólo con su túnica de dormir.

—Luz, luz —gritó—. ¡Ladrones cristianos, ladrones cristianos!

Uno de nuestros hombres corrió hacia Agi Morato y le golpeó en la frente con el mango de la daga. El hombre cayó al piso, inconsciente. ¿Cómo podía yo haber estado preparado para algo así? Zoraida corrió al lado de su padre, se arrodilló y con ternura acunó su cabeza.

—Por favor, por favor, levántate mi amado padre —le rogaba—. Perdóname, perdóname, padre.

Luego se dirigió a nosotros:

—Por favor —dijo—, os ruego, caballeros, no lastimar a mi padre.

La conmoción había despertado al resto de los sirvientes. Dos moros, empuñando pistolas y con antorchas en alto, se acercaron a toda prisa hacia nuestro atónito grupo. Cuando los sirvientes se vieron superados en número, se rindieron y entregaron las armas.

—No quiero que se derrame sangre —repetí—. Desarmen a estos hombres, aten sus pies y sus manos y cubran sus bocas. —Los sirvientes sometidos fueron arrastrados hasta la vivienda de Agi Morato y dejados allí.

Las mujeres se acurrucaron juntas y temblorosas en el corredor mientras nos observaban, los ojos resplandecientes por el terror.

Tenía que llevarme lejos de la casa a Zoraida antes de que llegaran más sirvientes a defender a su amo. Pero ella no hacía ningún esfuerzo por incorporarse; la cabeza de su padre reposaba en su regazo.

Agi Morato comenzó a recobrar la conciencia. Cuando la vio, dijo con voz débil:

—Hija, ve a tu cuarto y ponle seguro a tu puerta. No la abras hasta que yo te lo ordene.

Zoraida bajó la mirada y comenzó a llorar con copiosas lágrimas. Agi Morato comprendió entonces que su hija era cómplice de todo aquello.

—La traición de un hijo es el más doloroso de todos los castigos —le dijo a ella—. ¿Cómo pudiste hacerme esto a mí, que te di la vida? ¡Quiera Alá que un rayo me caiga! —gimió.

Estábamos todos alelados por esta escena, hasta que Abdul habló:

—Hemos perdido mucho tiempo. Traigan a mi amo con nosotros. Cada minuto que perdamos aquí ponemos en riesgo nuestro escape.

Dos de nuestros hombres ayudaron a Agi Morato a ponerse en pie. Salió caminando de la casa sin protestar, como si la traición de su hija y de su sirviente de más confianza fuera demasiado para él. Zoraida caminaba detrás de su padre, pero Agi Morato se negaba a mirarla. Abdul iba adelante, guiando el grupo por un sendero en el huerto que terminaba en el mar. Estábamos cruzando un arroyo cuando Agi Morato se desmayó.

—Continuad —nos dijo Abdul—. No puedo dejar abandonado a mi amo. Preparaos para remar. Estaremos allí en cuanto él recobre la conciencia.

—Me quedaré con Abdul para ayudarle —dije.

—No puedo abandonar a mi padre en esta condición —le dijo Zoraida a su criada—. Sigue con los cristianos. Nos reuniremos contigo tan pronto como mi padre recobre el conocimiento —Loubna protestó, pero Zoraida estaba decidida—: Es una orden. Vete; no hay tiempo que perder.

Don Manuel Ulacia, uno de los nobles castellanos, dijo:

—Nos está poniendo en riesgo a todos, Cervantes. Deje al anciano. No podemos llevarlo a España con nosotros.

—Yo estoy a cargo de esto —le recordé—. Haga lo que le digo o consideraré sus palabras como un acto de insubordinación.

Si los dominicos no hubieran intervenido, probablemente hubiera sido asesinado en ese momento y lugar. Finalmente, uno de los castellanos dijo:

—Si usted no está allí en el momento de zarpar, partiremos sin usted.

—Asumo el riesgo —dije.

Los hombres partieron acompañados por una renuente Loubna.

Abdul había apoyado el cuerpo desmadejado de Agi Morato contra un tronco de un sauce que crecía a orillas de la corriente. Zoraida tomó un puñado de agua entre sus manos para mojar la frente y las mejillas de su padre. Él abrió los ojos. Embargada por la dicha, Zoraida lo abrazó.

—¿Qué me has hecho, hija mía? —murmuró Agi Morato con tanto dolor en su voz que no pude sino sentir lástima por él.

—No te mentiré, querido padre —dijo Zoraida—. Fui yo quien financió esta empresa, haciendo uso de tus cofres. Que Dios me perdone, pero desde que trajiste a Azucena a vivir con nosotros me convertí, de forma secreta, en cristiana. Una vez que vi la luz del Dios verdadero, me era imposible regresar a la oscuridad. He renacido, padre.

—¿Acaso no te das cuenta, sangre de mi sangre, que has ofendido a Mahoma? Ya no eres mi hija —prosiguió con dificultad Agi Morato—. Has ofendido al Profeta para convertirte en una puta, igual que las mujeres cristianas. Maldigo el instante en que naciste de mi semilla y del vientre de tu madre. Por el nombre de Alá, el único Dios verdadero, te repudio. A partir de este momento, no eres nada para mí.

—Padre, Mahoma no es mi señor. Yo sólo respondo ante el Dios cristiano.

—¡Te maldigo! ¡Te maldigo para siempre! —gritó Agi Morato mientras su cuerpo temblaba.

Entonces sacó una daga debajo de su túnica y antes de que alguien pudiera reaccionar, la hundió en medio de los senos de Zoraida. Su espalda golpeó el suelo recubierto de musgo; sus manos temblorosas, como alas rotas, se agitaron en mi dirección. Agi Morato extrajo la sangrante daga del cuerpo de su hija y con ferocidad se apuñaló una, dos veces, cerca de su corazón. Mirándome a los ojos, sosteniendo la daga en su pecho con ambas manos, murmuró:

—Juro por Alá que si me quedara algo de fuerza, sacaría el corazón suyo con mis propias manos y se lo arrojaría a los chacales del desierto. Que Alá lo castigue con su poderosa ira y su divina rectitud.

Enseguida cayó hacia adelante y su cabeza se hundió en las torrentosas aguas. Su cabello quedó flotando, extendiéndose como los oscuros tentáculos de las algas sobre la superficie del agua.

Tomé a Zoraida entre mis brazos. Todavía estaba viva. Mis lágrimas empaparon su rostro.

—No llore por mí, Miguel. No es prudente lamentarse por aquellos que mueren y van al cielo —murmuró—.

Morir de esta manera es comenzar una nueva y mejor vida. En esta vida era más rica en dolor que en ducados de oro. Ahora, por primera vez, soy la mujer más rica del mundo puesto que nadie más puede recibir la muerte de forma tan gustosa como la recibo yo. Muero tan feliz en sus brazos, Miguel, que hasta la misma muerte debe envidiarme.

—Sol de mis días más oscuros —dije llorando—, cuando arrastraba mis encadenados pies por las ásperas calles de Argel, soñaba en el día en que mi calenturienta frente sería refrescada por el toque de tus hermosas manos. Mi corazón, abierto gracias al tuyo, Zoraida, es el archivo donde está depositada la paz que sólo tú puedes darme.

—Que la Virgen María le proteja y le bendiga —dijo—. Béseme en los labios.

Al instante de posar mis labios sobre los de ella, el último aliento de vida de Zoraida escapaba de su cuerpo.

Dos de nuestros hombres regresaron a buscarme. Cuando vieron que Agi Morato estaba muerto y que el cuerpo sin vida de Zoraida reposaba en mi regazo, cayeron de rodillas y rezaron en voz alta el Padre Nuestro.

—Es hora de partir —dijo don Eduardo Ospina, incorporándose y haciendo la señal de la Santa Cruz—. Debemos partir de inmediato si queremos tener una mínima oportunidad de llegar a España.

—Partid sin mí —dije—. Si regresara ahora con vosotros, la libertad para mí sería como tomar un trago amargo de cicuta. Podéis ir con el corazón tranquilo, mis amigos. Aprovechad el amparo que os brinda la noche para tomar tanta distancia como podáis entre vuestra fragata y las naves de Hasán Bajá. No tardéis. La libertad os espera. Sólo os pido que uno de vosotros vaya a visitar a mis padres. No les digáis nada sobre esta tragedia; decidles que pronto regresaré.

Los hombres me dieron su palabra, me abrazaron y luego partieron.

—Debo enterrar a mi amo cuanto antes —dijo Abdul mientras levantaba el cuerpo de Agi Morato en sus brazos.

Yo sabía que los musulmanes son enterrados sin ninguna tardanza. Empezó a caminar arroyo arriba y pronto desapareció, dejándome solo con Zoraida. La tomé en mis brazos y caminé hacia la orilla buscando un lugar para enterrarla. Encontré una pequeña caverna en una colina que miraba hacia el océano. Deposité su cuerpo en el interior, después de haber derramado todas mis lágrimas. En la muerte Zoraida estaría mirando en dirección a España y a la vida que tanto había deseado para ella.

Para impedir que su forma humana fuese profanada por las bestias del desierto, sellé la entrada a la caverna con piedras. Trabajé sin interrupción. Me tomó muchas horas hacerlo con una sola mano. Cuando al fin terminé, el sol naciente teñía de rosa el horizonte. Miré en dirección a España: ya no se veía la fragata que transportaba a mis amigos. El mar sereno les llevaría a la mañana siguiente de regreso a suelo español.

El lucero del alba, titilando sobre el cielo del amanecer, era el único testigo de mi desgracia. Dejé que mis pies decidieran mi destino. Podría haber caminado hacia el sur, hacia el desierto del Sahara para morir allá; en lugar de ello me encaminé hacia Argel, hacia el Baño, donde al menos podría morir rodeado por otros esclavos. Me entregaría a las autoridades. Confiaba en que me dieran muerte, puesto que la vida sin Zoraida —¡Que Dios me perdone!— ya no tenía ningún sentido para mí.

Caminé por espacio de varios días en la espesura, desorientado, durmiendo durante el día y retomando mi viaje en la noche. No tomé precauciones, ya estaba preparado para que las bestias del desierto se alimentaran con mi miserable carne. En el momento en que me aproximaba a Argel, alcancé a ver en la distancia una nube negra que se dirigía hacia la ciudad y que parecía provenir de algún lugar más allá del Sahara. ¿Qué era? No era una nube de lluvia. Cambiaba de forma a medida que avanzaba y producía un espantoso sonido, como un zumbido descomunal. Según se acercaba esta giratoria nube de obsidiana, su monótono y furioso zumbido se hacía más y más fuerte.

No era el sonido de un trueno o el aullido de recios vientos africanos, sino un parloteo en una lengua que sólo podía hablarse en el mundo de las tinieblas. Me apresuré para tratar de entrar al Baño antes de que esa nube siniestra arribara.

Entré a través de las puertas de Baño Beylik y me aproximé a los bashas que estaban de guardia, con el propósito de entregarme. No estaban interesados en apresarme: estaban demasiado ocupados en salvar sus propias vidas.

La nube detuvo su avance y se estacionó encima de las colinas cercanas, a la espera. Un viento abrasador sopló desde el desierto durante días y noches pero no traía arena. Para ese instante ya todos sabían que la nube estaba conformada por voraces langostas africanas para las cuales no había defensa humana. Todo el mundo había escuchado hablar de las plagas de langostas en el pasado, pero habían transcurrido tantos años desde la última vez que descendieron sobre Argel que únicamente Talal, el anciano que rezaba desnudo todo el día y toda la noche en las plazas de Argel, se acordaba de aquello.

Talal comenzó su sermón desde las escalinatas de la mezquita sagrada.

—Las langostas han regresado, se comerán todo lo verde que hay sobre la tierra hasta dejarla desnuda y que nadie tenga nada que comer excepto sus propias heces. La niebla envolverá vuestros rostros como un sudario, y bolas de fuego caerán desde el firmamento y quemarán vuestra piel y abrirán orificios en vuestros huesos y esqueletos. A todas las ciudades pecadoras les llega la hora del Juicio Final y la de esta ciudad ha llegado. Alá os castigará, argelinos, por todas vuestras ofensas contra Él. Alá ha enviado las langostas como un recordatorio de su justicia y para castigar la abominación de vuestras costumbres. Desconfiad de aquellos que no creen en la señales de Alá. Únicamente los creyentes más fieles serán salvados. Los pecadores serán astillas que aviven las llamas del infierno. El castigo de Alá será severo. Los infractores de su palabra vagarán para siempre en un laberinto de fuego. Pedid perdón a Alá, rezad a Mahoma para que interceda por vosotros. Bendito sea el nombre de Alá, el Todopoderoso, el Vengador.

Los devotos y los temerosos acudían presurosos a las mezquitas. Los ricos comenzaron a alimentar a los pobres. En cualquier parte de la ciudad era posible ver a los argelinos rezando en dirección a La Meca, prometiendo peregrinar a aquel lugar en cuanto pasara esta nube mortal. En las plazas públicas los argelinos imploraban piedad a Alá, prometiendo que cambiarían sus costumbres pecadoras, que cumplirían con el ayuno durante el Ramadán, que dejarían de tomar alcohol y de comer cerdo, que dejarían de practicar la sodomía y que dejarían de robar y de engañar en sus asuntos de negocios.

Una mañana, después de que las mezquitas habían hecho su llamado a la oración, ya no se vieron más señales del sol en el firmamento. Una tolda de ébano vibrante cubrió toda la ciudad, silbando como un enjambre de demonios. Al mediodía las langostas llovían sobre Argel como una furiosa tempestad. Caían de forma tan densa que las personas no podían ver más allá de la distancia de su brazo. La plaga invadía las casas, colmaba las fuentes de agua, se escondía en las ollas, buscaba la forma de meterse dentro de cofres cerrados, sellaba las gargantas de personas haciendo que muriesen de asfixia. Incluso en la privacidad de sus dormitorios, las personas tenían que gritar para poder escucharse los unos a los otros. Algunas veces las langostas se acumulaban tantas en un solo lugar, que las personas morían por falta de aire. Yo me tambaleaba de un lugar a otro, cubriendo la nariz, la boca y los oídos con una bufanda.

Las mezquitas se abarrotaban de penitentes que recitaban el Corán hasta quedar sin voz. Un imán oraba:

—Alá se compadece de su gente. Alá perdona. Alá es todo compasión.

Los versos del Corán eran recitados en plazas, en mezquitas, en las casas de los poderosos y en las viviendas de los pobres. Pero la recitación de estos versos no lograba aplacar en absoluto a las langostas.

Aquel ruido que producían, como un chiflido gigantesco, iba en aumento. Sin que importara la cantidad de langostas que uno lograba aplastar a punta de escobazos o golpeándolas con cualquier objeto a mano contra el suelo, las paredes o los pisos adoquinados, las langostas parecían multiplicarse. Renuncié a tratar de dormir y me dediqué a dar vueltas, confundido, rezando a Dios para que se apiadara de mí y me llevara pronto junto a Zoraida. Nadie podía dormir, nadie podía descansar; no existía un lugar para esconderse de esta plaga.

Ya la gente de Argel había alcanzado el límite de su desesperación, resignándose a morir, cuando de repente, una noche, un viento furioso que soplaba desde las entrañas del África azotó la ciudad por horas y horas. Cuando llegó la mañana, se diría que todas las langostas hubiesen sido engullidas por el mar. Los argelinos rezaban de rodillas enfrente de sus casas, agradeciéndole a Alá por haber puesto fin a su tormento.

El mundo al que despertamos no tenía color: las verdes colinas detrás de la ciudad estaban tan desnudas como el desierto, tan desnudas como las rocas. Y las hojas de todos los árboles, hasta de los arbustos más pequeños, al igual que las flores de los jardines, las frutas en los huertos, las hierbas que crecían silvestres o en materas, todo había sido consumido.

Las personas se sentían regocijadas de estar vivas. Durante un par de días el espíritu de hermandad floreció en Argel. La gente estrechaba la mano de sus enemigos; personas que no se conocían se fundían en abrazos y lloraban sobre los hombros unos de otros, lamentándose por todo lo que habían perdido; todos los odios se depusieron y se remplazaron por muestras de bondad y de caridad. Aquellos lo suficientemente afortunados para contar con un pedazo de pan lo partían a la mitad y lo compartían con alguna persona hambrienta.

Pero no quedaba nada que beber en la ciudad. Enormes multitudes partían en dirección a las montañas a recoger agua de los manantiales congelados que alimentaban el valle. Aquellos demasiado viejos o demasiado enfermos para ir en búsqueda de agua, bebían agua de mar y morían hinchados, en medio de convulsiones y alaridos. Las personas que tomaban aceite de oliva adquirían un color jade y morían sudando aceite verde. Sobreviví bebiendo mi propia orina.

En la ciudad no había quedado nada que comer. Los graneros de los ricos rebosaban de gorgojos, roedores y trigo podrido. Madres con miradas de fiera se tambaleaban por las calles, ofreciendo sus esqueléticos bebés al cielo, rogando para que Alá se apiadara de ellos y librara a los inocentes del mal que se había instalado en estas tierras. Muchos argelinos sobrevivían engullendo los indigestos granos sobre los restos aún humeantes de los excrementos de los camellos y los burros. Seguían a estos animales para beber su orina. Luego los mataban, los descuartizaban y se los comían. Los gatos desaparecieron de la ciudad. Vi a madres que vendían a sus hijos a otras personas que los compraban para el consumo. El canibalismo se volvió algo común. Fui testigo de cómo decapitaban personas para que los sedientos bebieran. Las personas perdieron sus formas humanas; las cuencas de sus ojos parecían del tamaño de huevos de gallinas. Las hienas y los chacales merodeaban La Casbah para alimentarse de los muertos y de los moribundos. Las bestias salvajes les perdieron el miedo a las personas; los leones, hastiados, ya no se preocupaban en matar.

Los navíos de Hasán Bajá aún no habían regresado de su ataque a Malta. El rumor de que la flota del Beylerbey había sido derrotada y él mismo había sido hecho prisionero se extendió como las llamas sobre la leña seca. Se temió entonces que las naciones europeas pudieran invadir a la ciudad debilitada y conquistarla sin encontrar la más mínima resistencia.

Una mañana los guardas llegaron hasta el Baño para anunciarles a los esclavos sobrevivientes que Arnaúte Mamí preparaba sus naves para partir hacia Constantinopla. Los esclavos que eran llevados a Turquía jamás regresaban a tierra cristiana y nunca más se volvía a saber de ellos. Yo ya no tenía fuerzas para luchar; me resigné a mi destino.

El 10 de octubre de 1580, poco antes de que la nave que me llevaba lejos de la ciudad en la que había conocido las grandes profundidades de la miseria zarpara hacia Constantinopla, un grupo de monjes dominicos que había llegado justo después de que las langostas continuaran su camino subió a bordo de la nave en que me encontraba con el dinero de mi rescate. Mamí estaba ansioso por dejarme ir: yo tenía el cuerpo de un anciano decrépito, era inútil como trabajador y le había causado demasiados problemas. Mamí tomó el dinero de mi rescate y en ese momento llegaron a su final mis días de cautivo.

«No hay felicidad sobre la Tierra que iguale a aquélla de recobrar la libertad», escribí al volver a España. Pero la felicidad que había anhelado era pequeña comparada con mi infinita tristeza. Mi corazón, colmado de dolor, no tenía ya espacio para el bálsamo de la alegría.

En medio de la erosión provocada por el tiempo y la memoria, los colores de aquellos años han perdido algo de su brillo, los rostros de los personajes principales se han hecho borrosos y adquirido una única expresión, el tono con el cual hablaban, la dureza o la bondad en su mirada, las formas de sus narices o la falta de narices y orejas, y en algunos casos, de labios. El dolor y la angustia de aquellos años ya han dejado de arder tanto en mi corazón; los pocos momentos de felicidad que experimenté en Argel parecen, con el tiempo, más alegres de lo que en realidad fueron, y su memoria, al igual que el pasado cuando se evoca, nunca podría equipararse a la exaltación que llegué a sentir en esa tierra de sensualidad y horror, de turcos sin corazón, de leones devoradores de hombres de Berbería y de crepúsculos de zafiro.

Muchos años después, en España, difícilmente podía creer que aquella parte de mi pasado realmente hubiera ocurrido, porque parecía un capítulo fantástico de una novela de caballería escrita por un caprichoso historiador al que no le importaba ser fiel a la verdad. Exprisioneros que habían tenido la buena fortuna de poder regresar de Argel me contaban que el ignominioso Baño Beylik, repleto siempre con un renovado suministro de desventurados, seguía en el mismo lugar; que los cautivos aún seguían llegando allí y seguían siendo condenados a sufrir y algunos a morir; que la ventana en forma de óvalo donde vi por primera vez la mano de Zoraida aún sigue allí, aunque desde su muerte siempre permanece cerrada; que la historia del trágico amor entre una mujer mora y un hombre cristiano ha perdurado en el tiempo. También me han referido que algunas leguas al oeste de la ciudad, en la escarpada y rocosa colina que bordea las aguas azulverdosas del Mediterráneo, aún siguen en pie la casa de su padre y el huerto, el escenario sagrado de nuestro acto final de amor, donde los visitantes pueden encontrar el sauce llorón debajo del cual el padre de Zoraida dio muerte a aquello que era lo más precioso para él y para mí. Lo que nadie dice es que cuando Agi Morato tomó la vida de mi amada, al mismo tiempo se llevó la mitad de la mía. También se cuenta que el arroyo sobre el cual murió Zoraida es ahora un lecho de arena, del mismo color que la sangre que se ha secado en el desierto y se ha convertido en roca. Pero lo que no queda en aquella tierra al otro lado del océano, sino tan sólo en mi memoria que poco a poco se va apagando, es la sensación de su tibia y suave piel y el sabor de sus labios escarlata, tan dulces como el zumo de grosella, carnosos y delicados, y que no han encontrado igual en ninguno de los otros labios que jamás besaran los míos.

Libro II

Las personas son tal como las hizo Dios
y a veces mucho peor.

CERVANTES

Capítulo 6
Una bella y gentil esposa
Luis Lara
1580-1585

Mi experiencia con Miguel de Cervantes me había enseñado que el odio que se siente por un examigo que ha traicionado nuestra confianza —o por una mujer que nos ha engañado— dura más que el amor. De cuando en cuando imaginaba distintos escenarios de venganza en los cuales contrataba a alguien para que viajara a Argel y le causara un gran daño. Estos pensamientos me producían temor, pero también generaban alivio. A medida que los años pasaban y empezaba a parecer que Miguel terminaría sus días en cautiverio, mi odio amainó. Para la época en que las noticias de su liberación llegaron a Madrid, había pasado a ser una figura borrosa de mi juventud.

Pero los reportes del recibimiento con alfombra roja prodigados por la ciudad de Valencia a Miguel y los otros prisioneros liberados reavivaron mi viejo odio con una intensidad que me sorprendió. ¿Qué había de heroico en quedar libre porque otros pagaban el rescate? Mi irritación aumentó al enterarme de que los valencianos de buen corazón habían creado un fondo para proveer a los exprisioneros cuyas familias eran de escasos recursos con los medios necesarios para regresar a sus ciudades de origen.

En los diez años transcurridos desde que Miguel se había fugado de Madrid no había contestado una sola de sus cartas. Incluso alguien tan desvergonzado como Miguel de Cervantes debería haberse dado cuenta de que yo ya no era su amigo. Si alguna vez trataba de acercarse a mí de nuevo, desalentaría —a la fuerza si fuese necesario— cualquier intento por restablecer nuestra vieja amistad. Las posibilidades de reencontrarnos eran escasas, puesto que me había retirado del mundo de los aspirantes a versificadores en Madrid. Decidí que continuaría viviendo exactamente igual que antes, como si Miguel siguiera al otro lado del Mediterráneo encarcelado en una prisión mora.

No mucho tiempo después de que Miguel llegara a Madrid sentí gran alivio al escuchar que había sido enviado en una misión diplomática a la ciudad de Orán, en el norte de África. Luego, un año después, me llegó de Lisboa una carta de mi viejo amigo Antonio de Eraso con la noticia de que Miguel se encontraba en la Corte española de la capital portuguesa, en procura de obtener un cargo en las Indias.

Antonio era un oficial de alto rango que estaba a cargo de importantes negocios en el Consejo Real de las Indias, una agencia que tomaba decisiones judiciales con respecto a los territorios del rey en el Nuevo Mundo. Como recompensa por mi leal servicio a la Corona en el Departamento de Recaudos de los Guardias de Castilla, también yo había sido nombrado Oficial del Consejo Real; había resuelto trabajar de forma infatigable y así hacerme indispensable para el rey. La corrupción estaba muy extendida por todas las oficinas del Consejo. El nepotismo era la norma; muchos oficiales se enriquecían a costa de los fondos de la Corona. Las influencias aseguraban cuantiosas fortunas para muchos. Pero se esperaba siempre que los hombres que trabajaban bajo mi supervisión se comportasen de forma ética y estuviesen por encima de cualquier reproche.

Miguel le reveló a Antonio que él y yo habíamos hecho amistad en el Estudio de la Villa. Puesto que yo trabajaba en la sede principal del Consejo en Madrid, Antonio me preguntó si recomendaría a Miguel para un cargo en las Indias como retribución a su heroísmo en Lepanto. No había nada inusual en el pedido de Antonio: en España únicamente a quienes están bien conectados se les asignan cargos dentro del gobierno. Para los hombres sin posibilidades de emplearse al servicio de la Corona, al igual que para toda suerte de pillos y aventureros, el Nuevo Mundo era la Tierra Prometida.

Junto con su carta Antonio había anexado la carta de Miguel dirigida a él. La caligrafía era hermosa y elegante. Sus años en el Estudio de la Villa no habían sido un total desperdicio. El documento era una lamentación por los muchos años que llevaba esperando a recibir su pensión de soldado herido o un cargo en la Corte. Aparte de sus servicios como soldado, enfatizaba su misión diplomática en Orán. La carta finalizaba con una frase en la cual se jactaba de que estaba trabajando en una novela llamada *La Galatea*. ¿Acaso era una insinuación a Antonio de Eraso de que sería reconocido como uno de sus mecenas en el caso de que le ayudara a obtener empleo? Por lo visto, a Miguel no se le había olvidado cómo congraciarse con personas importantes que podrían ayudarle.

A pesar de que había fracasado en todo lo que había emprendido en su vida, yo no podía darme el lujo de permitir que Miguel tuviera la oportunidad de prosperar en las Indias. Aún no estaba preparado para corresponder a su maldad con bondad. Pero si estaba decidido a arruinar los planes que tenía Miguel para empezar una nueva vida, tendría que hacer uso de una lógica impecable para asegurarme de que Antonio no sospechase que los motivos personales habían influido en mi decisión de no apoyar el pedido de Miguel. En mi respuesta a la carta de Antonio hice hincapié en el hecho de que pese a estar al tanto de la misión diplomática de Miguel en Orán, hasta donde tenía entendido había sido una misión menor y Miguel la había inflado para parecer más importante de lo que en realidad era. Sin embargo, el motivo principal por el cual no podía apoyar esta petición era, le aseguré, que aún existían interrogantes acerca de la pureza de sangre de la familia Cervantes. Mientras así fuese, al otorgarle un cargo dentro del gobierno nos arriesgábamos a provocar el descontento de la Iglesia y, potencialmente, arrastrar a la Corona en una controversia. Finalicé mi carta diciendo: «Permítale a Miguel de Cervantes encontrar un empleo aquí en España».

No se me ocurrió pensar que al negarle su petición, estaría obligando a Miguel a regresar a Madrid. El invierno siguiente estaba de vuelta en nuestra ciudad. Su mera cercanía era suficiente para reavivar en mí el monstruo de los celos. Me atormentaba el pensamiento de que una vez más Mercedes me pondría los cuernos con Miguel, convirtiéndome así en el hazmerreír de todo Madrid. Resultaba imperativo cortar desde la raíz cualquier vínculo que tuviesen. Si bien Mercedes y yo habíamos continuado viviendo en la misma casa, después de que descubrí su traición manteníamos vidas separadas, y no existía ninguna persona a quien pudiera pedirle que la espiara. Si mis sospechas resultaban ciertas, tendría que atraparlos en el acto por mi cuenta. De manera que salía hacia el trabajo a la hora usual en la mañana pero retornaba a casa un par de horas después, asegurándome de decirle a uno de los sirvientes que había olvidado un documento importante en la habitación o que necesitaba consultar un libro de leyes en la biblioteca. Esta estratagema, sin embargo, no me reveló nada extraño en el comportamiento o en los ojos de los sirvientes que indicase que ocurría algo fuera de lo normal.

Mi hijo era demasiado pequeño y frágil para sus doce años, así que tenía un tutor que venía a verlo a casa. El pequeño Diego ya sabía latín y griego y había concluido sus estudios del *trivium*: gramática, retórica y lógica. Su tutor, el padre Jerónimo, y yo sabíamos que mi hijo era un prodigio. Sin embargo, el padre estaba en contra de que Diego se embarcara demasiado temprano en estudios de aritmética, geometría, música y astronomía, el *quadrivium* requerido como preparación para ingresar a la universidad.

Decidí no contarle a Diego que me marchaba de Madrid por varios días para atender unos negocios en Toledo. Regresé con una excusa dos o tres días antes de lo esperado, pero las invariables rutinas de nuestro hogar no revelaban ninguna alteración. Pensé en interceptar el correo de Mercedes, pero esto significaba que tendría que convertir en cómplice a uno de los criados y yo no soportaba la idea de que alguien de la servidumbre supiese cuánto me perturbaba este asunto. No podía siquiera hacerle confidencias al fiel Juan, quien había sido mi sirviente personal desde que yo era niño.

En la noche después de cenar le preguntaba a Diego acerca de los eventos del día, esperando que en su inocencia me contara si Miguel había estado en la casa. También guardaba la esperanza de que me informara si Mercedes había salido de casa sin compañía o en compañía de Leonela, y si había estado por fuera del hogar durante varias horas.

No importaba cuánto tiempo les dedicara a mis actividades en el Consejo, mis celos hacia Miguel amenazaban con devorarme como si se tratase de una voraz lepra.

Cierto día regresé a casa al mediodía y le pregunté a Isadora, una joven criada encargada del aseo, si la señora estaba en casa.

—Doña Mercedes salió de la casa con señorita Leonela, vuesa merced —dijo.

—¿Hace cuánto? —se trataba de una pregunta sencilla pero la joven parecía nerviosa—. ¿Entonces fue hace más de una hora?

Bajó la cabeza y murmuró:

—No lo sé, vuesa merced.

—¿No sabe decir la hora viendo un reloj? Salga de aquí —le dije. La joven hizo una reverencia y me quedé solo en el vestíbulo.

Hice llamar a Juan a mi habitación y le pedí el favor de que no permitiera que nadie me importunase. Empecé a caminar de uno a otro lado con agitación creciente; sentía como si tuviese un íncubo alojado en el pecho, golpeando con sus puños cerrados para que le dejasen salir. Contemplé la posibilidad de salir de casa para buscar a Mercedes. Pero ¿por dónde empezar? Por más impaciente que estuviese tendría que esperar a que ella regresara a casa. El reloj en la pared sonaba con su tictac y cada minuto era una agonía interminable. ¿Y si ella tardaba horas en regresar? Me sentía como un prisionero en mi propia habitación. No quería interrumpir las lecciones de Diego ni dejar que me viese en este estado de agitación.

Me dirigí hacia el Consejo con la esperanza de sumergirme en el trabajo y acallar mis pensamientos. En cuanto me acomodé tras el escritorio di instrucciones a mi asistente para que no se me interrumpiera por el resto del día. Me obligué a leer obtusos reportes y a tomar notas, hasta que sentí que la cabeza me palpitaba, la nuca se ponía rígida como mármol y mi visión se hacía borrosa. Cerré los ojos y me quedé inmóvil en mi escritorio; hacía de cuenta que estaba muerto y que así no tendría que moverme o pensar. Perdí toda noción del lugar en el que me encontraba. Cuando abrí nuevamente los ojos, la luz del final de la tarde llegaba a raudales a través de las ventanas.

Abandoné el edificio del Consejo y les dije a mis cargadores que no los necesitaba, pensando que una enérgica caminata en el aire fresco de la primavera me ayudaría a disipar la agitación y la rabia. La edificación que albergaba el Consejo de Indias se encontraba en cercanías de la Plaza Mayor. Desde finales de marzo, cuando brotaban los primeros narcisos y los sauces llorones cambiaban el dorado de sus hojas por un verde claro, una multitud se instalaba en las bancas públicas. Las mujeres se sentaban en los sitios soleados de la plaza y se sacaban piojos del cabello las unas a las otras. Los caballeros espléndidamente ataviados que cabalgaban en sus finos caballos y las damas que se paseaban en sus carruajes luciendo sus más llamativas prendas, con las cabezas cubiertas por mantillas de encaje negro, eran el blanco de las burlas de la desarrapada multitud. Lejanos quedaban los días cuando las personas mostraban respeto por sus superiores. Yo estaba persuadido de que este deterioro de nuestra sociedad había comenzado con el descubrimiento de las Indias. A los pobres y a los ignorantes les había inclinado a creer que si tan sólo viajaban al Nuevo Mundo y contaban con un poco de suerte podrían regresar tan ricos como los más adinerados marqueses. El dinero se había convertido en el nuevo soberano. El linaje ya no contaba tanto como el peso de las monedas de oro en los bolsillos.

A medida que caminaba, pensé que si Mercedes y Miguel se reunían furtivamente, estaría en mi derecho de defender mi honor y darle muerte a él, incluso si significaba mi condena eterna. Si Mercedes y Miguel eran amantes, ella y yo no podríamos ya vivir bajo un mismo techo. Pero Diego amaba a su madre, y yo sería capaz de cualquier cosa menos de herir a mi hijo. Miguel era un asunto diferente: la idea de clavar la punta de mi espada en su corazón me estremecía de gozo.

Había llegado hasta el puente sobre el río Manzanares. Un agradable sol de clima templado vagaba por el cielo. De improviso divisé a las escandalosas mujeres que en tardes cálidas se bañaban desnudas en el río. Un grupo tomaba el sol sobre las rocas, su largo cabello suelto y las piernas abiertas. Una de ellas reparó en que las miraba alelado y gritó: «Usted, el que parece un jesuita». Me quedé inmóvil, paralizado por su desfachatez. La mujer tomó sus senos en las manos, los apretó y me dijo: «Venga a probar estos jugosos melones. Tienen el sabor de la vida. Su esposa jamás podría darle esta dulzura». Huí, con las carcajadas y las mofas de estas mujeres a mis espaldas.

Las campanas de la iglesia de San Nicolás de los Servitas estaban dando los nueve repiques en el momento en que arribé a la puerta principal de mi casa. Ya no podía recordar dónde había estado o qué había visto después de que me alejara del puente. Tenía escalofríos, las imágenes se atropellaban en mi mente, mis manos temblaban, mi boca y mi garganta estaban resecas.

Una vez dentro de mi habitación cerré la puerta. Las velas estaban encendidas y los carbones ardían en el brasero. Mi acostumbrada cena se encontraba sobre la mesa del comedor: una trucha ahumada, una pequeña rebanada de pan, un trozo de queso de La Mancha, aceite, sal, una naranja partida a la mitad y un odre lleno de vino tinto procedente de los viñedos propiedad de mis abuelos en Toledo. Apuré de un sorbo una copa de vino y me senté cerca del brasero para calentar manos y pies. Pero la proximidad de los carbones encendidos me hizo sentir afiebrado y la falta de aire dentro de la habitación resultaba opresiva.

Abrí los paneles de cristal que daban al patio y me senté en el alféizar. Era una noche sin luna y con muchas estrellas; una helada brisa me golpeó el rostro. Los higueros de hojas oscuras, enfundados entre negras sombras, rodeaban en círculo el pozo en el centro del patio; el cantero de rosas blancas estaba cubierto por la oscuridad. Un silencio sobrecogedor le daba un aire de funeral a la escena: el patio me hacía pensar en una sección solitaria del cementerio, un sitio tan desolado que incluso lo evitan las lechuzas. Un escalofrío me recorrió la columna. Mientras más tiempo permanecía en el alféizar, más intranquilo me sentía. Era imperativo que hablara con Mercedes; era una discusión que no podía ser aplazada. No tendría paz hasta que escuchara de sus propios labios lo que había sucedido entre ella y Miguel.

Toqué a su puerta y entré en la habitación sin esperar respuesta. Estaba de rodillas en su banquillo, orando a una imagen de Cristo en la pared. Cuando me vio, se persignó y se puso de pie. Estaba vestida con un camisón negro, y de sus manos colgaba un rosario. No pareció sorprenderse por mi inesperada visita, como si hubiera estado esperándome. Tuve que ahogar un grito en el momento en que empezó a quitarse la mantilla negra que le cubría la cabeza: se había cortado su hermosa cabellera casi desde la raíz. Parecía que hubiese usado tijeras de podar jardines.

Cerré la puerta detrás de mí y me acerqué a ella. Los candelabros iluminaban el relicario sobre el crucifijo de madera que había pertenecido a la familia por generaciones. El resto de la habitación se encontraba en la penumbra. La figura de Cristo era raquítica, el cuerpo y el rostro distorsionados en un gesto de dolor extremo. Había estado en los aposentos de Mercedes durante ¿cuánto podría ser? ¿Años, quizás? Los muros estaban desnudos; había descolgado todos los espejos; las cortinas que cubrían los doseles de la cama tenían el color de una mortaja fúnebre. Se diría que un místico vivía en aquella habitación; no me hubiera sorprendido encontrar manchas de sangre esparcidas por los muros. Pese al escenario, la expresión en los ojos de Mercedes era de serenidad y sus ademanes sosegados resultaban desconcertantes. ¿Habría cometido yo una equivocación terrible?

—Luis, ¿a qué debo el honor de tu visita? —su tono de voz era de indiferencia, como si le estuviera hablando a algún amigo lejano.

—Llegué temprano del Consejo y me dijeron que habías salido. Te esperé durante horas. ¿Qué te retuvo fuera de casa tanto tiempo?

—Salí a hacer unas diligencias pendientes —dijo con suavidad.

—¿Qué clase de diligencias te pueden mantener alejada durante tantas horas de tu hogar? Me duele decirlo pero no te creo. Deja de mentirme, Mercedes —en ese momento las palabras salieron de mi boca—. Fuiste a encontrarte en una cita con Miguel de Cervantes, ¿no es verdad?

Mercedes sonrió.

—¿Es ésta la razón por la que irrumpes en mi habitación de esta manera? ¿Estás loco, Luis? No he visto a Miguel de Cervantes desde que se fue de España, y eso fue hace muchos años.

—Lo siento si crees que éste es un asunto entretenido. No te burles de mi honor de caballero. ¿Por qué habría de creerte? Destruiste la confianza que te tenía cuando me traicionaste con Miguel. Me robaste el derecho que todo hombre tiene de confiar en su esposa.

—No se me olvida la decepción que te provoqué cuando éramos jóvenes, Luis. Pero a ti se te olvida que aún no estábamos casados. Es cierto que nuestras familias nos tenían destinados el uno para el otro, pero entre nosotros dos nunca habíamos hablado del tema del matrimonio. Lo que Miguel y yo cometimos fue una irreflexiva e imperdonable indiscreción juvenil —tomó una pausa; cuando habló nuevamente lo hizo con un tono de voz grave—. Tus falsas acusaciones me obligan a revelarte una decisión que he tomado. Hoy fui a ver a mi padre confesor y hablamos durante varias horas.

En el momento en que Mercedes dio unos cuantos pasos en dirección a mí, la luz de las velas permitió captar un par de lágrimas que rodaban por sus mejillas. Se detuvo tan cerca que podía oler su escaso cabello, su piel, su aliento.

—Desde hace un tiempo el padre Dionisio y yo hemos estado hablando de un asunto importante. Hoy he tomado la decisión final. Guardaba la esperanza de preparar a Diego para la noticia, pero ahora no me dejas otra opción. Tus hirientes palabras me obligan a defender mi honor. Me ha inspirado el ejemplo de la reverenda madre Teresa de Ávila, quien renunció al mundo para vivir el resto de sus días como una mujer descalza. Iré con los pies desnudos, rogaré por el alma de los pobres y me consagraré a ayudarles. La madre Teresa creía que la verdadera igualdad existía únicamente en el voto de pobreza. Al seguir su ejemplo descubriré el sendero que me lleve hacia mí misma. De ahora en adelante mis acciones hablarán más fuerte que tus palabras llenas de odio; y yo vestiré mi corazón, para que todos puedan verlo, con las telas que cubren mi pecho.

Mercedes hizo una pausa, como si me estuviera dando tiempo para responder. En España ninguna mujer casada abandona a su esposo y a su hogar sin incurrir en el castigo de la sociedad y de la Iglesia. A menudo, las mujeres adúlteras son llevadas ante los tribunales de la Inquisición. Más aún, entre las familias nobles de Castilla no existía precedente para lo que ella se proponía hacer.

—Soy consciente de que mudarme a Ávila para estar cerca de la comunidad que fundó la reverenda madre provocará un gran escándalo. Y yo no quiero traer más vergüenza para ti, para mi hijo o para el nombre de nuestra familia. Por ello me mudaré a Toledo, viviré en la casa de nuestros abuelos y acompañaré a la abuela Azucena durante los últimos días que le quedan sobre la tierra. El padre Dionisio le ha dado la bendición a mis planes. Espero que al vivir en casa de mis ancestros, mi conducta se encuentre por encima de todo reproche y aplaque las maliciosas y viperinas lenguas de todos aquellos que no tienen otra cosa más que hacer que apuntar con su índice a otros cristianos. Nada de lo que la sociedad diga podrá lastimar mi corazón y mi alma, pues no soy culpable más que de dedicar mi vida a ayudar a otros, tal y como nos invitó a hacer Jesucristo.

—¿Qué te crees que eres, una santa? Se requiere algo más que rezar oraciones, vestirse de negro y permanecer encerrada en una habitación malsana. No me importa el daño que tu acción egoísta le pueda provocar a mi nombre —le reproché—. Pero ¿qué clase de madre abandona a su hijo? Sólo los animales que son una aberración de la naturaleza hacen eso. Ninguna mujer cristiana se comporta de esa manera.

—El cielo será mi único juez, Luis. No creo que Dios me condene por dejar al pequeño Diego contigo. El propio Nuestro Señor Jesucristo se fue de la vera de sus padres cuando le llegó el tiempo de realizar la tarea que estaba llamado a realizar. Por lo que a mí respecta, únicamente el consagrarme al servicio de Dios y a realizar buenas obras me traerá la paz que busco. Dejo todo el asunto de la salvación de mi alma enteramente en manos de Dios. En mis oraciones siento que Dios se me ha revelado y me ha pedido que sea uno de sus soldados para nuestro redentor Jesucristo en la batalla contra las acciones del demonio. Tengo la seguridad de que el Todopoderoso me ha ordenado cargar mi cruz. Debo aceptar con gratitud todos los golpes que reciba. Puesto que Nuestro Señor me condujo a su servicio, tengo fe en que mis pecados serán absueltos.

—¿Cómo sabes que es Dios quien te habla y no el mismo demonio?

—La ira ha afectado tu razón, Luis. Tu corazón se encuentra tan poseído por los celos que estás en grave riesgo de dejar que la cólera te enceguezca. No puedo seguir viviendo en la misma casa contigo; tus celos, injustificados e irracionales, me han privado de todo gozo, grande o pequeño.

Nada de lo que Mercedes dijera iba a convencerme de que no se había visto con Miguel de Cervantes desde su regreso a Madrid o de que ella se encontrara, como afirmaba, más allá de todo reproche. Escucharla era estar escuchando al ángel de las tinieblas.

—Buenas noches —dije, y salí de la habitación. De regreso a la mía me senté en el alféizar de la ventana y lloré hasta que el cielo del amanecer se tragó todas las estrellas del firmamento.

El regreso de Mercedes a la casa de nuestros ancestros en Toledo era la prueba que me hacía falta para concluir que todavía estaba enamorada de Miguel. Había escogido una vida dedicada a las buenas acciones y a la penitencia únicamente como una forma de escapar a las tentaciones. En los meses que siguieron a su partida, mis fantasías de venganza se convirtieron en voraces gusanos que me devoraban por dentro. Los perturbadores pensamientos que tenía en el día continuaban acosándome durante la noche. Contemplé la posibilidad de denunciar a Miguel ante la Inquisición señalando las acusaciones que acerca de su conducta inmoral en Argelia había hecho el dominico Juan Blanco de Paz. No me hubiera sorprendido para nada que se hubiese entregado a aquellos depravados placeres de la carne por los cuales los turcos eran tristemente célebres. Aún más perjudiciales eran las insinuaciones de que durante su cautiverio, Miguel se había convertido en un renegado. Se había adelantado una primera investigación, pero los cargos fueron retirados cuando algunos cristianos supuestamente respetables atestiguaron sobre la conducta irreprochable de Miguel. Después de aquello, el padre Juan había partido para la Nueva España. Sin su presencia en Madrid, recaería en mí el comenzar una nueva pesquisa; me costaría una fortuna y consumiría todos mis años venideros. ¿Qué motivos podrían justificar mi interés en hacer que Miguel de Cervantes fuese investigado por el Santo Oficio? La gente de la Iglesia podría cuestionar mis motivos. En mi corazón sabía que no me liberaría de Miguel y de Mercedes hasta que los perdonara. Tendría que orar y orar y orar hasta que Dios se apiadara de mí y me liberara de mi desgracia.

A pesar de que Mercedes y yo habíamos llevado vidas separadas durante mucho tiempo, sólo después de su partida descubrí cuán silencioso y sepulcral se había hecho nuestro hogar con el paso de los años. Ahora Leonela se había convertido en la señora de la casa y se veía su mano en todas partes: primorosos arreglos florales les daban brillo a las habitaciones y sus delicados aromas disipaban el olor mustio que se había aposentado como una mortaja desgastada sobre todas las cosas. Yo había olvidado cómo era el sonido de risas dentro de la casa. Ahora podía escuchar las risitas entrecortadas de las jóvenes sirvientas y las insolentes tonadas que silbaban distraídamente mientras cumplían con los deberes del hogar.

No confiaba en Leonela, cuya lealtad, lo sabía, estaba y estaría siempre con Mercedes. Pero ella era como una madrina para Diego, y en ausencia de su madre le proporcionaba el cariño maternal que el muchacho necesitaba. Estaba seguro de que mi hijo extrañaba muchísimo a su madre. Ella lo consentía en demasía y pasaban la mayor parte del tiempo juntos cuando él no se encontraba ocupado en los estudios. Era imposible explicarle por qué su madre nos había abandonado sin pasar a revelar numerosos detalles sórdidos. No quería que Diego creciera odiando a su madre. Tendría a Leonela a mi servicio hasta que él se marchara a la universidad.

La primera señal del malestar que acongojaba el estado anímico de Diego provino de una conversación que sostuve con su tutor. El padre Jerónimo y yo teníamos el hábito de encontrarnos al menos una vez al mes, tomar un par de bebidas calientes y discutir los progresos en la educación de mi hijo.

—Hasta la fecha, don Luis —dijo—, Diego ha sido un alumno modelo. Siempre ha sido estudioso, muy listo para su edad, un modelo de obediencia. El hecho de que nunca haya existido ninguna razón para quejarse de su conducta hace más problemático su comportamiento reciente.

—¿Le ha faltado al respeto, padre? Si ése es el caso no lo toleraré. Me aseguraré de que le pida disculpas y que prometa nunca volver a irrespetarlo.

El padre Jerónimo le dio un sorbo a su espumeante taza de chocolate, su bebida favorita. Con la punta de su pañuelo se limpió la espuma de los labios.

—Don Luis, me temo que lo que ha ocurrido recientemente es mucho peor que eso. Diego ha desobedecido mis instrucciones de no leer la Sagrada Escritura por su cuenta. A pesar de su gran inteligencia —y él es el pupilo más brillante que he tenido—, está obsesionado con discusiones teológicas referentes a las intenciones de Dios, un tema en el que un joven de su edad no debería indagar —el gesto de asombro en mi rostro debió ser muy notorio—. Le daré un ejemplo, vuesa merced. Últimamente se encuentra obsesionado, sí, obsesionado, con el asunto del pecado original —el padre Jerónimo puso la taza de chocolate sobre la mesa. Luego estrechó las manos sobre su regazo, como si estuviese orando—. Un día, no hace mucho, me preguntó: «¿Padre, es verdad que si Adán y Eva no hubieran comido del fruto prohibido, entonces no existiría la raza humana?». Le expliqué, don Luis, que debíamos asumir que los planes de Dios eran permitir que Adán y Eva fuesen marido y mujer cuando alcanzaran la madurez. Su pecado había sido el de la desobediencia, añadí. Pensé que ésta era una respuesta satisfactoria.

—Excelente respuesta —dije.

—Ya me gustaría que hubiera bastado para zanjar el asunto, vuesa merced. Pero Diego tenía otras preguntas. «¿Entonces por qué Dios expulsó a Adán y a Eva del Paraíso, si a Satanás le había sido permitido tentarlos y seducirlos antes de que ellos tuvieran el conocimiento suficiente? ¿No era entonces Satanás el culpable?» Como una forma de ponerle punto final a una discusión tan fútil que podría haberse prolongado largamente, en perjuicio de sus estudios, le conté que muchos sabios habían meditado sobre estas preguntas a lo largo de los siglos, que cuando él fuese lo suficientemente maduro, si aún le interesaba el tema, podría leer los argumentos teológicos elaborados por los doctores de la Iglesia. Aquella respuesta pareció dejarlo satisfecho.

Dejé escapar un suspiro de alivio.

—Entonces todo el asunto ya está resuelto, padre.

—Al contrario, don Luis. Últimamente Diego ha estado muy afectado por la historia de Judas Iscariote.

—¿Esto significa que mi hijo será un filósofo de la Iglesia? ¿Que al igual que usted, padre, crecerá y se convertirá en sacerdote?

—No lo sé. Cuando yo tenía la edad de Diego, vuesa merced, a pesar de mi gran amor por nuestro redentor Jesucristo, no me metía en problemas con preguntas de esa naturaleza. Ciertamente yo no era Tomás el incrédulo.

A pesar de sus modales serenos, alcancé a detectar un aire de desaprobación en las palabras del padre Jerónimo. Esto era más serio de lo que yo había pensado.

—No quisiera abusar de su gentil hospitalidad, pero debo referirle otro ejemplo, vuesa merced —continuó el sacerdote—. El otro día me preguntó: «Ya que las Escrituras decían que Cristo sería traicionado, ¿no estaba entonces Judas Iscariote predestinado a traicionar a Cristo? ¿No es una injusticia con Judas que él haya sido el elegido para traicionar a nuestro Señor? Si ya estaba escrito que uno de los apóstoles iba a traicionar a Cristo, ¿por qué entonces castigar a

Judas?».Me pregunto, don Luis, si tanto cuestionamiento a una edad tan temprana podría desordenar su cerebro y llevarlo a la arrogancia y a la falta de humildad. Peor todavía, podría terminar por distanciarlo de la fe ciega que debemos tener. La fe, usted lo sabe muy bien, don Luis, no necesita de pruebas. De otro modo, ya no sería fe.

El asunto era motivo de inquietud. Me preocupaba que Dieguito, tan precozmente inteligente, terminara por volverse un ermitaño, viviendo en una caverna y rezando todo el tiempo. ¿Sería acaso este comportamiento una reacción natural a la devoción de Mercedes? Mi esperanza era que al igual que los sollozos nocturnos, que habían terminado de forma repentina, también pudiera superar esta etapa de su vida.

—Estoy de acuerdo con usted en que Diego no debería preocuparse por este tipo de preguntas malsanas. Por favor, padre, dígame qué hacer.

—Le sugiero que por el momento no haga nada, don Luis, a menos que la situación empeore. Él está en la edad en la que los niños curiosos, bendecidos con una inteligencia y unos conocimientos precoces para su edad, hacen este tipo de preguntas. Esperemos y veamos. Quizás supere esta etapa sin hacerse daño a sí mismo. Entretanto, empero, es mejor estar atentos, pues una mente ociosa puede convertirse en carnada para el diablo. Entre los dos debemos vigilarlo muy de cerca.

Poco tiempo después de sostener esta conversación con su tutor, Diego me pidió un catalejo para estudiar el cielo nocturno. Quizás ésta era la distracción que necesitaba para apartarlo de su melancólico cuestionamiento teológico. Antes de que pasara mucho tiempo pude verlo, para mi gran alegría, examinando las constelaciones desde la ventana de su dormitorio. No podía haber nada de malo en eso.

La musa de la poesía parecía haberse vuelto en mi contra. Mis deberes como servidor de la Corona me habían privado de dedicar mi vida a la poesía y el poema ocasional que componía nacía muerto, como si la musa disfrutara en arrebatarme mi don. Continué demostrándole mi amor imperecedero leyendo ávidamente los nuevos volúmenes de poesía que vendían las tiendas de Madrid.

Diego no era diferente a todos nuestros antepasados Lara: amaba la poesía. Después de la partida de Mercedes nos habituamos a leernos poesía el uno al otro una vez finalizada la cena. El tiempo que pasábamos juntos era como un oasis en medio de la rutina diaria. Estas horas eran una ofrenda a la Diosa, para aplacar su ira. Yo había renunciado a toda esperanza de ser poeta, pero quizás mi hijo se convertiría algún día en uno de los mejores bardos de España.

Si bien Diego apreciaba a Garcilaso, el amado poeta de mi juventud, no lo impactaba en la forma en que nos ocurría a los amantes de la poesía de mi generación. Puesto que mi hijo prefería a poetas que todavía estuviesen en vida, leíamos a algunos de ellos en manuscritos. San Juan de la Cruz era nuestro favorito. Diego memorizó numerosos versos del escaso pero sublime conjunto de su obra, y los recitaba con tanto sentimiento que a menudo me emocionaba hasta el punto de las lágrimas. También nos deleitábamos con Hernando de Acuña, quien se había destacado como soldado en batallas en África y Europa. Nuestro poema favorito de su autoría era el soneto «En respuesta del pasado». Leíamos y releíamos los dos tercetos de su soneto y jamás nos cansábamos de ellos:

Y si hay fortuna en el humano estado,
no es justo que ninguno desespere,
pues todo a su mudanza está sujeto;

mas de remedio estar desconfiado
no se sufre, señor, en el que fuere,
cual sabemos que sois, fuerte y discreto.

Igualmente admirábamos al poeta sevillano Baltasar del Alcázar, cuyos versos estaban fuertemente influenciados por Petrarca. Y nos regocijábamos con los poemas de Lope Félix de Vega Carpio, que circulaban por Madrid en forma de manuscritos. Igual ocurría con los poemas de fray Luis de León. Diego y yo releíamos a fray Luis de la misma forma en que en mi juventud leía y releía a Garcilaso y nunca me cansaba de hacerlo. Amábamos su uso subversivo de la versificación de Horacio y nos deleitábamos con su desdén hacia la vida en la Corte y hacia los placeres de la ciudad. Desde los días de mi juventud, cuando Miguel y yo compartíamos nuestra gran pasión por el inmortal bardo de Toledo, no había encontrado otra persona con la cual pudiera compartir mi pasión por la poesía. Que este vínculo lo tuviera con mi propio hijo, apenas un muchacho, hacía aún mayor la dicha.

A veces Diego y yo nos poníamos a cavilar acerca de un futuro, no muy distante, en el que viviríamos una vida pura y simple en un entorno pastoral. Una noche, mientras le leía a Diego algunos de mis versos favoritos de fray Luis:

> Despiértenme las aves
> con su cantar sabroso no aprendido,
> no los cuidados graves
> de que es siempre seguido
> el que al ajeno arbitrio está atenido.

> ¡Qué descansada vida
> la del que huye el mundanal ruïdo,
> y sigue la escondida
> senda por donde han ido
> los pocos sabios que en el mundo han sido!

De repente sentí una opresión en mi garganta y puse el manuscrito sobre la mesa ante la cual estábamos sentados.

—¿Por qué paraste, papá?

—Lo siento, Diego. Pero estos versos de fray Luis me traen a la memoria los felices días de mi temprana juventud, cuando pasaba el verano con mis abuelos en Toledo y acompañaba al abuelo Carlos en sus visitas a las haciendas.

Los ojos de Dieguito se nublaron.

—¿Qué te ocurre, hijo mío? —pregunté.

Movió su cabeza de un lado a otro, limpiándose las lágrimas con la muñeca, y luego dijo:

—Por favor, continúa leyendo, papá.

Habían transcurrido varios años ha desde que, para mi gran alivio, Diego había dejado de sollozar durante el sueño. Como si quisiera compensar aquel comportamiento, desde entonces parecería que nunca derramaba una sola lágrima.

Sus repentinos sollozos me alarmaron.

—Si alguna cosa te preocupa, hijo, recuerda que no existen secretos entre los dos.

—No quisiera importunarte, papá. Pero los versos de fray Luis me traen de vuelta a la memoria la imagen de madre. Ella, al igual que el poeta, huyó del mundanal ruido. ¿No es cierto que así lo hizo?

Ésta era la primera vez que mencionaba a su madre desde el día que nos había abandonado.

—Sí, así lo hizo —respondí.

Siempre tenía algún libro de poesía en una esquina de mi escritorio, del cual leía a diario a manera de respiro en medio de todo el tiempo que dedicaba a atender los áridos asuntos del Consejo de Indias. Un día que estaba absorto por completo en el volumen *Obras de Garcilaso de la Vega con anotaciones de Fernando de Herrera*, tocaron a la puerta. Levanté la vista del libro y dije:

—Siga —entró mi asistente, Pascual Paredes. Este momento del día era sagrado para mí. Él lo sabía.

—No quisiera importunarlo, vuesa merced, pero han llegado algunos documentos que requieren de su atención inmediata.

—Puede dejarlos sobre el escritorio —quería regresar de inmediato a la lectura del libro de De Herrera.

Paredes no se movió. Estaba a punto de reprenderlo cuando de forma vehemente señaló con un dedo la cubierta del libro y comentó:

—Qué hermosa portada.

Se refería a la cubierta de delicado color pardo del libro, en la que aparecían dos musas de pie sobre unos pedestales a los lados de un portal en mármol, encima del cual se apreciaba un paisaje de Sevilla, enmarcado por dos querubines. Demasiado andaluz para mi gusto.

—Veo que don Luis está leyendo el nuevo y controversial libro de Fernando de Herrera. Los amantes de la poesía, dentro de los cuales, espero no pecar de presuntuoso, me incluyo, no hacen otra cosa que hablar sobre este libro.

Esto era interesante. Cerré el libro.

—Recién comienzo a leerlo. No sabía que existía una controversia alrededor del libro. ¿Usted es poeta, Pascual? ¿Frecuenta las tertulias poéticas de Madrid?

—No aspiro a llegar al Parnaso, vuesa merced. Pero debo admitir que he garabateado versos desde que era niño.

Por un instante temí que Pascual me pidiera que leyese sus poemas.

—Yo no soy una persona instruida, don Luis. No he ido a la universidad, aunque no ha sido por falta de ganas, sino debido a las penosas circunstancias que en años recientes han afectado las finanzas de mi familia —suspiró—. Pero eso no tiene nada que ver… De cualquier forma, he escuchado decir que algunos poetas de Castilla creen que el libro intenta empañar la gloria de nuestro Garcilaso de la Vega. Como ya le dije, no lo he leído; mi presupuesto no me permite comprar libros costosos, por más que quisiera. Asisto a las tertulias de poesía y presto atención a lo que otras personas más instruidas que yo tienen que decir acerca de temas en los cuales no tengo la suficiente preparación para entender a cabalidad, aunque no es por falta de interés.

Puse a un lado de mi escritorio las *Anotaciones* de Herrera. Por primera vez en todo el tiempo que llevaba trabajando para mí examiné cuidadosamente a Pascual: recién había pasado por el esplendor de su primera juventud. Vestía una capa negra, usaba una pequeña barba puntiaguda y un bigote con gomina que se curvaba en las puntas haciendo un semicírculo. Su traje de terciopelo en alguna época debió haber sido color púrpura pero ahora era de un color indeterminado. Su camisa era de un blanco impecable, con el cuello almidonado y planchado con cuidado, las mangas ligeramente deshilachadas. Sus botas de cuero negro brillaban, pero era evidente que habían hecho muchos viajes adonde el zapatero para que las reparara. Se veía como alguien que vistiese ropas de segunda mano de parientes ricos.

Decidí ponerlo a prueba.

—Aunque no haya leído el libro, ¿le parece que el criticismo de Herrera a Garcilaso es justificado?

El labio inferior de Pascual empezó a temblar.

—Mi ignorante opinión no tiene la menor importancia, don Luis. Sería irrespetuoso de mi parte presumir que tengo opiniones acerca de temas sobre los cuales hombres ilustrados ya han reflexionado con admirable lógica y con gran erudición.

Su dominio del castellano era preciso, incluso arrogante, al estilo de las personas inteligentes pero sin mucha educación. Tenía los modales de un hombre de una buena familia que se había venido a menos. Había despertado mi curiosidad.

—Estoy interesado en su opinión —le dije.

—Puesto que don Luis insiste… —tomó una pausa, como para medir sus palabras—. Debo decir que yo creo, con todo mi corazón, que Garcilaso de la Vega es uno de nuestros poetas más grandes; un resplandeciente tesoro de nuestra madre patria.

—De eso no hay duda, Pascual. Ése es un tema sobre el cual no vale la pena conversar. Es algo tan obvio como el hecho de que el sol calienta la tierra.

—De igual forma adoro la poesía de Fernando de Herrera —continuó—. Es un bardo magnífico. Estoy en desacuerdo con aquellos que lo consideran una persona distante y lo critican por no asistir a las tertulias poéticas.

Yo también era un gran admirador de De Herrera. Sentí mis labios estirarse en una sonrisa involuntaria.

—Entonces, Pascual, ésa es la respuesta a la pregunta. Un hombre piadoso, de altos atributos morales como lo es Fernando de Herrera, un soldado que ha combatido en importantes batallas contra nuestros enemigos, está por encima de cualquier pequeña crítica malintencionada. España no sería la gran nación que es sin hombres como De Herrera, que no necesita de las posturas afeminadas de nuestros nuevos poetas. Aparte de esto, como amante de la poesía italiana y como devoto y serio estudioso de los clásicos, Fernando de Herrera no podría tener más que admiración por nuestro amado Garcilaso, ¿no le parece?

—De acuerdo, vuesa merced. Apruebo totalmente el título de «El Divino», con el cual lo bautizó Miguel de Cervantes.

—¿Miguel de Cervantes Saavedra? ¿Es amigo suyo? —me sobresaltó el tono tan agudo de mi voz. Había hecho una mueca involuntaria; me enfadé conmigo mismo.

—No, amigo no. Sólo lo veo desde lejos. Pero sus opiniones son admiradas por muchos poetas jóvenes, por lo cual algunas de las cosas que él dice llegan a los oídos de los amantes de la poesía.

Se veía claramente que Pascual era un chismoso, un burócrata de rango inferior deslumbrado por el mundo de las personas famosas e importantes, un mundo al cual no tenía acceso y que a duras penas podría contemplar con anhelo y muy probablemente con envidia.

—No hay duda de que Cervantes admira a Herrera debido a sus magníficos poemas que celebran los triunfos de la Armada Española al mando de don Juan de Austria —dije. Luego añadí—: Aunque ya no somos amigos, conocí a Cervantes hace muchos años. Me he enterado de su regreso a Madrid. No deseo renovar nuestra antigua relación, pero he tenido curiosidad por saber qué ha sido de su vida desde que llegó.

—Si vuesa merced está interesado, le podría proporcionar cierta información que he recogido acerca de él desde la distancia, como dije antes.

Le hice señas a Pascual de que tomara asiento. Luego encendí una cerilla y prendí una vela sobre mi escritorio.

—¿Me acompañaría a una copa de jerez? —ofrecí.

Semejante rompimiento del protocolo hizo que las mejillas de Pascual se tornaran de un rojo intenso.

—Sería un honor, vuesa merced.

Caminé hasta el armario donde guardaba los licores y extraje dos vasos y una botella de jerez.

—Salud —brindé—. Miguel de Cervantes… —dije a continuación, para recordarle a Pascual el asunto que teníamos entre manos.

—Como ya se lo he mencionado, don Luis, no conozco personalmente a Miguel de Cervantes. Nuestros jóvenes poetas están fascinados con su vida aventurera: su heroísmo en Lepanto, su cautiverio en Argel, los rumores acerca de su pasado y de su familia variopinta.

Fruncí el entrecejo. Su manera de relatar llena de circunloquios resultaba irritante. Pascual continuó un momento después:

—Se cuenta que en Argel se enamoró profundamente de una mujer mora que deseaba convertirse al cristianismo. Aunque es difícil de creer, hay quienes dicen que la bella mora fue asesinada por su propio padre cuando intentaba huir con Cervantes —Pascual se estremeció—. Todas sus desventuras le han llevado a beber de forma desmesurada. Siempre está provocando riñas.

Pascual hizo una pausa en su narración, como esperando un comentario de mi parte. Yo permanecí en silencio.

—¿Vuesa merced dice que no ha visto a Cervantes hace mucho tiempo? Bien, pues si le viera ahora no lo reconocería: usa ropas sucias y remendadas, las suelas de sus botas tienen agujeros y su espesa barba parece no haber sido tocada por un par de tijeras desde hace muchos años. Cuando no está ebrio, se le puede encontrar en la plaza de la Calle de León, donde entretiene con sus historias de tierras lejanas a todo aquel que a cambio de ellas le obsequie una taza de aquella apestosa olla podrida que tanto le gusta a nuestra gente del común. ¿Es esto lo que quiere escuchar sobre Cervantes, don Luis?

Tomé un lento sorbo de mi copa de jerez y luego añadí:

—Por favor, continúe.

—Por lo visto, ha contraído grandes deudas desde que regresó de Argel. Recientemente intentó empeñar entre personas de su círculo de amistades varios rollos de tafetán que decía haber traído de la India. Lenguas malintencionadas aseguran que estas telas eran parte de la dote que un italiano de nombre Locadelo le dejó a la hermana de Cervantes a causa de haber deshonrado su nombre —Pascual sonrió levemente—. También he escuchado que Cervantes fanfarronea sobre la gran herencia que recibirá cuando muera su antiguo maestro, el afamado y estimado hombre de letras López de Hoyos. Esto es algo terriblemente cruel a mi parecer, expresarse así acerca de su profesor que aún vive. Me temo que esto es todo lo que sé, vuesa merced.

Un rato después, cuando estaba a punto de salir de la oficina, le dije:

—Tome, llévese el libro de De Herrera y me lo devuelve cuando termine de leerlo. Por el momento me encuentro en extremo ocupado y no puedo prestarle la atención que se merece.

Pascual parecía anonadado.

—¿Cómo podría retribuirle? ¿Qué puedo hacer por usted, vuesa merced?

—Si usted lee el libro y me brinda sus impresiones cuando lo haya terminado, eso sería para mí suficiente recompensa.

Cuando ya había salido me dije a mí mismo que debería tener gran cautela a la hora de compartir confidencias con Pascual; su manera de despacharse con Miguel a punta de chismes —casi con regocijo— podría volverse en mi contra algún día. Entretanto, sin embargo, me resultaría muy útil para satisfacer mi curiosidad acerca de Miguel sin tener que estar en contacto con su sórdido mundo.

Pasó una semana. Una tarde, mientras me preparaba para regresar a casa, Pascual entró a mi oficina para devolverme el libro de De Herrera. Crucé mis manos encima del escritorio y aguardé a que me contara su opinión de la lectura.

—Lo ha leído muy rápido —dije, animándolo a entrar en la conversación.

—Soy un lector voraz, vuesa merced.

Cuando me pareció que no iba a agregar nada más, le pregunté:

—Y bien, ¿qué piensa del libro?

—Es un libro muy bien argumentado, vuesa merced. Y un tributo a Garcilaso, tal y como usted afirmó que sería.

Me di cuenta de que Pascual era una de aquellas personas que leen bastante pero no tienen la educación para conversar sobre un libro de una forma inteligente o para elaborar un comentario con fundamento. Se notaba que se sentía incómodo de que le preguntara su opinión, quizás por temor a decir algo inapropiado.

Estaba a punto de decirle que podía marcharse, cuando anunció:

—Tengo una breve pero interesante información sobre Miguel de Cervantes. Vuesa merced me dijo que estaba…

—Sí, sí —dije.

—Un joven poeta cercano a Cervantes me contó que se encuentra ocupado reuniendo todos los documentos que necesita para recibir su pensión por los servicios como soldado. Su estado de pobreza es desolador. Aparentemente su padre no goza de buena salud y ya no puede atender a sus pacientes, por lo cual toda la familia —con la excepción de su hermano menor, Rodrigo, quien está por fuera del país en una campaña militar— se ha mudado a la casa de su hermana Andrea, cuyo marido ha estado en las Indias desde hace ya varios años.

La sola mención de esta tentadora mujer me hizo estremecer. No había visto a Andrea desde aquella tarde en la que me quiso involucrar en su estratagema para que yo declarara que don Rodrigo estaba muerto. Rogué con fervor para deshacerme del deseo de visitarla nuevamente o de emprender cualquier acción que arruinara a su familia.

Pascual continuó:

—La otra hermana, creo que su nombre es Magdalena, casada con don Juan Pérez de Álcega, también se ha mudado a la casa de Andrea.

—Parece que toda la familia Cervantes atraviesa por momentos difíciles —dije.

—Podría decirse así, don Luis. Me atrevería a decir que Cervantes vive de las dádivas que recibe de sus adinerados amigos poetas, para quienes él es una especie de héroe. Como probablemente lo sabrá, todos los escritores de Madrid se sienten en la necesidad de pedirle a Cervantes un poema laudatorio para el prefacio de su libro.

—Sí, he visto sus desafortunados sonetos en todas partes —de inmediato me arrepentí de haber dejado en evidencia ante Pascual un indicio de mis verdaderos sentimientos hacia Miguel.

Pascual dejó escapar una risa.

—Se ha convertido en el protegido del joven poeta aristócrata Luis de Vargas Manrique.

Al escuchar que Vargas Manrique, quien descendía de una de nuestras más nobles familias, se había hecho amigo de Miguel, sentí como si me asestaran una puñalada en el corazón. Miguel debió haber embaucado a Manrique de la misma forma en que a mí me hechizara muchos años atrás. Me dolía que mi nombre no significara nada para la nueva generación de poetas; yo no era nada más que un oficial de la Corona, mientras que Miguel era venerado. Y no es que desease exactamente veneración de la partida de poetastros borrachos que abarrotaban las más repugnantes tabernas de Madrid.

—Gracias por devolverme el libro tan prontamente, Pascual. Me alegra ver que usted hace tan buen uso de los libros. Si encuentra alguno dentro de mi biblioteca que le gustaría leer, para mí será un gran placer prestárselo y así contribuir a su educación y a su instrucción intelectual.

Los meses transcurrieron sin noticias sobre Miguel. Estaba halagado de que Pascual, con todo y lo tonto que era, me considerara su mentor en cuanto a la educación humanística. A cambio, él me divertía con historias de ese mundo de traiciones y de criticismos solapados que era el de los poetas. Nos habituamos a tomar caminatas después del trabajo, supuestamente para conversar sobre libros y poesía. En una de aquellas caminatas Pascual mencionó que Miguel estaba intentando presentar en Madrid sus obras de teatro.

—Se reúne casi exclusivamente con gente de teatro —comentó Pascual.

—No tenía idea de que estuviera interesado en el mundo del teatro —dije—. Hubo una época, no hace mucho, cuando a los actores se les consideraba en el mismo nivel ínfimo que los africanos libertos. Las personas decentes pagaban para ir al teatro, pero jamás tenían trato con esa gente. Recuerdo que mis padres solían decir que los mendigos eran más honestos que estos artistas dramáticos.

—Y lo que es más, vuesa merced, Miguel bebe en compañía de esa clase de actores a los que les pagan unos pocos reales por su actuación.

—Usted probablemente es demasiado joven para recordar los días en que los actores eran tratados por los madrileños de buena familia con el mismo desdén que a los hombres que entregan el agua de puerta en puerta —una vez más me arrepentí de haber expresado tan abiertamente mi desprecio por Miguel—. Habrá que ver cuál es el tipo de obra que produce —dije, para tratar de disimular la impertinencia de mi descuidada lengua—. Los grandes dramaturgos griegos son incomparables artistas, pero la mayoría de las obras escritas en español son muy primitivas. Daría lo que fuera por ver en España el nacimiento del equivalente de un Sófocles o un Esquilo. Nuestro gran Lope de Vega es nuestra única esperanza. ¿Usted ha leído las tragedias griegas?

—He visto algunas de las obras de nuestro Lope de Vega. Él es todo eso que don Luis dice. Pero no sé leer en griego, vuesa merced. Y esas obras no son llevadas a escena en El Corral del Príncipe.

—Claro que no, ¿por qué habría de pensar que así sería? Tengo en mi biblioteca algunas traducciones que hacen bastante justicia a los originales griegos. Si le interesan, se las puedo prestar.

Llegamos hasta la puerta de mi casa, nos estrechamos la mano y nos despedimos. Había estado posponiendo una invitación para que Pascual entrara en casa. No quería animarlo a pensar que éramos algo más que conocidos con cierta amistad. Aún me ardía pensar en el alto precio que había pagado por llevar a mi casa a Miguel de Cervantes, un plebeyo. Además, Pascual me hacía sentir incómodo cuando a través de atajos en la conversación me interrogaba acerca de la vida en la Corte. ¿Era ésta la forma en que quería que le recompensara por traerme noticias sobre Miguel? Tomé entonces la determinación de ser muy cuidadoso a la hora de entregar información acerca de la familia real y de las grandes familias de Castilla, la cual él podría convertir en chisme y regar entre su círculo de amistades. Debería ser suficiente con que le prestara libros y le ayudara a llenar las lagunas de su deficiente educación. No me importaba mucho si se jactaba de conocerme.

Durante cierta época parecía que una nueva obra de teatro de Miguel de Cervantes se anunciaba cada semana en las hojas informativas que se pegaban en los muros de las edificaciones públicas. Pascual debía gastar buena parte de su exiguo salario para asistir al teatro. Yo podía tener la certeza de que me daría su reseña de cada nueva obra. Las numerosas obras de Miguel fracasaban: todas y cada una, escuché, sufrían del rechazo público. Sabía que Miguel fracasaría como dramaturgo: que el poco talento que podía tener carecía de preparación adecuada. Nadie podía llegar a ser un buen dramaturgo sin haber estudiado a los antiguos griegos y, en menor medida, a los romanos. Dudaba que Miguel supiera algo acerca de la nobleza de sentimientos que los grandes personajes deben poseer. Pero él continuaba poniendo sus obras en escena sin amilanarse, sin duda aguardando el momento en que le deparasen la riqueza y la fama que había ansiado toda su vida. Sentí lástima por los incautos que auspiciaban sus obras y me preguntaba cuánto tiempo pasaría antes de que sus fondos y su crédito desaparecieran a la par que los de él.

Cuando se anunció el estreno de una obra de teatro llamada *Los baños de Argel*, la tentación fue demasiado grande para mí. Había leído *Topografía e historia general de Argel*, escrita por el prelado Diego de Haedo, y sentía curiosidad por ver de qué manera Miguel había tratado este fascinante material y qué datos podría revelar esta obra acerca de su cautiverio en los Baños.

En una de aquellas tardes otoñales en que la brisa que bajaba desde la sierra comenzaba a soplar en dirección del río Manzanares arrastrando consigo los fétidos olores de los excrementos de la ciudad, dirigí mis pasos hacia El Corral del Príncipe. El aire tibio era tonificante al tiempo que lo suficientemente templado como para permanecer en pie el tiempo que durase una obra. Pagué el ingreso a la sección de espectadores de pie y llegué hasta una sala abarrotada en la parte posterior del Corral, donde quedé rodeado por una bulliciosa multitud de estudiantes, carteristas y otros individuos que no podían darse el lujo de pagar por las sillas cerca del escenario. No quería ser reconocido ni darle la satisfacción a Miguel de escuchar decir que me habían visto entre la audiencia, por lo cual me embocé tras una vieja capa, cubriéndome la nariz y la boca con una bufanda y evitando el contacto visual con los otros asistentes a la sala. Todos a mi alrededor, tanto estudiantes como sus amigos, vaciaban sus botas de vino y hacían comentarios burdos acerca de los actores y de la obra. Cuando yo no estaba mirando hacia el escenario, apoyaba la barbilla sobre el pecho. Se diría que había una competencia entre esta plebe para ver quién podía echarse los pedos más ruidosos y los más olorosos. Cada pedo ruidoso era celebrado con ovaciones.

Desde la primera escena tuve la convicción de que Miguel no había leído los textos dramáticos de Sófocles, Eurípides y Esquilo. No obstante, esporádicamente los actores recitaban algunos versos hermosos y tuve que admitir que había dotado de vida a sus personajes: parecían sacados de experiencias reales y sus emociones eran tan reconocibles como las de ciertas personas a quienes yo conocía. Pero se requiere algo más que una joya para hacer la corona de un rey. Sus personajes eran gárrulos y usaban parlamentos que estaban fuera de contexto en un escenario. Dudaba que él llegase alguna vez a entender que en el teatro el silencio puede ser más sugerente que los largos soliloquios. Miguel no era Lope de Vega. Me preguntaba cuánto tiempo tardaría en reconocer su propia mediocridad y admitir que no podía competir con el gran maestro. Una vez satisfecha mi curiosidad no volvería a dejarme tentar por la idea de asistir a la representación de ninguna de sus pésimas obras.

Cuando el clima era bueno, dejaba libres a los cargadores de mi silla de manos y regresaba a casa caminando. ¡Cómo había cambiado el Madrid de mi juventud! Ahora los moros, los esclavos negros, los italianos, los flamencos y los franceses ofrecían sus mercancías en todas partes. Prósperos mercaderes desfilaban vestidos con lujosas sedas y costosos trajes de lana, con lo cual resultaba muy difícil distinguirlos de los verdaderos hidalgos. Recordaba la época, no hacía muchos años, cuando únicamente a los miembros de la nobleza se les permitía portar espada.

La parte más peligrosa de mi caminata era cuando atravesaba La Puerta del Sol, sitio en el que pululaba una población siempre creciente de mendigos, tanto de los legales como de los ilegales. A la primera oportunidad abordaban al paseante para recitarle coplas y oraciones, por las cuales pedían un maravedí o dos, o intentaban venderle almanaques, bramantes y abanicos. Los lisiados y dementes despertaban mayor compasión de parte de los madrileños que los soldados mutilados, de modo que abundaban los hombres y mujeres que fingían estar locos. Carteristas, ladrones y asesinos a sueldo se mezclaban con este enjambre humano.

La tarde de la que hablo, iba viendo avisos funerarios sobre los muros de las iglesias por las que pasaba. Anunciaban una gran misa que se celebraría en la Catedral por el alma del profesor López de Hoyos. Aunque ya habían pasado muchos años desde entonces, aún no podía perdonarle a mi antiguo profesor el haber descartado su predilección por mí a favor de Miguel. ¿Así que el favorito del profesor, tal como se esperaba, habría heredado la mayor parte de su considerable fortuna?

Unas cuantas semanas después del funeral público del profesor, Pascual entró en mi oficina para entregarme unos documentos que requerían mi atención. Reconocí el brillo en sus ojos que anticipaba un chisme interesante. Lo invité a tomar asiento.

—Todo Madrid está hablando del testamento del profesor López de Hoyos, don Luis —comenzó—. Todos están sorprendidos de que el profesor haya dejado de lado a su otrora estudiante favorito, legando toda su fortuna a Luis Gálvez de Montalvo, quien como todos sabemos se ha enriquecido con las ganancias de su obra *El pastor de Filida* y ciertamente no necesita del dinero. No tanto como Cervantes, quien se encuentra en la completa indigencia. Como puede imaginar —añadió Pascual, sin molestarse en ocultar su deleite—, Cervantes se la pasa ahora tambaleándose de la borrachera, lamentando su maldita suerte y halándose de los pelos.

Tuve que fruncir la boca para no reírme.

—De cierta forma, no me sorprende, Pascual —dije—. Entiendo el razonamiento del profesor: eligió recompensar el talento, no la necesidad. Como debería ser.

Después de aquello, pareció como si la tierra se hubiese tragado a Miguel: transcurrieron meses sin noticias de él. ¿Acaso estaba tan apabullado que finalmente se había marchado de Madrid? Algo que yo no le envidiaba era su mala suerte. Aunque también me había acostumbrado a verlo superar sus infortunios. A pesar de ello me sorprendí cuando Pascual, con grandes muestras de agitación, me informó que habían visto a Miguel en la taberna de su amante.

—Está situada en la tristemente célebre Calle de los Tudescos, por lo cual don Luis se puede imaginar la clase de lugar que es: las demás casas de esa calle son burdeles. De cualquier forma, él ha estado anunciando a los cuatro vientos en la taberna de su amante que ya ha finalizado una novela pastoril. Se tenía muy bien guardado el secreto. Nadie sabía de sus ambiciones como escritor de novelas pastoriles.

—Algo había escuchado sobre este proyecto hace algún tiempo —dije—; en una carta que le escribió a un buen amigo mío que sirve a Su Majestad en la Corte en Lisboa.

Pascual permaneció en silencio, como si estuviera esperando que mencionara el nombre de mi amigo en la Corte de Portugal. Paladeaba cada nombre de una persona importante que le mencionaba y cualquier dato que pudiera intuir acerca de sus vidas privadas.

—¿Desde hace cuánto tiempo tiene una amante?

Pascual hizo su mejor esfuerzo para ocultar la frustración que le producía el hecho de que yo no le revelara la identidad de mi amigo en la Corte, pero aquello no era motivo suficiente para detener su afán de murmuraciones.

—Su nombre es Ana Franca, también conocida como Ana de Villafranca. Es una judía nacida en Madrid. La he visto en la taberna; es una moza bastante joven, tiene la mitad de los años de Cervantes. Sus padres la casaron con un hombre llamado Alonso Rodríguez, un mercader asturiano que permanece fuera de la ciudad en viajes de negocios por largos períodos. Por lo visto todos saben sobre los amores de ella y Cervantes, con excepción de su marido.

Tal parecía que Miguel no había perdido su talento para encantar a las damas. Debía haber seducido a la joven tabernera con historias sobre batallas y cautiverios, y contándole de sus incursiones en el mundo de las tablas. Qué conveniente para Miguel encontrar una amante que podía ofrecerle, aparte de un lugar en su cama, comida y bebida gratis. Por supuesto que había elegido a una judía, una de su misma especie.

Pascual continuó:

—Algunas personas le han escuchado decir en estado de embriaguez que su novela *La Galatea* pondrá en ridículo a todas las novelas pastoriles escritas hasta la fecha. Teniendo en cuenta que él es amigo cercano de Luis Gálvez de Montalvo, cuya novela *El pastor de Fílida* es considerada la mejor novela pastoril escrita hasta la fecha en España, me parece que raya en el colmo de la insensibilidad. Personalmente no la he leído, pero no ha sido por falta de interés.

—Tengo una copia —dije—. Se la voy a prestar. En cuanto a Cervantes, le deseo lo mejor con su novela —en ese momento cambié de tema y comencé a hablar acerca de los documentos que habían llegado a mi escritorio la víspera—. ¿Me haría el favor de leerlos y entregarme un reporte? Los necesito cuanto antes —le dije, y le indiqué que podía retirarse.

La inminente publicación de *La Galatea* dominaba mis pensamientos. Aguardaba impaciente su aparición en las vitrinas de las tiendas, como si se tratara de mi propia novela. *Por supuesto será espantosa; por supuesto que será un fracaso*, me repetía a mí mismo. El temor de que pudiese ser buena me atormentaba. La mera idea me desvelaba. ¿Qué pasaría si Miguel llegaba a convertirse en un autor célebre y en un hombre acaudalado? Entonces, ese «de» que su padre había insertado antes del Cervantes dejaría de sonar ridículo.

Pero antes de la publicación de *La Galatea*, Miguel nos tenía reservada otra sorpresa. Mientras compartía con Pascual una copa de jerez (licor por el cual él sentía una especial predilección, según me había dado cuenta), me informó que Miguel se había mudado a un pueblo en La Mancha llamado Esquivias.

—Me enorgullezco de mi conocimiento de la geografía española, que se extendió gracias al tiempo en el que estuve empleado en las Guardias de Castilla, pero debo admitir que no he tenido el placer de visitar este lugar —dije.

—Me parece, vuesa merced, que incluso los mismos esquivianos intentan olvidar de dónde son.

—Creía que su novela iba a salir en cualquier momento. ¿Tiene alguna idea de por qué se fue a ese pueblo?

—He escuchado decir que doña Juana Gaitán, la viuda del poeta Pedro Laínez, lo invitó a visitarla en Esquivias. Tal parece que Laínez dejó cientos de poemas en manuscritos y la viuda le ha pedido a Cervantes, quien fue buen amigo del difunto poeta, hacer su edición para poderlos publicar en un cancionero. La viuda de Laínez vive en Esquivias, donde los manuscritos están depositados en la biblioteca del difunto poeta. ¿Don Luis ha leído la poesía del difunto don Pedro? Que su alma descanse en paz.

—Es comprensible que tenga admiradores, pero yo no soy uno de ellos. A lo mejor debería leer algo más de su obra. En cualquier caso —proseguí— podemos asumir que Cervantes retornará a Madrid tan pronto como haya concluido con esa labor. ¿No le parece?

—No conozco mucho del mundo, aunque no ha sido por falta de interés —dijo Pascual—. Pero Esquivias no está en la lista de lugares que me gustaría conocer. Y mucho menos vivir allí.

No mucho tiempo después de esta conversación Pascual llegó con la asombrosa noticia del matrimonio de Miguel con una mujer de Esquivias. Su nombre era Catalina Salazar, descendiente de una noble pero empobrecida familia esquiviana.

—Según una fuente confiable, la dote de esta mujer consistió en cinco viñedos, un huerto, un par de mesas, sillas y colchones, cuatro colmenas, unas cuantas docenas de gallinas, un gallo y un brasero. Ni siquiera un burro o un olivo —dijo Pascual regodeándose—. Supongo que es lo máximo a lo que puede aspirar en un pueblo de provincias un novio lisiado y sin un centavo, además dramaturgo fallido. En cualquier caso, al menos contará con huevos, miel, uvas y un poco de ese famoso vino esquiviano. ¿Es cierto, vuesa merced, que aquél es el único vino que bebe nuestro gran rey?

—No presumiría de saber cuál es el vino que bebe nuestro gran rey, Pascual.

—De cualquier forma, mientras no se presente una plaga que afecte a las gallinas o una gran sequía, de ahora en adelante Cervantes no sufrirá de hambre.

Escasamente tres meses habían pasado desde la boda cuando recibí la nueva de que la amante de Miguel en Madrid había dado a luz a una niña de nombre Isabel. Por lo visto todos en los bajos fondos de la ciudad sabían que Miguel era el padre de la criatura. Esto explicaría la razón de su prisa para casarse con Catalina. No era un comienzo auspicioso el de aquella unión. ¿Cómo reaccionaría su nueva esposa con las noticias del nacimiento de una hija bastarda de su marido? Sería sólo cuestión de tiempo hasta que un alma caritativa se lo contara a la señora de Cervantes, con lo cual quedaría al descubierto la naturaleza vil de Miguel. En cuanto a la desventurada niña bastarda, ¿algún día se enteraría de quién era su verdadero padre?

La Galatea finalmente hizo su aparición en las librerías. Debí haber sido uno de los primeros madrileños en leerla. Era una verdadera abominación: un indigesto menjurje de mal latín con un remedo de erudición y horrorosos versos. Las novelas pastoriles estaban concebidas para los idiotas y las mujeres sentimentales. Los personajes en estas historias eran llorones que cada dos frases, solos (o a menudo en coro) lloraban por esto y aquello y lo de más allá. Las ovejas, las cabras y los terneros no balaban, se lamentaban. Por poco no lloraban también las rocas sobre las cuales los pastores se sentaban y los árboles que les daban abrigo.

Por qué las personas se embelesaban con la lectura de estas historias acerca de pastores tristes y desaseados, llenos de pulgas, que olían peor que los rebaños que cuidaban, era algo que rebasaba mi entendimiento. ¿Qué se podía decir en defensa de estas historias? Reto a cualquier persona que se precie de racional a darles sentido a las absurdas vueltas y revueltas de las novelas pastoriles. Sus autores eran vulgares mercenarios y traficantes de palabras. ¿Dónde estaban los escritores de la grande y noble épica española? ¿No eran acaso estos libros una señal de la corrupción de nuestros valores nacionales?

Con su característica insolencia, Miguel debió haber creído que un hombre que carece de una educación clásica podía de alguna manera engañar a otros y hacerles creer que era un escritor calificado. La misma debilidad que yo había encontrado en su obra de teatro saltaba a la vista del lector desde el primer párrafo de *La Galatea*. Para mí resultaba evidente que de los protagonistas, Elicio el de noble cuna era una representación mía, y Erastro el de cuna humilde, de Miguel. Los dos son pastores y ambos están enamorados de la hermosa pastora Nísida, una idealización de Mercedes. Se le describe como una mujer tan hermosa que parece que «la naturaleza cifró en ella el extremo de sus perfecciones». Nísida, por su parte, no está enamorada de ninguno de los dos y los rechaza. ¡Y esto, por increíble que parezca, es toda la historia! Al final de la novela encontramos una lista interminable de todos los poetas españoles vivos cuyas obras supuestamente admiraba Miguel. Era una forma de ganar favor con cualquiera que alguna vez hubiera escrito un verso, sin importar qué tan detestable fuese. Esta sección constituía una prueba más de que el cerebro de Miguel se había reblandecido con el fiero sol de la costa de Berbería.

No faltaban los tontos de costumbre y los payasos inmorales que aplaudían *La Galatea* y escribían sonetos alabándola. Incluso, el gran Lope de Vega, quien debería haber notado la mediocridad de libro, deshonró su pluma. Obviamente estos escritores alababan al desafortunado tullido, al sobreviviente, al charlatán, y no notaban la escritura espantosa. A pesar de todo, no pude abstenerme de visitar las tiendas en Madrid donde se encontraba a la venta el libro e inquirir acerca del éxito que había tenido entre los lectores. Para mi alivio, a pesar de los esfuerzos de los compinches de Miguel de hacer pasar relucientes cuentas por joyas verdaderas, los lectores de la novela pastoril no acogieron bien su ópera prima.

Miguel había fracasado como soldado, como poeta, como dramaturgo y como novelista. ¿Podría la vergüenza impedir que asomara su rostro de nuevo por los enclaves literarios de Madrid? Esquivias sonaba como el perfecto pueblo de mala muerte donde podría enterrarse por el resto de su vida. Allá, lejos del mundo civilizado, podría vivir la miserable vida de un indigente hidalgo y emplear las horas muertas en divertir a los aldeanos ignorantes reunidos en las malolientes tabernas del pueblo con sus fantasiosas historias acerca de sus días como soldado y como esclavo. Estos pueblerinos sin duda quedarían impresionados con las exóticas historias que él les contaría a cambio de una garrafa de vino. Si los argelinos se habían quedado cortos en la tarea de acabar con Miguel, el aburrimiento de vivir en aquel pueblo olvidado de Dios lo haría.

Con Miguel lejos de Madrid, yo vivía para mi trabajo y para mi hijo, asegurándome de que recibiera una educación apropiada como heredero de una familia de nuestro rango. El padre Jerónimo y yo sentíamos un gran alivio, pues Diego había perdido todo interés en los argumentos teológicos bizantinos. Bajo la supervisión del padre Jerónimo completó sus estudios para el *quadrivium*. En un año ya estaría listo para entrar a mi *alma mater*, la Universidad Cisneriana de Alcalá de Henares, donde se destacaría por ser uno de los estudiantes más jóvenes, si no el más joven. Diego siempre había sido un muchacho solitario, poco interesado en la compañía de otros jóvenes de su edad. El mundo más allá de los confines de nuestra casa no ofrecía ningún atractivo para él. Me preguntaba cómo reaccionaría una vez que tuviera que relacionarse con sus compañeros en el mundo exterior.

Para mí fue muy decepcionante que mi hijo perdiera gradualmente el interés de leer poesía conmigo en las noches.

En lugar de ello había caído bajo el embrujo del firmamento y de las estrellas; sus hábitos se habían vuelto nocturnos. Con la excepción de noches nubladas o lluviosas, Dieguito se sentaba junto a su ventana con el catalejo y allí permanecía absorto en las actividades del firmamento hasta la llegada del amanecer.

Había algo que me dolía. No obstante el abismal fracaso de *La Galatea*, para bien o para mal no podría volver a referirme a él como a un escritor en ciernes. Yo, por el contrario, no era más que un burócrata de alto rango que trabajaba para la Corona.

Tal vez con la idea de llenar el vacío creado a partir de la pérdida de las exquisitas horas que Diego y yo habíamos pasado juntos, por primera vez en casi veinte años la idea de empezar a escribir una novela comenzó a rondarme. No escribiría una novela pastoril a pesar de la gran popularidad de la que gozaban estas historias. Tampoco era admirador de las novelas de caballería. Y el mundo habitado por los personajes de la picaresca era desconocido para mí; no existía en mí el deseo de explorar los niveles más ínfimos de nuestra sociedad y escribir acerca de personas que encontraba repugnantes. En la época en que estaba en el Estudio de la Villa, poco después de conocer a Miguel de Cervantes y a su familia, había contemplado fugazmente la idea de escribir una historia acerca de un imprudente soñador que arruina a su familia con sus descabalados planes. La inspiración para este personaje era el padre de Miguel, don Rodrigo, quien con sus quiméricas aspiraciones personificaba a un cierto tipo de hombre español.

Puesto que mi vena poética por lo visto se había secado para siempre, quizás era el momento de hacer realidad este antiguo proyecto. No tenía experiencia en escribir prosa, por lo cual empecé por elaborar una lista con los principales personajes que incluiría: el irresponsable don Rodrigo, su sufrida esposa doña Leonor, descendiente de una buena familia y quien intenta de forma infructuosa traer de vuelta a la realidad a su esposo y a sus hijos varones, y Andrea, la hija, cuyas indiscreciones se convierten en una fuente de gran vergüenza para su familia. Pasados todos estos años puedo ver con claridad que Miguel y su padre eran lados opuestos de la misma moneda: soñadores que fracasaban en todo aquello que intentaban; hombres arruinados que no podían dejar de soñar.

Transcurrieron varios meses de quietud hasta el invierno de 1586, cuando llegó a mis manos un sobre con el sello del cardenal de Toledo. Era una carta de Su Eminencia escrita en hermosos caracteres góticos sobre un grueso y delicado papel dorado, por medio de la cual se me nombraba Fiscal Acusador de la Inquisición, como un reconocimiento a mi «excepcional amor por la Iglesia». En la pirámide de oficiales de la Inquisición, el cardenal me recordaba, el Fiscal Acusador ocupaba el cuarto puesto en orden de importancia. Mi principal labor en este cargo, añadía el cardenal, sería la de conducir investigaciones sobre los herejes acusados de graves ofensas contra nuestra religión e informar sobre mis conclusiones directamente al Gran Inquisidor. «¿Es esto lo que Dios quiere que yo haga para expiar mis pecados?», me pregunté. «¿Es ésta la mejor forma de servirle, de defender y proteger nuestra fe, de hacer la guerra a los herejes, a los judíos y a los discípulos del diablo? ¿Había sido puesto en esta tierra para ser un soldado de Su Ejército Divino?» Otro pensamiento cruzó por mi cabeza: el día podría llegar en que Miguel de Cervantes amenazara de nuevo mi bienestar; si así ocurría yo tendría entonces el poder de mandarlo directamente al infierno, el sitio al cual pertenecía.

Capítulo 7
En un rincón de La Mancha
1584

En un camino que lleva a Toledo desde el corazón de La Mancha el viajero se encuentra con Santa Bárbara, un monte coronado por una iglesia en ruinas que data de la época en la que moros y cristianos se enfrentaron para decidir quién iba a gobernar Castilla. Santa Bárbara es renombrada por los blancos robles que crecen en sus laderas y que producen bellotas muy apreciadas por su intenso sabor a nuez. En días despejados, el viajero que alcance la cima del monte será recompensado con la visión en el horizonte de la silueta color azul añil de la Sierra de Guadarrama y con los viñedos y trigales de la aldea de Esquivias y la campiña circundante, la Sagra Alta, donde en la Antigüedad era adorada la diosa Ceres. Los visigodos que fundaron Esquivias también le dieron su nombre, que en alemán antiguo significaba un lugar extremo y remoto.

Mi gran amigo en los Baños de Argel, Sancho Panza, fue la primera persona que me habló de Esquivias. Sancho alababa la calidad de su vino tinto por encima de todos los otros que se producen en La Mancha y no se cansaba de recordarme que era consumido tan sólo por los afortunados esquivianos y por el rey Felipe II. A lo largo de los años, muchas veces me pregunté si Sancho habría muerto de sed en el desierto o habría sido picado por una serpiente venenosa o devorado por los leones o los lobos, o secuestrado y reducido a la esclavitud por los piratas bereberes. Si su familia aún vivía en Esquivias iría a visitarlos para expresarles la gratitud por quien fuera mi ángel de la guardia durante mis primeros años en tierra de infieles.

Dirigí mi mula hacia el modesto sendero que se desprende del camino principal a los pies de Santa Bárbara y entré a la aldea hacia el final de una tarde en plena época de vendimia. Iba dejando atrás campesinas que reían y hablaban a grandes voces en lo alto de carretas descubiertas y a mujeres jóvenes que caminaban guiando los asnos cargados con uvas verdes y rojas. Los pechos, manos, labios, mejillas, la ropa y en especial los pies de las muchachas manchegas estaban teñidos de púrpura por los zumos de la cosecha. A su paso quedaba flotando un intenso olor a mosto.

Entré a Esquivias con el cuerpo agotado pero el corazón esperanzado. Sentía alivio de dejar Madrid después de haber llegado a la conclusión de que si continuaba frecuentando la cama de Ana Villafranca me esperaban grandes tribulaciones. Ana era una excelente amante que satisfacía mis necesidades y deseos como hombre y no pedía mucho a cambio con tal de que apaciguara sus apetitos carnales. Pero la vida de las tabernas, con su clientela de exconvictos y otros personajes oscuros y peligrosos, con reyertas que a menudo terminaban en derramamiento de sangre y a veces en homicidios, no resultaba propicia para la escritura. Era sólo cuestión de tiempo para que el esposo de Ana, espoleado por el comentario de algún borracho, me desafiara a un duelo. Y yo ya estaba cansado de huir.

Otra ventaja de salir de Madrid era distanciarme de su implacable mundillo literario. Tenía buenas razones para abrigar esperanzas por primera vez en años: después de muchos aplazamientos, la publicación de *La Galatea* estaba anunciada para la primavera. El sueño de que mi novela me trajera fama y dinero y que mejoraran las circunstancias materiales de mi vida estaba alimentado por mi naturaleza optimista.

Había sido invitado a Esquivias por doña Juana Gaitán, viuda de mi buen amigo el notable poeta Pedro Laínez, a quien yo consideraba mi maestro en este género. Pedro había muerto de repente a principios de año y doña Juana estaba preocupada de que a menos que los poemas de mi difunto amigo fuesen recopilados y publicados, caería en el olvido. Doña Juana (¡Que Dios la bendiga!) decidió que yo era el poeta idóneo para hurgar y escoger entre sus versos escritos a mano en hojas sueltas y trozos de papel y prepararlos para su publicación. Pedro, un verdadero hidalgo castellano, me había brindado su amistad cuando llegué a Madrid procedente de Argel en una época en que me quedaban en la ciudad pocos amigos de mis días de estudiante, y me presentó a algunos de los poetas más talentosos que por ese entonces habitaban en la ciudad. Frente a este selecto grupo de bardos Pedro había alabado con vehemencia el par de poemas que yo había conseguido escribir durante mi larga reclusión en los Baños. Gracias a su apoyo fui aceptado en la estimulante aunque querellosa vida literaria de Madrid.

—Puede alojarse en mi casa de Esquivias todo el tiempo que sea necesario para dejar listos los poemas de Pedro —me había dicho doña Juana en el salón de su residencia en Madrid, donde me había convocado—. Prometo dejarlo solo para que pueda trabajar en paz. Nuestro hogar es una de esas casonas grandes de La Mancha en las que varias personas pueden vivir bajo el mismo techo y verse unas a otras solamente cuando desean compañía. Desconozco cuál es la remuneración apropiada para este género de trabajo pero puedo ofrecerle veinte escudos por su labor, si le parece justo.

El estupor se debió notar en mi rostro pues doña Juana guardó silencio y me observó con curiosidad. Su oferta llegaba en un momento en el cual, excepto por la generosidad de Ana, me encontraba prácticamente en la indigencia. No sólo tenía los bolsillos vacíos sino que además justo un par de días atrás y afectada por el vino, Ana me había acusado de tener relaciones con una de las muchachas que servían las copas en la taberna; esa noche me estaba preparando para ir a dormir en nuestra habitación cuando Ana me atacó con unas tijeras. Corrí con suerte de que no baldara mi mano buena.

—¿Significa su silencio que la oferta que le hago es aceptable? —me preguntó doña Juana. Al sonreír resplandecían sus ojos negros—. Esquivias es una aldea diminuta; no tiene más de trescientos habitantes —en un esfuerzo para que el lugar sonara más atractivo, agregó—: Treinta y siete de nuestras buenas familias son descendientes de hidalgos. Además la señora Petra, mi cocinera, prepara los mejores potajes de conejo y perdiz, unas lentejas celestiales y unas carcamusas que son alabadas de aquí al cielo por todo aquel que ha tenido la buena fortuna de probarlas. Como poeta que ha viajado por el mundo estoy segura de que no necesito hablarle de la excelencia insuperable del vino tinto de nuestra tierra. Mi bodega de vino, si me permite pecar de vanidosa, es una de las mejores de La Mancha.

Yo no había recibido una oferta tan tentadora desde la invitación del cardenal Acquaviva para que trabajase a su servicio cuando de joven había llegado a Roma.

Las palabras de la viuda resonaban aún en mis oídos mientras iba entrando al pueblo. Ancianos vestidos con las ropas finas de los hidalgos, aunque algo desteñidas, se paseaban llevando de la traílla flacos sabuesos blancos. Pasé frente a la hermosa iglesia de Esquivias, construida en un altozano. Sus altas torres mozárabes dominaban todo el pueblo. Lúgubres y elegantes cipreses en forma de signos de admiración invertidos crecían en un pequeño parque junto a la iglesia.

Una de cada dos casas frente a las cuales pasaba exhibía un escudo de armas polvoriento y desvaído. En las casas principales se veía una cruz de piedra tallada sobre cada ventana. Los intrincados diseños de las imponentes puertas pregonaban el linaje de la familia que habitaba la casa y me traían a la mente las puertas de las residencias de La Casbah, salvo que éstas eran más austeras, en consonancia con el sobrio paisaje manchego. Tenía la sensación de haber entrado en un lugar perdido en el tiempo. Mientras seguía las direcciones para llegar a la casa de la viuda, avanzaba con una gran expectativa bajo el lánguido y dorado crepúsculo de Esquivias.

Mi primera noche en aquella espléndida casona antigua, la viuda y yo cenamos a solas en el íntimo comedor donde compartiría las comidas con Pedro en días más felices. Llegamos hasta una mesa de roble rojo y nos sentamos en sillas de brazos de espaldar alto tapizadas en terciopelo color borgoña. Dos enormes retratos de santos decoraban el recinto; a duras penas alcanzaba a ver sus detalles a la escasa luz que se desprendía de las velas colocadas sobre el aparador y la mesa. La ventana atrás de la silla de doña Juana estaba abierta dejando a la vista la estrellada noche manchega; una brisa suave soplaba desde la planicie oscura.

—Reparto mi tiempo entre Esquivias y Madrid —me dijo doña Juana en el momento en que llegaba la comida—. Está el asunto de los viñedos que han sido propiedad de nuestra familia durante generaciones y además tengo que asegurarme de que los inquilinos paguen la renta —una expresión de tristeza ensombreció su rostro—. Pedro y yo tuvimos tres hijos, pero sólo uno de ellos, con el mismo nombre de su padre, sobrevivió a las enfermedades de la infancia. Vive ahora en Nueva España, donde es un oficial importante en la corte del Virrey —con un gesto amplio doña Juana abarcó toda la mesa—. Es de allí de donde proviene toda la plata que adorna esta mesa. Me alegro por él pues eso es lo que desea. Pero significa que soy yo la única persona que puede encargarse de las propiedades de la familia. Preferiría tener a mi hijo en España que tener toda esta lujosa cubertería.

Aunque vestía las ropas propias de una viuda, su lustroso vestido de seda entallaba con buen efecto su pecho prominente, adornado con un broche formado por dos grandes esmeraldas, una cuadrada y la otra hexagonal, sobre un marco de oro macizo cincelado con figuras de la fauna del Nuevo Mundo. Su resplandeciente cabello negro estaba recogido en un moño y asegurado con un peine de carey adornado con perlas diminutas. La oscuridad de la noche resaltaba aún más sus cautivantes ojos. Con buena razón mi amigo Pedro había sentido tal devoción por ella. Tuve que repetirme que me encontraba allí única y exclusivamente para cumplir un encargo remunerado.

—La gente de Esquivias tiene mucha curiosidad por conocerle y yo quiero que conozca a las mejores personas del lugar —me dijo doña Juana. Tomó otro bocado, saboreando el suculento estofado de conejo, zanahoria y garbanzos—. De otra manera se va a morir de tedio.

Tomé otro sorbo del aromático y sedoso vino; sus ricos sabores ascendieron por mis fosas nasales en dirección al cerebro. Este embriagador elíxir sobrepasaba su reputación. En el futuro sería una gran decepción tomar cualquier otro tipo de vino tinto.

—Doña Juana, estoy seguro de que exagera —le dije.

—Miguel de Cervantes, parece olvidar que es usted un héroe de guerra, un hombre que ha visto mundo, un poeta celebrado y el autor de una novela pastoril próxima a ver la luz. Créame si le digo que todos estos logros lo sitúan entre los estratos superiores de la sociedad de Esquivias. Ahora aclaremos sus tareas, mi joven amigo: tendrá el día entero para organizar la obra de Pedro. Puede entrar y salir de casa como mejor le parezca. Pero sus noches me pertenecen. Cuando llego a Esquivias, mis vecinos esperan que anime un poco nuestra vida provinciana. Están siempre ansiosos por enterarse de las noticias de Madrid. Haré lo posible para que tengamos muchas tertulias en mi casa, que quiero que usted considere como la suya propia. Y me propongo aceptar en nombre de los dos todas las invitaciones de mis amistades —con un aire de conspiración, acentuado por un guiño, añadió—: Mi estimado amigo, éste sería un buen sitio para quedarse y sentar raíces. Hay unas cuantas mujeres jóvenes, descendientes de las familias nobles de Esquivias, que serían esposas dignas para un hombre de su condición. Seamos francos, amigo: tarde o temprano tendrá que poner fin a su soltería peripatética.

Un lobo aulló en la distancia. Enseguida otro lobo hizo eco al aullido del primero.

—Sí, en esta zona hay lobos —dijo doña Juana—. Pero siempre y cuando no salga a caminar solo por el campo de noche, no tiene nada que temer.

Le pregunté si conocía a la familia de Sancho Panza.

—¿Y de qué conoce usted a los Panza?

Le expliqué la manera en que había ocurrido.

—Ah, en nuestra aldea todos nos conocemos. La pobre Teresa tuvo que criar sola a su hija después de que aquellos despiadados piratas secuestraron a Sancho hace ya tantos años; jamás se volvió a saber de él. Teresa se alegrará de saber que usted conoció a su esposo en aquella espantosa tierra de adoradores de ídolos. Ha trabajado para nuestra familia toda su vida. Y ahora su hija Sanchica también trabaja para mí.

Después de que nos dimos las buenas noches salí al patio a fumar mi pipa. Venus brillaba tan resplandeciente y dorada que me recordó mi primera noche en Argel. ¿Qué me esperaba durante los próximos meses en este pueblo? Entretanto, mientras el futuro se iba desvelando, éste era un sitio tan bueno como cualquier otro para llenar mis vacíos cofres, para reparar mi cuerpo lacerado y para dejar de esforzarme en vano.

Mi primera mañana en casa de doña Juana me desperté con el cántico de las aves; sus alegres notas parecían provenir de todos los rincones de la aldea. Después de una taza de chocolate y una tajada de pan recién horneado con mantequilla, salí a dar una caminata exploratoria. Bandadas de gorriones, de golondrinas y de tristes palomas aleteaban en la fresca mañana manchega. No me había sentido tan regocijado desde que pusiera pie en suelo español casi cinco años atrás. La aldea parecía una especie de paraíso pastoril, muy distante de las guerras y la destrucción, un sitio en el que el hombre y la naturaleza cohabitaban en armonía. Apacibles arroyos discurrían en medio de las calles empedradas; sus aguas puras tenían tanta fragancia como si hubiesen nacido en un bosquecillo de naranjales en flor. Quizás éste era el sitio en el que finalmente podría curarme de mis años en Argel. Quizás podría ocultarme en Esquivias hasta romper las cadenas que me ataban a Ana Villafranca y a la escoria de Madrid, donde la muerte o la prisión parecían ser el final más probable de mis días.

Me dispuse a cumplir con mi agradable aunque melancólica tarea. Si bien algunos de los poemas de Pedro estaban escritos en cuadernos, la mayoría habían sido garabateados en hojas sueltas. Encontré alrededor de doscientos poemas inéditos, casi todos sin fecha. Muchos estaban firmados por Damon, el seudónimo de Pedro para sus composiciones pastoriles. Entre aquel botín de poemas, algunos de los cuales ya conocía, encontré las habituales imitaciones de Petrarca y de los cancioneros. El eco musical de Garcilaso era lo que me había atraído a la poesía de Pedro. Pero él no era un simple imitador del bardo inmortal: había utilizado las convenciones usuales para crear poemas plenos de originalidad y sinceridad. Sus barrocos poemas de amor se convertían en exploraciones acerca de la brevedad de nuestro paso por esta tierra. Iba a exigir mucha paciencia descifrar su imbricada caligrafía, pero por otro lado iba a ser una tarea placentera ordenar y catalogar sus poemas. Resultaba casi una manera de continuar la conversación con mi amigo más allá de la tumba. Era el empleo más gratificante que jamás hubiese tenido. ¿Estaría mi suerte a punto de cambiar para bien?, me preguntaba.

Doña Juana se sentía encantada de presidir con frecuencia cenas en las cuales el vino tinto de Esquivias circulaba copiosamente. Las viandas que preparaban sus cocineras eran invariablemente exquisitas: habas con conejo o codorniz, carcamusa preparada con la mejor carne de ternera y abundancia de cebolla, apio y verduras frescas, y las migas manchegas, elaboradas con chorizos picantes, mucho ajo, porciones generosas de tocino y pimentones rojos, todo ello coronado con las más maduras y jugosas uvas de la vendimia. En manos de doña Petra, un plato sencillo como un potaje de lentejas pasaba a ser apetitoso, de exquisito olor y suculento, tan satisfactorio al paladar como cualquier manjar sofisticado. El gusto de su patrona por la buena comida aseguraba que el fuego de la cocina estuviese siempre encendido, que siempre hubiese una olla bullendo y que el día entero los aromas más apetitosos circulasen por todas las habitaciones de la casa.

A la viuda le encantaban las murmuraciones del pueblo casi tanto como comer bien. Durante la primera cena festiva a la que asistí, ofrecida en mi honor, conocí al anciano cura del pueblo, Juan de Palacios. Su cabello y su barba eran blancos y su rostro mostraba los surcos causados por el implacable sol de La Mancha. Pero sus ojos diminutos resplandecían de curiosidad.

—Doña Juana habla maravillas de su poesía —me dijo—. También me cuenta que sus obras de teatro son muy representadas en El Corral del Príncipe y que muy pronto se convertirá en un novelista publicado. Yo soy gran amante de las novelas de caballería, don Miguel. Poseo los cuatro volúmenes del *Amadís de Gaula*, que en mi opinión, aunque no soy más que un cura de aldea y de ninguna manera un hombre de letras, son los mejores libros de ese género que jamás se hayan escrito. Por otra parte, no es de mi agrado ninguna de sus imitaciones —dijo, y tomó una pausa a la espera de mi respuesta.

—Doña Juana es demasiado amable con las alabanzas que hace de mi talento —dije—. En cuanto a los Amadises espurios, no podría estar más de acuerdo con usted. Opino que se trata de imitaciones detestables.

El padre Palacios dejó escapar una sonrisa y continuó:

—También tengo en mi posesión una copia muy usada de *Tirant lo Blanch*, que atesoro como uno de los libros más entretenidos que he leído en toda mi vida. Y debo confesar mi debilidad por *La Diana* de Jorge Fuentemayor, aunque también en este caso no me interesa ninguna de las imitaciones. Tengo muchos otros libros, por supuesto, pero estos que he mencionado son las joyas de mi biblioteca. En lo que se refiere a libros de poesía, me da vergüenza admitirlo, don Miguel, pero no tengo ni uno solo, ya que toda la poesía que me hace falta la encuentro en «El cantar de los cantares». A riesgo de ofenderle, mi muy dilecto y nuevo amigo, pues según entiendo su nueva novela es del género pastoril, tengo que admitir que ese género no me atrae en lo más mínimo. Tan sólo los escritores que jamás han arrancado una cebolla de la tierra o han ordeñado una cabra pueden escribir semejantes sandeces.

—A mí tampoco me gusta la mayoría de ellas —le dije.

—Puedo ver que vamos a ser amigos. Tenemos mucho en común. Será usted bienvenido en la sacristía en cualquier momento que quiera pasar por allí. Asumo que como buen cristiano debe usted acudir a misa y confesarse con cierta frecuencia. Ya que uno nunca sabe cuándo Nuestro Buen Señor decida llamarnos a su lado, es mejor estar preparado. De mi biblioteca puede tomar prestados los libros que no haya leído o que desee releer. Me dará mucho placer prestárselos. Después podríamos hablar sobre ellos en compañía de nuestro vino, nunca lo suficientemente bien ponderado. Creo que existe mucha verdad en aquella máxima: *In vino veritas*. No se imagina usted la falta que me hace entablar una conversación literaria cuando doña Juana está en Madrid. La única otra persona con buen gusto literario por estos lares era mi entrañable amigo el ilustre hidalgo don Alonso Quijana, un hombre con un refinado conocimiento de los libros, un amante de las novelas de caballería y quien se metió a monje durante los últimos años de su vida. Es difícil de creer, pero ya hace cuarenta años que murió. Ah, ¡cómo pasa el tiempo! El consejo que puedo darle es *carpe diem*.

Habíamos terminado el primer plato, una deliciosa carcamusa que nos habían servido con cucharones en porciones tan generosas que me temía que no me iba a quedar espacio para el plato principal. Pero desde la cocina me llegaba la fragancia agreste de codornices asadas.

—Don Alonso murió antes de que yo naciera —interpuso doña Juana, quien estaba limpiando su plato con un trozo de pan—. De hecho, la sobrina biznieta de don Alonso, quien es también sobrina nieta del padre Palacios, doña Catalina de Palacios, madre de la encantadora Catalina, la mayor belleza de nuestro pueblo, cenará con nosotros la próxima semana. Las hubiese invitado esta noche, ya que estoy ansiosa de que usted conozca a la bella y virtuosa Catalina, pero ella y su madre se encuentran en Toledo, donde fueron a recolectar las rentas que les deben unos inquilinos.

—Don Miguel, no se trata de una exageración cuando doña Juana dice que mi sobrina nieta es la mujer más hermosa de Esquivias —afirmó el padre Palacios.

Mi interés en el tema iba en aumento, pero antes de que pudiese hacer una sola pregunta sobre la bella Catalina, un montecillo de codornices a la miel fue depositado en el centro de la mesa.

Más tarde aquella misma velada, cuando ya nos habíamos retirado al salón y conversábamos apoyados sobre cómodos cojines, Doña Juana anuncio:

—Miguel, en su honor y para demostrar lo mucho que aprecio tenerlo en mi casa como huésped, he cometido uno de mis mayores pecados de vanidad y he escrito un soneto.

Muchos años han pasado desde aquella velada tan singular, pero aún recuerdo algunos de los versos de doña Juana:

Oh héroe de Lepanto, aquel lugar espantoso
donde en prenda de vuestro hidalgo honor
perdisteis la valiente mano izquierda
en defensa de nuestro sol, el rey Felipe,

de nuestra Sagrada Iglesia Católica y Romana,
la única Iglesia verdadera, y de nuestra patria
vos, noble hijo de Alcalá, capturado
por los infames hermanos Barbarroja y confinado

en las infernales mazmorras de Argel…

Cuando iba por la tercera estrofa yo estaba demasiado embriagado de vino para poder apreciar el resto de los elevados versos inspirados por mi «heroísmo». El final de la declamación fue recibido con un estruendoso aplauso.

—Desafortunadamente, don Miguel —se lamentó el cura— doña Juana escribe tan sólo un poema por año, puesto que ella únicamente declama acerca de los eventos más memorables que ocurren en nuestro pueblo. Si ella pudiera escribir con la prolijidad de un Lope, le aseguro, España podría alardear de ser la cuna de la Décima Musa.

Sus palabras fueron seguidas de sendos brindis por mi persona, por la poesía y por doña Juana.

Después de un par de días en Esquivias le pedí indicaciones a mi anfitriona para llegar a la casa de la familia de Sancho Panza, y hacia allá me dirigí una tarde para conocer a su esposa y a su hija.

—Pase la capilla al final del pueblo y continúe por el sendero que se encuentra a un costado de la capilla, hasta que se tope con un descenso en el camino —había dicho doña Juana—. A su derecha verá una gran roca. Tome una curva cerrada y siga ese estrecho sendero por una corta distancia. No puede equivocarse de casa; no hay otras alrededor.

La capilla a la cual llegué siguiendo las indicaciones de doña Juana era apenas una estructura rectangular de piedra caliza que tenía un pequeño campanario en lo alto. Sobre la puerta de la capilla había una cruz tallada muy sencilla. La austera edificación era tan sorprendente y sobrecogedora como la árida tierra sobre la cual estaba asentada.

Seguí sus instrucciones y caminé bajo un cálido sol siguiendo un sendero polvoriento y lleno de piedrecillas que llevaba hasta un rombo hecho de rocas. En su patio delantero crecían unos pocos viñedos, cuyos frutos ya habían sido recogidos. Estruendosas gallinas picoteaban en la sucia tierra roja del patio. Una conejera hecha de pilotes servía de hogar a unos conejos gordos.

—Buenas tardes —grité.

Una mujer regordeta y mayor, de cabello suelto y despeinado y tetas colgantes, cubiertas —pero no ocultas— por una blusa de color indeterminado, apareció en la puerta. Su rostro estaba rojo y sudoroso, como si hubiera pasado mucho tiempo al lado de unos carbones ardientes.

—¿Doña Teresa Panza? —pregunté.

—A su servicio, vuestra gracia —dijo, y me miró con desconfianza, como si no fuera usual para ella recibir visitas en su casa.

Le dije mi nombre.

—Soy huésped en casa de doña Juana Gaitán y he venido a presentarle mis respetos. Conocí a su marido Sancho en Argel, donde ambos fuimos cautivos en los Baños.

La expresión facial de doña Teresa pasó de la perplejidad a la radiante alegría. Se limpió las manos en su desaliñada falda, corrió en mi dirección y luego cayó de rodillas.

—Permita que esta humilde mujer bese sus manos, su señoría —dijo mientras agarraba mi mano útil y la bañaba en lágrimas.

—Mi buena doña Teresa —dije—; por favor levántese. Para mí es un honor conocer a la esposa de mi caro amigo.

—Han transcurrido muchos años desde que tuve las últimas noticias de mi buen y honesto esposo —dijo, levantándose. Su rostro estaba cubierto de lágrimas, pero siguió hablando—: Maldigo el día en que Sancho partió hacia Málaga, donde fue secuestrado por esos corsarios africanos sin Dios ni ley. Por favor excuse mi apariencia. Estaba planchando. Pero no se quede allí de pie. Entre a nuestro humilde hogar, que también es el suyo. Mi casa es su casa.

El interior de aquel rombo era oscuro, con excepción de una fogata junto a la cual se veía una mesa que ella utilizaba para planchar. Sobre el suelo sucio había una enorme canasta rebosante de ropa lavada. Doña Teresa miró a su alrededor y encontró una silla de madera, que me ofreció.

—¿Le apetece una copa de nuestro vino? Es muy refrescante a esta hora del día.

Acepté su ofrecimiento y me senté en una silla desvencijada. Llenó con vino dos tazas de peltre, sacó un taburete que estaba debajo de la mesa de planchar y aposentó su considerable trasero sobre él.

—Le ruego que me cuente, don Miguel. ¿Qué noticias trae sobre mi Sancho?

Le conté sobre la última vez que lo había visto y cómo aún lo recordaba con afecto y gratitud.

—Sin su esposo —añadí—, no habría sobrevivido esos primeros años en Argel.

—Así es mi Sancho —Teresa Panza suspiró y sus ojos se llenaron nuevamente de lágrimas—. Él es un simple campesino pero está hecho de oro, como la Corona del rey.

Afuera había una gran algarabía. Se escuchaban cerdos que gruñían y una voz de mujer que los llamaba:

—Venid aquí, demonios. ¿Adónde creéis que vais, gordinflones? Meteos ya mismo en el corral antes de que os dé una patada en el culo.

—Es mi hija Sanchica. La mayor bendición de mi vida, la mayor fortuna que su padre me dejó —sin levantarse doña Teresa gritó—: Hija mía, te ruego que entres. Y por favor, apresúrate. Tenemos visita.

Entró una joven descalza. Incluso desde el umbral se alcanzaba a oler el barro. Sus mejillas estaban rojas del polvo de la tierra; por el estado de su ropa parecería que hubiese estado revolcándose entre el lodo; sus pies se veían renegridos. Encima de su labio superior tenía un lunar negro que parecía un cucarrón muerto.

—Acabo de traer a los cerdos para alimentarlos con las sobras. La marrana grande está a punto de parir —le dijo Sanchica a su madre—. ¿Quién es este caballero, madre? —preguntó mientras me examinaba de arriba abajo.

Teresa le contó a su hija quién era yo, y luego me explicó:

—Sanchica se encarga de los cerdos de doña Juana. Todos nosotros hemos trabajado para su familia. Estas manos —sus manos eran grandes y coloradas, casi despellejadas— han lavado la ropa de la familia de doña Juana desde que yo era niña. Y antes de eso lo hizo mi madre. Todos en la familia hemos sido humildes servidores de los Gaitán desde hace tanto tiempo que ya nadie lo recuerda. Antes de que me lo arrebataran cruelmente de los brazos, mi buen Sancho se ocupaba de sus cabras.

—Señor, yo era apenas una bebé cuando esos demonios turcos me quitaron a mi padre —Sanchica metió la cucharada—. Pero lo recuerdo como si lo hubiera visto esta mañana. La gente suele decir «al que por mucho tiempo se ausenta, pronto se le olvida», pero no en esta casa.

—Vuesa merced —intervino doña Teresa—, nosotros los Panzas creemos firmemente que en la ausencia aumenta la querencia.

Hablar en proverbios parecía ser una tradición familiar.

—¿Qué noticias tiene de mi padre, señor? Cuénteme acerca de la última vez que lo vio —Sanchica se sentó a mis pies, cruzó las piernas y cubrió las rodillas con su falda raída. No tenía más de quince años y exudaba la fuerza de una yegua joven. Habría sido una joven de agradable presencia si se quitara con un peine las ortigas y los pedazos de heno de su enmarañado cabello negro, lavara su rostro, se sacara el mugre de las uñas, se vistiera de forma apropiada, y cortara las largas uñas negras de los dedos de los pies.

Le di una versión abreviada de la historia que poco antes le había relatado a su madre.

Cuando terminé, Teresa Panza dijo:

—Dígame una cosa, don Miguel, ¿mi marido todavía se ríe tanto como solía hacerlo?

Le conté que me había hecho reír en muchas ocasiones y que siempre se mostraba alegre y optimista.

—Siempre y cuando mantenga su buen sentido del humor sobrevivirá a sus infortunios. Puesto que es cierto que la risa es la mejor medicina para el alma. La risa puede iluminar el túnel más oscuro y lograr que hasta el pan más rancio adquiera tan buen sabor como el de una codorniz asada.

Teresa procedió a hablarme acerca de la última vez que había tenido noticias de mi amigo. Un monje en camino a Toledo se había detenido en el pueblo para darle un mensaje de parte de Sancho.

—En su viaje de regreso a España conoció a mi esposo en algún horrible desierto allende la mar. Sancho envió con él el collar que usted ve alrededor de mi cuello. Se lo mostré a las personas del pueblo que podían saber algo al respecto y me dijeron que son pedazos de sal. Y sí, saben salado, si desea probarlo. Tenga —comenzó a quitarse el collar.

—No es necesario —dije. Efectivamente parecían ser pedazos de sal.

—Sean de piedra, de sal o de cualquier otro material, no me lo quito ni para dormir. Y de esta manera mi Sancho nunca está lejos de mí. Fray Nepomuceno, ése era el nombre del monje, me contó que Sancho quiso recordarme que no olvidara que Dios obra en su tiempo y nosotros en el nuestro y que uno de estos días lo veríamos de nuevo.

Éstas eran noticias sorprendentes: ¡Sancho había sobrevivido al desierto! Pero ¿dónde se encontraría ahora?

—¿Mencionó el monje alguna información del lugar donde vio por última vez a Sancho? —le pregunté—. ¿Hace cuánto tiempo fue esto?

—Yo provengo de una larga tradición de comedores de cebolla, don Miguel. No conozco de años, ni de fechas ni de países. Fray Nepomuceno me dijo que se había despedido de mi esposo en el momento en que él se montaba en un camello que le llevaría hasta el reino del rey Micomicón, donde esperaba hacerse rico y luego regresar para convertirme en toda una dama. Cuando recibí este collar —continuó—, Sanchica estaba demasiado pequeña para hacerse cargo de los cerdos de doña Juana pues yo temía que pudieran devorarla. Pese a todo, Dios es grande: se llevó a mi Sancho pero no antes de que yo tuviera a Sanchica. Es verdad lo que se dice, vuesa merced: dos personas que sufren la misma pena pueden hacerse la vida más amena. Mientras tanto —suspiró—, creo que no tener noticias es una buena noticia. La gente suele decir que la esperanza es un buen desayuno pero una mala cena. Y a personas como nosotros, que a veces debemos sobrevivir con una taza de agua para la cena, la esperanza nos llena.

Intercambiamos comentarios por un buen rato. Cuando ya estaba oscureciendo, me levanté para despedirme.

—No puedo dejarlo ir, señor, sin enviar con usted para mi señora Juana un par de huevos que mis gallinas pusieron hoy, tan recientes que todavía están calientes. Dígale a mi señora que beso sus manos. Ella no es como otras damas presumidas de Esquivias a quienes se les olvida que todos somos iguales ante los ojos de Nuestro Señor, que al morir Él no nos va a juzgar por la calidad del vestido que usamos o por el dinero que hayamos acaparado. Doña Juana juzga a las personas por la calidad del trabajo que hacen. Puesto que las palabras no sirven para ponerle mantequilla al pan, si a usted no le importa me gustaría que pudiera llevarle unas cuantas bellotas. Sé lo mucho que le gustan; dígale a mi señora que son las primeras de la temporada. Sanchica y yo conocemos un lugar secreto en el bosque de las laderas de Santa Bárbara, que quedan frente a Toledo, donde se dan las mejores bellotas. Las cuales arrancamos antes de que caigan al suelo y los jabalíes las devoren. No estoy de acuerdo en que los jabalíes coman mejor que nosotros, aunque tengan mejor sabor después de una buena cosecha de bellotas. Eso sí, don Miguel, no se le ocurra ir por esos lares a recoger bellotas usted solo. Los jabalíes visitan el bosque en la tarde y los lobos en la noche.

—Pero nosotros no les tenemos miedo —dijo Sanchica—. Siempre voy armada con un tronco puntiagudo y reto a cualquier jabalí a que nos ataque. Cuando me ven levantar el brazo, salen huyendo aterrorizados —Sanchica recalcó sus palabras escupiendo el suelo. Luego flexionó el brazo derecho para mostrarme su musculatura.

Teresa Panza se echó a reír.

—Es verdad, don Miguel. Yo creo que mi Sanchica podría atemorizar hasta a un león.

En el momento de salir del rombo ya la tarde había comenzado a caer. Teresa Panza me entregó una pequeña canasta llena de bellotas.

—Si aún no lo ha hecho, debe visitar la iglesia de nuestra Santísima Señora de la Leche. Es la patrona del pueblo y es la más milagrosa. Siempre le llevo una taza llena de leche cuando la visito, aunque sé que el cura se la toma. Pero a ella le alegra mucho recibir queso y también mantequilla. Récele, don Miguel, y ella cumplirá sus peticiones. Sanchica y yo siempre rezamos para que nuestra Santísima Señora de la Leche traiga de vuelta a mi esposo. Me llena de alegría su visita, vuesa merced. Todo aquel que es amigo de mi Sancho también es nuestro buen amigo. Para mostrarle mi aprecio, don Miguel, permítame que me encargue de lavarle y plancharle su ropa y don Miguel me paga cuando pueda.

Le agradecí su generosa oferta y caminé de vuelta a casa de doña Juana cargando una cesta con las famosas bellotas esquivianas.

Doña Catalina Salazar y doña Juana descendían ambas de familias esquivianas de abolengo. Al igual que doña Juana, doña Catalina era viuda y Catalina era su única hija mujer. Mi anfitriona también me contó que su amiga tenía dos hijos varones más jóvenes. En la tarde que doña Catalina y su hija vinieron a cenar no había más invitados. Una vez más fui presentado como un héroe de guerra, como un cautivo que había sufrido indescriptibles torturas a manos de los turcos, como un exitoso escritor, como un poeta reconocido y como el autor de una muy esperada novela pastoril.

En el comedor, las dos mujeres mayores se enfrascaron en una conversación sobre cosechas e inquilinos y sobre las murmuraciones del pueblo, conversación de la que quedamos excluidos Catalina y yo.

Las alabanzas de doña Juana acerca de la joven Catalina no habían sido una exageración: era una belleza castellana, de altura mediana, ojos y cabello negros y una tez clara, oscurecida en alguna generación con una gota de sangre judía. Sus bien formadas manos se veían fuertes, como si estuvieran acostumbradas al trabajo en casa. A diferencia de las dos mujeres mayores vestía de manera sencilla. Su vestido de seda era de un color borgoña y lucía un anillo y aretes de oro puro. Sobre sus hombros usaba un chal negro, que ofrecía un agudo contraste con su cuello color marfil, desprovisto de cualquier joya.

La belleza de Catalina me dejó sin palabras. Doña Juana interrumpió su vivaz charla con la madre de Catalina y me dijo:

—Miguel, no sea tímido. Cuéntele a Catalina acerca de la gloriosa batalla de Lepanto y de la época que vivió en Roma y de cuando fue esclavo en Argel. Con certeza que a ella le parecerá fascinante.

Ya me estaba cansando de repetir mi historia para complacer a los invitados de doña Juana.

Al notar mi reticencia, Catalina observó:

—Me temo que usted me va a encontrar bastante aburrida, don Miguel. Yo he visto poco mundo. He ido a Toledo y una vez estuve en Madrid con mi madre en viaje de negocios, después de la muerte de mi padre. La acompañé únicamente porque mis dos hermanos son demasiado jóvenes para ser buenos compañeros de viaje para ella. Un caballero que ha visto el mundo como usted, debe encontrar poco estimulante hablar con una provinciana como yo. Peor aún —se ruborizó—, confieso que no leo mucha poesía y nunca he visto una obra de teatro. Pero me gustan las novelas pastoriles. Puede contar conmigo como lectora de su novela.

Sostuvo mi mirada y habló con una franqueza que era inusual entre las damas españolas.

La tarde siguiente saqué ventaja de la invitación de doña Catalina de pasar por su casa. Durante esta primera visita, se sentó con Catalina y conmigo en la sala, cuyos muebles eran de buena calidad pero de vieja data. Después de aquella ocasión, las visitas se hicieron diarias y el hermano menor de Catalina, Francisco, se convirtió en nuestro chaperón.

Cuando las tardes de septiembre se hicieron más frescas, propuse salir a caminar. No íbamos a la iglesia ni a la fuente del pueblo como hacía la mayoría de las parejas en

Esquivias, sino lejos del pueblo, al campo, acompañados por Francisco, quien siempre iba corriendo delante de nosotros cazando lagartijas o apuntándoles a las aves con su cauchera. Catalina estaba dedicada al cuidado de sus hermanitos. Después de la muerte de su padre, su madre había empezado a confiar en ella para que le diera una mano en las tareas del hogar y con las finanzas de la familia. A pesar de su belleza y de su buen carácter, no parecía tener pretendientes. Cuando se lo mencioné, respondió de forma abrupta:

—Me importan un comino los hombres buenos para nada de Esquivias, Miguel. Prefiero quedarme solterona que casarme con uno de estos irresponsables.

Catalina me hizo muchas preguntas acerca de la vida de aventuras que había llevado. Me halagaba que esta mujer hermosa disfrutara de mi compañía, así como la forma directa en que sus ojos encendidos me observaban. A mí, un hombre sin dinero y con un brazo inútil, de una familia sin alcurnia, por decir lo menos, haciéndome sentir esperanzado acerca del futuro. Cuando me miraba, yo veía admiración y respeto en sus ojos. Desde Zoraida ninguna mujer me había mirado de aquella manera.

Yo había abjurado del amor después de comprender que tanto Mercedes como Zoraida eran ideales inalcanzables. A las únicas mujeres que había conocido de forma carnal eran putas, o mujeres como Ana Villafranca, cuya cama había sido visitada por más hombres que chinches. Los refinados modales de Catalina me provocaban el deseo de querer estar cerca de ella constantemente. Durante las horas del día, mientras permanecía sentado en el escritorio de mi finado amigo Pedro, me sentía más deseoso de escribir poemas de amor que de descifrar sus manuscritos. Y cuando conseguía trabajar un poco, siempre encontraba uno de los poemas de amor de Pedro que tan bien expresaban los sentimientos que afloraban hacia mi belleza esquiviana.

Quizás doña Juana tuviese razón después de todo. Tal vez ya me había llegado la hora de casarme y echar raíces en un solo lugar. Todo lo que necesitaba para dedicarme a escribir era una esposa comprensiva que tuviera los medios de sostenerme mientras yo realizaba mi gran obra, la cual, estaba convencido, me aguardaba en el futuro. ¿Pero qué probabilidades existían de que una exquisita mujer de noble linaje y con propiedades pudiera interesarse en mí?

Una tarde de octubre Francisco no pudo acompañarnos en nuestra caminata debido a un resfriado. Pero la temperatura estaba tan agradable que doña Catalina insistió en que aprovecháramos el clima ideal. Catalina y yo llegamos hasta uno de nuestros sitios favoritos, una apartada colina al sur del pueblo, raramente visitada por los lugareños. Hasta ese momento Catalina y yo nos habíamos tomado de las manos de manera furtiva, aprovechando cualquier instante en que Francisco estuviera distraído cazando lagartijas o buscando insectos debajo de las rocas. Con el ánimo de reposar un poco después de la caminata nos sentamos en un pequeño claro de hierba debajo de un roble. Al estar solos y después de un roce de nuestras manos, el primer beso dio paso a otros más y todos los sentimientos que hasta ese momento había debido contener brotaron como una enorme llamarada. El cutis de Catalina y su cabello tenían el aroma de las uvas maduras. Sus tibios y delicados labios denotaban la falta de experiencia al besar pero buscaban los míos con impaciencia, como si hubieran estado aguardando este momento desde hacía mucho tiempo. Cuando quedamos tumbados sobre la hierba apretados el uno contra el otro y yo hundí mi nariz entre sus húmedos senos, supe que lo que ya había empezado no podría detenerse. Al final, cuando quedamos recostados, resoplando y sudando, recordé el refrán que dice que un pepinillo encurtido no puede volver a ser el pepino que antes fue. Después de lo que había pasado aquella tarde, la única conducta honorable de mi parte sería casarme con Catalina.

El que yo le doblara en edad, que tuviera un brazo inservible, que no pudiera aportar al matrimonio dinero alguno y que fuera integrante de una familia de dudosa reputación cuya pureza de sangre estaba en entredicho, ya no eran un obstáculo dadas las circunstancias. En un pueblo como Esquivias una hija deshonrada era la peor de todas las máculas que podían caer sobre el nombre de una buena familia.

El 12 de diciembre de 1584, apenas tres meses después de habernos conocido, Catalina de Palacios y yo fuimos unidos como marido y mujer, contando como oficiante a su tío Juan de Palacios en la iglesia de la Santísima Virgen de la Leche. Aquel matrimonio tuvo lugar con tan pocos preámbulos, que ningún miembro de mi familia pudo viajar desde Madrid y estar presente. Aparte de doña Juana y la madre de Catalina y sus hermanos, las otras personas que asistieron fueron Rodrigo Mejía, Diego Escribano y Francisco Marcos, vecinos esquivianos de doña Catalina que actuaron como testigos.

Unos cuantos días antes de la boda le había presentado a doña Juana un manuscrito en limpio y corregido de la poesía de Pedro. Además de los veinte escudos que habíamos acordado como salario, doña Juana nos dio otros veinte escudos como presente para nuestra boda. Cuarenta escudos eran una suma considerable para comenzar nuestra vida de casados.

La idea de regresar a Madrid ya no me seducía. Por el momento me sentía satisfecho de quedarme en Esquivias con mi bella y joven esposa. Deseaba alquilar una casa en la cual pudiéramos establecernos y llevar una vida de felicidad doméstica que fuera propicia para la escritura, pero Catalina se mostraba reacia a mudarse fuera de la casa de su familia.

—Mi madre y mis hermanitos me necesitan demasiado, Miguel —dijo—. Nuestra casa es lo suficientemente grande para que podamos tener privacidad como marido y mujer.

Nos instalamos en el segundo piso de la casa ancestral de los Palacios, que tenía forma de L. Contaba con tres largas habitaciones de techos altos que ofrecían vistas en todas las direcciones hacia el pueblo y el campo manchego. Era un lugar tranquilo en el cual podría haberme dedicado a escribir, salvo que ahora que había terminado de catalogar la poesía de Pedro y que la inminente publicación de *La Galatea* era algo muy real, estaba demasiado aprensivo para embarcarme en un nuevo proyecto. Me costó enorme esfuerzo garabatear unas pocas e inertes líneas en verso.

Catalina estaba impaciente por aprender cada uno de los trucos que yo había llegado a dominar en la cama con las incontables prostitutas de muchas nacionalidades con las que me había acostado. También es cierto que había aprendido un par de trucos nuevos del vasto repertorio de Ana de Villafranca; pero el virginal y juvenil cuerpo de Catalina y su deseo de complacerme y de complacerse a sí misma eran toda una exquisitez de la cual nunca me cansaba. Tarde en la noche, cuando los esquivianos estaban inmersos en un sueño profundo, Catalina y yo hacíamos el amor con tal entrega que los perros del pueblo y los lobos en el campo respondían a mis gemidos y a sus chillidos de éxtasis con excitados ladridos y aullidos. En las mañanas, cuando iba a la cocina por mi desayuno, doña Catalina era incapaz de mirarme o de hablarme sin ruborizarse. Cuando recorría el pueblo los niños me seguían, muertos de curiosidad por cualquier cosa que hiciera. Cuando me veían caminar por la calle, las mujeres que iban solas o en compañía de otras mujeres cambiaban rápidamente de acera y se alejaban con paso veloz, la mirada clavada en el suelo. Y los viejos que se sentaban frente a sus puertas, fumando pipa y saludando a todos los que pasaban, soltaban palabras como: ¡Hostias! ¡Hombre! ¡Joder!, y arrojaban en mi dirección columnas de humo cuando les saludaba.

Muchas mujeres españolas se cubrían el rostro mientras sus maridos les hacían el amor; Catalina, muy al contrario, encendía todos los candelabros de nuestra habitación, de tal forma que pudiésemos admirar y explorar el cuerpo del otro de pies a cabeza. Mientras la mayoría de las mujeres españolas hacía el amor en la posición horizontal, Catalina, después de haber conocido algunas variaciones que le mostré, quería montarme, meneando mi entrepierna arriba y abajo como si estuviera montando un camello; o me hacía sentar en una silla de espaldar recto, y presionando sus senos sobre mi pecho, se empalaba en mi órgano hasta que lograba hacerme sentir que estaba más adentro de ella de lo que había estado en cualquier otra mujer. Si bien las prostitutas a las que les había hecho el amor ponían en práctica todas las posiciones conocidas por el hombre, su placer se sentía fingido y nunca pedían más; con aquellas mujeres hacer el amor terminaba cuando yo llegaba al clímax, pero Catalina no estaba satisfecha hasta que ella misma obtenía placer. Y si bien las prostitutas que había conocido me habían permitido penetrarlas, Catalina se mostraba también ansiosa de penetrarme —con pepinillos, pepinos y zanahorias—; con las prostitutas el afecto terminaba cuando yo quedaba saciado, pero Catalina adoraba quedarse despierta, susurrando episodios de su pasado que yo desconocía, de vez en cuando haciendo una pausa para pellizcar mis tetillas, darme una palmada en las nalgas o darle a mi hombría una húmeda succión. Con la mayoría de mujeres que había conocido —con excepción de Ana de Villafranca— siempre llegaba el momento en que se suponía que debía pagar por sus servicios y después marcharme; Catalina y yo nos abrazábamos hasta que el cansancio nos hacía cerrar los ojos y luego los abríamos nuevamente para recibir el nuevo día. En todas las ocasiones en que yo había hecho el amor, éste expiraba al final de la noche. Con Catalina había encontrado a una mujer cuyo amor no se desvanecía con la luz del día. Nunca volvería a ser tan feliz como aquel invierno de mi luna de miel en Esquivias, cuando al hacer el amor con ella, las heladas noches de La Mancha se hacían tan cálidas, acogedoras y reconfortantes como las arenas del Sahara justo después del atardecer.

Si Catalina hubiera sido huérfana, quizás habríamos encontrado felicidad duradera como marido y mujer. Pero tenía una madre, y no era cualquier madre. Poco tiempo después de nuestra boda, me di cuenta de que doña Catalina estaba desesperada de que un hombre se hiciera cargo de sus propiedades y de las precarias finanzas de la familia. En el momento de su muerte, tres años atrás, el padre de Catalina, el finado Fernando de Salazar Vozmediano, un hombre poco previsivo y además jugador, había dejado grandes deudas, y todas las finanzas de la familia hechas un desastre. Afortunadamente, las propiedades de Catalina eran heredadas, y los muchos acreedores de don Fernando no podían reclamar un ápice de ellas. Pero mi suegra esperaba que yo me encargara de recolectar las rentas de las casas de Toledo y de otros pueblos de La Mancha, y que supervisara la plantación, la cosecha y la venta de los productos de las huertas y de los viñedos.

Mis recién adquiridas obligaciones como cabeza de familia me mantenían alejado de mi escritorio. Mi sueño de una bucólica vida en la cual me dedicaría a escribir comenzó a parecer otra quimera. Al comienzo asumí mis nuevas responsabilidades sin quejarme. Esperaba que con la publicación de *La Galatea* pudiera hacerme tan próspero que me fuera posible contratar a alguien que supervisara los negocios de la familia. Fracasé estrepitosamente en mi labor de recolectar las rentas que adeudaban los inquilinos de doña Catalina en Toledo y en las poblaciones cercanas. Sacarles la renta a estas familias era como tratar de ordeñar una roca. Se trataba de personas que a duras penas lograban sobrevivir. En el mejor de los casos, la mayoría de ellos pagaba su renta con gallinas, huevos, unas pocas botellas de vino o de aceite de oliva y —lo que ya era un milagro— con un lechón o un cabrillo.

A mi regreso a Esquivias traje una colección de animales y de objetos en lugar de dinero, y doña Catalina dejó
ver su desagrado por mi falta de experiencia para lidiar con
inquilinos.

—Si esa gente no puede pagar la renta, debe poner-
los de patitas en la calle, Miguel. A la fuerza, si es necesario.
Si yo fuera hombre, lo haría con mis propias manos. No estoy hecha de oro. ¡Yo también debo alimentar a mi familia
y ahora a usted!

Pero ¿cómo podría expulsar de su casa a estos ancianos y lanzarlos a la calle cuando podrían haber sido mis propios padres?

—Miguel, trata de entender a mi madre —me dijo
un domingo Catalina cuando íbamos a misa—. Mi padre
no podía diferenciar un maravedí de un escudo. Para él, el
dinero era para gastarlo. Cuando se trata de finanzas, mis
hermanitos conocen más del asunto de lo que él entendía.
Mamá ya no está joven, está cansada y se siente abrumada.
Necesita un hombre que le dé una mano con sus obligaciones. Sé que eres un poeta y tienes un corazón compasivo,
pero debes hacer un esfuerzo, Miguel. Nuestro sustento de-
pende de recolectar la renta que se nos adeuda. Si *La Galatea*, como todos esperamos y rezamos que suceda, se convierte en un éxito, podremos contratar a un hombre que se
haga cargo de los negocios, como tú deseas, y así podrás dedicarte a escribir sin molestas interrupciones.

No quería defraudar a mi adorada esposa, quien era
una dama en la sala y una puta en la cama, y quien me trataba con ternura y respeto.

La felicidad de mi vida marital estaba en inminente
peligro de deteriorarse si Catalina y yo continuábamos viviendo con su madre. La casa del finado hidalgo don Alonso
Quijana de Salazar había sido puesta en alquiler recientemente. Por muchos años había sido considerada la casa más

grandiosa del pueblo y una de las mejores en los alrededores de Toledo, pero ahora estaba en ruinas. Sus paredes se estaban viniendo abajo y era demasiado grande y demasiado costosa para la mayoría de los esquivianos. Corriendo el riesgo de que mi esposa se enfadara, decidí usar el dinero que doña Juana me había pagado y la alquilé. Su principal atractivo para mí era que estaba al otro lado del pueblo, lo más lejos posible de la casa de mi suegra.

El padre Palacios me había contado sobre el bachiller Alonso Quijana en la primera cena ofrecida por doña Juana. Se trataba de un rico terrateniente y un pariente distante de doña Catalina que había enloquecido, decían los esquivianos, de tanto leer libros de caballería, y ya viejo había recobrado la razón y terminado su vida como fraile. La habitación que don Alonso había usado como su biblioteca personal se convirtió en mi cuarto de escribir. Era la primera vez en mi vida que tenía un cuarto que era mío y de uso exclusivo para la escritura. En los estantes de la biblioteca quedaban unos cuantos ejemplares polvorientos de novelas de caballería. Marianita, una anciana medio ciega que había trabajado como sirviente en la casa y quien aún vivía en ella, los había salvado cuando el sobrino de don Alonso, en un intento por que su tío recuperara la lucidez, había arrojado por la ventana todos sus libros y los había quemado en la calle. Con el robusto escritorio cuadrado enfrente de la misma ventana, todo lo que necesitaba era una pluma, una silla, un frasco de tinta, papel para escribir y a la Musa para que me bañara con su inspiración.

Desde aquel escritorio tenía a la vista interminables campos rojizos en los que se cultivaban lentejas y garbanzos. Estar allí sentado diariamente en aquel escritorio, observando esos paisajes manchegos, ocres y sin árboles, me permitía fantasear que era un terrateniente acomodado que escribía novelas excelentes pero populares, las cuales me habían hecho próspero. En vista de mi éxito financiero, mi suegra finalmente había cerrado su boca y nos había dejado en paz a Catalina y a mí. En mi fantasía, mis ancianos padres vivían cómodamente con nosotros, y mi esposa y yo éramos bendecidos con muchos hijos que serían la alegría de mis padres en su vejez.

Mientras me paseaba por las vacías y desordenadas habitaciones, sentía la presencia de Alonso Quijana. La casa contaba con un enorme patio pavimentado con homogéneas piedras cuadradas. Enormes toneles de vino y aceite de oliva eran almacenados en un depósito que se mantenía frío incluso durante los días más cálidos del verano. Los toneles estaban vacíos; yo soñaba con el día en un futuro cercano en que volverían a estar de nuevo llenos. El granero también volvería a llenarse con harina y cebada. A la derecha del depósito había una entrada de arco que conducía a un túnel que había sido construido en la época en que los moros atacaban Esquivias con frecuencia. El túnel, que estaba decorado con motivos árabes y arcos góticos, conducía hasta las entrañas del monte Santa Bárbara. En una época, todas las casas de Esquivias estaban conectadas por estos túneles. Durante los ataques de los moros las familias usaban los túneles para subir a la cima de Santa Bárbara, desde donde podían defenderse mejor.

Cuando el padre Palacios venía de visita me brindaba historias acerca de Alonso Quijana. Durante las frías noches de invierno en que nos reuníamos alrededor de un brasero en la habitación del segundo piso, donde las mujeres tejían, yo leía novelas en voz alta, pero algunas veces Marianita, quien había trabajado para don Alonso desde que era muy joven, nos entretenía con historias acerca de su excéntrico amo. Mientras más escuchaba hablar de don Alonso, más pensaba yo que me parecía el protagonista de un relato que aún estaba por contarse.

Con el arribo de la primavera, *La Galatea*, mi primer hijo, hizo su aparición en las librerías de Madrid. Tenía puestas muchas expectativas en mi novela y esperaba que me hiciera famoso y me aliviara de mis preocupaciones financieras de una buena vez. Tenía la plena seguridad de que mi genialidad sería finalmente reconocida. Sabía que había escrito una novela pastoril muy diferente a las que escribían mis contemporáneos. Nadie antes de mí había intentado escribir una novela que fuera al mismo tiempo prosa y verso.

No obstante algunas reseñas favorables escritas por amigos, que alababan el libro por sus innovaciones, transcurrieron angustiosas semanas y meses antes de que se hiciera evidente que *La Galatea* había fracasado en su intento por encontrar una audiencia receptiva entre los lectores de novelas pastoriles. En los estantes de las librerías de Madrid languidecían las copias de mi libro. Cada volumen que no se vendía era una acusación, una herida sangrante que amenazaba con acortar mi vida. En mis esporádicas visitas a Madrid me daba vergüenza entrar a las librerías por temor a ser reconocido como el fracasado autor de una novela en la cual nadie estaba interesado.

Ya había renunciado a la idea de ganarme la vida escribiendo para las tablas. Si no podía sostener a mi esposa escribiendo novelas, ¿qué otra cosa me quedaba para hacer? Mi sueño de rescatar a mis padres de una vejez pobre e indigna se había roto en mil pedazos. Comencé a pensar que habría sido mejor para mí morir a manos de los turcos que haber regresado a España y fracasar en público de esta manera.

En medio de mi abatimiento, recibí noticias de la muerte de mi padre. A pesar de que no había gozado de buena salud en tiempos recientes, yo confiaba en que iba a vivir muchos años más, alimentando mi esperanza de que antes de que muriera me viese triunfar. Había abandonado a mis padres por mucho tiempo, todo con el propósito de convertirme en escritor, y les había fallado. Empezaba a parecer que nunca iba a tener éxito en nada de lo que emprendiera. Siendo el hijo mayor, debería haber continuado con la profesión de mi padre para aliviar a mis hermanas solteras de la pesada carga de sostener a la familia. El peor temor de mi madre se había hecho realidad: me había convertido en un soñador irresponsable. Mi pena era insondable. Llegué a pensar que era mejor morir para que Catalina pudiera comenzar una nueva vida. Era joven, hermosa y tenía propiedades. No pasaría mucho tiempo antes de que un hombre que la mereciera más que yo pidiese su mano en matrimonio. ¿Qué derecho tenía yo de arruinar también su vida?

Me dejé arrastrar por los caminos de Baco. Comencé a beber en la taberna de don Diego Ramírez, ignorando todas las obligaciones con mi esposa. Con la esperanza de que al menos podría tener suerte en las cartas me convertí en un jugador, al igual que mi padre; prácticamente vivía en tabernas de mala fama, donde trabajaban las mujeres que tenían largo cabello rubio y ojos verdes y eran descendientes directas de los visigodos.

Una mañana me levanté con una resaca tal que se sentía como si con un martillo me clavaran las sienes, y al punto escuché a mi suegra que gritaba en el patio:

—¿Ya se levantó, don Miguel de Cervantes? Quiero que nuestros vecinos se enteren cómo usted se pasa los días bebiendo y apostando lo que no es suyo y contándoles historias a los ancianos de Esquivias. Quiero que todo el mundo se entere de que usted todas las noches regresa borracho, esperando que le tengan lista su cena; y si su esposa intenta hablar, le replica: «No me distraigas. No puedo ser interrumpido; estoy escribiendo en mi cabeza un soneto para don Fulanito y una nueva novela pastoril para don Zutanito». Sus regañinas se podían extender por horas:

—Escuchad bien, queridos vecinos. Todos vosotros me conocéis; sabéis que no crié una hija para que se hiciese cargo de un lisiado. Su dote quizás no haya sido magnífica, pero este vejestorio apolillado debería estar agradecido de que una mujer tan hermosa, de una antigua familia cristiana, se casara con él. Hasta hace muy pocos meses, antes de que ella se casara con este inútil escribano, su piel era suave como un espejo y sus ojos brillaban de felicidad. Era como una rosa en mayo, de pétalos perfectos. Nos ha engañado a todos con su lengua luciferina, don Miguel. Todo eso que hablaba de *La Galatea*, la más abominable novela jamás escrita, de que iba a ser tan popular, de cómo iba a vender más libros que los huevos que a diario se fríen en nuestro reino, de cómo su fama iba ser tan grande que hasta el mismísimo rey Felipe vendría a visitar nuestra casa. Pues bien, más fácil sería que me convirtiera yo en duquesa, que usted gane un solo maravedí escribiendo cualquier cosa. La próxima vez intente escribir una novela con su mano izquierda, de pronto le sale mejor así.

Pensando que ya había acabado de hablar, me levanté de la cama y busqué mi bacinilla para aliviar la vejiga. Estaba en medio de esta placentera actividad cuando mi suegra recomenzó:

—Todavía no he terminado con usted, miserable tullido. Observe cuánto he envejecido en menos de un año, desde que usted se casó con mi tesoro. Camino como si llevara un camello cargado sobre las espaldas. Ahora que sabe todo esto, en caso de que se haya hecho alguna clase de ilusiones dentro de su enferma cabeza, escuche bien: si me llegara a morir hoy mismo, no le dejaría de herencia ni un huevo podrido.

Cuando pensé que se le habían acabado los insultos, continuó:

—Recuerda bien estas palabras, Catalina. Y vosotros también, mis queridos vecinos, este escribano tullido va a terminar como mi tío abuelo Alonso Quijana, que como todos sabemos se volvió loco de tanto leer esos libros de caballería.

Esperé un rato después de que había terminado su arenga antes de ir a la cocina por un vaso de agua fría para aliviar mi garganta reseca. Catalina estaba preparando la masa para el pan. Bajó sus ojos y me dijo:

—Miguel, ¡tengo tanta vergüenza! Ahora todos los vecinos saben sobre nuestros problemas. —Salió de la cocina limpiándose las manos, y pude ver que estaba llorando.

Comparado con esto, aquellos lejanos días en los Baños de Argel empezaban a parecer un oasis de tranquilidad. Justo cuando pensé que mi vida no podría empeorar, una tarde regresé a casa en estado de ebriedad y encontré a Catalina en la sala principal con un bebé en los brazos. Una mujer mayor, a quien no reconocí, y que parecía una empleada, estaba sentada en la sala.

Con ojos húmedos, Catalina levantó a la pequeña y me la entregó.

—Miguel, ésta es Isabel, tu hija —me dijo—. Ana de Villafranca la ha enviado para que la puedas conocer.

Estaba anonadado. No tenía ni idea de que Ana hubiese quedado preñada cuando me fui de Madrid. ¿Lo sabía ella todo este tiempo y lo había mantenido en secreto? Sentí como si me despertaran brutalmente, como si me hubieran echado encima un balde de agua helada.

Catalina se levantó de su silla y colocó a la bebé contra mi pecho; la aseguré con mi mano buena. Contemplaba con incredulidad la frágil criatura. Su olor era el de una taza de leche fresca aromatizada con agua de rosas. Su cabeza estaba descubierta: reconocí el cabello negro azabache de Ana. Pero sus ojos ágata eran inconfundibles: eran grandes y brillantes y bailaban con el entusiasmo característico de los ojos de los Cervantes. Su ropa era nueva y llevaba escarpines tejidos. Con sus manitos regordetas Isabel agarró mi barba, la haló y sonrió.

—Hija —murmuré, mientras trataba de contener las lágrimas.

—La señora María —dijo Catalina señalando en dirección de la mujer sentada en la sala— es la nodriza de Isabel. Ana mandó a decir que si queríamos, podíamos quedarnos un par de días con la niña. Sin aguardar tu permiso me he tomado la libertad y le he pedido a la señora María que se quede con nosotros mientras Isabel está de visita —Catalina extendió sus brazos para que le devolviese a mi hija.

Durante la estadía de Isabel en casa, Catalina no tuvo ni una palabra de reproche hacia mí. Permanecí en casa, resistiendo la tentación de embriagarme. Catalina acogió a Isabel como si fuera su propia hija. Sus instintos maternales no deberían haberme sorprendido: Catalina le había ayudado a su madre a criar a sus dos hermanos. Bañaba a Isabel con gran ternura, le daba de comer avena y le cantaba canciones de cuna. Mientras la niña dormía, Catalina tejía gorritos, escarpines, guantes y bufandas para mi hija.

Después de que Isabel volvió donde Ana, un misterioso silencio se aposentó en nuestro hogar. Durante algunos días, el llanto y los sonidos guturales de la pequeña le habían traído felicidad a la casa y la habían llenado de vida.

Catalina se mudó de nuestra habitación. De allí en adelante, cualquier cosa que yo le dijera era recibida con el silencio. Una vez más seguí el llamado de las tabernas, lugares donde podía ir a olvidar mis circunstancias. Una noche en la que entraba tambaleando a la sala, encontré a Catalina sentada cerca del brasero. Aparte del brillo que despedía el brasero, la única iluminación era una delgada y débil vela sobre la mesa. Estaba demasiado borracho para hablar, por lo cual, envuelto en la penumbra, comencé a caminar tambaleante en dirección a mi habitación. Catalina gritó mi nombre con una ira que heló todo mi cuerpo. Me di la vuelta y la vi siguiéndome con la vela en la mano. Entré a mi habitación y Catalina me siguió. Me arrojé en la cama y cerré los ojos.

—Puedes fingir que estás dormido, Miguel. Pero la borrachera no te ha vuelto sordo. Escucha bien lo que voy a decir porque ésta será la última vez que pronuncie estas palabras. Soy tu esposa según la ley de la Iglesia y a los ojos de Nuestro Señor, pero nunca seré nuevamente tu esposa en el lecho conyugal. Sería incapaz de acostarme al lado de un hombre que abandona a una mujer encinta con su criatura, un hombre que seduce a una mujer y se casa con ella sabiendo que otra mujer lleva dentro un hijo suyo.

Me di la vuelta.

—Por favor, Catalina, te ruego que te detengas. Cuando me casé contigo no sabía que Ana estaba embarazada y que su hijo fuera mío. Lo juro sobre la tumba de mi padre. Que Nuestro Señor Jesucristo me parta con un rayo en este instante si te estoy mintiendo.

—Eso puede ser verdad, Miguel. Pero no importa, has destrozado la confianza que tenía en ti. Que Dios me perdone por lo que voy a decirte: nunca tendré un hijo contigo. Tú ya tienes una hija y debes dedicarte a ser un buen padre para ella. Cuidaré a Isabel y la amaré como si fuera hija de mis entrañas. Pero no podría traer un hijo a este mundo, a un niño que tenga como padre a un borracho sin escrúpulos, un hombre débil que no puede hacerse cargo de su familia porque el vino y el juego son sus verdaderos amos. Viviré contigo hasta el día que muera, Miguel, y estaré contigo en la enfermedad y en los momentos de infortunio, y mientras que para el resto del mundo continuaremos siendo una pareja casada, puesto que el lazo creado por Dios no lo puede romper el hombre, de ahora en adelante, y soy una mujer que mantiene su palabra, ya no podrás reclamar ningún tipo de derecho conmigo.

A través de mis lágrimas pude ver cuando salió de la habitación y cerró la puerta, dejando el lugar en completa oscuridad. Catalina y yo nunca volveríamos a dormir juntos en la misma cama.

Lo único que me quedaba eran los sueños, algo que nadie podría arrebatarme. Sería como Cristóbal Colón: sin importar qué tan demoledores fuesen mis fracasos no dejaría, no podría, dejar de soñar. Fue por esa época que comencé a idear una historia, no una novela pastoril, ni de caballería, ni picaresca, sino una nueva clase de novela, acerca de un hombre que de muchas formas era como Alonso Quijana, como mi padre, como yo mismo; un hombre que personificaba la época en la que vivía, un personaje como Colón, un hombre de origen humilde que se atrevía a ser un gran hombre en una época en la que a hombres como él sólo se les permitían aspiraciones pequeñas. Mi protagonista sería un hombre con la convicción de que tenía tanto derecho a la dignidad humana como cualquier noble, un hombre que se apartaría de los otros hombres que habían existido antes de él, tal como había hecho Colón, como todos los soñadores lo habían hecho desde el comienzo de la historia, que se atrevería a ser diferente; quien, al igual que Alonso Quijana, viviría su vida por fuera de las convenciones sofocantes creadas por la sociedad, que no temería ser tildado de loco, un hombre que encarnaría las cualidades de una nueva clase de caballero; que tendría tanto de soldado como de hombre de letras, quien entendería que la antigua relación entre el hombre del común y el príncipe era obsoleta; un hombre, un verdadero caballero que podría comprender los sufrimientos de otros seres humanos, que ayudaría a crear nuevos ideales a los cuales se pudiese aspirar, que sabría muy bien que las buenas obras y las acciones admirables, un corazón noble y la justicia con todos eran más importantes que los privilegios y la cuna en la cual se había nacido.

Mi nuevo héroe ejemplificaría el ideal de cortesano de Castiglioni: un hombre que se creía capaz de dominar al mundo y forjar su propio destino. De muchas maneras Alonso Quijana había sido esa clase de hombre. Desde el momento en que puse pie en la biblioteca y vi aquellos estantes vacíos que una vez estuvieron llenos de novelas, y me senté a su escritorio y me asomé a la ventana para otear las interminables planicies de La Mancha, supe que no podría escapar al llamado de Alonso y de aquel lugar inhóspito y seco, en el cual los campos no estaban hechos de dunas de arena como en el desierto de Argel, pero sí de guijarros y rocas, un lugar que parecía concebido para hacer pedazos los sueños de soñadores como Alonso, como yo.

Al estar allí sentado en ese escritorio durante horas que luego se volvieron días, durante días que terminaban con noches en las que parecía que la luz de la vida se extinguía, comprendí con cuánta desesperación Alonso Quijana debió haber añorado escapar de un lugar en el que nunca pasaba nada, en el que las personas tenían miedo de crear alas y volar. Era como si hubiese empezado a transformarme en Alonso Quijana, a convertirme en su doble, al igual que, estaba seguro, yo tendría mi doble en algún lugar de la tierra en este mismo instante, y tendría uno —no, uno no, sino legiones de ellos— en el futuro, en los siglos por venir, que pensarían, sentirían y soñarían como yo.

Tres años de matrimonio eran más que suficientes para mí. Nunca dejé de amar a Catalina, pero quizás, al igual que Alonso Quijana, estaba condenado a ser solterón después de todo. En esos tres años había llegado a sentirme como un condenado al patíbulo. Rezaba para poder escapar de mi matrimonio de forma tan desesperada como cuando rezaba para poder huir de los Baños de Argel. Era como si la creatividad que había florecido en mis venas durante toda mi vida se hubiera secado al llegar a Esquivias.

De boca de un amigo que iba en camino a Sevilla, me enteré de que en mi amada ciudad se habían abierto vacantes para el puesto de recaudador de impuestos de la Corona. Mi amigo me dijo que conocía a alguien que podía ayudarle a asegurar una de esas vacantes.

—¿Por qué no vienes conmigo? —me preguntó—. Puedo interceder por ti con mi amigo para que también te ayude a encontrar un puesto.

No necesitaba escuchar ninguna otra razón para marcharme a Sevilla: estaba listo para partir. No me importaba que la recolección de impuestos fuera una de las pocas plazas oficiales ofrecidas a los judíos en aquel entonces, y que tomar ese trabajo sería aceptar de mi parte la impureza de mi sangre. Pero estaba seguro de que si no me marchaba de Esquivias, y sin la menor tardanza, no pasaría mucho tiempo antes de que también me enloqueciera como Alonso Quijana.

Una vez más comenzaría una nueva vida. A pesar de todo, de estar en la madurez, de estar agotado y desilusionado, de ser un completo fracasado, continuaba siendo un soñador: no podía evitar pensar que vendrían tiempos mejores. Y escapé de Esquivias, abandonando a mi buena Catalina —no un amor inalcanzable o imaginario, sino mi esposa de carne y hueso— y dejando atrás la única casa que en toda mi vida había podido llamar mía.

Dejaré a los historiadores del futuro que cuenten lo que me sucedió en los siguientes veinte años, la continuación de desilusiones en una vida plagada con una lista interminable de ellas. Baste decir que tuve que recorrer innumerables caminos y así pude ver el resto de personajes que contenía España —y por extensión el mundo—. Tendría que ponerme en el camino de aprender lo que necesitaba saber acerca de la naturaleza humana, acerca de la vida, y acerca de mi creciente desilusión con esta época brutal en la cual estaba condenado a vivir.

A menudo, durante esos años sentí como si estuviera de vuelta en ese lugar tan cruel y demoledor de esperanzas como era Argel, pero a la inversa: en España los musulmanes eran tratados tan mal como los cristianos en la costa de Berbería, y los cristianos eran tan ajenos a su sufrimiento como lo eran los turcos en las tierras en las cuales ellos gobernaban. La crueldad que presencié era tan grande, tan destructiva, como la que había experimentado en el Baño Beylik. A esto había llegado España en los últimos años del siglo XVI de nuestra era, un país que ponía grilletes, coartaba y destruía a los débiles y a aquellos que eran de otra raza o tenían otra religión o profesaban otras ideas.

Puede parecer paradójico que tanta devastación pueda convertirse en una liberación, pero con el tiempo llegué a entender que todo lo que me había sucedido, desde lo más exaltador hasta lo más terrible, había instigado en mí el deseo de escribir, no sólo una novela más, ni otro libro que añadir a los estantes de las bibliotecas del mundo, sino uno que contuviera, de forma fidedigna, la existencia humana, tal y como yo la había visto.

Muchos años después, ya anciano, cuando el usurpador Avellaneda había publicado su superficial e insincera versión, *Don Quijote* Parte II, aquella aberración de novela, aquella indigesta regurgitación de las aventuras de mi caballero y su escudero, aquella ofensiva imitación escrita a partir del más bajo de los motivos: herir a otra persona, a su autor, al hombre que había abierto sus venas para dar vida a sus personajes, en aquel momento en que entré en desesperación al ver al hijo de mi invención usurpado por otro y convertido en una absurda parodia de sí mismo, tuvo lugar un evento memorable. Una mañana de otoño, antes de que la primera década del nuevo siglo llegara a su fin, en el momento en que partía de Esquivias hacia Toledo por asuntos de negocios, vi a un hombre gordo en las afueras del pueblo que se dirigía sin prisa hacia mí, montado en un caballo andaluz, de aquellos que montan los embajadores y las personas de la nobleza. El pelo de aquel caballo palomino era tan brillante que parecía recubierto con polvo de oro. Su largo cuello y amplio pecho se proyectaban como la proa de un barco con el viento inflando sus velas. Una gruesa y bien peinada crin se abría en dos a lado y lado de su cuello y caía en su largo y estrecho rostro en forma de hebras doradas. Detrás del caballo trotaba un burro cargado con pequeños cofres; sobre un sillín de gamuza cabalgaba el sirviente del hombre rico. El hombre sobre el caballo llevaba pantalones atados por encima de las rodillas, botas negras cordobesas que brillaban como el ónix, un abrigo de terciopelo de mangas largas del color de las uvas maduras, y una capa castaña con una visera, al estilo de las que privilegiaban los caballeros cuando estaban de viaje. Una espada larga y delgada con mango de madera colgaba al lado izquierdo de su voluminosa panza.

Los hocicos de nuestros caballos ya se iban a encontrar cuando escuché:

—Don Miguel. Don Miguel de Cervantes. ¡Benditos sean los ojos que lo ven! —el gordo saltó de su caballo con sorprendente rapidez y corrió en mi dirección. Detuve mi caballo. El extravagante viajero tomó mi mano y sin mi permiso, como si fuéramos íntimos, la cubrió de besos—. Vuesa merced, soy yo, su amigo Sancho Panza —dijo.

Habían transcurrido más de veinticinco años desde la noche en que nos despedimos en aquella cueva de las colinas a las afueras de las murallas de Argel. Se derramaron muchas lágrimas de alegría en el momento de abrazarnos nuevamente el uno al otro. No obstante su aparente riqueza, Sancho era el mismo hombre humilde y sin pretensiones que yo había conocido, un cuarto de siglo más viejo y el doble de voluminoso. Dirigimos nuestros caballos hasta un claro de hierba a un lado del camino y buscamos la sombra de un roble. El sirviente de Sancho abrió uno de los cofres que cargaba el burro y extendió sobre el suelo un lujoso tapete con diseños árabes. Luego sacó tazas de plata que llenó con vino. Después aparecieron aceitunas, queso, pan y un pernil de jamón. Brindamos por la Fortuna, que permitía que se cruzaran nuevamente nuestros caminos. Me moría de curiosidad por preguntarle a Sancho cómo había sobrevivido en el desierto y cómo había alcanzado tan evidente prosperidad. Como si se preparara para la historia que estaba a punto de contarme, Sancho mordió un trozo de pan y lo masticó rápidamente. En seguida lo pasó con vino.

—Gracias, gracias, mi ilustre maestro, el más insigne hijo de Alcalá de Henares —comenzó, tomando mi mano derecha, que besó nuevamente y cubrió de muchas lágrimas—. Gracias por hacerme famoso, vuesa merced. Adondequiera que voy en España, en cuanto digo mi nombre, soy reconocido como Sancho Panza, la inmortal y sublime criatura, el fiel y devoto acompañante del magnífico, noble y sabio caballero, don Quijote, aquella creación suya que seguirá viviendo mientras el sol siga saliendo sobre nuestra madre patria.

Aún tenía algo más que agregar sobre el tema de don Quijote:

—Como usted sabe yo no soy un hombre aprendido, vuesa merced, y se dice que loro viejo no aprende a hablar, pero es mi firme intención contratar a un bachiller local para que me enseñe a leer ahora que estoy de regreso en suelo español, en mi viejo y querido pueblo de Esquivias, donde espero retirarme de las andanzas y pasar el resto de mi vida disfrutando de la compañía de mi familia y de las delicias culinarias de Teresa, en especial el guisado de conejo. Le ruego pues que perdone mi inmodestia, puesto que lo que voy a decir, lo digo con todo el respeto que es debido hacia el español vivo más grande de toda España, vuesa magnificencia, don Miguel de Cervantes Saavedra —tomó una pausa para morder otro pedazo de pan y terminar su copa de vino, que de inmediato fue rellenada por su sirviente—. Sin tardanza, mi viejo y querido amigo, es menester que le urja a continuar las aventuras de don Quijote. Póngalo en camino a Zaragoza, montando a Rocinante, el caballo más noble de todos los que han existido. Y casi no me importa si lo hace conmigo o sin mí como su escudero. Digo todo esto, don Miguel, no porque tenga hambre de mayor fama, sino porque esa grave injusticia cometida contra usted por ese ladrón infame, el maldito de Fernández de Avellaneda, debe ser resarcida. El mundo debe enterarse de una buena vez de quiénes son los personajes reales, de tal forma que las falsas criaturas creadas por el diabólico Avellaneda, quien es una desgracia para la madre que lo trajo al mundo, puedan ser expuestas como las pálidas y malnutridas invenciones que son y su trabajo pueda ser ridiculizado y luego olvidado, como merece que ocurra.

Estaba a punto de decirle que me encontraba trabajando en la segunda parte y que esperaba terminarla a pesar de mi deficiente salud, pero Sancho tenía otro consejo para darme:

—Respeto e idolatro cada palabra que su inconmensurable pluma ha puesto sobre el papel; no obstante, debo confesar que encuentro los relatos que a veces interrumpen la historia, un poco distractores. En el caso mío, sólo me interesa saber acerca de don Quijote y su escudero. Dicho esto ya no volverá a escuchar de mis labios otra crítica acerca de su sublime libro.

Le aseguré que tendría en cuenta su consejo, que era el mismo de otros lectores que también se habían quejado de los relatos dentro de la novela. Ahora me correspondía a mí hacer las preguntas:

—Amigo Sancho —dije—, veo que la fortuna te ha sonreído; eres la propia imagen de la prosperidad. Por favor cuéntame de tus andanzas desde la última vez que te vi.

Sancho se apoyó en el tronco de un roble y colocó ambas manos sobre su panza feliz. Mientras yo bebía del vino fresco y picaba pedacitos de queso y jamón que el sirviente de Sancho cortaba y nos servía constantemente, mi amigo me obsequió su curiosa historia, llena de cambios y de giros, cada uno más fantástico que el anterior. Sancho habló largo y tendido, durante el tiempo que le toma al sol cruzar la línea del mediodía hacia el oeste, razón por la cual resumiré su historia:

Un par de días después de que echase a andar por su cuenta, perdido en el Sahara, creyendo que las ardientes arenas del desierto africano serían su última morada, fue descubierto por una caravana de berberiscos que lo secuestró. Con este grupo de bandidos, que asaltaban a otras caravanas al igual que las poblaciones pequeñas, Sancho deambuló por el desierto un buen tiempo. Más adelante, durante una expedición a un reino en el corazón de África en el cual las personas eran tan negras como la medianoche, fue vendido al rey. En esa tierra, en la cual todos eran altos y delgados, con cuellos largos como los de las jirafas, la gente gorda y blanca era adorada como heraldos de la abundancia. De Sancho lo único que se esperaba era que se sentara en su lujoso palacio hecho de barro y paja, donde era atendido por vírgenes de la nobleza, y recibiera a los peregrinos de todo el reino que venían a tocarlo y a orarle con la esperanza de que les concediera abundancia en forma de hijos, ganado o lluvia. Durante las sequías, cuando se malograban las cosechas y la inanición cobraba una alta cuota fatal de niños, ancianos y vacas, Sancho era cargado en una silla de oro de pueblo en pueblo, hasta que llegaran las lluvias. Los doctores del rey visitaban diariamente a mi amigo para medir su circunferencia y asegurarse de que no estuviera adelgazando. Con el paso de los años Sancho llenó muchos cofres con el oro y las joyas que las personas le llevaban como ofrenda. El anciano rey se convirtió en su mejor amigo y finalmente, cuando estaba próximo a morir, Sancho le pidió un favor.

—Le pedí a su majestad permiso para regresar a mi país, puesto que sabía que mi propio recorrido por esta tierra también estaba llegando a su fin, y quería ver a mi esposa, mi nunca olvidada Teresa, a quien nunca traicioné a pesar de las muchas oportunidades de hacerlo con las más bellas vírgenes del reino, si es que Teresa estaba viva, y a mi hija, a quien recordaba como una niña pequeña dando sus primeros pasos, y a los buenos vecinos de mi tierra natal, en donde por vez primera abrí los ojos a este mundo. Y fue así, vuesa magnificencia, el más grande bardo de nuestra tierra y gloria de la nación, que tuve la fortuna de volverme a topar con usted. Ahora le ruego que me cuente, ¿por qué venía de Esquivias? ¿Qué asuntos le ocupan allí?

Le conté de mi matrimonio, de cómo Esquivias había sido de tanto en tanto mi hogar durante los pasados veinte años, y le dije que las mejores noticias que tenía para darle era que tanto Teresa como Sanchica gozaban de buena salud, que las veía con cierta frecuencia y que ahora él era abuelo, puesto que Sanchica se había casado y había engendrado una numerosa familia compuesta únicamente por varones: Sancho I, Sancho II, Sancho III, y así sucesivamente. Al escuchar estas noticias Sancho tomó nuevamente mi mano, la besó y la humedeció con lágrimas. A continuación, y para mi más absoluta sorpresa, Sancho y el sirviente se abrazaron y lloraron de la manera más desconsolada, con las cabezas apoyadas en el hombro del otro. Era desde luego una escena bastante extraña, y yo me preguntaba qué historia se ocultaría detrás. Cuando los ojos de ambos quedaron secos y rojos, Sancho dijo:

—Este hombre, don Miguel, no es mi sirviente. Es mi antiguo vecino, Mohanad Morricote, ciudadano de Esquivias, quien dejó nuestro país poco antes de que yo fuera cruelmente secuestrado y llevado a los Baños, donde tuve la fortuna de encontrarlo a usted, quien me ha hecho inmortal.

Morricote, quien hasta el momento había permanecido en silencio, habló:

—Don Miguel, en 1570, cuando era un hombre joven, casado, y el orgulloso padre de Amina y Afid, mi familia y yo fuimos expulsados de España por orden del rey Felipe II, que su alma descanse en paz, a pesar de que nuestros ancestros habían estado en suelo español antes de que Castilla y Aragón se unieran y España se convirtiera en un solo país. Si queríamos quedarnos, debíamos convertirnos al cristianismo, debíamos renunciar a nuestra fe y a nuestras costumbres, algo que yo no podía hacer, don Miguel, puesto que sería una ofensa a mis ancestros. Alguien tan aprendido como usted, vuesa eminencia, seguramente sabe que después de la caída de Granada, cuando el último de los gobernantes musulmanes fue enviado al exilio, mis ancestros se convirtieron al catolicismo; sin embargo, nos las arreglamos para mantener muchas de nuestras costumbres, y algunos de nosotros les enseñábamos la lengua árabe a nuestros niños, no porque no quisiéramos a España, ni porque tuviéramos el sueño de reconquistarla, como se nos ha acusado, sino porque la historia de nuestra gente está escrita en árabe.

Sancho interrumpió la narración de Morricote:

—Mi caro amigo, don Miguel debe tener asuntos pendientes que atender y no debemos abusar de la generosidad de un hombre de su importancia, así que por favor, no es necesario que se alargue en detalles de eventos que ocurrieron siglos atrás.

—Gracias, mi amigo Sancho, por su sabio consejo —dijo Mohanad—. Entonces, prosiguiendo con la historia de mis infortunios: se nos ordenó abandonar España solamente con la ropa que llevábamos puesta. Se nos prohibió que lleváramos oro, plata o piedras preciosas con nosotros. Yo no era un hombre rico, don Miguel. Pero gracias al trabajo duro, la buena fortuna en el comercio y el hábito de ahorrar en caso de futuros imprevistos, me había convertido en un hombre con bienes. Así que hice la única cosa que podía hacer: enterré dos jarras de barro llenas de oro y otros objetos valiosos detrás de la casa de mi buen amigo Sancho Panza, con su consentimiento, claro está. Luego, abandonamos suelo español sin una moneda a nuestro nombre, únicamente con el dinero para comprar el pasaje a la costa de Berbería. Como usted sabrá, puesto que le he escuchado a Sancho hablar del tiempo que pasaron juntos en Argel, en esa capital de la desgracia no fuimos bien recibidos. Los turcos nos veían como españoles, y puesto que nos habíamos convertido al cristianismo no confiaban en nosotros como árabes. Después de muchos años de insultos, sufrimientos y tratos injustos, ahorramos el suficiente dinero para mudarnos al reino de Marruecos, donde hemos vivido desde entonces. Fue allí donde me topé con mi amigo Sancho un día en el mercado, cuando se detuvo en mi tenderete en el bazar a admirar las alfombras que vendía. No me había sentido tan feliz desde el nacimiento de mi primer nieto. A pesar de que la fortuna ha sido más amable con nosotros en esa tierra, mis hijos, mis nietos y yo soñábamos con ir al Nuevo Mundo, donde, tengo entendido, las personas árabes son bienvenidas. Pero Dios me ha bendecido con una familia fértil, y es costoso comprar pasajes para quince personas. Todos estos años he soñado con la fortuna que dejé en el patio de mi amigo, con la cual podríamos comprar pasajes a las Indias y establecernos allá. Cuando compartí este sentimiento con mi buen amigo Sancho, él me convenció de que a pesar del gran riesgo, podría entrar a España disfrazado como el sirviente cristiano de un hombre de mucha fortuna, como lo es ahora mi amigo Sancho. Si me atrapaban, sabía que no viviría para ver nuevamente a mi familia. Sólo me decidí a intentar esta estratagema cuando Sancho dijo: «La victoria es de los valientes». Pero justo cuando pusimos nuevamente pie en nuestro amado suelo español, donde están enterrados mis ancestros, fue promulgado un nuevo decreto, como usted debe haber escuchado: conversos o no, todos los árabes deben salir de España, país del cual todos los moros y sus descendientes quedan desterrados para siempre. Mi amigo Sancho me convenció de no regresar a Marruecos sin antes pasar por Esquivias y seguir adelante con el plan, y así tener una oportunidad de comenzar una nueva vida, en una tierra en donde musulmanes y cristianos conviven en paz.

Puesto que Morricote parecía haber concluido su relato, Sancho se unió nuevamente a la conversación:

—No necesito recordarle, don Miguel, que soy un verdadero patriota, un súbdito obediente y respetuoso de nuestro gran rey. Pero tenía que desafiar aquel decreto puesto que Morricote y su familia fueron los mejores vecinos que los Panzas jamás tuvieron, y puesto que no tengo el gran honor y el placer de conocer a nuestro glorioso rey, ni tampoco he sido su vecino, y difícilmente alguna vez llegaré a serlo, y en cambio me unen a mi amigo fuertes lazos de amabilidad y deferencia. He viajado con él hasta este punto y no pienso abandonarlo hasta que haya recuperado su oro y otros objetos valiosos, y pueda regresar para reunirse con su familia.

Había visto innumerables moriscos mutilados, quemados, despojados de sus posesiones, expulsados de la tierra que habían cultivado por generaciones y desterrados del único país que conocían, en el cual sus ancestros habían vivido por siglos y en el cual sus padres se habían convertido en polvo, indistinguibles del suelo español.

—Vuestro secreto está a salvo conmigo, mis amigos —les aseguré.

Nos abrazamos. Les deseé buena suerte a ambos e hice planes con Sancho para verlo durante mi próxima visita a Esquivias. Y a pesar de que me sentía con la cabeza un poco nublada, tanto por el excelente vino como por la fantástica historia de Sancho y la gran alegría de reencontrarme con él de manera tan inesperada, me subí nuevamente a mi caballo y continué mi camino hacia Toledo.

Meses después, cuando regresé a Esquivias, pregunté por Sancho y me contaron que había comprado la casa más elegante del pueblo para Teresa y Sanchica, aunque Sanchica se había negado a abandonar su empleo de criar cerdos. Sancho se había marchado nuevamente del pueblo con su leal sirviente, Diego. Aunque ya estaba viejo y su salud no era buena, anunció que después de estar tanto tiempo en el camino le resultaba imposible permanecer en un solo sitio. Teresa me contó que Sancho había dicho:

—Mi incomparablemente virtuosa, buena y leal esposa, mi amada hija y mis amados nietos: mi sed de aventuras no está satisfecha; los caminos abiertos me llaman de nuevo y aún queda en mí un gran deseo por conocer muchos lugares que no conozco y a los que quisiera ir antes de que Dios me llame a su lado y tenga que rendirle cuentas por mis acciones en esta tierra. La hierba tal vez no sea más verde del otro lado, pero al menos es nueva y crece en una tierra diferente.

No sé qué habrá sido de él o de Morricote, aunque espero que Sancho haya viajado al Nuevo Mundo, aquel lugar al que desesperadamente intenté llegar en mi juventud y nunca tuve la fortuna de visitar, ya que ésa no era mi suerte; el destino había decidido que nunca más saldría de España, que viajaría por sus caminos y conocería sus gentes, de tal manera que pudiese escribir acerca de don Quijote y Sancho.

La tierra parece haberse tragado a Sancho una vez más. Deseé que dondequiera que fuese a parar se enterara de que sus aventuras continuaban en mi propio *Don Quijote* Parte II, donde aparece el encuentro narrado en este capítulo, aunque disfrazado de ficción.

Capítulo 8
El falso Don Quijote
Pascual Paredes
1587-1616

Achaco el rumbo que tomó mi vida a mi amor juvenil por la poesía, la cual, si mi memoria no me falla, don Quijote llama —y con razón— un vicio incurable. Fue a raíz del comentario inocente que poco tiempo después de haber empezado a trabajar en el Consejo de las Indias le hice a don Luis Lara acerca de la copia que tenía en su escritorio de *Obras de Garcilaso de la Vega con anotaciones de Fernando de Herrera*, que él reparó en mi existencia. Si me hubiera mordido la lengua en aquel momento (aquel apéndice mío que nunca he sido capaz de controlar), ¿quién sabe qué habría sido de mí? Aquella primera conversación fue la semilla que creció hasta convertirse en un prolongado vínculo con él, y me atrapó en la red de odio que tejía don Luis hacia Miguel de Cervantes Saavedra. La historia de la enemistad entre los dos ensombreció buena parte de mi vida adulta.

Al ponerme a su servicio como una especie de espía, don Luis me había separado de aquellos hombres grises y escasos de imaginación que trabajaban en nuestra rama del Consejo. Después de que Miguel de Cervantes se marchara de Esquivias y se trasladara a Sevilla en el año de 1587, mi principal labor consistía en mantener informado a don Luis de cada uno de los pasos de Cervantes y entregarle toda aquella información.

Fue así como logré escapar, por un lado, de la naturaleza monótona de mi abominable trabajo y, por otro, de mi enclaustramiento dentro de aquellos sofocantes, penumbrosos y pobremente ventilados recintos que olían a tinta rancia y a documentos polvorientos, en los cuales mis colegas día tras día se doblaban sobre sus escritorios largas horas, hablando entre susurros para no llamar la atención, arañando con sus plumas resmas de papel, anotando números en pergaminos cerosos y moviéndolos de una columna a otra, redactando informes que nunca nadie leía destinados a archivos solamente visitados por ratas y cucarachas. Estas almas patéticas únicamente tomaban una pausa para toser, rascarse o sonarse la nariz, o para salir a hacer del cuerpo, luchando por permanecer despiertos en las tardes, cuando regresaban al trabajo después de almorzar y de hacer la siesta en sus casas. Yo despreciaba sus vidas opacas, el tedio y la esterilidad con los que malgastaban su existencia, pues sabía que si el azar no hubiese intervenido, aquél habría sido mi propio destino en España.

En uno de mis viajes mensuales a Esquivias, supuestamente para supervisar las cuentas del gobierno local, me enteré de que Cervantes había dejado a su esposa y había partido hacia Sevilla, donde esperaba conseguir un puesto como recaudador de granos para los soldados de la Armada Española, que recientemente había iniciado las aciagas hostilidades contra Inglaterra que ayudaron a precipitar el declive de nuestro imperio. Ésta era mi oportunidad de visitar Sevilla, una ciudad que anhelaba conocer, tan rica en historia y afamada por su belleza, por su alcázar, por sus poetas y pintores. Al llegar me enteré de que Miguel de Cervantes se las había arreglado para hacerse a uno de aquellos cargos. Ahora era un empleado del gobierno, al igual que don Luis y yo.

—El nombre de su cargo es Recaudador Itinerante de la Armada —le informé a don Luis cuando regresé a Madrid.

Me respondió con una de sus muy escasas sonrisas de alegría. Yo había llegado a comprender que su gozo más grande consistía en enterarse de la mala fortuna de Cervantes, aunque asegurar un cargo como recaudador para la Corona difícilmente podía considerarse una desgracia.

—Ha hecho un excelente trabajo, Pascual —dijo don Luis.

Podía contar con los dedos de una mano las ocasiones en las cuales me había alabado por alguna cosa que hubiese hecho para él, como si estuviera en el absoluto derecho de esperar de aquellos que trabajábamos bajo sus órdenes nada más ni nada menos que la perfección. Sorbía lentamente un trago de jerez sentado frente a él. Era el final de la tarde; su enorme oficina estaba casi a oscuras. El crepúsculo era el momento preferido del día para don Luis, como si las sombras crecientes lograran tranquilizarlo.

—Para alguien cuya pureza de sangre no ha sido establecida —continuó después de tomar otro sorbo de su copa, y apuntándome con su meñique casi descarnado—, aquél es el puesto perfecto. No necesito recordarte que cuando se trata de sacarle dinero a la gente, los judíos son como sanguijuelas con un apetito insaciable.

Se me salió una risita ahogada, pero de inmediato enderecé la espalda y asumí una expresión de seriedad. La mirada que don Luis me dirigió no era de desaprobación.

—Existe una corrupción rampante en ese mundo de los que recolectan los impuestos para el rey, Pascual. Incluso los hombres más honestos, y admitámoslo, Miguel no se encuentra entre ellos, tarde o temprano terminan uniéndose a los ladrones y a personas del bajo mundo que trabajan en ese oficio. Miguel tendrá que actuar como ellos si quiere conservar su empleo. Entonces recibirá lo que se merece.

Dio un lento sorbo a su jerez, mirando fijamente hacia algún punto detrás de mí. Sus labios se habían estirado en una sonrisa muy tenue, pero había algo de aterrador en esa mirada ensoñadora. Con un movimiento de la mano, sin molestarse en hacer contacto visual conmigo, me indicó que saliera de la habitación.

Me convertí en un perro sabueso siguiendo los pasos de Cervantes por todos los pueblos olvidados de Dios que él visitaba en Andalucía. Daba gracias a mi buena suerte:

esta vida era mucho mejor que estar pegado a un escritorio. Además, había escapado de la sepulcral edificación donde tenía su sede el Consejo y de la diaria coexistencia con mis colegas, quienes me hacían pensar en un grupo de almas solitarias haciendo penitencia en el purgatorio. Además, y ésta era una ventaja nada despreciable, podía conocer otros sitios de España, un sueño que siempre había tenido.

Un día, cuando acababa de terminar mi informe acerca de los viajes de Miguel, don Luis me confesó:

—No sabe el placer que siento cuando antes de cerrar los ojos para dormir me imagino a Miguel polvoriento, hambriento y andrajoso, portando el bastón de la justicia en su mano buena, al entrar sobre su vieja mula a uno de aquellos desolados pueblos del campo andaluz, donde con seguridad es recibido con hostilidad y odio dada su condición de recaudador de impuestos de la Corona.

Me alegraba de que nunca sería lo suficientemente importante a sus ojos como para convertirme en objeto de su odio.

Por espacio de tres años fue muy poco lo que tuve para reportar, a pesar de que don Luis exigía saber los nombres de cada insignificante población que Cervantes visitaba y enterarse de cómo había sido recibido por los campesinos cuyos granos debía confiscar en nombre de la Armada. Hasta que un día me enteré a través de uno de mis contactos en Sevilla de que Cervantes había solicitado una licencia para ir a las Indias. Le pedí a mi informante una copia del documento y partí hacia Madrid, cabalgando tan veloz como podía, apenas deteniéndome para comer, hacer del cuerpo o dormir, con el fin de que don Luis lo viera lo más pronto posible. En su petición a la Corte, Cervantes era específico acerca de los cuatro cargos para los cuales quería que lo consideraran: la contraloría del Virreinato de Nueva Granada, la gobernatura de la provincia de Soconusco en Guatemala, el puesto de auditor de las galeras en Cartagena de Indias, o el de magistrado de la ciudad de La Paz. Todos eran cargos importantes, que usualmente se asignaban como premio a aquellos que se habían distinguido en su servicio al rey, aunque a menudo las familias influyentes los aseguraban para sus hijos inútiles o descarriados, que en suelo español eran una vergüenza para su parentela. Para mí las aspiraciones de Cervantes eran una clara demostración de que a pesar de todos los reveses en su vida, tenía un elevado concepto acerca de su importancia. Sin embargo, no parecía haber considerado que a sus cuarenta y tres años estaba solicitando cargos que requerían la energía de un hombre mucho más joven.

Don Luis nunca había mostrado tanto júbilo en mi presencia como el que exhibió el día en que le entregué en su oficina del Consejo de Indias una copia de la petición de Cervantes. Me invitó a cenar con él aquella noche en la hostería más elegante de Madrid, el Mesón de los Reyes, donde se alojaban muchas de las personas importantes que venían por asuntos de negocios a la Corte. Aunque habíamos dado muchas caminatas juntos por lugares públicos a través de los años, y a menudo lo había acompañado hasta su casa, nunca me había invitado a entrar para beber una copa ni había sugerido tomarnos un trago en una taberna donde la gente pudiese vernos socializar como si de iguales se tratase.

Mientras esperábamos que llegara nuestro primer plato, don Luis me dijo:

—Pascual, quisiera mostrarle el aprecio por el trabajo que está haciendo para mí. A partir del próximo mes, su salario recibirá un incremento de cien maravedíes.

—Gracias, gracias, vuesa merced —dije en medio de mi asombro—. Beso vuestras generosas manos miles de veces —ya mi salario era más alto que el de mis lastimeros colegas.

—Quiero aclararle, Pascual, que esta compensación no va a salir de la tesorería del Consejo. Eso sería un desfalco.

Me apresuré a decir:

—Nunca hubiera pensado tal cosa, don Luis. Yo…

—Déjeme terminar. No he acabado. Sé perfectamente bien que mi conducta está por encima de todo reproche. Sólo quiero que sepa que los maravedíes extra van a salir de mis propias arcas. Continuaré combatiendo con diligencia la corrupción de nuestros empleados públicos.

Mientras la cena llegaba no pude evitar preguntarme si alguna vez se le había ocurrido a él que el hecho de pagarme más que a mis colegas y mantenerme ocupado siguiendo cada movimiento de Cervantes era un abuso de poder. Pero ya había comprendido que don Luis Lara era la clase de hombre que nunca vería defectos en sí mismo. Al igual que todos los aristócratas españoles, estaba convencido de que sus excrecencias olían mejor que las de aquellos que eran inferiores a su rango.

El resto de la noche hablamos acerca de los nuevos volúmenes de poesía que habían llegado a las librerías de la ciudad. Gracias a don Luis, ahora podía comprar cualquier libro nuevo que me interesara, o bien copias de los clásicos que no había leído. Aún me mantenía al tanto de la producción de los poetas nuevos y los ya establecidos, pero realmente lo hacía más por complacerlo y como una forma de continuar teniendo acceso al mundo de los escritores, que por el hecho de que obtuviera el mismo placer que derivaba de la poesía antes de empezar a trabajar para don Luis y descubrir qué tan despiadados podían llegar a ser estos hombres sensibles que escribían bellos poemas y novelas.

La petición de Cervantes fue denegada y poco tiempo después estaba de vuelta recolectando granos por los caminos. No supe cuál había sido el papel de don Luis en esta circunstancia, y la verdad era que no quería saberlo: de esta manera era más fácil para mí continuar trabajando como su espía. Pero después de que Cervantes experimentara lo que debió haber sido un apabullante fracaso personal, don

Luis pareció perder todo interés en sus actividades. Continué presentándole de manera regular breves informes, los cuales escuchaba con expresión de aburrimiento, haciéndome sentir como si a mí me importara más Cervantes de lo que a él mismo.

—En qué triste criatura se ha convertido el manco de Lepanto —me dijo una vez don Luis—. Y pensar que una vez llegó a ser considerado la gran esperanza de las letras españolas. ¡Y pensar que éramos buenos amigos! Esa vida miserable que está viviendo lo matará antes de que pase mucho tiempo, ya verá usted.

Como había menos razones para viajar a Andalucía y estar al corriente de las peregrinaciones de Cervantes, me convertí en el factótum de don Luis en el Consejo. No obstante, nunca me pidió que dejara de espiar al hombre a quien empecé a llamar en secreto el Comisionado de las Penas.

Poco después, y sin abandonar su cargo en el Consejo, don Luis fue nombrado Fiscal Acusador del Santo Oficio, y con un fervor que me impactó por su tinte fanático, incluso para un hombre tan religioso como él, se sumergió en su trabajo con la Iglesia. Sus responsabilidades le mantenían en Toledo buena parte del tiempo; debió haber sido muy doloroso para él permanecer tanto tiempo en la ciudad donde su esposa vivía, en el hogar ancestral de los Lara, que ella había convertido en un hospicio. Más tarde, aunque él no me lo mencionara, me enteré a través de un conocido de que el joven Diego Lara había abandonado sus estudios de Teología en la Universidad de Alcalá de Henares para ingresar a la orden de los carmelitas en Toledo. También me enteré de que una sirvienta de nombre Leonela, que había estado al servicio de don Luis desde la época de su matrimonio, había abandonado la casa para seguir a doña Mercedes. ¿Me estaba convirtiendo ahora en espía de don Luis?

Fue más o menos por esa época que me convertí en su confidente, lo cual es indicio más que fehaciente de su soledad. Parecía no tener amigos cercanos, pero como todos nosotros tenía la necesidad de compartir sus pensamientos íntimos con otros seres humanos. En ese aspecto éramos similares: mi posición con respecto a don Luis era para mí lo más cercano a tener una amistad íntima con otra persona.

Un día me dijo:

—Pascual, no estoy seguro de que yo sea la persona más indicada para ejercer como Fiscal Acusador del Santo Oficio —dijo. Luego continuó con la explicación—: ¿Sabes que mi deber principal es ir en frente al Tribunal del Santo Oficio con la evidencia que haya reunido sobre el acusado y explicar por qué se le debe realizar un auto de fe? Me perturba que los acusados no sean informados acerca de los cargos que se les imputan. Pueden pasar años antes de que estos desventurados sean informados de las razones por las que han sido encarcelados.

Acerca de las acciones del Santo Oficio yo sólo sabía lo que la gente murmuraba. Nadie se atrevía a averiguar abiertamente la forma en la cual se realizaban estos juicios. No dije nada. Esperé a que se decidiera a desahogarse de los pensamientos que lo atormentaban.

—Pensé que iba a ayudar a la Iglesia a purgar a España y al mundo cristiano de los infieles que pretenden socavar nuestra religión con sus ideas herejes —don Luis tomó una pausa, su semblante grave y ceñudo—. Pero por lo que he podido ver, el único crimen que han cometido algunas de estas personas es ser acaudaladas.

De modo que era cierto lo que la gente murmuraba sobre el Santo Oficio: que ellos condenaban a la hoguera para poder comer.

—Lo peor de todo —prosiguió— es que yo debo estar presente durante la tortura de estas personas, y luego, cuando son quemadas en la hoguera —lo que dijo a continuación me sorprendió—: Pascual, me pregunto cuánto tiempo más podré seguir trabajando para el Santo Oficio y presenciar tanto sufrimiento.

Aquel día sentí compasión por él. Detrás de esa fría fachada que proyectaba, y de la virulencia de su odio hacia Miguel de Cervantes, que parecía ser la fuerza inspiradora en su vida, no era ajeno al sufrimiento de los otros.

Al igual que miles de madrileños, yo había asistido a los autos de fe en la Plaza Mayor. Aquélla era una de las pocas distracciones de carácter gratuito para la población. Se llevaba a cabo una procesión pública de aquellos que habían sido encontrados culpables, y cuando los cargos les eran imputados formalmente y era leída su sentencia, la multitud abucheaba a los acusados, les tiraba basura y les gritaba improperios. En aquellos autos de fe, la pestilente plebe dejaba salir a flote la ira reprimida que colmaba sus propias vidas miserables. Estas ceremonias duraban varias horas y muchas personas traían alimentos y bebidas para ayudar a pasar el tiempo. Al final se decía una misa, seguida de oraciones por las almas de los condenados. Éstos eran ejecutados más tarde, fuera de la vista pública, lo cual enfurecía a la masa, que se sentía defraudada de no poder observar a los condenados mientras ardían en la hoguera.

No tengo ideas sentimentales acerca de la raza humana; creo que somos las criaturas más defectuosas de Dios, quien debía estar extremadamente agotado y distraído el día que creó a Adán y a Eva, y usó sus materiales más ordinarios y más estropeados para moldearlos.

Estaba nuevamente atrapado en mi oficina, lo cual se sentía como una especie de muerte. Durante esos años, siempre que don Luis venía a Madrid desde Toledo me invitaba a cenar al Mesón del Rey. Contaba conmigo para que le diera un reporte detallado de cómo funcionaba la sección en su ausencia. Le informaba acerca de mis colegas, quienes estaban tan golpeados por la vida y eran tan carentes de imaginación, que serían incapaces de causar cualquier problema. La mayor fuente de felicidad de estas criaturas radicaba en sentarse en sus escritorios el día entero, revolviendo papeles y desperdiciando tinta. En el Consejo todos sabían de mi amistad con don Luis y me trataban como a un superior.

Durante una de nuestras cenas me di cuenta de que don Luis estaba más cabizbajo que de costumbre. Lo único que podía hacer era esperar y confiar en que se decidiera a contarme lo que le preocupaba. Aquella noche apenas tocó la comida, pero bebió más vino de lo que jamás le había visto beber. Esto me sorprendió, porque no era un hombre de excesos. Aún seguíamos en la taberna después de la medianoche y empecé a preocuparme, pues don Luis ya se encontraba visiblemente ebrio y comenzaba a arrastrar las palabras. Me tranquilizaba un poco que sus cargadores estaban afuera esperándole. Intenté darle ánimos contándole historias acerca de mis colegas y del mundo de los poetas, aderezándolas para tratar de distraerlo de su estado sombrío. A pesar de que estaba sentado frente a mí, parecía estar en un lugar tan lejano que mi voz no podía alcanzarlo.

Tenía clavados en mí sus ojos pesados; su silencio me ponía incómodo. De repente dijo:

—Usted nunca conoció a mi hijo —¿por qué se refería a él en tiempo pasado? Yo sabía que fray Diego Lara vivía en Toledo. Esto era de lo más inusual: don Luis nunca hablaba de su vida privada. Empezaron a rodar lágrimas por sus mejillas—. Pues bien —dijo—, Dieguito, mi amado hijo, la única alegría que me resta en este mundo, partió para el Nuevo Mundo a convertir a los indios. Se embarcó en Sevilla hace dos semanas. De haber conocido con antelación sus planes —prosiguió, y sus palabras eran cada vez más lentas por efecto del vino— lo hubiera impedido. ¡Con seguridad! —exclamó, apretando sus puños—. Hubiera movido cielo y tierra con tal de retenerlo aquí en España.

Se derrumbó y empezó a llorar de forma incontrolable. Ya era tan tarde que éramos los únicos comensales que quedábamos en el Mesón del Rey. La joven que nos había servido se aproximó a nuestra mesa; con un movimiento de mano le indiqué que se alejara.

Pascual —tomó mi mano y continuó—: mientras Diego estuviese en España y yo pudiese verlo, existía una pequeña chispa de felicidad en mi vida. Ahora, ahora —levantó la voz y movió de un lado a otro su cabeza— probablemente no vuelva a verlo. Ay, Pascual, quizás Dios me ha castigado por la forma en que he vivido.

Le dije:

—Don Luis, ya es muy tarde. Debería irse a casa.

Con la ayuda de uno de los empleados de la hostería lo saqué cargado hasta su carruaje. Cuando puse la mano en su tórax para darle estabilidad, le noté los huesos bajo la piel. El hombre al que acomodábamos en su asiento, uno de los grandes de España, tenía tanta vida en él como podría tenerla una marioneta rota.

La predicción de don Luis acerca de Miguel de Cervantes resultó acertada: a finales de 1592 me enteré, a través de uno de mis contactos, de que en el mes de septiembre Cervantes había sido detenido en la prisión de Castro del Río por una semana. No logré entender plenamente la naturaleza de la acusación, y los detalles de segunda mano no me ayudaban a poner en claro lo que había sucedido. Pero Cervantes había sido acusado de malversar los fondos reales y usar parte de esos fondos para usufructo personal. Era lo único que necesitaba saber. Guardé las noticias para mí mismo, pues don Luis a duras penas había vuelto a mencionar su nombre.

Dos años después de que el joven Diego Lara se embarcara para el Nuevo Mundo, llegaron noticias a España de que había sido asesinado y devorado por los caníbales en el Virreinato de Nueva Granada. Su cabeza reducida fue encontrada en un poblado indígena motilón y enviada al gobernador de Cartagena, quien a su vez se la envió a don Luis. Todo Madrid estaba horrorizado.

Don Luis nunca más volvió al trabajo. Se anunció que don Fernando Mendinueta, vástago de una noble familia de Castilla, había sido nombrado en su remplazo. Temí por mi futuro. Si era despedido, ¿cómo podría seguir sosteniendo a mi anciana madre y a mi tía? ¿Este hombre nos remplazaría a todos, como era la costumbre, con los amigos de sus amigos? ¿Volvería alguna vez a ver a don Luis? Ahora que yo había dejado de serle útil, ¿estaría interesado en seguir frecuentando mi compañía? Sabía perfectamente que no podía acercarme a él. Sin embargo, le envié una carta con mis condolencias.

Transcurrieron largas semanas. Y de repente, por primera vez en todos estos años que llevábamos de conocernos, recibí una nota de don Luis dándome gracias por la carta, y para mi total incredulidad, invitándome a visitarle en su casa la tarde del domingo. Después de haber esperado durante años la invitación a entrar en la augusta casa de los Lara, legendaria por su elegancia, los importantes cuadros y los magníficos tapices que colgaban de sus paredes, apenas le presté atención al decorado de la mansión en el momento de ser conducido por el mayordomo hacia la biblioteca, un enorme recinto rectangular, con estanterías que iban hasta el techo y a las que se accedía por medio de una escalera que terminaba en un corredor metálico que le daba la vuelta a todo el recinto.

Don Luis estaba sentado junto a una ventana abierta que daba al patio. En el momento de acercarme me recibió con un saludo.

—Pascual, es muy amable de su parte que haya venido a verme. Por favor, tome asiento.

Tomé asiento y descubrí que dentro de un recipiente de cristal sobre la mesa contigua se veía un objeto espantoso. No podía apartar mi vista de aquello. Don Luis notó mi interés.

—Es la cabeza reducida del pequeño Diego —dijo suavemente—. Ésta es la forma en que le pagaron los salvajes a los que pretendía devolver al rebaño de Dios.

Su voz era débil, aunque llena de odio. Sentí náuseas y fijé mi mirada en don Luis. No podía soportar el volver a mirar aquella monstruosa cabeza. Apenas habían transcurrido unos pocos meses desde la última vez que había visto a don Luis, pero si me hubiera encontrado con él en la calle probablemente no lo habría reconocido. Se había reducido a la mitad de su tamaño (y él no era un hombre grande).

—Hace dos días le envié una carta al cardenal en la que renunciaba a mi cargo como Fiscal Acusador del Santo Oficio —comenzó—. Sabe, Pascual, al comienzo pensé que el trabajo podía ser una distracción. Pero se ha hecho evidente que no puedo pensar en otra cosa que no sea el destino que corrió mi hijo. Ya no encajo en este mundo —suspiró—. Paso mis días orando en la capilla familiar, pero la oración no le trae alivio a mi dolor. Sólo me ayuda a pasar las horas. He perdido el apetito; no puedo dormir; e incluso hablar me resulta a menudo angustioso. No puedo soportar la presencia de la mayoría de las personas. A menos que hayan pasado por la tragedia de perder a su único hijo, nunca entenderán las profundidades de mi pena. La única persona con la que hablo con cierta frecuencia es con el padre Jerónimo, quien fue el maestro de Dieguito. Él es la única persona que entiende cómo me siento. Sabe lo que he perdido.

Guardó silencio y se quedó mirando fuera de la ventana, hacia un jardín reseco. Intenté distraerlo con mis historias habituales, pero permanecía indiferente. De vez en cuando afirmaba con la cabeza para indicar que estaba escuchando. Sentí lástima por él. Las tragedias de la vida nos igualan.

Me levanté para marcharme, la mano que estrechó la mía estaba helada y húmeda. Es como estrecharle la mano a un muerto, pensé.

—Me alegra verle, Pascual —susurró, animándose un poco—. Me temo que no soy muy buena compañía por estos días. Pero si puede soportar el estar cerca de mí, venga a visitarme de nuevo. Me servirá de consuelo, incluso si hablo poco.

Mi amada madre falleció después de una corta enfermedad que se la llevó en cuestión de días. Mi padre había fallecido cuando yo aún era un niño y el resto de mi vida lo pasé acechado por la tragedia. Si tenía algún propósito en la vida era el de ayudar a mi madre y a su hermana. Apenas acabábamos de enterrar a mi madre cuando la tía María anunció que había empacado sus cosas y estaba lista para ir a Jaén y pasar sus últimos días cerca de otra de sus hermanas. Sentí alivio la mañana en que la puse en un carruaje rumbo al sur, pero cuando regresé a la casa vacía la encontré tan inhóspita como un frío mausoleo.

Mi profunda pena me acercó a don Luis. Me daba gusto ir a visitarlo cuando salía del trabajo por la noche. Parecía tolerar mis visitas. Todavía caminaba, comía y hablaba como cualquier otro hombre, pero se encontraba en otro mundo la mayor parte del tiempo. Ya no iba a verlo simplemente movido por una curiosidad morbosa. Había transcurrido bastante tiempo desde la última vez que le había arrancado alguna información relacionada con la gente importante que él conocía. Era duro admitirlo, pero era la única persona cercana a mí.

Don Luis comenzó a hablar sobre una novela que estaba planeando escribir. Me sorprendí, pues nunca había demostrado ningún interés en escribir novelas. Durante una de mis visitas me dijo:

—Pascual, necesito mantenerme ocupado. Hay algunas personas que disfrutan de no hacer nada, pero yo no soy así. Como usted sabe, soy devoto de la poesía, pero en la actualidad, después de leer algunas estrofas ya ni me entero de lo que estoy leyendo. He soñado con escribir una novela desde que era un estudiante. Quizás ha llegado el momento de intentarlo.

—¡Qué maravillosas noticias! —dije—. ¿Puedo preguntar, si no considera que sea muy impertinente de mi parte, de qué se trata la novela?

—Ah, sólo tengo bosquejos de unos cuantos personajes —tomó una pausa, como si estuviera evaluando si podía confiar en mí para la próxima tanda de información—. Mi personaje principal —dijo— está basado en Rodrigo Cervantes. Sí, el progenitor de Miguel.

Don Luis no había mencionado el nombre de Cervantes en mucho tiempo. En 1596 yo había escuchado que Miguel de Cervantes había abandonado su oficio como recaudador de impuestos. Según mis cálculos, había trabajado en ello durante casi diez años. Al año siguiente me quedé pasmado al escuchar que había sido encarcelado de nuevo porque se habían descubierto discrepancias aún más graves en los libros contables que había llevado durante sus años de servicio a la Corona. Cuando escuché la noticia pensé: éste es el final para él. Que Dios se apiade de este hombre lastimero que parece llevar una nube de miseria sobre su cabeza adondequiera que vaya. Me guardé la información para mí. Tal pareciera que para don Luis, Cervantes se hubiese muerto y convertido en polvo hacía ya mucho tiempo.

—Pascual —me dijo, interrumpiendo mis pensamientos—, ¿le gustaría trabajar como mi amanuense? Estoy buscando a una persona que pueda vivir en la casa.

—Para mí sería el honor más grande que pudiera tener en vida, don Luis —respondí de inmediato. Cuando comenzó a hablar acerca de la compensación monetaria por la labor prestada, ya no pude seguir escuchando lo que me decía. Ni siquiera en mis sueños más desquiciados se me había ocurrido que un día iba a vivir en una de las casas más grandiosas de España. Cuánto deseé que mi madre estuviera viva para regocijarse con mi buena fortuna.

Trabajar en el Consejo de Indias después la salida de don Luis se había vuelto insoportable. Al no tenerlo como mi superior había regresado a esa vida gris de la que él me había rescatado cuando me asignó la tarea de espiar a Cervantes. Yo no tenía las conexiones para hacer avances en mi profesión como oficial de la Corona. Cualquier cargo que pudiera obtener como burócrata sería un callejón sin salida similar al cargo que tuve durante todos esos años en el Consejo; hubiera significado trasladarse a otra lúgubre edificación, trabajando con gente sombría y revolviendo pilas de documentos llenos de polvo. Pero necesitaba trabajar. Don Luis podría darse el lujo de no trabajar, pero por mi parte necesitaba tener un cargo con salario para poder sobrevivir.

Existía otro asunto: había cumplido treinta y cinco años y todavía seguía soltero. Me había hecho amigo de un grupo de hidalgos que frecuentaban las casas de apuestas y donde era posible acceder, por dinero, a tener sexo con hombres o con mujeres. El secretario del rey, Antonio Pérez, era miembro prominente de aquella cofradía.

Me resultaba imposible apartarme de aquella vida que había descubierto, tan imposible como impedir que me siguiera creciendo pelo en el rostro. Me deleitaba con los exquisitos placeres del cuerpo, a pesar de que la Iglesia condenaba como inmoral cualquier clase de placer de los sentidos. El secretario del rey estaba amparado por su asociación y cercanía con nuestro monarca, pero era sólo cuestión de tiempo para que empezaran a hacerse insinuaciones sobre mi persona, poniéndome en riesgo de ser aprehendido y acusado de haber abandonado mi interés por las mujeres y en su lugar anhelar placeres carnales con hombres. Estaba en grave riesgo de ser quemado en la pira. O asesinado en un oscuro callejón como le ocurrió al célebre poeta Álvaro de Luna. Recién iniciado su reinado, Felipe II había comenzado a ejecutar públicamente a los sodomitas. Aunque estas ejecuciones eran poco frecuentes, no pasaba un año sin que un reconocido sodomita fuese quemado en la pira. Y los hombres que enfrentaban este destino no eran miembros de la nobleza sino hombres del común, como yo. El matrimonio era la mejor forma de evitar cualquier acusación al respecto, pero para mí, casarme equivaldría a otro tipo de muerte. La oferta de don Luis era providencial; trabajar para este hombre tan importante, de carácter irreprochable, y hacer parte de su hogar podría significar la salvación de mi vida.

Clausuré la casa en la cual había vivido con mi madre casi toda la vida. No poseíamos casi nada que valiera la pena guardar: conservé unos pocos recuerdos y el resto lo destiné a instituciones de caridad. En casa de don Luis me fueron asignados los lúgubres aposentos que antes habían pertenecido a doña Mercedes. Les di un poco de vida a las paredes, remplazando las mórbidas estatuas de santos torturados y sangrantes figuras de Cristo en la cruz por coloridos tapetes, cortinas y tapices que hasta entonces decoraban las habitaciones de huéspedes que nadie usaba.

Don Luis comenzó a hablar con fervor acerca de la redacción de su novela. Me mostraba bocetos que había hecho de sus personajes y me leía intrincados bosquejos, explicándome la forma en que iban a ser desarrollados. Pero el tiempo pasaba y él no iniciaba la escritura propiamente dicha. Se suponía que yo debía encontrarme con él en la biblioteca en horas de la mañana y cenábamos juntos todas las noches, pero el resto del día no tenía más responsabilidades. Me tomó un tiempo acostumbrarme al hecho de que vivía en una de las casas más grandiosas de Madrid y que por primera vez podía vestir prendas elaboradas especialmente para mí, prendas que me hacían lucir como si fuese un miembro de la nobleza. Me volví visitante asiduo de los más exclusivos establecimientos de apuestas. Quizás por primera vez era feliz.

En 1603 Miguel de Cervantes se trasladó a Madrid con sus hermanas y su hija, Isabel. Resultaba curioso observar cómo la extinta llama del odio se encendía nuevamente en el corazón de don Luis.

Una mañana que estábamos discutiendo acerca del orden de las notas en su novela, don Luis dijo abruptamente:

—Usted escuchó decir que él se encontraba en la ciudad, ¿no es verdad? Entiendo por qué no me lo ha mencionado: intenta protegerme. Pero no volveré a tener paz hasta que sepa en qué ocupa actualmente sus días.

Me ofrecí a reasumir mis antiguas labores de espionaje.

—No quiero escuchar nada sobre el asunto, Pascual. Usted ha ascendido en su posición: es mi secretario personal. Espiar para mí estaría por debajo de su nuevo rango. Sin embargo, lo autorizo para contratar a una persona que siga cada paso de Miguel y luego le entregue a usted esa información. No descansaré hasta saber por qué ha regresado a Madrid después de todos estos años. Estoy seguro de que se guarda algo bajo la manga.

La prole de los Cervantes había alquilado una casa en un barrio de artesanos. Las mujeres sostenían a la familia cosiendo ropa. Corrían rumores de que Andrea todavía recibía indemnización económica de parte de su antiguo amante. Del propio Cervantes se decía poco. En raras oportunidades salía y ya había dejado de visitar las tabernas de mala fama que solía frecuentar en su juventud. Cada noche se le veía sentado a una mesa junto a la ventana del segundo piso, con una vela encendida, escribiendo hasta poco antes del amanecer. Una de las hermanas le había mencionado a un vecino que su hermano estaba escribiendo una novela.

Cuando se lo mencioné a don Luis, dijo:

—Miguel *era* un escritor. Desde que apareció esa espantosa *Galatea* no ha publicado nada. Y eso fue hace casi veinte años. No, no creo que vuelva a escribir otra novela. Al menos una que tenga algún mérito literario.

Incluso en el momento de decirlas, me daba la impresión de que don Luis dudaba de sus propias palabras. La idea de que Cervantes nunca volviera a publicar le agradaba en grado sumo.

De repente, de forma tan misteriosa como la familia había llegado a Madrid, volvieron a empacar sus pertenencias y se trasladaron a Valladolid. De inmediato informé de estos nuevos acontecimientos a don Luis. Al menos era un tema diferente del cual hablar aparte de su novela en ciernes.

—¿Por qué todos estos ires y venires, Pascual? Es costoso mudarse a otra ciudad. Ya se están haciendo viejos para continuar con estas constantes peregrinaciones. No, estoy convencido de que Miguel está ocultando algo, ¿no cree? Debe tratarse de algo diferente a la escritura de la novela. Pero ¿qué podría ser?

Fue por esa época que por fin comprendí que trabajaba para un hombre cuyo cerebro estaba trastornado. Me encontraba en una situación difícil: la locura es contagiosa; cuando se está cerca de una persona que ha perdido la razón se comienza a ver el mundo a través de su distorsionada imaginación.

Llegaron noticias a Madrid de que un hombre había sido asesinado a la entrada de la residencia de los Cervantes en Valladolid y que la familia había sido encarcelada brevemente.

—¡Qué sórdido! ¡Qué sórdido! —exclamó don Luis—. Estoy seguro de que él asesinó a ese hombre, Pascual. Debe tener algo que ver con esas meretrices de hermanas suyas. Es una pena que los Cervantes hayan sido exonerados de los cargos. Miguel debió haber sido desterrado de por vida desde hace mucho tiempo. Ha sido un criminal, prácticamente desde sus días de estudiante.

En diciembre del año 1605 *Don Quijote* fue publicado en Valladolid por Francisco de Roble. Sin tardanza, don Luis me pidió el favor de ordenar el libro a uno de los vendedores de libros más reputados, por temor a que se agotara antes de que él pudiese hacerse a una copia. Ya había una larga lista con los nombres de los clientes que aguardaban que llegaran copias de la novela a Madrid. A pesar de que *Don Quijote* sólo llevaba unas pocas semanas a la venta, el libro había sido acogido de forma instantánea por el público español con una pasión que nunca había visto en toda mi vida. De la noche a la mañana Miguel de Cervantes Saavedra se hizo famoso. Adondequiera que yo fuese la gente estaba hablando de la novela. Incluso las personas que no la habían leído conocían al menos un episodio divertido de ella.

Cuando puse una copia del libro en sus manos, don Luis se dirigió a la biblioteca, donde se recluyó por dos días. En aquel lapso de tiempo, cuando yo pasaba junto a la puerta de la biblioteca lo escuchaba maldecir el nombre de Cervantes o quejarse como si lo estuviera torturando el Santo Oficio.

El fallecimiento de su hijo había sido un golpe devastador para él. En los días buenos, tenía el aspecto de un cadáver recién salido de la tumba. Pero el éxito de *Don Quijote* y la fama de Cervantes eran una afrenta a su honor. Un día, mientras estábamos cenando, dijo de forma abrupta:

—He escuchado decir que incluso se ha visto al rey leyéndola y riendo a las carcajadas. Esto significa que todos los cortesanos también la habrán leído, para así congraciarse con su majestad —dijo. Al poco tiempo prosiguió, la voz temblando con una rabia controlada—: Lo que usted no sabe, Pascual, es que hace muchos años, cuando Miguel y yo éramos amigos, una noche en la que habíamos bebido demasiado vino le hablé de una idea que tenía de escribir una historia acerca de un soñador que arruina a su familia con sus fantasiosos proyectos —don Luis tomó una pausa, como para dejarme absorber bien lo que estaba diciendo—. Le digo esto para que no piense que soy tan sólo un hombre envidioso. ¡Él me robó su aclamado *Don Quijote*!

Aquel día entendí que la envidia y el odio eran las fuerzas que mantenían a don Luis aferrado a este mundo, al igual que la esperanza de que algún día llevaría a cabo su venganza. Sentí lástima por él.

—Si puede hablarse de alguna especie de consuelo en todo este asunto, vuesa merced —le dije—, he escuchado decir que le vendió los derechos a su editor por un plato de lentejas. A pesar de su fama, Miguel de Cervantes Saavedra está tan pobre como siempre.

—¡Ja! —exclamó don Luis. Sonrió, su rostro iluminado por la satisfacción.

Algunos meses después de la publicación de *Don Quijote*, Cervantes y su séquito de mujeres de la familia regresaron a Madrid.

Teníamos por costumbre encontrarnos en la biblioteca todas las mañanas con excepción de los domingos. Don Luis se sentaba en su cómoda silla junto a la ventana, yo en una larga mesa en frente de una pila de hojas y un frasco de tinta, mi pluma lista para recibir el dictado. Pero no me dictaba el libro, sino que hablaba acerca de lo que quería escribir:

—Escribiré algo de suma importancia —decía—; voy a producir una gran obra. No me contentaré con nada menos.

Yo ya empezaba a pensar que nunca iba a escribir nada, importante o no. Muchas mañanas nos quedábamos allí sentados por horas, en silencio total. Hasta que un día, poco después de enterarse de que Cervantes se había establecido nuevamente en Madrid, me dijo:

—Pascual, no puedo permitir que él se quede con toda la gloria.

Tomé mi pluma como si me dispusiera a escribir; fue un acto reflejo.

—¿Qué está haciendo, imbécil? No le voy a dictar mi libro ahora.

Era la primera vez que me insultaba. A pesar de su actitud condescendiente, nunca me había tratado mal. Tragué saliva con fuerza e intenté esconder mi humillación.

—He llegado a la conclusión, después de mucho pensarlo y de muchas plegarias, de que voy a escribir la segunda parte de *Don Quijote*. Si otras personas pueden escribir segundas, terceras y hasta cuartas partes de *Dianas* y *Amadises*, ¿quién me va a decir que no tengo el derecho de escribir *Don Quijote* Parte II? Es una antigua y honorable tradición —se quedó mirándome a la espera de una respuesta.

—Por supuesto que está en todo su derecho, don Luis —me apresuré a decir—. Además —añadí—, su segunda parte será mejor que la primera de Cervantes.

—Gracias, Pascual. Sin duda será mucho mejor. Soy un hombre con educación, conozco los clásicos, asistí a la universidad y allí aprendí latín y griego antiguo. Estoy convencido de que puedo escribir una novela mejor que la de Miguel, no solamente por mi educación superior sino también porque soy una persona con moral. Su *Don Quijote* es un libro sacrílego. Sí, sacrílego. Elijo muy bien las palabras, Pascual, con plena conciencia de su significado exacto. Si nuestro rey no le hubiera dado su respaldo, esa novela habría sido sometida al escrutinio del Santo Oficio —hizo una pausa para tomar aliento—. Mi novela, por el contrario —prosiguió—, reflejará el estado de inmoralidad que veo en todas partes en nuestra sociedad española y de la cual el *Don Quijote* de Miguel es la prueba más patente. ¿Sabe que al final de la novela Miguel insinúa que su caballero podría hacer otras salidas? Pues bien, retomaré la historia donde él la dejó y pondré a vivir nuevas aventuras a don Quijote y Sancho Panza. —Concluida su diatriba, don Luis se quedó en silencio. Se veía extenuado.

Pensé que ya habíamos concluido por el día; estaba a punto de volver a poner el corcho en el frasco de tinta cuando le escuché decir:

—Pero escribiré bajo un seudónimo, puesto que mis motivos son desinteresados y no estoy buscando la gloria para mí mismo. ¿Cuál cree que debería ser mi *nom de plume*?

Deseaba salir corriendo de aquella habitación y de su presencia. Su voz, con más bilis de la acostumbrada, me producía náuseas. Es un hombre repugnante, pensé.

—No se me ocurre ahora ningún nombre apropiado, vuesa merced —dije—. Si usted me concede algo de tiempo para reflexionar sobre el tema, mañana le presentaré una lista.

—Puede retirarse —dijo.

La mañana siguiente, antes de que tuviera tiempo de leerle los seudónimos que había anotado como posibilidades, don Luis me dijo, mientras ocupaba mi lugar habitual en la mesa:

—Alonso Fernández de Avellaneda. ¿Qué le parece, Pascual? —antes de darme tiempo de decir algo, prosiguió—: Alonso porque quiero un nombre que empiece con la primera letra del alfabeto, Fernández porque cualquier plebeyo de España tiene el apellido Gutiérrez o Fernández, y Avellaneda a causa de la fruta del árbol de avellana, aquel fruto que la gente pobre coge en la plazas públicas como complemento para su dieta. Claro está —añadió con gran deleite— que para personas como nosotros, las avellanas nos parecen comida digna sólo de cerdos.

Sonrió para sí mismo, muy divertido por el seudónimo que había escogido. ¡Qué elección tan poco inspirada!, pensé. ¡Este hombre está desquiciado!

—Sabía que vuesa merced encontraría el *nom de plume* perfecto —dije—. Será recordado por siglos.

Finalmente, después de varias semanas de esfuerzos, don Luis me dictó las primeras líneas de *Don Quijote* Parte II:

El sabio Alisolán, historiador no menos moderno que verdadero, dice que, siendo expelidos los moros agarenos de Aragón, de cuya nación él descendía, entre ciertos annales de historias halló escrita en arábigo la tercera salida que hizo del lugar del Argamesilla el invicto hidalgo don Quixote de la Mancha, para yr a unas justas que se hazían en la insigne ciudad de Çaragoça.

Incluso yo, que no era crítico literario sino tan sólo alguien que leía novelas de caballería, me daba cuenta de que este comienzo se comparaba desfavorablemente con el de Cervantes: «En un lugar de La Mancha, de cuyo nombre no quiero acordarme...».

Éste no es un comienzo auspicioso, pensé. Pero don Luis me había empleado para escribir las palabras que salían de sus labios, no para juzgarlas por sus méritos, y desde luego no en su cara.

En lugar de continuar con el dictado del resto de su narración, don Luis comenzó a dibujar mapas de las posibles rutas que seguiría su don Quijote.

—Para ser realmente apegados a la veracidad, Pascual —me dijo—, necesito que recorras todo el camino a Zaragoza y vuelvas con un reporte de las condiciones de los caminos por los cuales viajaría mi caballero, las diferentes posadas donde pernoctaría, la calidad de la comida y las condiciones de alojamiento, así como los nombres de los árboles en los bosques donde don Quijote y Sancho dormirían algunas veces.

Estaba encantado de alejarme de su lado y de visitar los mejores hostales en el camino a Zaragoza, en los cuales solicitaba aposentos reservados para los aristócratas y los viajeros de importancia.

Un año después de haber dictado el primer párrafo de su novela, don Luis no había escrito otra palabra. Quizás para justificar la postergación de la escritura, un día me dijo:

—La investigación debe ser impecable, Pascual. Estoy seguro de que mis lectores apreciarán la veracidad de lo que escriba. Cuando se trata de creación literaria, yo opino que la tortuga es siempre superior a la liebre, ¿no cree usted? Quiero que mis lectores sepan que cuando pongo un punto aparte, se trata de una declaración filosófica.

Nuestras sesiones en la biblioteca sólo eran soportables a causa de su locura, que no dejaba de ser curiosa. Además mi salario me permitía frecuentar las casas de apuestas, en las cuales había trabado amistad con varios nobles ya que mis bolsillos estaban siempre llenos de escudos, reales y maravedíes. Mi mala suerte en las mesas de juego, aparte de otros costosos placeres que podían ser comprados en estos establecimientos, me mantenían en deuda. Pero no sentía el menor deseo de renunciar a mi nueva vida.

Don Luis solía mantener en sus aposentos cofres que llenaba con los ingresos provenientes de los viñedos familiares y de los huertos cercanos a Toledo. Mientras él cumplía con sus oraciones diarias en la capilla familiar comencé a sustraer algunas monedas de oro de los cofres más grandes. La fortuna que mantenía en su mansión era tan grande que nunca descubriría la ausencia de algunos escudos que yo sacaba con el fin de hacer mi vida más agradable. Yo nunca iba a ver mundo, así que las casas de apuestas serían mi recompensa.

Don Luis tal vez llegó a pensar que al igual que muchas novelas que eran la comidilla de cada nueva temporada, *Don Quijote* pasaría al olvido. Ésta pudo haber sido una de las razones por las cuales el primer capítulo no había avanzado más allá del párrafo inicial, el cual escribía y reescribía diariamente, aunque, en mi opinión, nunca mejoraba.

Pero cuando se anunció en el año 1607 que en Bruselas se había publicado una versión traducida de *Don Quijote* y que se había convertido en éxito allí y en Francia, y que se estaban comenzando traducciones de la obra al inglés y a otras lenguas, don Luis se apresuró a dictar un segundo párrafo, luego un tercero y así sucesivamente hasta completar el primer capítulo.

En lugar de continuar con la narración, mi empleador anunció que escribiría el prefacio de su *Don Quijote* Parte II, el cual posteriormente reescribiría incontables veces a lo largo de los años. A grandes rasgos, en el prólogo afirmaba que su novela sería «menos jactanciosa y menos ofensiva para sus lectores» que la original; que Cervantes no tenía derecho a quejarse acerca de «las ganancias que obtenga de esta segunda parte», o enojarse (con Avellaneda) por escribir una segunda parte puesto que «no es nada nuevo que dos personas diferentes trabajen en la misma historia», y en su defensa citaba las muchas *Arcadias* que se habían escrito; que nunca podría complacer a Cervantes puesto que de todos era conocido que él «era tan viejo como el Castillo de Cervantes y que a raíz de su avanzada edad le disgustaba todo y todos», y que excusaba los errores de la primera parte de Cervantes puesto que «fue escrito en medio de una prisión» y todo el mundo sabe que los prisioneros son «chismosos, impacientes y de mal genio»; y que finalmente su segunda parte de *Don Quijote*, a diferencia de la primera parte de Cervantes, «no enseñaba la lascivia y en su lugar enseñaba a no ceder a la locura».

Llegué a la conclusión de que este hombre rencoroso no podía ser mi superior, excepto en lo económico. Nunca volví a usar, al menos para mis adentros, el título honorario de don. Era comprensible que se hubiese obsesionado con el amigo que le había traicionado en su juventud, pero escribir un libro para destruir el futuro económico de otro hombre, un hombre que estaba viejo, lisiado y pobre, era algo que sólo un aristócrata español sin corazón podía hacer. Era un pecado imperdonable.

Debió haber sentido que me alejaba de él, porque poco después de haber escrito su prólogo, al final de uno de nuestros días de trabajo me dijo:

—Pascual, durante mucho tiempo me ha demostrado ser un amigo fiel y estoy extremadamente agradecido por su constancia a lo largo de estos años en los que tantas desgracias han caído sobre mí. Me ha dado buenas razones para confiar en usted. Pero debo pedirle que nunca le hable a nadie del libro que estoy escribiendo. ¿Cuento con su promesa?

—Si lo hace sentirse más tranquilo, vuesa merced —me apresuré a decir—, juro por la memoria de mi madre que el secreto morirá conmigo.

Poco después de esta conversación, don Luis me anunció que había redactado un nuevo borrador de su Última Voluntad y Testamento, en el cual, me dijo, «usted es reconocido con gran generosidad». No tenía razones para dudar de la veracidad de sus palabras: él era inmensamente rico y no tenía parientes cercanos o amigos: su esposa, doña Mercedes, había fallecido poco después de que llegaran a Madrid las noticias de la muerte de fray Diego. Sabía bien que ésta era la forma que él tenía de comprar mi lealtad incondicional, de asegurarse de que guardaría silencio sobre su secreto y de que permanecería como su leal cómplice. He vendido mi alma al diablo, pensé.

Luis Lara era casi veinte años mayor que yo. Tras la muerte de su hijo había perdido interés en su aspecto. Aparte de ir a la misa del domingo raramente salía a dar una caminata; dejaba gran parte de la comida en el plato; pasaba muchas horas rezando de rodillas en la capilla; dormía poco; su cuerpo se había adelgazado tanto que no habría sido capaz de resistir una caída grave o una enfermedad. No podía preguntarle sobre la naturaleza de su legado, pero algunas veces echaba a volar la imaginación y creía que a su muerte heredaría la mansión con todo el mobiliario, además de los ingresos generados por al menos uno de sus viñedos. Estaban también aquellos cofres en sus aposentos repletos con escudos de oro. Aparte de su ayudante personal, Juan, nadie sabía sobre la existencia de esos cofres. Pero Juan estaba tan viejo y su cerebro tan reblandecido que no tenía razón para preocuparme por él. Hasta que llegara el momento de su muerte, todo lo que tenía que hacer era complacer a Luis y esperar pacientemente para convertirme en un acaudalado caballero, regresando así a la posición de mis ancestros. Llegaría el día en que el escudo de la familia Paredes remplazaría al de los Lara sobre la puerta principal.

Luis continuó trabajando en la novela a su ritmo pausado. Cuando en el año de 1608 apareció una nueva edición de *Don Quijote*, pareció impasible. Su lento método de redacción encajaba muy bien conmigo. Mientras yo pudiera seguir visitando las casas de juego y probando sus exóticas y prohibidas delicias venidas de África y Arabia, me sentía satisfecho.

A medida que los años pasaban y la popularidad de *Don Quijote* crecía, asimismo aumentaba de nuevo la obsesión de Luis con Cervantes. En 1609, cuando escuchó decir que Cervantes se había convertido en miembro de la Congregación de los Esclavos del Santísimo Sacramento y que su esposa y sus hermanas habían entrado a la Tercera Orden Franciscana como novicias, se mofó:

—Si creen que van a ser menos judíos por el hecho de hacerse devotos, no les va a funcionar.

Al año siguiente se anunció que Cervantes había viajado a Barcelona en el séquito del conde de Lemos, quien había sido nombrado virrey de Nápoles.

—¡Si el conde supiera! —gritó Luis en el momento en que le relataba la noticia—. Es mi culpa, Pascual, puesto que desde hace mucho tiempo tendría que haberle hecho saber al mundo la clase de sinvergüenza que es Miguel de Cervantes.

Su furia se aplacó cuando escuchó que Cervantes no se había unido al conde en Nápoles y en lugar de ello había regresado a Madrid.

Don Luis finalmente pudo terminar su *Don Quijote* Parte II. Puesto que no quería que nadie supiera que él era el autor, ni siquiera su eventual editor, me autorizó a hacer los arreglos pertinentes para su publicación. Estaba en el proceso de hacerlo cuando Cervantes anunció que sus *Novelas ejemplares* aparecerían en 1613.

—Suspende todas las negociaciones concernientes a la publicación de mi *Don Quijote*. Esperaremos hasta el próximo año —me ordenó—. Si he esperado tanto tiempo, puedo esperar otro año para mostrarle al mundo mi superioridad como escritor. Aparte de ello, cuando mi novela aparezca, ¡no quiero que ninguna otra obra española compita con ella!

Para entonces Cervantes era tan famoso que el público devoró la primera edición de las *Novelas ejemplares* en sólo un par de semanas. Luis las leyó, al igual que todo el mundo. Su veredicto fue:

—No son novelas, Pascual. Parecen obras de teatro. En cualquier caso, son satíricas más que ejemplares. Me equivocaría si no admitiese que son ingeniosas —concedió—. Aquélla de los perros que hablan es bastante inventiva, aunque se va por las ramas, como pasa con todo lo que escribe. Y su falta de conocimiento del latín es evidente; su erudición es una farsa. ¡Siempre será un inculto!

Había comenzado a pensar que Luis moriría antes de publicar su novela. Cuando finalmente apareció en el año de 1614 ya era un hombre viejo. Para mi sorpresa, aunque su novela era bastante inferior a la de Cervantes —carecía de algo que Cervantes poseía a manos llenas: genialidad— el falso don Quijote se convirtió en un éxito. A muchos lectores les pareció divertida, y la primera edición se agotó rápidamente.

—Su éxito no me sorprende —se jactó Luis—. La gente puede ver que soy un artista del más alto nivel y no uno vulgar. Sólo para darte un ejemplo, en lugar de decir, «fui a cagar», tal y como hace Miguel en varios apartes de su burda novela (como si cagar fuera un tema de importancia), yo escribo: «La colmena que natura dispuso en mi posterior destila cera». Puede ver que hay una gran diferencia, ¿no es cierto? Lo que es más, las aventuras de mis protagonistas son tan ciertas como aquellas reunidas y publicadas por el escritor de la primera parte —ya no podía soportar el mencionar el nombre de Cervantes—. Además, «El rico desesperado» y «Los amantes felices», narraciones dentro de mi *Don Quijote*, son completamente originales y están mejor escritas que las vagas y aburridas historias contadas por el escritor de la primera parte, ¿no le parece?

Me mostré de acuerdo:

—Es tal y como usted dice, vuesa merced.

El momento de gloria de Luis de Lara fue efímero. Al año siguiente, y diez años después de la parte i, Cervantes publicó su propia segunda parte. Al igual que todo mundo, yo también era de la opinión (aunque nunca se lo mencioné a Luis) que Cervantes se había superado a sí mismo. Más aún, su novela exponía la superficialidad de la de Luis y le asestó un golpe mortal. Soy de la opinión de que si Cervantes no hubiera escrito la parte ii, la novela de Luis podría haber sobrevivido como una rareza literaria. Su estilo escueto permitía que la acción se moviera más rápido que en la novela de Cervantes, si bien en el momento de describir a don Quijote y a Sancho la ausencia de empatía de Luis por otros seres humanos dejaba al descubierto sus debilidades como escritor. Peor aún, él no había esperado —yo no lo había esperado, nadie lo había esperado— que en la segunda parte de la novela de Cervantes, el manco de Lepanto tomara prestados los personajes y las aventuras creados por Luis.

Una vez que terminó de leer la parte ii de la novela de Cervantes, Luis sufrió un ataque de apoplejía. Lo encontré en la biblioteca desplomado sobre su sillón, inconsciente, y a sus pies una copia de la novela de Cervantes. Se llamó a un médico. A pesar de que para ese entonces Luis era más que nada piel y huesos, se le hizo un sangrado hasta que se puso del color de la cera. Pero la voluntad de vivir era más fuerte, y pasadas un par de semanas recuperó su fuerza y fue capaz de hablar. Lo primero que me susurró fue:

—Pascual, él escribió la primera sin mi ayuda (aunque me robó la idea), pero no podría haber escrito la segunda sin mí. ¡Y tiene el descaro de robar mi personaje, Álvaro Tartuffe, y de burlarse de mi novela! Mis personajes le ayudaron a desarrollar sus poco convincentes creaciones.

Se veía tan patético, tan disminuido, como un niño viejo. Deseé que hubiese muerto. ¿Era piedad o repulsión lo que sentía?

—Don Luis —le dije—, no debería intentar hablar demasiado. Las instrucciones del médico fueron de descansar y comer alimentos nutritivos. Podemos hablar de todo lo que quiera una vez que recupere su vigor.

Intentó sonreír pero en lugar de ello en su rostro apareció una mueca. Entonces me tomó por la solapa del traje.

—Hice de él un gran escritor, Pascual —susurró en mi oído—. Lo obligué a escribir la segunda parte. Sin mi novela, la primera parte de *Don Quijot*e sería una curiosidad y nada más que una curiosidad.

Pensé: lo que no puede soportar es que le hayan ganado en astucia; que Cervantes le haya robado al ladrón. Cuando Cervantes hacía referencia al *Quijote* de Avellaneda y ponía a sus personajes en su propia historia, estaba vinculando su *Quijote* con el de Luis. Ahora los dos personajes, el real y el falso, eran gemelos siameses. Cervantes había escrito una novela que los unía para siempre.

Antes de que pasara mucho tiempo el *Don Quijote Apócrifo* (como la gente empezó a llamarlo) fue vilipendiado y luego olvidado. Luis pasaba sus días orando o en silencio. Era un fantasma en vida. Por las noches deambulaba por los pasillos de la enorme casona en camisa de dormir, descalzo, sosteniendo un cirio encendido y orando. Una noche le escuché implorar: «Señor, ayúdame a perdonar. Por favor ayúdame a que le perdone antes de morir».

Yo había permanecido leal porque sabía que su muerte se aproximaba y asumí que recibiría mi herencia, por lo cual nunca tendría que volver a trabajar para ningún hombre, aristócrata o no. Hasta que un día se me ocurrió buscar entre sus archivos el testamento. Estaba desesperado por averiguar con exactitud qué tan rico me haría después de su muerte. Pero Luis me había mentido para comprar mi fidelidad: había dejado toda su fortuna a su *alma mater* para que crearan a perpetuidad una cátedra con su nombre.

Yo no estaba dispuesto a abandonar mis noches en la casa de apuestas y la compañía de los hijos de los grandes de España, a quienes me podía dirigir con el tú en lugar de vuesa merced, como si yo fuese su igual. Vacié los cofres de los aposentos de Luis tan rápido como pude. Y empecé a despojar la gran mansión de todas las cosas de valor: las pinturas de los maestros flamencos e italianos, los enormes tapetes medievales, la vajilla de plata, los platos de oro, el mobiliario, los manteles, las alfombras, los antiguos escudos y las lanzas y las espadas exhibidos en las paredes. Lo vendí todo para financiar mis noches de gozo. Para entonces tenía cincuenta años y era por fin un hombre rico.

El odio que durante todos estos años a su servicio había albergado por Luis se había enconado, hasta el punto de envenenar cada aspecto de mi vida. Si uno ha odiado a una persona más de lo que ha amado jamás a alguien, un odio tan enorme se convierte en una especie de amor. Quizás mi odio por Luis era lo más cercano al amor que jamás me había encontrado. Mi necesidad de destruirlo se había vuelto tan obsesiva como su necesidad de destruir a Cervantes. Quería aplastar al hombre que había corrompido mi alma; quería retorcer su cabeza y arrancarla de su cuello. Me hubiera producido gran felicidad haberlo visto torturado por el Santo Oficio y luego quemado en una pira. El que hubiera nacido rico y aristócrata era un accidente; también podría haber nacido como un gozque sarnoso.

La antigua gran casona de los Lara fue despojada de sus esplendores e invadida por las ratas. El viejo sirviente de Luis, Juan, estaba ciego pero aun así trataba de vestir a su amo y servirle sus comidas. Juan era como un perro viejo que a duras penas podía arrastrarse y pese a ello se resistía a morir por lealtad a su amo. También estaba María Elena, la cocinera, quien preparaba las comidas que Luis no tocaba. Sus hijos, quienes trabajaban como sirvientes y peones y sabe Dios qué más, venían casi a diario para ser alimentados por ella. Comían, bebían, cantaban y bailaban en la cocina y robaban cualquier cosa de lo poco que quedaba, para venderla o empeñarla.

A comienzos del año de 1616 le informé a Luis que Cervantes había ingresado a la Tercera Orden de San Francisco. Estaba esperando que dijera «¡Con eso no va a dejar de ser menos judío!», pero no dijo nada; era como si finalmente hubiese reconocido la derrota y estuviera completa e irremediablemente aniquilado. Había perdido la contienda. Cervantes era el indiscutible vencedor.

Una mañana de abril se regó la noticia por todo Madrid de que Miguel de Cervantes Saavedra, el amado y celebrado autor de *Don Quijote de la Mancha*, estaba agonizando y sería enterrado en el convento de las Trinitarias Descalzas. Después de todos estos años de tratar con tanta deferencia a Luis Lara —«Sí, don Luis», «Claro que sí, vuesa merced», «Como diga, su eminencia», «¿Besar su culo? ¿Lamer sus pies? ¿Comer su mierda? Claro que sí, claro que sí, claro que sí, su señoría»; de todos los años de obedecer todas y cada una de sus órdenes, de estar a su entera disposición, después de los años de servilismo humillante—, el momento que había estado esperando finalmente había llegado.

Le conté a Luis acerca del próximo deceso de su archienemigo y las noticias lo pusieron de buen ánimo. Era una soleada tarde de primavera. Le pregunté si le gustaría salir a dar una caminata. El cuerpo que un par de horas antes había estado tan rígido como el de una momia, estaba ahora repleto de energía. Al final de la cuadra en la Calle Lara, me detuve y fingí que veía el nuevo letrero por primera vez.

—¿Por qué se ha detenido, Pascual?

Levanté mi mano en dirección de los azulejos nuevos que adornaban la esquina. El destino obra de maneras misteriosas. La Calle Lara, que por años había sido el nombre de la calle donde se erigía la casa de la familia de Luis, había sido rebautizada con el nombre de Calle Cervantes.

Más tarde esa misma noche encontré muerto a Luis en su biblioteca; en su regazo reposaba una copia de la segunda parte del *Don Quijote* de Cervantes.

Yo seguí viviendo.

El final
22 de abril de 1616

Mis flatulencias —que detonan como pequeños revólveres— me despiertan con un sobresalto. Durante varios días estas explosiones sulfúricas que produce mi cuerpo, como para recordarme que ya ha empezado a pudrirse, son los únicos mensajes que envío a los vivientes.

Afuera de mi dormitorio alcanzo a escuchar el gorjeo de los gorriones en el patio chapoteando en la pila para pájaros y batiendo las alas, como para ahuyentar los días fríos y las noches heladas del invierno, como si estuviesen celebrando el retorno inminente de la estación de la luz y la abundancia. Pero hoy sus alegres gorjeos entristecen mis últimas horas, ya que me recuerdan que no viviré para ver otro verano vistiendo de verde —por más fugazmente que sea— las rojizas llanuras de Castilla. Si el gorjeo de los gorriones es el preludio de mi partida final, estoy listo.

Así que mi historia, la historia de un hombre de rostro largo y angosto, cabello castaño, frente alta y despejada, ojos vivaces, nariz ganchuda aunque bien proporcionada, barba plateada (que fuese dorada hace tan sólo veinte años), bigote amplio, boca pequeña, dientes ni grandes ni chicos, de los cuales sólo quedan seis piezas enfermas y mal dispuestas aquí y allá en las encías, un cuerpo ni imponente ni enjuto, una tez clara más blanca que oscura, ligeramente jorobado y lento al caminar, la historia de ese hombre, mi historia, llega a su final así como deben llegar a su final todas las cosas terrenales.

Mientras el cura me da la extremaunción, y los gemidos —¿de mi esposa?, ¿de mis hermanas?— se escuchan más y más tenues, mientras la oscuridad me va rodeando, debilitando los contornos del mundo, mientras mi piel comienza a enfriarse, anticipando la frialdad de la tierra, alcanzo a vislumbrar un momento en el futuro (debe ser el futuro ya que todo es más brillante y más veloz) cuando un hombre superará el *Don Quijote* Parte II de Avellaneda y logrará la hazaña inaudita de escribir el mismo exacto *Don Quijote* que yo escribí, palabra por palabra, en tan sólo un par de páginas; esta obra maestra, a su vez, será seguida por una multiplicación de *Don Quijotes* (que las personas en aquella época futura podrán leer en el aire y cada página que lean desaparecerá en cuanto terminen de leerla), y en aquel tiempo distante, en todas las lenguas conocidas —e incluso las lenguas que desaparecieron largo tiempo atrás sin dejar la menor traza—, la gente y los aburridos académicos también leerán el falso y monstruoso *Don Quijote* Parte II de Alonso Fernández de Avellaneda y no les importará que se trate de un robo infame, una distorsión vulgar, una abominación de la inteligencia humana, hasta que pasado un tiempo, mientras ambas novelas flotan una hacia la otra en el aire, finalmente fusionándose en una sola, ya nadie sabrá distinguir los personajes reales de los falsos, ni que fui yo, Miguel de Cervantes Saavedra, su verdadero creador. Y la gente de ese futuro pensará que *Don Quijote* es una tonada antigua, nada más que una canción acerca de un hombre y su sueño quimérico.

Vale.

Agradecimientos

Tengo una enorme deuda de gratitud con varias personas que generosamente brindaron su tiempo para ayudarme con los múltiples aspectos de la investigación necesaria para la escritura de *El callejón de Cervantes*. En España agradezco a mi buen amigo el poeta Dioniso Cañas, quien me llevó en un recorrido inolvidable por distintos sitios de La Mancha en los cuales están situadas algunas de las escenas más célebres de *El Quijote*; a Eduardo Lostao, quien fue mi guía en Madrid y Alcalá de Henares; y a José Luis Lara, mi «lazarillo» en Esquivias.

Agradecimientos muy especiales a Ghassan Zeineddine, quien me acompañó durante un viaje memorable a Argelia, Roma y Grecia; a Robert Parks de C.E.M.A, cuya invitación a dar una charla en Orán nos permitió obtener visas para viajar a Argelia, organizó un recorrido fascinante por La Casbah y me presentó a sus amigos cervantistas en aquel país. También me siento muy agradecido con Pilar Reyes, quien adquirió los derechos para la traducción de esta novela cuando estaba empezando a escribirla, así como a mi entusiasta editora en Colombia Carolina López. Una vez más mi gratitud a mis agentes literarios Tom y Elaine Colchie por acompañarme durante la aventura de escribir este libro, algo que ha cambiado profundamente mi vida.

Finalmente, mis agradecimientos reiterados a mi magistral traductor Juan Fernando Merino, y a mis amigos Jessica Hagedorn, Maggie Paley y Robert Ward por sus sugerencias, por el ánimo que me dieron para escribir este texto y su apoyo incansable.

Este libro
se terminó de imprimir en los
talleres gráficos de Nomos Impresores,
en el mes de noviembre de 2011,
Bogotá, Colombia.

NUESTRAS VIDAS
SON LOS RÍOS
Jaime Manrique

«Una narración absorbente que combina la historia
y la biografía en el contexto de un amorío apasionado…
Una obra maestra de la ficción histórica.»
San Francisco Chronicle

Ambientada en la majestuosa geografía de los Andes, esta arrasadora
novela relata la apasionante vida de Manuela Sáenz, quien se ganó
un lugar en la historia como el gran amor de Simón Bolívar,
El Libertador, y se convirtió en uno de los personajes femeninos
más polémicos de Suramérica.

«¿Le gustaría leer una novela basada en hechos reales, sobre una mujer
que fue una espía hermosa, una militar indomable y una amante
ardiente? ¿Le gustaría que esta novela tuviera el brillo de una ópera
y la intriga de una telenovela pero que, a la vez, estuviera acentuada
por contrapuntos más sutiles como el misterio y la memoria? Entonces
no deje de leer *Nuestras vidas son los ríos*, de Jaime Manrique.»
LAURA RESTREPO

«Este es un libro épico que se lee sin pausa, que se hincha con el éxtasis
del amor y la justa ira; esta novela de Manrique recrea hábilmente a
una pareja iluminada y sus tiempos.»
Publishers Weekly

Alfaguara es un sello editorial del Grupo Santillana

www.alfaguara.com/co

Argentina
www.alfaguara.com/ar
Av. Leandro N. Alem, 720
C 1001 AAP Buenos Aires
Tel. (54 11) 41 19 50 00
Fax (54 11) 41 19 50 21

Bolivia
www.alfaguara.com/bo
Calacoto, calle 13 n° 8078
La Paz
Tel. (591 2) 279 22 78
Fax (591 2) 277 10 56

Chile
www.alfaguara.com/cl
Dr. Aníbal Ariztía, 1444
Providencia
Santiago de Chile
Tel. (56 2) 384 30 00
Fax (56 2) 384 30 60

Colombia
www.alfaguara.com/co
Carrera 11A No. 98-50, oficina 501
Bogotá
Tel. y fax (57 1) 705 77 77

Costa Rica
www.alfaguara.com/cas
La Uruca
Del Edificio de Aviación Civil 200 metros
   Oeste
San José de Costa Rica
Tel. (506) 22 20 42 42 y 25 20 05 05
Fax (506) 22 20 13 20

Ecuador
www.alfaguara.com/ec
Avda. Eloy Alfaro, N 33-347 y Avda. 6 de
   Diciembre
Quito
Tel. (593 2) 244 66 56
Fax (593 2) 244 87 91

El Salvador
www.alfaguara.com/can
Siemens, 51
Zona Industrial Santa Elena
Antiguo Cuscatlán - La Libertad
Tel. (503) 2 505 89 y 2 289 89 20
Fax (503) 2 278 60 66

España
www.alfaguara.com/es
Torrelaguna, 60
28043 Madrid
Tel. (34 91) 744 90 60
Fax (34 91) 744 92 24

Estados Unidos
www.alfaguara.com/us
2023 N.W. 84th Avenue
Miami, FL 33122
Tel. (1 305) 591 95 22 y 591 22 32
Fax (1 305) 591 91 45

Guatemala
www.alfaguara.com/can
7ª Avda. 11-11
Zona n° 9
Guatemala CA
Tel. (502) 24 29 43 00
Fax (502) 24 29 43 03

Honduras
www.alfaguara.com/can
Colonia Tepeyac Contigua a Banco Cuscatlán
Frente Iglesia Adventista del Séptimo Día,
   Casa 1626
Boulevard Juan Pablo Segundo
Tegucigalpa, M. D. C.
Tel. (504) 239 98 84

México
www.alfaguara.com/mx
Avda. Río Mixcoac, 274
Colonia Acacias
03240 Benito Juárez
México D.F.
Tel. (52 5) 554 20 75 30
Fax (52 5) 556 01 10 67

Panamá
www.alfaguara.com/cas
Vía Transísmica, Urb. Industrial Orillac,
Calle segunda, local 9
Ciudad de Panamá
Tel. (507) 261 29 95

Paraguay
www.alfaguara.com/py
Avda. Venezuela, 276,
entre Mariscal López y España
Asunción
Tel./fax (595 21) 213 294 y 214 983

Perú
www.alfaguara.com/pe
Avda. Primavera 2160
Santiago de Surco
Lima 33
Tel. (51 1) 313 40 00
Fax (51 1) 313 40 01

Puerto Rico
www.alfaguara.com/mx
Avda. Roosevelt, 1506
Guaynabo 00968
Tel. (1 787) 781 98 00
Fax (1 787) 783 12 62

República Dominicana
www.alfaguara.com/do
Juan Sánchez Ramírez, 9
Gazcue
Santo Domingo R.D.
Tel. (1809) 682 13 82
Fax (1809) 689 10 22

Uruguay
www.alfaguara.com/uy
Juan Manuel Blanes 1132
11200 Montevideo
Tel. (598 2) 410 73 42
Fax (598 2) 410 86 83

Venezuela
www.alfaguara.com/ve
Avda. Rómulo Gallegos
Edificio Zulia, 1°
Boleita Norte
Caracas
Tel. (58 212) 235 30 33
Fax (58 212) 239 10 51